Scarlet
스칼렛

www.b-books.co.kr

나의 시크릿 파트너

나의 시크릿 파트너

1판 1쇄 찍음 2018년 10월 23일
1판 1쇄 펴냄 2018년 10월 30일

지은이 | 이유주입니다
펴낸이 | 정　필
펴낸곳 | **(주)뿔미디어**

기획·편집 | 박경희, 권지영, 문지현
표지 디자인 | 우 물

출판등록 | 2002년 9월 11일 (제1081-1-132호)
주소 | 경기도 부천시 원미구 소향로 17, 303(두성프라자)
전화 | 032)651-6513 / 팩스 032)651-6094
E-mail | scarlets2012@hanmail.net
블로그 | http://blog.naver.com/dahyangs
비북스 | http://b-books.co.kr

값 9,000원

ISBN 979-11-315-9329-5 03810

SCARLET
ROMANCE STORY

○ 나의
시크릿 파트너

이유주입니다 장편 소설

Contents

Chapter 1 수상한 남자   7

Chapter 2 대가   20

Chapter 3 오디션   69

Chapter 4 커져 가는 마음   139

Chapter 5 사랑한다는 말   193

Chapter 6 위협   244

Chapter 7 격전   283

Chapter 8 마주 보다   337

Chapter 9 에필로그 외전   398

Chapter 1

수상한 남자

운에도 기브 앤 테이크가 존재하는 걸까. 행운이 따르는 편은 아니었지만 그렇다고 재수 옴 붙었다고 침을 내뱉을 만한 사건도 없는 나름대로 평탄한 삶이었다고 생각한다.

아니, 그렇게 생각했었다. 굴곡 없이 지내 온 30년처럼 앞으로의 시간도 그럴 거라고.

한낮에 흘러가는 강물의 고요함과 같은 일상의 소소한 행복 속에서 평화롭게 지내던 어느 날, 도은의 세상은 한순간에 무너졌다.

도은은 손에 쥔 사진을 바라보았다. 아름다운 여자였다. 행복한 듯이 웃고 있는 언니는 세상의 그 어떤 사람보다 빛이 나 보였다. 언니가 보내 준 초음파 사진을 처음 봤을 때 도은은 이렇게 사랑스러운 사진은 없을 거라고, 그렇게 생각했다.

우리는 새로운 가족이 될 수 있었는데.

"김도은 씨, 사실 매니저란 일이 여자가 하기에 쉽지 않은 직업인데 지원하신 이유가 뭔가요?"

서류를 휙휙 넘기던 권 실장이 마치 너의 불순한 의도를 파헤치고야 말겠다는 눈빛으로 도은을 샅샅이 스캔했다.

단정한 포니테일에 화장기 없는 수수한 얼굴이었지만 큰 키에 마른 몸매가 매니저를 지원한 인재라기엔 여간 수상쩍은 게 아니었다.

여자 매니저가 아주 없는 건 아니었지만 매니저란 일이 워낙 정신적으로도 육체적으로도 고달픈 일이라는 건 널리 알려진 사실이었기에 현역이든 지원자든 여자 매니저는 아주 드물었다.

다만 소설이나 영화 속 환상에 빠져 현실 감각이 뒤떨어진 여자 팬들이 흑심을 갖고 매니저를 지원하는 일도 왕왕 있었기 때문에 권 실장의 눈초리는 매서워질 수밖에 없었다.

"취직이 안 돼서요."

도은이 짧게 대답했다.

아. 권 실장은 어이가 없으면서도 묘하게 납득되는 대답에 힘이 쭉 빠지는 걸 느꼈다. 적어도 인터넷에서 예인과 사귀는 방법을 검색해 온 주민우의 팬은 아닌 것 같았다.

"다른 사람들과 차별적인 본인만의 장점이 있습니까?"

성별의 핸디캡을 뛰어넘을 만한 장점이 없다면 어림도 없다는 소리였다. 도은이 막 대답할 찰나 면접실의 문이 벌컥 열렸다.

"권 실장님, 저 갑니다. 잘 먹고 잘 사십쇼."

"너…… 지금 면접 중인 거 안 보여?"

예상치 못한 인물의 등장에 권 실장의 얼굴이 왈칵 구겨졌다. 누구지? 스탭인가? 도은이 의아해하는 사이, 빨간 트레이닝복에 발끝에 슬리퍼를 걸친 키 큰 남자가 면접실 안으로 성큼성큼 들어왔다.

물기 덜 마른 머리를 대충 손으로 털던 그가 이내 고개를 들어 권 실장을 향해 씨익 웃어 보였다.

"마지막인데 그게 뭐 대수인가?"

울림이 있는 저음의 목소리와 함께 남자의 얼굴이 드러난 그 순간 도은의 눈이 커졌다.

탁 트인 시원한 눈매와 날렵하게 뻗은 콧대. 미소를 머금고 부드럽게 휘어진 입술. 한눈에 시선을 사로잡을 만큼 수려한 이목구비와 날카로운 눈빛이 무척 인상적인 남자였다. 후줄근한 옷차림이었지만 얼굴만은 또렷하게 빛을 발하고 있었다.

이 정도의 인상이라면 여란 엔터테인먼트에 대해 조사를 할 당시 분명히 봤을 텐데 기억이 나지 않았다.

배우가 아닌가? 하지만 다른 곳도 아니고 엔터테인먼트 사무실에 이 정도 분위기를 가진 남자가 그저 스탭일 가능성은 희박했다.

"그건 그렇……. 아니, 이게 아니라. 오늘이야?"

권 실장이 미처 생각하지 못했다는 듯 남자를 바라보았다. 대답 대신 남자가 들고 있는 박스를 으쓱하자 권 실장의 얼굴이 미묘하게 변했다. 여러 감정이 뒤섞인 복잡한 표정에 남자가 질색하는 얼굴로 손을 크게 휘저었다.

"권 실장, 그런 얼굴 하지 마. 토 나올 것 같으니까. 근데 무슨 면접이야?"

권 실장이 뭐라고 대답하기도 전에 남자가 매우 자연스러운 몸짓으로 권 실장이 들고 있던 서류를 낚아챘다.

"주민우 매니저 면접?"

프린트된 글씨를 읽은 남자가 힐끗 도은을 바라보았다. 짧은 순간이었지만 그의 짙은 눈동자가 도은을 관통했다. 곧바로 시선을 돌린 남자가 권 실장을 향해 어이없다는 듯 코웃음 쳤다.

"주민우 매니저면 어차피 여자는 뽑지도 못할 거면서 면접은 왜 오라고 했어?"

"무…… 무슨 소리야? 실력만 있으면 성별은 상관없어."

뽑지 않는다가 아니라 뽑지 못한다.

뼈 있는 남자의 말에 권 실장이 당황한 얼굴로 재빨리 도은의 안색을 살폈다. 그것은 도은의 기분이 상할까 걱정하는 것이 아닌 이 말의 숨겨진 의미를 파악했는지에 대한 철저한 확인이었다.

그 시선에 도은은 혹시나 했던 예상이 맞아떨어졌음을 깨달았다. 허탈한 기분에 속으로 한숨을 내쉬었다. 준의 말대로 이 계획도 나가리인가.

도은은 한 달 전, 자신의 계획을 듣고 회의적인 반응을 보이던 준의 모습을 떠올렸다.

'좋은 계획이지만 아마 안 될 거야, 누나. 이걸 봐요. 현재 주민우의 스탭들은 모조리 남자야. 처음엔 여자도 있었는데 결국 다 남자로 교체됐지. 이게 무슨 뜻이겠어.'

준이 테이블 위 일렬로 주욱 늘어놓은 주민우의 파파라치 사진들을 손가락으로 톡톡 쳤다. 경계가 삼엄해 사생활까지 따라붙진 못했지만 적어도 이 사진들 안에서만큼은 그의 주변엔 남자뿐이었다.

'주민우가 여자를 싫어한다는 뜻이야? 하지만 내가 말했잖아. 사생활이나 소문이 너무 깨끗해서 이상하지만 분명 주민우가……'

치밀어 오르는 분노와 함께 힘겹게 뒷말을 삼킨 도은이 손을 부르르 떨었다.

'……그런 짓을 한 남자가 멀쩡한 인물일 리 없어.'

그런 도은을 연민 섞인 시선으로 바라보던 준이 천천히 고개를 끄덕였다.

'누나 말이 맞아요. 이건 그냥 내 추측이지만, 스탭이 모조리 남자인 건 주민우가 여자에 관심이 없기 때문이 아니에요. 오히려 그 반대지.'

'그게 무슨 소리야?'

도은의 물음에 준이 여태까지 조사한 내용들을 차분히 복기하며 턱을 괴었다.

'아무래도 주민우는 우리 생각보다 훨씬 더 여자를 밝히는 인물인 것 같아요. 그의 스탭이 모조리 남자인 건 소속사가 그의 본모습을 알고 철저히 통제하고 있다는 뜻이고. 그러니까…….'

잠시 적당한 말을 찾듯 숨을 고른 준이 진중하고 단호한 눈빛으로 도은의 눈을 바라보았다.

'누나가 직접 접근하는 건 너무 위험해.'

❄ ❄ * ❄

덜컹거리는 자판기 특유의 소리와 함께 차가운 캔 음료가 출입구에 얼굴을 내밀었다. 음료수를 뺨에 대자 차가운 냉기가 퍼져 진정이 됐다.

도은은 한숨을 내쉬었다. 준의 말이 맞았다. 그들은 처음부터 여자를 뽑을 생각이 없었다. 주민우의 매니저로 들어가 그의 은밀한 비밀들을 캐내 폭로하려 했던 계획이 수포로 돌아갔다는 생각에 화가 치밀었다.

사실 도은이 주민우의 사생활에 대한 확실한 증거를 잡기 위해 시도했던 계획은 이번이 처음은 아니었다. 여자를 포섭해 작업도 걸어 보고, 파파라치 기자인 척 그의 행적을 좇으려고도 해 봤으나 모두 실패하고 말았다.

파파라치에 대한 경계가 삼엄했기도 했지만 무엇보다 생각 외로 주민우가 여자를 만나는 데 있어 무척이나 교묘했고 계획적이며 신중했기 때문이다. 그동안의 조사에 비추어 보자면 그는 여자관계가 복잡했지만 나름의 규칙에 의해서만 여자를 만났다.

첫째로 그는 자칫 소문이 날 위험이 있는 방송 관련 직종의 여자나 같은 연예인, 그리고 권력을 가진 재벌이나 정치가 집안의 딸은 만나지 않았다. 또한 절대 원나잇은 하지 않았으며 룸싸롱이나 오피 같은 곳 역시 전혀 출입하지 않았다.

요컨대 자신에게 푹 빠져 순정을 바치되 자신에게 해를 끼칠 리 없는, 평범한 여자만 골라서 만난다는 뜻이었다.

도은이 직접 얼굴을 내보이고 접근하는 건 위험하다며 끝까지 말리는 준의 반대를 무릅쓰고 매니저를 지원했던 건 주민우의 비밀들을 좀 더 용이하게 캐내는 점 이외에도 주민우에게 배신감을 주고 싶었기 때문이다.

언니의 감정을 농락하고 인생을 송두리째 빼앗고도 저는 여전히 대한민국 가장 높은 곳에서 빛나고 있는 톱스타 주민우를 보는 것이 도은은 견딜 수가 없었다.

제 모든 걸 잃는 한이 있더라도 반드시 그 자리에서 끌어내려 주겠다고 결연하게 다짐했건만 현실은 야속하기만 했다.

이제 어떻게 해야 하지? 안개 속에 갇힌 듯 길이 보이지 않는 답답한 상황에 머리가 지끈 아파 왔다. 도은이 다른 한 손으로 눈가 위를 덮으며 숨을 내쉬는데, 낯선 목소리가 불쑥 끼어들었다.

"어떻게든 주민우랑 한번 엮여서 팔자 피려는 수작인가 본데, 차라리 잘됐어. 그런 망나니 같은 자식 매니저를 자청하다니 돌았나?"

듣기 좋은 저음의 목소리와 다르게 거친 어투였다. 망나니라는 단어에 도은이 휙 고개를 돌리자 햇빛을 머금은 흑색 눈동자가 시야에 들어왔다.

그였다. 면접 때 본 빨간 트레이닝복의 남자. 아주 잠깐 스치듯 만났을 뿐이지만 선명하게 기억에 남는 묘한 아우라를 가진 남자였다.

도은과 시선이 마주치자 그가 싱긋 입꼬리를 당겨 웃고는 늘씬하게 뻗은 긴 다리로 도은을 향해 한 걸음 한 걸음 천천히 다가왔다.

마침내 서로가 단 한 뼘의 거리로 마주 보게 되었을 때, 허리를 숙인 남자가 도은의 귓가에 자신의 얼굴을 바짝 가져다 댔다. 도은의 귓가로 낮은 숨소리가 흘러 들어왔다.

"인생 말아먹고 싶은 게 아니면 차라리 그 시간에 발 닦고 잠이나 자."

"그게 무슨 소리야?"

도은이 의심스럽다는 듯 남자를 올려다보았다.

그도 그럴 것이 여태까지 그 누구도 주민우를 그리 칭하는 사람은 없었다. 대중들이야 둘째 치더라도 온갖 소문이 다 도는 방송계에서까지도 주민우에 대한 이미지는 이상하리만큼 좋았다.

주민우와 한 번 같이 일해 본 스탭들은 그가 톱스타임에도 불구하고 소탈하고, 백여 명이 넘는 스탭 이름 하나하나를 모두 외울 만큼 사려 깊다며 입을 모아 칭찬하기 바빴다.

게다가 꾸준히 거액의 금액을 기부까지 하다 보니 주민우에 대해 안 좋은 말을 하면 나쁜 사람으로 몰리는 분위기가 형성되어 버린 것이다.

주민우의 실체는 그렇게 그가 오랜 시간 동안 공들여 만들어 온 이미지에 철저하게 가려져 있었다.

그런데 이 남자는 서슴없이 주민우를 망나니라고 칭하며 대놓고 그를 깎아내리고 있었다. 그래서 도은은 그런 그가 놀라우면서도 수상했다. 하지만 가진 정보가 없어 뭘 알고 말하는 건지 단순히 악의를 가진 건지 파악이 되질 않았다.

"보이는 게 다가 아니라는 얘기지. 근데 너 왜 반말해?"

"네가 반말하니까."

"참고로 그 자식 취향은 고분고분하고 순종적인 멍청한 여자지, 초면부터 반말하는 건방진 여자는 아니야. 뭐, 얼굴은 좀 그 자식 취향일지 몰라도."

어느덧 도은의 음료수를 자연스럽게 빼앗아 마신 남자가 빈 캔을 쓰레기통에 던져 넣으며 어깨를 으쓱했다. 그 말에 도은이 속으로 헛웃음을 삼켰다. 저가 먼저 반말해 놓고 우습지도 않았다. 그나저나 뭔가 아는 게 있는지 한번 떠볼까?

"……그런데 왜 여자 매니저는 안 뽑는 거야? 내가 능력이나 체력이 안 돼서?"

면접에 떨어져 속상한 사람처럼 보이도록 애쓰며 도은이 가라앉은 목소리로 물었다. 그 말에 방금까지 능청을 떨던 남자가 난처한 얼굴로 도은을 바라보았다. 의외로 마음이 약한 듯했다.

이때다 싶은 도은이 고개를 숙이고 눈가를 손등으로 문지르자 남자가 안절부절못하는 것이 느껴졌다.

"아니, 그건 네 탓이 아니라……."

"괜히 위로하려고 빈말하지 마."

"빈말이 아니라……. 뭐, 좋아. 어차피 나도 마지막 날이니 알려 주지. 여자 스탭을 안 뽑는 건 능력이나 뭐 그런 문제가 아니라 그냥 그 자식이 자제력이 없는 등신이기 때문이야. 소속사에선 그게 관리가 편하니까."

"왜? 여자만 보면 침대로 끌어들인대?"

농담하듯 툭, 가볍게 던진 도은의 말에 남자가 비웃듯 실소를 터뜨렸다.

"단순히 그거면 깔끔하지. 근데 걘 감정을 갖고 놀아. 상대방이 자신에게 미치는 걸 즐기거든. 상대가 자신을 위해서 무엇이든 하게 될 정도로 푹 빠지게 한 다음에……. 잠깐."

막힘없이 술술 말하던 남자가 이내 이상하다는 것을 깨닫고 표정을 굳혔다.

"너 누구야?"

남자의 질문에 도은은 웃었다. 행운의 여신은 어쩌면 하나뿐인 가족을 잃고 발버둥 치는 자신을 갸륵하게 여기는지도 몰랐다.

올인은 통했다. 이 남자는 진짜다.

"당신 이름 뭐야?"

"내가 먼저 물었는데. 너 뭐냐고."

"사이다 값으로 이름 정돈 괜찮지 않아?"

고작 울 것 같은 얼굴 하나 했다고 극비들을 아무렇게나 떠들어

댄 주제에 그는 이제야 불쾌한 얼굴을 했다.

그가 자신을 경계하는 이유는 뻔했다. 자신이 남자의 말을 너무나 쉽게 긍정했기 때문이다. 주민우의 팬 혹은 일반적인 사람들이라면 남자의 말에 말도 안 된다며 코웃음 쳤을 테니까.

"너 특이하네."

"뭐가?"

"날 모르는 걸 보니 기자는 아니고. 그렇다고 주민우 팬도 아니고. 근데 매니저를 지원했단 말이지."

남자가 팔짱을 끼며 흥미로운 얼굴을 했다.

날 모르는 걸 보니? 스쳐 간 말에 도은은 조금 놀랐다.

"당신 배우야? 어쩐지……."

그 말에 남자의 매끄러운 입술 끝에 삐쭉삐쭉 웃음이 걸렸다.

"잘생겼다 했지?"

"나라면 그 옷은 당장 헌 옷 수거함에 집어넣겠어."

도은의 적나라한 대답에 남자의 얼굴이 구겨졌다. 그가 이건 빈티지라고 반박했지만 자신 있는 목소리는 아니었다.

물론 저 무릎 나온 후줄근한 트레이닝복을 입어도 아우라가 풍길 만큼 사람 자체에서 빛이 나긴 했다. 그래서 더더욱 아까웠다. 저 얼굴이랑 기럭지를 저렇게 쓰다니 재능 낭비였다.

"그런데 오늘이 마지막이라는 게 무슨 뜻이야? 이제 배우 관두려고?"

"그래. 내 연기 생활은 오늘로 마감이야. 그래서 안 부리던 오지랖도 부린 거고."

남자가 웃었다. 그 얼굴은 후련해 보이기도 했고 조금 쓸쓸해 보이기도 했다.

16

"주민우에 대해 잘 알아?"

"뭘 원하는진 모르지만 별로 좋은 사이는 아니야. 굳이 말하자면, 그래, 악연이지."

그가 장난스럽게 눈가를 찡긋거리며 대답했다. 악연이라. 만족스러운 대답이었다. 사이가 나쁠수록 좋았다. 사람은 상황이 나쁠 때 의욕이 생기는 법이다.

"있잖아. 그거 혹시 당신이 배우 관두는 거랑 관련 있어?"

정면으로 시선이 부딪혔다. 또 예의 날카로운 시선이었다. 그의 깊고 짙은 칠흑 같은 눈동자가 도은을 꿰뚫는 듯했다.

스파크가 튄다는 게 이런 느낌일까. 장난기를 품고 있던 방금까지와는 전혀 다른 무표정하고 차가운 얼굴. 도은은 새삼 이 남자가 배우라는 걸 자각했다.

이윽고 남자가 도은을 바라보며 씩 웃었다.

"키스해 주면 알려 주지."

남자가 허리를 숙인 채 도은의 귀에 비밀스럽게 속삭였다. 남자는 그 말만 남기고 바로 떨어졌다.

뭔가 있긴 있다는 뜻이군. 도은이 수상하다는 듯 쳐다보자 남자의 뾰족한 눈가가 부드럽게 반달로 휘어졌다. 한여름의 싱그러움을 닮은 굉장히 매력적인 미소였다.

그에 잠시 시선을 빼앗긴 도은이 말없이 서 있자 남자가 그럴 줄 알았다는 듯 그대로 뒤로 돌아 걸었다.

"그거면 돼?"

"뭐?"

등 뒤로 들려오는 덤덤한 도은의 목소리에 남자가 놀란 얼굴로 휙 고개를 돌렸다. 도은을 바라보는 남자의 얼굴에는 방금 전과 달리 당황한 기색이 역력했다.

"너는 무슨 여자가, 그렇게 대답을 하면 어떡하냐."

"네가 키스해 주면 알려 준다며."

"야. 너 바보냐? 그건 그냥 안 알려 준다는 뜻이지."

저가 먼저 제안해 놓고 오히려 성을 내는 남자의 모습에 도은이 픽 웃었다.

"약속 지켜."

"야! 너……. 읍!"

도은이 망설임 없이 남자의 옷깃을 끌어당겨 입술을 부딪쳤다. 도은의 입술이 남자의 윗입술을 부드럽게 머금었다. 생각지 못한 상황에 남자가 느리게 눈을 깜빡였다.

도발적으로 먼저 입술을 부딪쳐 온 주제에 도은의 입술은 어설프기 짝이 없었고. 아주 차가웠다.

도은의 입술이 떨어져 나가자 남자는 도은을 물끄러미 쳐다보았다. 도은은 방금 키스를 한 여자라고는 생각할 수 없을 정도로 덤덤하고 무표정했다. 오로지 주민우에 대한 단서를 찾기 위해 냉정한 시선으로 남자를 주시하고 있을 뿐이었다. 그런 도은의 모습에 남자가 낮게 웃으며 머리카락을 쓸어 올렸다.

"형편없네."

건조하고 메마른 키스였다. 그런데 그 형편없는 키스가 남자의 마음에 내려앉아 마음을 어지럽혔다.

대체 저 여자는 왜 이렇게까지 하는 거지?

"약속 지켜. 악연이라는 게 무슨 뜻이야?"

"주민우한테 원한이 있는 모양인데 손 떼. 괜히 얽혔다가 당신 인생만 꼬여."

"너처럼?"

"그래. 나처럼."

그냥 떠본 질문이었는데 남자는 의외로 순순히 고개를 끄덕였다. 그리고 잠시 숨을 고른 그가 말을 이었다.

"주민우는 하나의 기업체야. 걔가 하루에 내는 수익이 얼만지 알아? 걔를 물 먹이려면 걔 하나로 재미 보고 있는 놈들을 다 물 먹여야 한다는 뜻이야."

"……."

"관심 있으면 알아보든가. 내 인생이 왜 꼬였는지. 키스 값은 여기까지. 충분하지?"

"너 이름 뭐야?"

도은의 물음에 남자의 입꼬리가 희미하게 올라갔다.

"인재하."

남자가 대답했다.

"검색해 봐. 내 연기 보고 깜짝 놀랄걸?"

재하가 킬킬대더니 손을 흔들고 사라졌다.

도은은 멀어지는 그 뒷모습을 오래도록 바라보았다. 부디 남자의 말이 사실이었으면 좋겠다고 생각하면서.

Chapter 2

대가

"진짜네. 인재하."

태블릿으로 재하의 영상을 검색한 도은이 나지막이 중얼거렸다. 깜짝 놀랄 거라는 인재하의 말은 진짜였다. 후줄근한 빨간 트레이닝복을 입으며 능청스럽게 웃는 남자는 거기 없었다.

깔끔한 슈트를 차려입은 화면 속의 인재하는 누구보다 강한 존재감을 보였다. 주연이 아닌 조연이었지만 그가 등장할 때마다 불꽃이 튀는 게 느껴졌다.

사투리는 자연스러웠고 낮은 저음의 목소리는 매력적이었다. 그가 대사 하나를 칠 때마다 온몸의 세포가 그에게로 집중되는 느낌이었다.

가만히 서 있을 뿐인데도 그의 눈빛과 온몸에서 아우라가 뿜어져 나오는 탓에, 그가 화면 어디에 있든 자신도 모르게 그에게로 시선이 빨려 들어갔다. 그는 마치 관객을 홀리는 법을 아는 사람 같았다.

매력적인 악역이란 이런 거겠지. 나쁜 건 알지만 왠지 모르게 나만큼은 편들어 주고 싶은 그런.

이런 사람이 왜 연기를 그만두는지 모를 일이었다. 비밀에 싸인 주민우의 본모습을 왜 그렇게 잘 알고 있는지도.

"누나. 어떻게 됐어요?"

카페 문을 열고 들어가자 준이 반갑게 손을 흔들었다. 가방에 태블릿을 넣은 도은이 준의 맞은편 의자를 빼내며 허탈하게 웃었다.

"네 말이 맞았어."

"죽 쒔구나."

이내 준이 위로하듯 도은에게 따뜻한 커피를 건넸다.

"그보다 인재하에 대해 알아?"

"인재하요? 그 남자는 왜요?"

노트에 적어 놓았던 주민우 매니저 침투 계획에 망설임 없이 X 자를 긋던 준이 도은의 입에서 의외의 이름이 튀어나오자 호기심 어린 얼굴을 했다.

여란 엔터테인먼트에 대해 조사 당시 보긴 했지만 워낙 재하에 관한 최근 자료가 없던 탓에 배우를 그만두었다고 생각했기 때문이다.

"면접 때 만났어. 주민우와 뭔가 있는 것 같더라구. 사이가 나쁘다고 하던데."

"인재하가 주민우와 사이가 나쁘다구요? 주민우가 누구랑 트러블 있다는 얘기는 찌라시에서도 본 적 없는데. 출처가 어디예요?"

"인재하. 본인."

"그건, 확실히 뭔가 수상하네요."

준이 의미심장하다는 듯 노트에 인재하의 이름을 적어 넣었다.

사이가 왜 나쁘지? 준이 의아하다는 듯 고개를 갸웃했다.

도은도 그것이 궁금했다. 주민우는 여자관계가 지저분한 고약한 놈이긴 하지만 기본적으로 대인 관계에서는 이미지 관리가 철저한 젠틀한 남자였다. 그런 남자와 사이가 나쁘다는 건 흔치 않은 이유일 가능성이 높았다.

혹시 여자 문제는 아니겠지. 생각만 해도 김이 새는 이유였다. 도은이 인상을 찡그렸다.

"인재하는 어떤 배우야? 유명해?"

"으음…… 뭐랄까, 조금 애매해요."

도은의 질문에 준이 생각을 정리하듯 턱을 괴었다.

"연기는 꽤 잘하지만 출연작이 별로 많지 않아요. 거의 엑스트라급 조연만 하다가 영화 하나로 핫루키가 돼서 빵 떴는데 바로 음주 운전에 휘말렸거든요. 안타까운 배우죠."

"음주 운전?"

전혀 생각지 못한 주제에 도은이 살짝 눈썹을 찌푸렸다.

"네. 사람을 치었어요. 무단 횡단이라 쌍방 과실이었지만 음주 운전은 변명의 여지가 없잖아요."

"그 사고 뺑소니는 아니지?"

"사고 내자마자 바로 자수했을걸요. 자숙하다가 그 이후에 몇몇 작품 주연으로 캐스팅되긴 했는데 줄줄이 제작 무산되고 계속 안 보였죠. 그래서 자료도 없고, 관둔 줄 알았는데."

음주 운전이라니 한심한 이유였다. 그 정도의 연기력을 가진 사람이 고작 음주 운전으로 미래를 날려 먹다니 그보다 더 허탈한 일이 어디 있을까.

도은은 그 어느 때보다 실망감을 감출 수가 없었다. 지금 막 떠올랐던 새로운 계획의 대상으로서 인재하는 그 누구보다 적합했던 것이다.

주민우에 대해 잘 알면서 사이가 나쁘고 매력적이며 연기력이 뛰어난……. 잠깐, 사이가 나쁘다?

'악연이라는 게 무슨 뜻이야?'

'주민우한테 원한이 있는 모양인데 손 떼. 괜히 얽혔다가 당신 인생만 꼬여.'

'너처럼?'

'그래. 나처럼. 주민우는 하나의 기업체야. 걔가 하루에 내는 수익이 얼만지 알아? 걔를 물 먹이려면 걔 하나로 재미 보고 있는 놈들을 다 물 먹여야 한다는 뜻이야.'

'……'

'관심 있으면 알아보든가. 내 인생이 왜 꼬였는지. 키스 값은 여기까지. 충분하지?'

재하와의 대화가 머릿속에서 빠르게 되감겼다.

주민우와 인재하의 악연. 인재하의 인생이 꼬인 이유. 주민우가 내는 수익. 그리고 인재하의 교통사고. 이 모든 키워드가 의미하는 게 뭘까?

"설마……. 말도 안 돼."

순간 도은이 뭔가를 깨달았다는 듯 입을 벌렸다. 내가 너무 터무니없는 생각을 하는 걸까. 아니, 누군가가 보기엔 단순히 질 낮은 음모론일지도 모르지만 분명 가능성은 있었다.

도은은 아까 전 재하의 얼굴을 떠올렸다. 속내를 알 수 없게 그저 얼빠진 푼수처럼 굴다가도 도은의 도발에 순간순간 차갑게 가라앉던 그의 칠흑 같은 눈빛이 퍽 인상적이었다.

언론의 보도대로라면 그는 음주 운전으로 빛나는 미래를 한순간에 날려 버린 한심하고 어리석은 작자였으나 만에 하나 도은의 예상이 맞다면 그도 참 기구한 인생이었다.

도은의 손가락이 톡톡 리드미컬하게 테이블 위를 두드렸다.

인재하. 최적의 타이밍에 나타난, 도무지 앞이 보이지 않는 이미로 속에서 새로운 마스터키가 될 남자.

이 모든 건 우연일까? 아니면 하나뿐인 가족을 잃은 도은을 가엾게 여긴 신의 안배일까?

"인재하 교통사고. 혹시 주민우와 관련이 있는지 자세히 좀 알아봐 줄 수 있어? 언론에 보도된 것 말고."

도은의 말에 준이 알겠다며 고개를 끄덕였다. 마음을 굳힌 도은은 가방에서 휴대폰 하나를 꺼냈다. 그건 재하와 키스하는 틈을 타 주머니에서 슬쩍한 인재하의 휴대폰이었다.

도은은 꺼 놨던 재하의 휴대폰 전원을 켰다. 최근 통화 기록을 보니 부재중 전화가 10통이 넘게 와 있었다. 02로 시작되는 같은 번호로 계속 찍힌 것을 보니 집 전화로 전화한 모양이었다. 도은은 망설임 없이 그 번호로 전화를 걸었다.

— 여보세요?

울림 있는 저음의 목소리. 재하였다. 도은이 여유롭게 미소 지었다.

"검색해 봤는데 당신 말이 맞네. 놀랐어. 인재하 씨."

상대가 누군지 헤아리는 듯 재하는 대답이 없었다. 곧이어 도은의 목소리를 눈치챈 듯 짜증 섞인 목소리가 휴대폰을 타고 흘러

들어왔다.

― 내 핸드폰은 반해서 훔쳐 갔나? 번호 따는 방법이 참 과격한데.

"저녁 7시까지 우리 집으로 와. 주소 불러 줄게."

― 그거 라면 먹고 갈래 뭐 그런 의미야?

곧이어 재하가 능청스럽게 농을 던졌다. 이 남자가 지금 뭔가를 단단히 착각하고 있는 모양이었다. 도은이 어이없어하는 동안 재하는 자신의 음식 취향을 떠들어 대고 있었다. 은근슬쩍 저녁 식사까지 강요하는 재하의 행태에 도은이 인상을 찌푸렸다가 곧 부드럽게 웃었다.

"5년 전 교통사고 그거 당신이 낸 거 아니지?"

― ……

쉴 새 없이 떠들어 대던 재하의 입이 순식간에 꽉 다물렸다.

생각해 보면 이상한 일이었다. 아무리 잠시 반짝했다고는 하나 인재하는 주연 한 번 맡은 적 없는 조연 배우였다. 사고 이후 자숙하다가 컴백한다는 작품마다 줄줄이 주연에 스케일 큰 대작들. 그리고 얼마 후에 제작 무산이라니.

인재하에 대한 여론이 안 좋아 투자를 못 받았다고 생각할 수도 있겠지만 애초에 주연 한 번 맡은 적 없던 배우가 오히려 사고 후에 그런 대작들의 주연을 맡는다는 게 말이 되지 않았다.

자세한 내막이야 모르지만 모종의 계약과 음모가 오고 갔음이 분명했다.

"맘먹고 캐면 정황은 다 나오게 되어 있어. 그러니까 시침 뗄 생각 하지 마."

― 나에 관한 건 왜 캐는 거지? 역시 기자였나?

도은의 압박에 재하가 농을 치던 전과 달리 진지한 목소리로 되물었다.

"관심 있으면 알아보라며. 당신한테 관심 생겼거든."

— 미안하지만 난 촉촉한 입술을 가진 여자가 취향이라서.

"그것 참 다행이네. 나도 무릎 나온 트레이닝복에 슬리퍼 끌고 다니는 남자는 별로야."

도은이 지지 않고 바로 맞받아치자 전화 너머로 재하가 울컥 소리쳤다.

— 야!

"난 기자도 아니고 협박할 생각도 없으니 겁먹지 말고 그냥 와."

— ……

"입술 위에 립밤을 잔뜩 바르고 기다리지. 어때?"

— 그거 유혹이야 협박이야? 정체성을 확실히 하라고.

"너 하는 거 봐서. 7시까지야. 불러 주는 이 주소로 와."

주소를 불러 준 후 전화를 끊은 도은이 만족스러운 듯 희미하게 미소 지었다. 증거는 없지만 인재하의 침묵은 도은의 생각이 어느 정도 맞아 들어갔음을 의미했다.

그렇다면 사고를 낸 진범은 정말 주민우인가. 이거 일이 묘하게 돌아가는걸.

도은은 자신은 이미 저녁을 먹었지만 네가 바란다면 스테이크 정도는 함께해 줄 수 있다고 거만하게 말하던 재하를 떠올렸다. 왠지 모르게 초조함이 느껴지던 그 목소리는 그가 사실 저녁을 굶었다는 것을 반증했다.

웃긴 놈. 끊긴 전화를 바라보며 도은은 짧게 혀를 찼다. 인재하

를 구슬릴 수 있다면 저녁 만찬 정도는 얼마든지 대접해 줄 용의
가 있었다.

"준."

도은이 맞은편에 앉아 머리 위에 물음표를 가득 띄우고 자신을
지켜보고 있던 준을 불렀다.

"이거 인재하 휴대폰이야. 교통사고 알아보면서 같이 살펴봐.
뭔가 도움 될 게 있을지도 모르니까."

도은이 재하의 휴대폰을 내밀자 준이 깜짝 놀란 얼굴을 했다.

"이게 인재하 휴대폰이라구요? 어떻게 구한 거예요?"

"슬쩍했어. 키스할 때."

"네에?"

당당한 도은의 대답에 준의 눈이 휘둥그레졌다.

알아보고 전화 부탁해. 준의 어깨를 톡톡 두드린 도은이 이내
자리에서 일어섰다.

"누나, 근데 인재하를 믿을 수 있을까요?"

염려스러운 듯한 준을 보며 도은이 확신에 찬 얼굴로 싱긋 웃었
다.

"응. 내가 아주 대형 떡밥을 던질 거거든."

인재하는 절대 자신의 제안을 거부하지 못할 것이다. 그리고 그
렇게 만들어야만 했다.

이익과 목적이 맞물리는 관계보다 더 확실한 건 없으니까.

❋ ❋ ❋ ❋

[인재하 사고 당시 그 차에 주민우가 동승했었다는 정보를 찾음.

자세히 알아볼까요?]

약속 시간을 맞아 저녁을 준비하던 도은이 준의 문자를 확인하고 설핏 미소 지었다. 역시 해커 출신이라 빠르다니까.

준이 이렇게 물어봤다는 것은 수상한 기운을 감지했다는 뜻이었다. 대충 견적 나왔으니 굳이 위험해질 필요는 없겠지.

[아니. 충분해.]

짧게 꾹꾹 눌러쓴 문장을 전송한 뒤 도은은 식탁 위에 올려놓은 음식들을 만족스럽게 쳐다보았다. 어떻게 보면 단출해 보이기도 했지만 혹여 인재하가 불평을 한다면 정강이를 걷어차 주면 그만이었다.

그때 도은의 집 초인종이 울렸다. 거실로 나가자 인터폰 화면에 재하의 얼굴이 보였다.

늘씬한 몸에 적당히 핏 되는 하늘색 남방과 블랙 진을 입은 재하가 카메라를 향해 멋지게 손을 흔들었다.

"잘 찾아왔네?"

마당에 있는 화분을 훑고 있던 재하가 도은을 발견하곤 놀림기가 다분한 얼굴로 능청스럽게 대꾸했다.

"립밤은 듬뿍 발랐나?"

"왜? 확인해 볼래?"

"꼬시지 마. 안 넘어가. 키스도 형편없는 주제에."

연기할 때는 그렇게 카리스마가 넘치고 멋지더니 정작 본래의 인재하는 장난스럽고 유치하기 짝이 없었다. 그렇다고 해서 져 줄 생각은 없었다. 벽에 살짝 등을 기댄 도은이 여유로운 표정으로 재하를 향해 입술 끝을 당겨 웃었다.

"상대가 별로라 그랬나 보지. 나는 키스를 상대 가려 하거든."

도은의 말에 재하가 휘둥그레진 눈으로 발끈 소리쳤다.

"야! 나 정도면 1++ 등급이거든?"

"한우니?"

"……."

"지금 옷차림은 봐 줄 만하네. 저번처럼 입고 오면 쫓아내려고 했더니. 들어와."

도은이 안으로 들어오라는 듯 재하를 향해 손짓했다. 하지만 재하는 따라오지 않고 그 자리 그대로 서 있었다.

"자, 이제 농담은 집어치우고 용건만 간단히 얘기하지. 너 대체 정체가 뭐야?"

골치 아프다는 듯 잘생긴 눈썹을 꾹 누르고 있던 재하가 굳은 목소리로 물었다.

뭐라고 대답하는 게 좋을까. 도은이 잠시 고민하는 사이 재하가 다급히 손을 내저었다.

"아니, 대답하지 마. 아무것도 알고 싶지 않으니까. 그냥 내 핸드폰이나 돌려줘."

낮에 능글거리던 얼굴과 다르게 짜증이 가득 배어 있었다. 오기 싫었지만 혹시 몰라 불안한 맘에 억지로 온 기색이 역력했다.

"저녁 안 먹어? 스테이크 준비하라며?"

가볍게 건넨 도은의 물음에 재하가 멈칫하더니 어리둥절한 얼굴을 했다. 능청스럽게 저녁 식사까지 요구한 주제에 정작 도은이 정말 저녁을 준비할 줄은 몰랐던 모양이었다.

저녁이라는 단어에 재하의 표정이 급격하게 흔들렸다. 본능과 이성 사이에서 갈등하는 듯했다.

"……좋아. 밥까진 먹어 주지."

자기가 큰 인심을 써 줬다는 듯 비장하게 대답한 그가 거실로 성큼성큼 들어섰다. 난 생각 없지만 너의 성의를 봐서 먹어 주겠다는 말도 잊지 않았다.

배고프면서 허세는. 헛웃음을 지은 도은이 그를 따라 안으로 들어섰다. 흥미로운 식사가 되길 고대하면서.

※　※　＊　※

"함박스테이크. 굉장히 맛있는데."

재하가 한결 상기된 얼굴로 말했다. 식사에 만족하는지 재하의 태도는 눈에 띄게 부드러워져 있었다.

"맛있어? 다행이네. 이거 내가 좋아하는 거야. 전자레인지에 3분만 데우면 되거든."

푸흡. 느긋하게 칼질하고 있던 재하가 도은의 대답에 헛기침을 했다. 진정이 안 되는지 급하게 물을 들이켜던 재하가 황당하단 얼굴로 도은을 쳐다봤다.

"뭐야, 그럼 이거 다 인스턴트야? 이거 다?"

"왜 놀래? 그럼 내가 직접 만든 줄 알았어?"

"나 인스턴트는 질색이라구. 맛없잖아."

"어머, 방금은 굉장히 맛있다고 한 것 같은데."

도은이 부드럽게 웃었다. 쳇. 대꾸할 말이 없는지 도은의 말을 무시한 재하가 다시 함박스테이크를 썰어 입에 넣었다.

"맛있으면서 따지기는."

"……그래서 너 정체가 뭔데? 내 사건은 왜 캐는 거야?"

"확인할 게 있어. 솔직하게 대답하면 내 비밀도 말해 줄게."

비밀이라는 단어에 재하의 시선이 천천히 도은에게 닿았다.

"나는 남의 비밀 따위 안 궁금해. 비밀은 사람을 위험하게 만들거든."

"돈독하게 만들기도 하지."

"나한테 이러지 말고 확인하고 싶으면 증거 찾아서 제대로 까발려."

"무슨 소리 하는 거야? 난 이제 그 사건엔 관심 없어. 그리고 그 사건 까발려지면 너도 위험해지는 거 몰라? 운전자 바꿔치기는 중죄야."

도은의 대답에 살짝 멈칫한 재하가 그녀의 의중을 파악하려는 듯 가만히 눈을 맞췄다.

생각할수록 참 이상한 여자였다. 처음에 재하는 도은이 주민우의 팬이거나 주민우를 꼬셔 보려는 여자인 줄 알았다. 톱스타인 그와 어떻게든 엮이고 싶어 우연을 가장해 접근하는 여자는 늘상 있었으니까.

하지만 도은은 주민우에 대해 호감도 전혀 보이지 않았고 주민우에 대한 재하의 신랄한 평가에 다른 사람처럼 코웃음 치지 않았다. 그러니 이상하다 여길 수밖에.

연속으로 대박이 난 드라마와 영화, 그리고 평소 보이는 선행과 종종 출연했던 예능으로 인해 현재 주민우에 대한 대중의 호감도는 극상이었다. 포털 사이트엔 주민우에 대한 게시 글이 매일같이 올라왔고 백이면 백 모두 좋은 말뿐이었다. 그러니까 현재 주민우에 대한 안티는 전무하다고 보면 된다.

그런데 유일한 딱 한 사람, 지금 재하의 눈앞에 앉아 있는 도은만은 주민우가 꼭 흠이 있길 바라는 사람처럼 굴었다.

그것도 모자라 이번엔 대뜸 아무도 모르던 자신의 가장 은밀한 비밀을 캐 오는 저 여자를 어찌 수상하게 생각하지 않을 수 있을까.

기자인가 싶었지만 말하는 걸 보니 또 그건 아니었다. 사실 여부를 궁금해하긴 하지만 그렇다고 또 사건에 대한 자세한 정황이나 증거에 대해서는 딱히 관심이 없는 듯했다.

대체 뭘까, 갑자기 튀어나온 저 여자의 정체는.

"……."

골똘히 생각에 잠긴 듯 빤히 바라보는 재하의 눈빛에 도은이 차분히 숨을 들이켰다. 그의 눈은 밤하늘처럼 짙고 고요해서 상대의 모든 것을 꿰뚫어 볼 것만 같았다. 그런 재하의 시선이 부담스러웠으나 도은은 자신이 악의가 없다는 것이 전해지길 바라면서 똑바로 마주 보려고 노력했다.

이내 시선을 내리깔고 포크와 나이프를 가지런히 내려놓은 재하가 조금 누그러진 얼굴로 느릿하게 턱을 괴었다.

"그럼 네가 알고 싶은 게 뭔데?"

"세 가지 질문을 할게. 맞으면 넌 그냥 고개를 끄덕이면 돼."

재하가 턱을 괸 채로 천천히 고개를 끄덕였다. 얌전하게 구는 걸 보니 도은에게 협조할 생각이 든 모양이었다. 도은이 일어서 재하의 앞으로 다가갔다.

탁.

재하가 앉은 의자 위를 손으로 짚은 도은이 조금 허리를 숙인 채 재하를 바라보았다.

"너 주민우보다 연기 잘해?"

"야! 너 내 연기 봤다며? 이 무슨 개똥 같은 질문……. 읍!"

"고개만 끄덕여. 인재하."

울컥했는지 소리를 지르는 재하의 입을 거칠게 막은 도은이 그를 째려봤다. 시끄러운 남자는 질색이다. 다혈질은 더더욱.

"두 번째. 너 연기 관둔 거 주민우 때문이지?"

지지 않고 가만히 도은을 째려보던 재하가 신경질적으로 고개를 끄덕였다. 항의의 의미가 가득한 그 고갯짓에 천천히 손을 떼어 낸 도은이 재하와 시선을 맞추며 천천히 숨을 들이켰다.

"마지막이야. 너 연기 계속하게 해 준다고 하면 할래?"

순간 재하가 홱 고개를 들어 도은을 바라보았다.

5년 동안 계약이 종료되는 이날만 기다려 왔다. 자유의 몸이 된다면 이번에야말로 연기는 그만두고 평범한 삶을 살겠다고.

그렇게 수없이 다짐했건만 우습게도 이 간단한 질문 하나에 모든 것이 무너지고 만다.

그토록 바라던 자유의 몸이 된 해방의 날, 연기를 다시 하게 해 준다는 여자를 만났다. 이것은 신이 안배해 준 기회인가 함정인가. 재하의 눈이 다시 깊게 잠겨 들었다.

"OK. 충분히 대답이 됐어."

재하가 선뜻 대답을 못하고 있는 사이 괜찮다는 듯 손을 내저은 도은이 조용히 제자리로 돌아가 앉았다.

굳이 대답을 들을 필요도 없었다. 연기를 하고 싶냐는 질문을 던졌을 때 재하의 눈빛은 그 어느 때보다 강렬했다. 대답은 그걸로 충분했다. 억지로 꾹꾹 눌러 담았어도 한순간에 튀어나와 버린 열망과 미련은 결코 떨칠 수가 없는 거니까.

"사고에 대해선 안 물어봐?"

어느새 유유자적하게 과일을 먹고 있는 도은을 향해 재하가 느릿하게 물었다.

"물어보면 대답해 줄 거야?"

그건 그렇네. 재하가 피식 웃으며 순순히 인정했다. 그러곤 잠시 고민하듯 입술을 살짝 물었다.

말해도 될까. 정확히 저 여자의 정체도 모르는데. 그리고 정체를 안다 하더라도 나를 배신하지 않을 거라고 믿을 수 있을까.

"……그 사고 내가 낸 거 아냐."

"알아."

나름 용기 있게 꺼낸 말에 도은이 바로 끄덕이자 재하가 이해가 안 간다는 듯 한쪽 눈썹을 찡그렸다.

"너는 내가 안 했다는 걸 어떻게 그리 쉽게 믿어?"

"네가 고작 음주 운전 때문에 인생을 날려 먹은 한심한 작자가 아니길 바라니까."

"그거 정말 끝내주는 말이네."

재하가 감탄하는 듯한 어조로 대답하며 킬킬댔다.

머릿속에서는 여전히 비밀을 함구해야 한다는 것에 대한 여러 가지 이유들이 스쳐 지나갔지만, 재하는 여태껏 아무에게도 말하지 못하고 깊이 묻어 놓은 이 비밀을 한 번쯤은 털어놓고 싶다는 충동에 휩싸였다.

여자는 여전히 수상쩍었고 이상했지만 적어도 저에게 해를 끼칠 것 같진 않았다.

의자에 등을 기댄 채 나른한 얼굴을 하던 그가 잠시 천장을 쳐다보더니 이내 조심스레 입을 열었다.

"사고는 주민우가 냈어. 나는 그걸 덮어썼고."

재하에게서 조용히 흘러나오는 나지막한 목소리에 도은이 숨을 삼켰다. 예상은 했지만 본인 입에서 직접 나온 진실은 상상하는 것과 무게감이 달랐다.

"여 이사한테 주민우는 자기 인생을 바꿔 준 로또였어. 당첨된 로또를 흙탕물에 던져 버릴 사람이 어디 있겠냐."

"……."

"나는 그때 처음 맛보는 인기에 취해서 이젠 주인공이 하고 싶어 안달 난 놈이었고. 여 이사는 그걸 알고 있었어."

연예계는 이미지가 생명인 곳이었고 주민우는 바르고 선한 이미지의 톱스타이자 최상의 상품이었다.

여태껏 간절하게 꿈꿨으나 결코 가지지 못했던 부와 권력을 처음으로 얻은 여 이사와 주민우는 자신들의 명성에 흠집이 나는 것을 그 무엇보다 두려워했다. 그들이 오른 VIP로서의 삶은 너무나 달콤했으므로 다시는 그 자리를 잃고 싶지 않았을 것이다.

사건 당일, 그 차 안엔 세 사람이 타고 있었다. 여 이사와 주민우, 그리고 자신. 그들은 추락을 두려워했고 재하는 그 누구보다 간절하게 날고 싶어 했다.

뻔한 얘기였다. 기회를 얻고 싶어 하는 남자를 달콤한 말로 꼬드기는 것은 아주 쉬웠을 것이다. 열망과 간절함은 때때로 이성을 마비시키기도 하니까.

"여 이사는 주민우의 사건을 덮어쓰면 3개의 작품에 주연으로 꽂아 준다고 했어. 내 인지도가 낮으니 자숙하고 나오면 사람들은 음주 운전에 대해서 새까맣게 잊을 거라고 했지. 어쨌든 연기만 잘하면 사람들은 금세 호감을 가지기 마련이라고."

재하가 머리를 쓸어 올렸다. 그때의 자신은 늘어만 가는 단역 생활과 자꾸만 떨어지는 오디션 때문에 너무나 초조해서 거의 제

정신이 아니었다. 단역이라도 당당하게 연기를 할 수 있는 자체가 행복하다는 걸 그때는 왜 몰랐을까.

더 이상 후회하지 않기로 다짐했지만, 시간을 돌릴 수만 있다면 그날 이전으로 돌아가고 싶었다.

"그런데 줄줄이 제작 무산됐다던데. 네 컴백작들."

도은의 예리한 지적에 재하가 피식 웃으며 손가락으로 앞머리를 가볍게 헝클었다.

"내가 순진했지. 비밀을 알고 있는 희생양이 힘을 갖길 바라는 사람이 어디 있다고. 작품은 계속 무산되고 계약에 묶여 있어 다른 회사는 가지도 못했어. 5년 동안 아무것도 못하니 저절로 의지가 꺾이더라."

현실의 벽에 부딪히니 연기에 대한 흥미도 저절로 식었다. 한때는 그렇게 열렬하게 원하던 일이 허탈할 정도로 부질없어진 것은 순식간이었다.

5년 동안 아무 일도 못하고 멍하니 시간을 보내다 보니 그저 계약이 종료되어 자유로워질 수 있기만을 간절히 기다리게 되었다며 재하가 자조적으로 말했다.

"왜 갑자기 이런 얘기를 해 주는 거야?"

도은의 질문에 재하의 입술에 옅은 미소가 어렸다. 그가 고개를 기울여 도은과 천천히 눈을 맞췄다.

"네가 궁금해졌거든. 주민우에 집착하는 이유가 뭔지."

"남의 비밀 따윈 안 궁금하다고 하지 않았어?"

"난 원래 변덕이 심해."

재하가 능청스럽게 대답하며 어깨를 으쓱했다. 누군가의 비밀에 개입하는 것은 질색이지만 어쩐지 그녀에게는 호기심이 생겼다.

"언니가 죽었어."

도은이 솔직하게 대답했다. 흘러나온 목소리는 생각보다 담담했다.

전혀 예상치 못한 말에 재하의 눈이 조금 커졌다. 그 모습에 도은이 살짝 입꼬리를 올렸다.

"너는 주민우 때문에 미래를 잃었고 나는 가족을 잃었지. 그렇다면 주민우도 뭔가 잃어야 공평하지 않겠어?"

"주민우한테서 뭘 뺏고 싶은데?"

"팬."

주민우의 전부이자 힘이자 권력.

"전부 빼앗아서 너한테 줄게."

＊ ＊ ＊ ＊

언니와 연락이 닿은 것은 3년 전쯤이었다. 국내에서 입양된 도은과 달리 어릴 때 먼저 해외로 입양된 언니는 풍족한 삶을 살았지만 행복하지는 않았다고 했다.

어느 날, 언니가 사랑하는 사람이 생겼다며 들뜬 목소리로 사진을 보내온 그때를 도은은 아직도 기억한다.

운명적인 사랑을 꿈꾸던 언니는 촬영차 미국에 머물던 주민우와 만나 사랑에 빠졌고, 그에게 프러포즈를 받았다며 곧 한국에 올지도 모른다고 했다.

진정한 사랑이란 이런 것일까? 언니의 모든 것은 미국에 있었다. 가족, 명예. 친구들. 언니가 평생 동안 이룬 그 모든 것을 뒤로한 채 사랑 하나로 한국에 온다는 것이 도은은 진심으로 대단하다고 생각했다.

도은은 언니를 진심으로 축복했다. 그녀는 그 누구보다 진짜 가족을 갖고 싶어 했을 테니까.

"언니가 한국에 온 순간 모든 문제가 터졌어. 미국에서 주민우는 그저 멋진 동양 남자였지만 한국에서는 모든 사람이 그 사람을 알고 선망했지. 언니는 그걸 간과했던 거야."

주민우는 모든 것을 비밀로 만들어야 하는 남자였다. 언니의 존재 역시도.

그녀는 모든 행동을 주민우나 경호원에게 허락받아야 했고 아무도 없는 빈집에 갇혀 그가 오기만을 기다려야 했다. 그렇게 오매불망 기다린 그는 일주일에 세 번 늦은 밤 혹은 이른 새벽 나타나 서둘러 그녀와 관계를 가진 후 또다시 사라졌다.

그녀는 아마 깨달았을 것이다. 이건 그녀가 기대한 사랑이 아니란 걸.

"언니는 임신했고, 강제로 끌려가 아이를 지웠어. 아이를 잃자 언니는 자살했고 나는 이제 완벽한 고아가 됐지. 충분하지 않아? 내가 주민우에 집착하는 이유."

"개새끼네."

가만히 도은의 이야기를 듣고 있던 재하가 간단명료하게 대꾸했다.

"그런데 복수하면 뭐가 달라지는데?"

"적어도 한 사람의 인생은 달라지겠지."

"그쪽 마음은 알겠는데, 현실적으로 주민우의 이미지나 팬덤이 너무 견고해서 사생활이나 비리를 파고드는 데 한계가 있어."

"그래서 당신이 필요해."

그녀의 말에 재하가 의아한 듯 고개를 갸웃했다.

"나 연기시켜 주는 대신 정보 캐내 오라는 거 아니었어?"

"아니, 당신은 그저 연기만 잘하면 돼."

"무슨 뜻이야?"

"주연을 잡아먹는 조연 본 적 없어?"

여전히 알 수 없는 표정을 짓고 있는 재하를 도은이 물끄러미 바라보았다.

연기를 사랑하고 갈망해서, 굶주림을 견디지 못하고 한순간의 잘못된 선택을 한 남자. 그래서 지금은 비록 날개가 꺾인 채 밑바닥에 던져졌지만, 도은은 확신했다.

누구보다 매력적이고 빛나는 재능을 가진 이 남자는 분명 기회만 주어진다면 다시 훨훨 날아오를 것이라고.

"주민우에 집중된 대중의 스포트라이트를 뺏어 와, 인재하. 그게 첫 번째 임무야."

"말이 쉽지. 어떻게 하려고?"

"주민우가 주연인 작품에 당신을 서브 남자 주인공으로 출연시킬 거야."

인재하의 등장으로 주민우에게 압박감을 주면서 대중들의 시선과 관심까지 뺏어 온다. 판만 제대로 짠다면 그야말로 완벽한 계획이었다.

"꽤 능력 있나 봐? 쉽지 않을 텐데."

그렇게 묻는 재하는 즐거운 얼굴이었다. 재밌어하는 것 같기도 했다. 반짝이는 눈빛으로 지그시 쳐다보는 그를 보니 이시 모든 비밀을 털어놓으라는 압박감이 느껴졌다.

잠시 고민하는 사이 재하가 발로 도은의 다리를 툭툭 쳤다. 빨리 불라는 신호였다. 결국 도은이 명함 하나를 재하의 앞으로 내밀었다.

"설연 엔터테인먼트 설이연 이사?"

"그 사람이 한신 리테일 막내아들이야. 처음엔 대본 보고 영화 투자만 했는데 하는 것마다 성공해서 아예 제작사를 차렸대. 그 사람한테 부탁할 거야."

"부탁하면 들어준대? 둘이 무슨……. 그런 사이인가?"

미심쩍은 얼굴로 도은을 바라보던 재하가 이내 뭔가 깨달았다는 듯 탄성을 질렀다.

"재벌 아들은 취향도 참 남다른가 봐."

진지하게 고개를 끄덕이는 그 모습에 도은이 그에게 가까이 오라는 듯 손가락을 까딱까딱했다. 재하가 가까이 오자 도은이 미소 띤 얼굴로 재하의 귀에 조용히 속삭였다.

"인재하."

"왜?"

"까불지 마."

퍽.

진심을 담아 날린 킥에 재하가 정강이를 부여잡았다. 별이 보인다는 게 무슨 말인지 몸소 느낄 만큼 참을 수 없는 고통이 밀려왔다. 무슨 여자가 이리 폭력적이냐고 한 소리 하려던 재하가 멈칫하더니 결국 입을 다물었다.

"인재하. 사람들이 왜 다이아몬드를 갖고 싶어 하는 줄 알아?"

"예쁘니까?"

생각대로 단순한 재하의 대답에 도은이 엷게 웃었다.

"아니. 희소성."

도은은 재하의 앞에 다가가 고개를 기울였다.

"그 사람은 절대 날 거부할 수 없을 거야. 왜냐하면."

재하의 귓가에 도은의 숨결이 부드럽게 내려앉았다.

"다이아몬드보다 훨씬 더 유혹적일 테니까."

"진짜 설이연이랑 뭐 있는 거야, 당신?"

자신감 넘치는 도은의 대답에 재하가 수상쩍다는 얼굴로 물었다. 그런 그를 보며 도은이 다시 재하에게 가까이 오라는 듯 손가락을 까다였다.

"왜 또!"

"설 이사가 내 부탁을 왜 들어줄 수밖에 없는지 궁금하지 않아?"

이 여자가 정말. 쉽사리 꺼지지 않는 호기심에 재하가 어쩔 수 없이 도은에게 귀를 가져다 댔다. 비밀스럽게 속삭이는 도은의 말을 듣자마자 재하가 놀란 듯 소리쳤다.

"당신 작가였어?"

"응. 나 꽤 인기 있어."

"그런데 설 이사는 어떻게?"

"수많은 계약 제의가 왔었어. 내 작품을 드라마화하고 싶다고. 그동안 내는 소설 마다 꽤 히트를 쳤지만 나는 여태까지 그 어떤 작품도 판권을 팔지 않았지."

"설마……."

"그래. 내 작품 모두를 걸고 그 남자와 거래를 할 거야."

"……."

"네가 주민우보다 더 주목을 받아서 인기를 끌게 되면 자존심과 별개로 주민우는 불안감을 느끼게 돼. 그 사람은 당신 미래를 날려 먹은 놈이잖아. 한 방 먹여 주자구."

도은이 앞머리를 쓸어 올리며 여유롭게 웃어 보였다.

자신이 주인공인 작품에서 자신이 아닌 재하에게 대중의 관심이 쏟아진다면 주민우에게 그것보다 자존심 상하는 일은 없을 것이다.

재하의 인기가 높아질수록 그는 불안해지겠지. 인재하가 과거의 일을 폭로하진 않을까, 혹은 보복을 하는 것은 아닐까 생각하며 초조해할 것이 뻔했다.

비밀을 가진 약자를 두려워하는 사람은 없지만 비밀을 손에 쥔 강자는 다르다. 그들은 먹이 사슬의 가장 최상위층에 서 있기 때문이다.

"무슨 소리인진 알겠는데……. 그놈이랑 같은 작품에서 붙으면 솔직히 자신 없어."

"아깐 주민우보다 연기 잘하냐고 물었을 때 개똥 같은 소리 하지 말라고 그러지 않았어?"

"냉정하게 말하자면 주민우는 연기가 돋보이는 스타일은 아니야. 그럭저럭 봐 줄 만한 연기에 이미지로 먹고 사는 놈이지. 인정하기 싫지만 솔직히 그 자식은 이미지 메이킹에 선수야. 처세술도 대단하다구."

주민우는 늘씬하고 잘생긴 외모에 바른 생활 이미지로 대중들의 호감을 이끌어 냈다. 스캔들 관리가 철저한 건 물론이고 카메라가 있는 곳에선 늘 예의 바르고 겸손하게 굴었다.

어떤 상황에서도 상냥한 미소를 잃지 않았기 때문에 남녀노소 모두에게 인기가 높아서 교회에서 보기 흔치 않은 교회 오빠라는 수식어도 자주 달리는 편이었다.

교회 오빠는 개뿔. 수많은 소녀 팬들은 그녀들이 찬양하는 그

교회 오빠가 하루에 한 명씩 여자를 갈아 치운다는 걸 알까?

"그럼 너도 하면 되지. 이미지 메이킹."

"난 할 말은 해야 하는 성격이야. 하하 호호 가식 떨고 립 서비스 하는 건 젬병이라고. 입꼬리가 부들거려."

양쪽 입가를 손가락으로 억지로 끌어 올리며 재하가 질색하는 얼굴을 했다.

"눈에 나기 딱 좋은 성격인데 여태 용케 버텼네."

"난 연기를 잘하잖아."

"하긴 연기하는 인재하는 나까지 혹할 정도니까."

"뭐?"

"충분히 매력적이고 멋진 남자라는 뜻이야. 주민우보다 훨씬 더."

도은의 대답에 재하가 놀란 듯 도은을 뚫어지게 주시했다. 늘 주민우의 들러리 취급을 받던 재하에게 도은이 한 말은 낯설기도 했지만 그동안 간절하게 듣고 싶었던 말이기도 했다.

말없이 진지한 얼굴로 도은을 바라보던 재하가 이내 도은에게 저벅저벅 다가가 그녀의 머리를 손으로 감싼 채 그대로 입술을 부딪쳤다.

기습적인 키스였다. 그와 동시에 손가락 사이로 미끄러지듯 들어온 재하의 손가락이 도은의 손등을 감쌌다. 키스보다 훨씬 관능적이고 야릇한 손길이었다.

제 손등을 매만지는 부드러운 감촉에 정신이 든 도은이 퍽— 재하의 가슴을 밀쳐 내며 고개를 돌렸다. 그제야 입술을 뗀 재하가 이해할 수 없다는 얼굴로 도은을 바라보았다.

"혹했다며?"

"내가 혹한 건 배우로서 연기하는 인재하지. 남자 인재하는 아니야."

"뭐야, 그게. 남자 인재하는 매력 없다는 뜻이야?"

"매력이 없다기보단 입을 열면 깨는 스타일이지."

도은의 대답에 재하의 얼굴이 왈칵 구겨졌다.

"그건 본인의 생각이야, 아니면 대중의 생각이야?"

"나도 대중이야."

"결국 너도 나보고 주민우처럼 가식 떨라는 소리네 그거?"

재하가 이제 완전히 화가 난 얼굴로 비꼬듯 웃었다.

"가식이 아니라 예의와 매너라구 해 두지. 너보고 주민우 흉내를 내라는 게 아니야. 과도한 솔직함은 누군가에겐 무례함과 상처가 될 수도 있다는 생각, 안 해 봤어?"

"……."

정곡을 찌르는 도은의 말에 재하가 움찔했다.

"……예의와 매너. 젠장. 좋아. 앞으로 그렇게 할 건데, 너 때문에 그러는 건 아니다. 대중을 위해서야."

도은을 손으로 가리키며 진지한 얼굴로 선언하는 그를 보며 도은이 슬쩍 웃었다.

"내일 설 이사랑 미팅 잡아 놨어. 내일 오전에 신경 써서 입고 와."

"나도 가?"

"당신 소속사 없잖아?"

없으면 따 와야지. 도은이 쿨하게 대꾸했다.

주민우가 속한 여란 엔터테인먼트에는 여 이사가 버티고 있었다. 재하의 말로 추측해 보면 여 이사는 재물에 욕심이 많고 사업

44

수완이 좋은 만만치 않은 남자였다.

그들을 건드리려면 먼저 그들이 함부로 건드릴 수 없는 배경을 가지고 있어야 했다.

그런 의미에서 설 이사는 그들에게 아주 좋은 방패막이 되어 줄 것이다.

다음 날 아침, 눈을 부비며 일어난 도은이 커튼을 열었다. 어슴푸레하던 새벽의 어둠이 완전히 걷히고 밝은 햇빛이 쏟아졌다.

샤워를 하고 나온 후 수건으로 머리를 털던 도은이 거실 한가운데 걸려 있는 벽시계를 힐끔 바라보았다. 재하와 약속한 시간이 1시간 앞으로 다가와 있었다.

부엌으로 걸어가던 도은은 잠시 걸음을 멈추었다. 아침으로 간단하게 식빵을 구울까 했지만 시간을 확인한 후 복잡해진 마음 때문인지 딱히 식욕이 돌지 않았다.

그가 올까?

약속을 하긴 했지만 정말로 그가 자신을 다시 찾아올지는 확신이 서지 않았다. 하지만 도은은 그가 오지 않더라도 어쩔 수 없는 일이라고 생각했다.

만일 자신이 재하라면 한 번 실패했던, 드디어 벗어날 수 있다고 생각한 이 진저리 나는 세계에 선뜻 다시 발을 딛지 못할 것 같았다.

어젯밤 드라이를 맡겼다 찾아온 정장을 물끄러미 바라보던 도은이 이내 옷걸이를 집어 들었다. 정장으로 갈아입고 머리를 단정하게 묶는 사이 어느덧 약속한 시간보다 20분이 지나 있었다.

조금 더 기다려 볼까. 아니면 전화를……

협탁 위에 놓인 핸드폰을 바라보던 도은이 이내 고개를 저었다. 개인적인 복수를 위해 자신과 상관도 없는, 이제 겨우 자유의 몸이 된 남자를 억지로 끌어들일 만큼 저는 냉정한 성격이 못 되었다.

설 이사와의 약속은 어떡하지. 일단 혼자서라도 나가 봐야겠다며 가방을 집어 드는 그 순간, 초인종이 울렸다.

"……!"

도은이 서둘러 몸을 일으켰다. 이윽고 인터폰을 확인한 도은이 엷게 미소 지었다.

그였다. 인재하.

"안녕."

문을 열자 열린 문 틈 사이로 재하가 빼꼼 고개를 내밀며 도은을 향해 손을 흔들었다.

"……안 오는 줄 알았어."

"그럴까도 했는데, 그래도 평생을 패배자로 남고 싶진 않더라구. 그리고……."

잠시 말을 멈춘 재하가 힐끗 하늘 위를 바라보았다.

"그리고 아무리 생각해도 너무 이상해서."

"뭐가?"

"신을 안 믿는 내가 이런 말 하는 거 웃기지만 뭐랄까……."

다시 도은에게로 시선을 돌린 재하가 살짝 벽에 기대며 눈썹을 치켜 올렸다.

"꼭 신이 일부러 너를 나한테 보내기라도 한 것처럼 타이밍이

기가 막히달까."

재하의 말에 도은도 동의했다. 여전히 도은을 주시한 채로 재하가 느리게 말을 이었다.

"너무 딱딱 맞으니까 함정인가 싶은 거 반, 이거 내가 너무 불쌍해서 신이 마지막으로 준 기회인가 싶은 거 반인데, 난 후자에 걸어 보려고."

"나도 마찬가지야."

"좋아, 서로 목적을 이룰 수 있는 유일한 기회니 잘해 보자구. 오늘 설연 엔터 사무실로 간댔나?"

"응. 그런데 말야."

뒤늦게 재하의 차림이 눈에 들어온 도은이 난감한 기색으로 재하의 몸을 아래로 훑었다.

선글라스를 낀 채 현관문 앞에 서서 한 손에 테이크아웃 된 커피 캐리어를 들고 있는 그는 꽤 멋져 보였다. 물론 얼굴만.

"패션이 참…… 끝내주네."

도은이 할 말을 잃은 얼굴로 재하를 쳐다보았다. 아니, 무슨 동네 양아치도 아니고 대체 이게 무슨 일이람?

구멍이 숭숭 뚫린 진청바지에 가죽 재킷을 입은 재하가 기겁하는 도은을 아는지 모르는지 해맑게 대답했다.

"신경 쓰고 오라며? 나 엄청 신경 썼다?"

뭐가 문제인지 모르는 듯 재하가 선글라스를 벗으며 뿌듯한 얼굴로 으쓱했다. 그 당당한 근자감에 뭐라고 한마디 하려던 도은이 결국 입을 다물었다. 신은 그에게 축복받은 기럭지와 얼굴을 주는 대신 멋에 대한 패션 감각을 통째로 앗아 간 게 분명했다.

신경 쓰고 오라고 하지 말걸. 시간 여유가 있으니 일단 백화점부터 가자. 속으로 한숨을 내쉰 도은이 주머니에서 차 키를 꺼냈다.

"차 안 갖고 왔지? 내가 운전할게. 타."

도은이 주차장을 향해 걸으며 재하를 향해 손짓했다. 도은의 뒤를 따라가던 재하가 그 말에 놀란 듯 멈칫했다.

"……내가 운전 못하는 거 어떻게 알았어?"

내가 어제 말했던가? 아니면 내 뒷조사를 한 건가? 재하가 긴가민가하는 사이 도은이 별거 아니라는 듯 곧바로 대꾸했다.

"내가 그쪽이라면 운전대는 이제 꼴도 보기 싫을 것 같아서."

"……."

"왜 그러고 있어. 안 타?"

어느덧 차에 탄 도은이 물끄러미 서 있는 재하를 바라보며 의아한 듯 물었다. 그 말에 재하가 그제야 정신을 차린 듯 조수석에 올라탔다.

조용히 안전벨트를 매는 도은의 옆모습을 보며 재하가 고개를 살짝 기울였다.

정말 볼수록 이상한 여자란 말야. 그녀가 가끔 툭툭 던지는 말들은 생각지 못한 타이밍에 훅 들어와 재하의 마음을 어지럽혔다.

"운전해 준 보답이야."

재하가 도은에게 들고 있던 스무디 하나를 내밀었다. 그건 재하 나름의 고맙다는 표현이었다.

고맙다는 인사를 하려고 도은이 재하를 돌아보는데 그의 손에 설탕 봉지가 한 움큼 쥐어져 있는 것이 보였다. 보기만 해도 입안이 달아서, 도은이 조금 이마를 찡그렸다.

"설탕을 너무 많이 넣는 거 아냐?"

"난 원래 아메리카노는 질색이야. 너무 쓰잖아."

"그럼 커피를 안 마시면 되잖아."

"진정한 뉴요커는 아메리카노를 마시는 법이지."

재하가 매우 진지한 얼굴로 설탕 봉지를 뜯었다.

"그럼 나랑 바꿔 마시면 안 돼?"

"왜? 딸기 스무디 싫어?"

"내 취향은 아메리카노야. 이건 너무 달아."

"그러니까 커피 말고 스무디 마셔."

"왜?"

"내가 당신에 대해 잘 아는 건 아니지만 말야. 당신은 좀 더 달달해질 필요가 있어."

"그게 무슨 소리야?"

이해할 수 없다는 듯한 도은을 재하가 빤히 바라보았다. 가벼운 버드키스라고 해도 벌써 두 번이나 입을 맞춘 사이인데 도은은 아무런 동요도 변화도 없었다. 없던 일로 치는 것이 아니라 아무 신경도 쓰지 않는 것이 분명했다.

뭐 저런 목석같은 여자가 다 있어. 괜히 억울한 마음이 들어 재하가 불만스러운 얼굴로 쳇 혀를 찼다.

"사람이 낭만이 없다는 소리지."

낭만이라. 재하의 대답에 도은이 제 손에 쥐어진 딸기 스무디를 바라보았다.

"그깟 낭만이 사람을 어떻게 파멸시키는지 나는 그 끝을 똑똑히 봤어."

언니가 꿈꾸면 그 달콤하고도 낭만적인 시랑 때문에 그녀는 모든 것을 잃어야 했다. 사랑하던 가족도, 아이도, 그리고 스스로의 목숨도.

재하가 손에 쥐고 있는 커피와 제 스무디를 맞바꾸며 도은이 건조하게 웃었다.

"그러니까 나한텐 이 블랙커피 하나면 충분해."

$$* \quad * \quad * \quad *$$

백화점에 들어서자 사람들이 재하를 힐끔힐끔 곁눈질을 하는 게 느껴졌다. 그것이 눈에 띄는 수려한 외모와 늘씬한 몸매 때문인지, 아니면 저 투머치한 난해한 패션 때문인지는 모르겠지만 말이다.

"슈트를 좀 보고 싶은데요."

언젠가 TV 광고에서 봤던 정장 브랜드를 발견한 도은이 카운터 앞에 서 있는 직원에게 말을 걸었다.

"어떤 스타일을 찾으세요?"

"가벼운 소재의 세미 정장 스타일이요. 심플하고 댄디한 느낌으로."

속사포 랩을 하듯 도은이 서둘러 대답했다. 단 한시라도 저 아까운 얼굴과 기럭지를 썩히고 싶지 않았다. 직원이 뒤에 선 재하를 쳐다보더니 도은의 마음을 이해한다는 듯 상냥하게 미소 지었다.

"이쪽으로 오세요."

심드렁한 얼굴로 직원을 따라 걷던 재하가 한눈에 봐도 고급스러워 보이는 아이템을 풀로 장착한 마네킹을 보고 놀란 듯 살짝 입을 벌렸다.

그녀가 안내한 곳에는 넥타이와 구두를 비롯해 요즘 유행하는 스타일의 세미 정장이 가지런히 진열되어 있었다.

직원의 설명을 관심 있게 듣는 도은과 달리 재하는 이런 곳에 있는 자신이 어색하기만 했다. 그도 그럴 것이 시상식을 제외하면 딱히 정장을 입을 일도 없었을뿐더러, 재하가 극 중 맡는 역들은 대부분 가난하거나 불량했기에 분장 팀에서 가져다주는 옷들은 하나같이 후줄근한 것들뿐이었다.

"꼭 슈트 입고 가야 돼? 나 좀 부담스러운데……."

"결제는 내가 할 테니까 부담 갖지 마."

"그런 게 아니라 이런 거 입음 너무 힘준 것 같잖아."

소곤소곤 속삭이는 재하의 말이 어이없기도 하고 조금 귀엽기도 해서 도은이 희미하게 웃으며 대꾸했다.

"지금도 충분히 부담스러우니까 상관없어."

"……나 지금 이상해?"

"그걸 이제 알았어?"

직원이 소개하는 옷들을 하나하나 꼼꼼히 살펴보던 도은이 계속 눈길이 가던 슈트 하나를 집어 들었다.

린넨 소재의 그레이 슈트로 깔끔하면서 스타일리시한 느낌이었다. 패션은 복고지만 얼굴과 몸매만은 세련되고 트랜디한 인재하에게 틀림없이 잘 어울릴 것 같았다.

"이거 입어 봐."

이거 어때? 하고 물어보려던 도은이 서둘러 말을 고쳤다. 어쩐지 재하의 취향을 존중해 주었다간 큰일이 날 것 같았기 때문이다.

"알았어. 갈아입고 오면 되지? 탈의실은 어디야?"

도은이 품에 안겨 주는 슈트를 힐끗 내려다본 재하가 별 반박 없이 순순하게 물었다. 딱히 다른 슈트에 시선을 주지 않는 것을 보면 원래 옷에 별 관심이 없는 성격인 듯했다.

도은과 재하를 지켜보고 있던 직원이 곧바로 재하를 탈의실로 안내했다.

"금방 입고 올 테니까 기다려. 멋있어도 너무 놀라지 말구."

탈의실로 들어가던 재하가 장난기 어린 얼굴로 눈가를 찡긋했다.

"빨리 들어가기나 해."

"네, 네."

재하가 들어간 후 의자에 앉는데 탈의실에서 부스럭거리는 소리가 들려왔다. 신경 쓰지 않으려고 옆에 꽂아 있는 잡지를 빼내 폈지만 전혀 눈에 들어오지 않았다.

왜 내가 긴장되는 거지. 결국 잡지를 도로 덮은 도은이 고개를 떨구고 이마를 짚었다. 기분이 묘했다. 마치 웨딩드레스를 입은 신부를 기다리는 신랑이 된 기분이었다.

"손님! 너무 잘 어울리세요."

직원의 감탄 어린 목소리에 도은은 고개를 들었다.

어느덧 탈의실에서 나온 재하가 직원을 향해 싱그럽게 웃어 보였다.

"그쵸? 나도 그렇게 생각해요. 아, 김도은!"

재하가 도은을 향해 고개를 돌린 순간 재하를 바라보던 도은의 눈이 크게 뜨였다.

세상에. 재하가 점점 가까이 걸어올수록 도은은 멍해지는 기분을 느꼈다. 도은이 골라 준 그레이 슈트를 입고 나온 재하는 꼭 패션 잡지에서 튀어나온 모델 같았다.

아까와는 사뭇 다른 느낌의 시선으로 매장 안의 여자들이 놀란 듯 재하를 힐끔거리는 게 느껴졌다. 아마 길거리를 지나가면 모든 여자들이 한 번쯤 그를 훔쳐보겠지.

괜찮을 거라 예상은 했지만 이렇게 입혀 놓으니 정말 연예인 티가 났다. 방금 전 자화자찬을 해 놓은 사람답지 않게 막상 도은 앞에 서니 오랜만에 입은 슈트가 영 어색한지 재하가 손가락으로 코끝을 문질렀다.

"어때? 괜찮아?"

머뭇거리며 묻는 재하를 바라보며 도은이 단호하게 입을 열었다.

"설 이사랑 계약하면 우리 제일 먼저 코디를 뽑자."

역시 인재하의 기럭지를 복고 패션으로 썩히는 것은 재능 낭비였어. 계약이 성사된다면 가장 먼저 코디를 뽑겠다는 결연한 다짐을 하며 도은은 재하와 함께 백화점을 빠져나왔다.

여자들의 부러움 섞인 시선을 받는 것이 그리 나쁘지 않은 기분이라고 생각하면서.

※　※　※　※

설연 엔터테인먼트 사무실 앞에 도착해 차를 세운 도은이 내리려는 재하의 팔을 붙들었다.

"왜?"

"설 이사는 감이 좋은 사람이야. 내가 계약 조건에 널 거는 순간부터 그 남자는 철저히 너를 평가할 거야. 미리 말해 두는 게 좋을 것 같아서."

"뒷조사는 애교겠군."

재하가 반쯤 내린 창문 사이로 보이는 설연 엔터테인먼트 건물을 올려다보았다. 세련되고 거대한 이 빌딩은 그가 첫 번째로 통과해야 할 관문으로 느껴졌다.

"겁먹지 마. 너라면 분명 오늘 시험을 통과할 테니까."

"칭찬해 주는 건 좋은데 날 너무 과대평가하는 거 아냐? 냉정하게 말하자면 난 패잔병이지. 어마어마한 핸디캡까지 떠안은, 음…… 그래, 이 바닥 말로 표현하자면 중고 신인. 그리고 패잔병에겐 분명한 이유가 있는 법이야."

"그럴지도 모르지. 하지만 내가 보기에 넌 운이 없었을 뿐이야."

"……"

"그리고 난 설 이사 안목을 믿어."

설 이사는 감도 좋지만 무엇보다 비즈니스적으로 뛰어난 사람이었다. 손익 계산에 철저한 남자인 만큼 도은은 그가 자신의 거래를 받아들일 거라 믿어 의심치 않았다.

그리고 만약 조건을 받아들인다면 도은이 아무 말 하지 않아도 설 이사는 재하에게 스카웃 제의를 할 확률이 높았다.

왜냐하면 재하가 맡을 '휘' 역은 비중은 적지만 그녀의 작품 안에서 가장 매력적인 역이었으니까. 감 좋은 설 이사가 그걸 놓칠리 없었다.

감수할 부분은 있으나 투자, 제작 분야에서 안정적인 성공 이후 이제 막 매니지먼트 사업을 시작한 그에게 인재하는 꽤나 끌리는 패일 것이다.

"저, 근데 혹시 학교 다닐 때 애들 괴롭히거나 결혼한 적 있어?"

확인차 묻는 도은의 조심스러운 질문에 재하가 기겁했다.

"이봐, 난 주민우랑 다르다고. 내 과거는 깨끗해. 여자에 별로 흥미도 없고."

그렇게 말한 재하가 손가락으로 스스로를 가리키며 장난스럽게
씩 웃었다.

"이래 봬도 내가 좀 내성적이거든."

"갑자기 마지막 말에 신뢰가 확 떨어지는데."

"걱정 마. 내 과거는 깨끗해. 그 사고만이 내 인생의 유일한 오
점이지."

오점. 그 한 단어에 재하가 그동안 그날의 선택을 얼마나 후회
했는지 고스란히 느껴졌다.

"후회돼?"

"창피해. 그때 인기와 주인공에 눈멀어서 양심을 팔아먹은 내가
생각나서 견딜 수가 없어지거든."

과거 회상에 잠기듯 허공을 응시한 재하가 느릿하게 대답했다.

"인재하 씨 그 눈빛 있잖아. 얼빠진 헐랭이처럼 굴다가도 위기
감 느끼면 나오는 날카로운 눈빛."

"대체 그 비유는 뭐야?"

"그래서 몰라?"

"알아."

도은의 재촉에 재하가 마지못해 대답한다는 듯 불퉁한 얼굴을
했다.

"이거?"

마치 연기를 시작하듯 고개를 돌렸다가 다시 휙 돌아온 재하가
도은이 표현한 그 특유의 날카로운 눈빛을 선보였다.

"그래, 그거."

도은의 대답에 본래의 허세로 돌아온 그가 씩 웃으며 어깨를 으

쓱했다. 마치 멋있지? 라고 말하는 듯했다.

"들어가면 계속 연기한다고 생각하고 내가 말한 그 눈빛을 잊지
마."

"어렵지는 않지만 그게 먹힐까?"

"먹혀. 그 남자가 정말 감이 좋다면."

재하를 처음 봤을 때 도은은 재하에게서 잠시 '휘'를 떠올린 적
이 있었다. 외향적인 면은 도은이 애초에 생각한 '휘'의 이미지와
는 다른 편이었지만 분위기만은 꼭 닮아서 놀랐었다.

게다가 연기할 때의 인재하는 확실히 사람의 시선을 잡아끄는
배우로서의 아우라가 있었다. 그 아우라는 생각보다 강렬해서 도
은은 태블릿에서 봤던 배우 인재하로서의 모습이 기억 속에 꽤 인
상적으로 남기도 했다. 그리고 그것은 도은이 조건으로 내걸 '휘'
역에 꼭 필요한 것이었다.

진흙 속에 아무리 깊이 파묻혀도 진주라면 귀신같이 알아본다고
떠들썩한 설 이사의 안목이 진짜라면, 그는 분명히 재하를 놓치지
않을 것이다.

직원의 안내를 받아 들어온 설 이사의 사무실은 깔끔하고 단정
했다. 엔터테인먼트 사무실치고 굉장히 심플한 편이었지만 자세히
뜯어보면 진열된 소품 하나하나 평범한 것이 없었다. 유니크하고
고풍스러움이 풍기면서도 서로 조화가 잘 어우러지는 느낌이랄까.

분명히 본인의 눈으로 직접 세심하고 정성스럽게 컨택한 거겠
지. 인테리어만 봐도 설 이사의 성격이 느껴지는 것만 같아서 도은
이 낮게 심호흡을 했다.

"설 이사는 어떤 성격이야?"

"조금…… 아니, 많이 무서워."

"시크한 편인가 보네."

"아니, 전혀. 그 반대야."

작년에 낸 책이 운 좋게 TV에 소개되면서 베스트셀러에 오른 적이 있었다. 그 이후 작품들도 덩달아 좋은 평을 얻으면서 드라마나 영화 제의가 꾸준히 들어오곤 했다.

하지만 스스로가 딱히 성공에 대한 욕심이 없기도 했고 영상화 작업에도 회의적이었던 터라 도은은 늘상 단호하게 거부 의사를 전했다. 출판사에서도 제작사에 판권을 파는 게 어떻겠냐며 설득했지만 도은의 뜻은 한결같았다.

그러던 어느 날 설 이사에게서 전화가 왔다. 만일의 일을 대비해 출판사에다 아무에게도 절대 연락처를 알려 주지 마라 신신당부했는데 대체 어떻게 알아낸 건지 알 수 없었다.

3달 전쯤 그렇게 딱 한 차례 만났을 뿐이지만, 설 이사는 여태까지 도은이 만난 사람들 중에 가장 친절했고 가장 끈질겼다. 게다가 말솜씨가 어찌나 부드럽고 유려한지 도은으로서도 그를 상대하기가 버겁기만 했다.

마지못해 받았던 그의 명함을 들고 이렇게 제 발로 그를 찾아올 일이 생길 거라고는 그때만 해도 전혀 생각지 못했었는데.

도은이 설 이사와의 만남을 떠올리는 사이, 정중한 노크 소리와 함께 문이 열렸다.

"다시 만나 반갑습니다. 김 작가님. 설이연입니다."

단정한 얼굴에 뿔테 안경을 쓴 그는 흔히 여자들이 좋아하는 부드러운 이미지의 호감형 인상을 가진 남자였다.

하나 부드러움 속에 숨겨진 칼날을 도은은 모르지 않았다. 설 이사가 내미는 손을 맞잡으며 도은이 입을 열었다.

"오랜만이에요. 설 이사님. 김도은입니다."

"이쪽은."

도은이 일행을 데려올 거라고는 생각하지 못한 듯, 설 이사가 흥미로운 눈빛으로 재하를 보는 것이 느껴졌다. 탐색의 시선이었다.

"이쪽은 배우 인재하 씨입니다. 오늘 할 계약이 인재하 씨와도 관련이 있어서 같이 왔습니다."

"좋습니다. 앉으시죠."

금방 재하에게서 시선을 거둔 설 이사는 직원이 가져온 커피 잔을 내려놓는 사이 먼저 자리로 가 앉았다.

"연락받고 놀랐습니다. 원래 김 작가님이 드라마화를 안 하는 건 알고 있었지만 너무 강경하게 거절하셔서 포기하고 있었거든요."

"제가 여기 온 건 설 이사님 능력을 믿기 때문입니다."

"조건이 있다면 말씀하세요."

다시 도은에게로 시선을 돌린 설 이사가 커피를 권하며 상냥하게 웃었다. 그저 딱 한마디만 했을 뿐인데 바로 핵심을 찌르는 설 이사를 보니 역시 보통 사람이 아니라는 생각이 들었다.

도은이 재하를 살폈다. 그는 둘 얘기에는 관심 없다는 듯 평소와 다르게 시크한 얼굴로 커피만 마시고 있었다.

"두 가지 조건이 있습니다."

속으로 크게 숨을 들이켠 도은이 커피 잔을 테이블에 내려놓으며 설 이사를 똑바로 마주 보았다.

"첫 번째로는 남자 주인공인 윤은 무조건 주민우 씨로 캐스팅해 주셨으면 합니다. 그리고 서브 주인공인 휘 역은 인재하 씨를 써 주세요. 그게 계약 조건입니다."

"캐스팅은 배우의 스케줄이 맞지 않거나 출연 의사가 없을 경우도 있기 때문에 장담하긴 힘듭니다. 그리고 주민우 씨는 우리나라에서 대본이 제일 많이 가는 배우 중에 하나 아닙니까."

갑작스런 제안에도 설 이사는 전혀 당황하지 않은 얼굴로 능수능란하게 대답했다. 그가 한발 물러섰지만 도은은 알고 있었다.

그는 충분히 주민우를 데려올 능력이 있다는 걸.

"그래서 설 이사님을 찾아온 겁니다."

설 이사는 작품 보는 안목이 좋다고 정평이 나 있었다. 드라마건 영화건 그가 제작하는 작품마다 연달아 성공을 거두면서 그는 순식간에 배우와 투자자들에게 상당한 신뢰를 쌓았다.

주민우로서도 설 이사의 캐스팅 제안은 꽤나 유혹적일 것이다. 그는 모험을 하는 배우는 아니니까.

그 사실을 알고 있다는 듯 도은이 대답하자 그가 여유롭게 받아쳤다.

"작가가 원하는 배우를 추천하는 경우는 있습니다마는 계약 조건으로 내거는 경우는 없는데요. 대본은 차고 넘칩니다. 기회만 온다면 어떤 악조건에도 흔쾌히 계약할 사람은 많아요. 이런 요구를 하는 건 본인에 대한 자신감입니까?"

도발하는 듯한 어투였지만 불쾌감이 섞인 눈빛은 아니었다. 이런 반응을 보일 거라고 어느 정도 예상했기에 도은이 차분하게 대답했다.

"설 이사님은 작품을 보는 안목이 뛰어나다고 들었습니다. 그런 분이 확신이 가지 않는 애매한 작품을 찔러 볼 것 같지 않아서요. 그리고……."

"그리고?"

"조건에 대한 대가를 드리겠습니다."

대가. 이 얼마나 달콤한 단어란 말인가.

생각지 못한 대답인 듯 설 이사가 눈을 깜빡였다.

이내 그가 계속해 보라는 듯 호기심 어린 얼굴로 미소 지으며 도은을 응시했다.

"2차 창작물에 대한 저작권은 저한테 있어요. 제 모든 작품에 대한 판권을 계약금 없이 모두 설 이사님께 양도해 드릴게요."

"……."

그 말에 처음으로 설 이사가 미소를 거뒀다.

"그럼 추후 수익에 있어서도 꽤 나쁘지 않은 얘기라고 생각합니다. 어쨌든 설 이사님의 목적은 보다 큰 수익을 내는 것 아닌가요?"

도은이 여태까지 쓴 소설은 모두 합하면 총 6개였다. 한 작품의 캐스팅 조건만 만족하면 도은의 모든 작품에 대한 판권을 아무런 투자 없이 오롯이 독점할 수 있는 데다, 도은에게는 베스트셀러 작가라는 인지도까지 있으니 모든 면을 다 따져 봤을 때 설 이사로서는 꽤 솔깃한 제의였다.

"김도은 씨. 매니저로 직종 변경했습니까?"

가만히 도은의 말을 경청하던 설 이사가 딴소리를 했다. 도은이 이렇게까지 하면서 재하를 밀어주는 이유가 궁금한 모양이었다.

매너 좋은 미소를 짓고 있지만 그의 눈빛은 도은의 의도를 파악하려는 듯 날카롭게 도은을 주시하고 있었다.

뭐라고 말하는 게 좋을까. 잠시 고민하듯 재하에게 시선을 옮긴 도은이 이내 설 이사를 향해 부드러운 목소리로 대답했다.

"네. 어제부터요."

"훌륭한 매니저네요."

"……."

"비중과 상관없이 '휘'는 이 작품에서 가장 매력적인 역이라고 생각하거든요. 그렇지 않습니까?"

질문이었지만 비꼬거나 대답을 바라는 기색은 아니었다. 영리한 도은의 거래에 순수하게 감탄하는 것 같았다.

"드라마 계약을 하지 않기로 유명한 베스트셀러 작가가 사고 때문에 한동안 잠적했던 배우를 데려와서 이런 계약을 하는 목적이 궁금하지만, 뭐 상관없습니다. 전 결과와 실력만 보는 편이거든요."

사정이야 어쨌든 자신이 손해 볼 것은 없으니 더 파고들지 않겠다는 말이었다.

이로써 계약은 성립됐다. 험난하고 먼 복수를 향한 첫걸음이었다. 드디어 한 발자국 뗐다는 안도감에 도은이 참았던 숨을 내쉬는 그때, 설 이사가 툭 재하를 향해 질문을 던졌다.

"인재하 씨. 여란과의 계약은 확실히 끝났습니까?"

도은을 주시하던 설 이사가 불현듯 재하에게로 시선을 돌렸다. 그가 상품을 평가하듯 재하를 꼼꼼히 뜯어보는 것이 느껴졌다.

여태껏 있는 듯 없는 듯 조용히 두 사람의 대화를 지켜보고 있던 재하가 처음으로 설 이사를 향해 입을 열었다.

"얼마 전에 정리했습니다."

"좋아요."

설 이사가 재하에게 계약 문제를 묻는다는 것은 도은이 재하를 데려온 의도를 확실히 간파했다는 뜻이었다.

설 이사가 잠시 고민히는 듯히다 책상에서 시눕 하나를 꺼내 재하에게 내밀었다. 무슨 작품인지 한번 살펴보라는 의미였다.

"이건 일주일 뒤 열리는 오디션입니다."

61

"……."

"조연이긴 하지만 배우, 감독, 작가 모두 요즘 제일 잘나가는 핫한 사람들만 모아서 하는 특별 기획 드라마라 어떻게든 눈도장을 찍으려는 신인들이 한꺼번에 몰려들 겁니다. 여기서 캐스팅되는 조건으로 저희 설연과 계약하는 건 어떻습니까, 인재하 씨?"

역시 만만치 않은 남자였다. 오디션에 합격만 된다면 설연과의 계약은 설 이사뿐 아니라 재하나 도은에게도 엄청난 이득이었다.

본격적인 주민우와의 만남 이전에 설 이사의 울타리 안에서 착실하게 인지도를 쌓을 수 있을 테니까.

역시 사업가는 사업가인가. 캐스팅 이외에 별다른 요구를 하지 않았는데도 도은의 수를 읽었을뿐더러 그보다 한 수 더 앞서 나가다니.

"오디션이 자존심 상할 수도 있겠지만 인재하 씨에겐 핸디캡이 있으니까."

설 이사가 부드럽게 웃었다. 가만히 이야기를 듣고 있던 재하의 눈썹이 치켜 올라갔다.

도은 역시 표정 관리를 하려고 애썼지만 심장이 철컹 내려앉는 것 같았다. 조금 오싹한 기분이 들어 도은이 팔을 감쌌다.

핸디캡이라. 아주 많은 의미를 내포하고 있는 단어였다. 5년 전 사고 때문에 생긴 부정적인 이미지를 얘기하는 건지 아니면 혹시 그 이상을 알고 있는 건지 묘했다.

능구렁이 같은 남자군. 재하가 설 이사를 쳐다보았다. 재하의 의심스러운 시선에도 불구하고 그는 아무 의도 없다는 듯 그저 미소 지을 뿐이었다.

"실력을 증명해 준다면 인재하 씨 핸디캡은 제가 안고 가겠습니다. 어떻습니까?"

"합격 내정자는 없습니까?"

설 이사가 준 시놉을 살피던 재하가 툭 물었다. 의외의 단어에 도은이 재하를 바라보았다.

합격 내정자.

도은은 생각해 보지 못한 부분이었다. 재하의 예리한 질문이 의외였는지 설 이사의 눈매가 살짝 가늘어졌다. 재하를 바라보는 설 이사의 입술 끝에 더 이상 미소는 어려 있지 않았다. 두 사람의 시선이 정면에서 날카롭게 부딪혔다. 그 팽팽한 공기에 숨이 막혀 왔다.

"제 이름을 걸고 확실하게 장담할 수 있습니다. 내정자는 없습니다."

"그렇다면 좋습니다. 증명해 드리죠."

시놉에서 시선을 뗀 재하가 설 이사를 향해 처음으로 웃었다. 새로운 기회를 향한 흥분, 기대, 그리고 자신감.

마치 탐스러운 먹잇감을 문 맹수처럼 만족스럽게 웃는 재하는 눈부셨다. 도은은 한순간 재하에게서 빛이 난다고 생각했다.

"인재하 씨. 눈빛이 좋네요. 행운을 빕니다."

그건 설 이사도 마찬가지였던 모양이다. 그가 진심으로 격려하는 것이 느껴졌다.

"도은 씨, 시간이 괜찮다면 오늘 저랑 저녁 같이 합시다. 맛있는 레스토랑을 알거든요."

계약서를 다 쓰고 일어서는데 설 이사가 자연스럽게 말을 걸었나. 갑작스러운 지녁 제안에 당황한 도은이 무슨 의도인지 파악할 새도 없이 재하의 목소리가 불쑥 튀어나왔다.

"그 약속은 셋이 함께입니까?"

"아니라면 안 됩니까?"

"곤란합니다. 저는 핸디캡이 있는 배우라 매니저님께 24시간 감시받고 있는 중이거든요."

"……."

"그럼 또 뵙죠. 설 이사님."

설 이사는 드물게 한 방 맞았다는 얼굴이었다.

"갑시다."

도은의 손목을 잡아끌며 재하가 상큼하게 웃었다. 승자의 미소였다.

�֎   �֎   *   �֎

설연 엔터테인먼트 사무실을 나와 엘리베이터 버튼을 누른 도은이 왠지 기분 좋아 보이는 재하를 힐끗 올려다보았다.

"왜 그랬어? 일 얘기였을 수도 있잖아."

"어떤 남자가 일 얘기를 레스토랑에서 스테이크 썰면서 해?"

"아?"

그런가? 재하의 말을 들으니 그런 것 같기도 하면서 한편으로는 뭔가 일적으로 중요한 찬스를 놓친 게 아닐까 하는 불안감도 들었다.

어차피 설 이사가 자신과의 식사에서 할 얘기란 앞으로의 일에 관련된 이야기들뿐일 텐데 아무리 생각해도 그런 식으로 나온 것이 마음에 걸렸다.

"왜 안 와?"

건물 밖으로 나와 아까 차를 세웠던 공영 주차장을 향해 앞서 걷던 재하가 걸음을 멈춰 선 도은을 바라보았다.

도은의 고민 가득 찬 심란한 얼굴을 보니 무슨 생각을 하는지 뻔히 보였다. 옅게 한숨을 내쉰 재하가 다시 도은의 앞으로 성큼성큼 걸어갔다.

"예리하고 똑똑한 척하면서 이런 데는 영 맹탕이구만."

"뭐가?"

"설 이사. 당신한테 관심 있어. 분명해."

"그럼 더더욱 아쉽네."

뒤통수를 얻어맞은 것 같은 의외의 대답에 재하가 저도 모르게 입을 쩍 벌렸다.

기가 막혔다. 자신과는 키스까지 해 놓고 개미 똥만큼도 신경 쓰지 않는 주제에 뭐 아쉬워?

당연히 연애에 관심 없는 철벽녀일 거라고 생각했는데 오산이었다.

"왜 그런 표정이야? 설 이사 잘생겼잖아."

뭐가 문제냐는 듯 어깨를 으쓱하는 도은을 보며 재하가 망설임 없이 도은의 이마에 손가락을 가져가 검지를 가볍게 튕겼다.

딱!

가볍지만 경쾌한 소리였다. 예측하지 못한 불시의 공격에 도은이 이마를 문지르며 인상을 찡그렸다.

"뭐야?"

"겉모습에 속지 마. 겉모습이 그럴싸할수록 경계심을 높이라구. 이 바닥에 얼마나 번태에 음흉한 놈들이 많은 줄 알아? 신뢰를 쌓기 전엔 사적으로 단둘이 만나지 마."

"……."

"아까 네 말이 맞아. 저치 엄청 무서운 물건이야. 맹하게 생겨선 엄청 치밀하잖아, 저거. 내숭은 또 얼마나 떠는지. 저 웃는 낯속에 구렁이가 최소 10마리는 있는 것 같아. 으으."

소름 돋는다며 한참을 설 이사 흉을 보던 재하가 다시금 도은을 향해 잔소리를 퍼부었다.

"알았지? 말주변이 좋고 자기가 잘난 걸 아는 타입은 상대한테 매력적으로 굴면서 원하는 정보만 쏙쏙 빼 간다고. 우리 목적은 둘째 치고, 당신은 작가니까 미발표작이나 차기작 얘기는 절대 하지 마."

엄하게 잔소리를 늘어놓는 재하를 보며 도은이 멍한 얼굴을 했다. 연기 빼고는 마냥 허당인 어리숙한 남자인 줄 알았는데 의외였다. 이렇게 진지한 얼굴을 보니 화낼 생각도 싹 사라졌다.

"인재하 씨. 반칙이다."

"뭐가?"

"연기 이외는 다 젬병일 줄 알았는데 제법 의지가 되네."

"내가 한 듬직 하지."

앞부분은 쿨하게 흘려들은 재하가 씩 웃었다. 앞으로는 인듬직이라고 부르라고. 재하가 신나서 떠들었다.

"첫 발자국 뗀 기념으로 저기 카페 가서 빙수나 먹고 가자. 눈에 힘을 너무 줬더니 진 빠져."

재하가 길가에 있는 근처 카페를 가리켰다.

"그래."

"근데 손을 왜 그렇게 떨어?"

눈가를 치켜 올리며 장난스럽게 웃던 재하가 얼굴을 굳혔다. 도은의 오른쪽 손이 미세하지만 덜덜 떨리고 있었기 때문이다. 긴장이 풀리자 나타난 반작용인 듯했다.

재하의 시선을 느낀 도은이 별일 아니라며 넘기려던 순간이었다. 재하가 도은의 떨리는 오른쪽 손을 덥석 잡았다.

"……."

타인의 낯선 감촉에 도은이 재하를 당황스러운 얼굴로 올려다보았지만, 정작 본인은 개의치 않는지 도은의 손을 잡고 휙 들어 올렸다.

"이제 좀 괜찮지 않아?"

도은을 향해 씩 웃는 재하는 그 어느 때보다 순수하고 천진난만해 보였다. 그를 보니 잠시라도 당황한 자신이 오히려 이상하게 느껴지는 것 같았다.

도은은 어쩐지 그와 시선을 마주치는 것이 어색해 눈을 내리깔았다. 손의 떨림이 잦아들자 재하가 자연스럽게 손을 거둬 갔다.

"빙수 먹으러 가자."

아무렇지 않은 얼굴로 재하가 도은의 어깨를 툭 쳤다.

"김도은."

"왜."

"귀 빨개졌다."

도은의 귀를 가리키며 재하가 개구지게 웃었다.

"왜? 내가 꼬시는 줄 알았어?"

허리를 숙이곤 도은과 눈을 맞춰 오며 재하가 매력적으로 웃었다.

"나한테 실레있구나? 설레었지?"

쌩하니 찬바람 날리며 성큼성큼 걸어가는 도은을 옆에서 졸졸 따라가며 재하가 신나서 떠들었다.

"너 한 번만 더 하면……!"

한 대 때릴 기세로 으르렁거리던 도은이 재하의 이상한 기색을 눈치채고 의아한 얼굴을 했다. 방금 전까지만 해도 실실 웃으며 그녀를 약 올리던 재하가 굳은 얼굴로 차도 쪽을 바라보고 있었기 때문이다.

왜 그러냐고 물으려는 순간 빵 클랙슨 소리가 울렸다. 그 소리에 도은이 반사적으로 고개를 돌려 차도 쪽을 바라보려는데 순간 재하가 다급히 도은의 팔목을 붙잡았다.

"쉿."

"왜?"

재하가 다급한 손길로 말없이 자신의 선글라스를 벗어 도은에게 씌웠다.

갑작스러운 행동에 도은이 어리둥절한 얼굴을 하자 재하가 자신의 입술에 손가락을 가져다 대며 조용히 하라는 제스처를 해 보였다.

"인재하?"

차 특유의 창문 내려가는 소리와 함께 도은의 등 뒤에서 낯익은 목소리 하나가 끼어들었다.

부드럽게 흘러나오는 달콤한 목소리에 도은의 손이 멈칫 굳었다.

한 번도 직접 들어 본 적은 없지만 몇 번이나 증오하고 원망하며 마음속 깊이 새긴 목소리.

그 남자. 주민우였다.

Chapter 3

오디션

"인재하 맞지? 되게 오랜만이다. 보고 싶었어."

가지런히 세팅 된 머리에 한껏 스타일리시하게 차려입은 주민우가 창을 내린 상태에서 재하를 향해 생긋 미소 지었다.

"주민우, 너……."

확인 사살 하듯 재하의 입에서 주민우의 이름이 나오자 순간 도은의 몸이 발작하듯 떨렸다.

이런 곳에서 이렇게 일찍 그를 만날 줄 몰랐다.

그렇게 얼굴 한번 보려고 갖은 용을 써도 만날 수 없었던 그 남자를 이렇게 길가에서 마주치다니 우습기도 하고 화가 나기도 했다.

그를 만나게 된다면 묻고 싶은 게 많았다.

왜 그랬어? 왜 언니를 혼자 내버려 뒀어? 장례식장엔 왜 안 왔어? 아이가 있던 건 알고 있었어? 빛나던 그녀의 날개를 꺾어 네 새장 안에 가두고 망가지는 걸 지켜보는 기분이 어땠니? 왜 하필 우리 언니야?

왜, 왜, 왜. 수많은 질문이 머릿속에서 뒤엉켰지만 차마 뒤를 돌아볼 용기가 나지 않았다. 얼굴을 보면 자신은 분명 참지 못할 테니까.

순간 도은이 숨을 거칠게 들이켰다. 불길처럼 번지는 감정의 소용돌이에 머리가 어지럽고 식은땀이 났다. 주먹을 말아 쥐었으나 전혀 힘이 들어가지 않았다. 스스로를 진정시키듯 도은이 두 눈을 꽉 감은 채 입술을 물었다.

도은의 상태가 이상하다는 걸 눈치챈 재하가 떨리는 도은의 손목을 꽉 붙잡았다. 잠시 두 사람의 시선이 교차했다.

정신 차려, 김도은. 괜찮아.

재하의 눈이 꼭 그렇게 말하는 듯해서 도은이 희미하게 고개를 끄덕였다.

이내 주민우를 향해 고개를 든 재하가 삐딱하게 물었다.

"근데 네가 여기는 어쩐 일?"

"어쩐 일이긴. 스케줄 가는 일이지. 정말로 반갑다, 재하야."

주민우가 맑게 웃는 얼굴로 속 뒤집는 소리를 했다. 아마 스케줄을 가던 차에 재하를 발견하고 차를 세운 모양이었다.

미친놈. 반갑기는 개뿔이. 재하가 주민우를 보며 코웃음을 쳤다.

"진짜 반가워?"

"뭐?"

주민우의 표정이 순간 미세하게 흐트러졌다.

"진짜 반갑냐고."

비소 섞인 재하의 말에 주민우가 느릿하게 눈꼬리를 올렸다.

"그럼 반갑지. 이런 곳에서 이렇게 만날 줄 생각지도 못했거든."

반가움을 가장한 친밀한 목소리에는 네가 여기 왜 있냐는 빈정 거림과 뾰족함이 숨어 있었다.

"왜. 내가 여기 있으면 곤란하기라도 해?"

"그게 아니라 너 곧 유학 간다고 들었거든. 권 실장한테. 안 그래도 너무 아쉬워서 한번 만나려고 했는데 잘됐다. 오늘따라 옷이 굉장히 멋진데?"

재하의 몸을 위아래로 스캔한 주민우가 마음에도 없는 소리를 지껄였다. 그제야 재하는 그가 차를 세운 이유를 깨달았다.

평소 재하의 옷차림을 아는 그로서는 재하가 이렇게 쫙 빼입은 슈트 차림으로 사무실 천지인 강남 한복판을 거니는 게 부자연스럽게 느껴졌기 때문일 것이다.

여기서 마주쳐서 다행이었다. 설연 사무실 바로 앞에서 마주쳤다면 설연과 접촉하고 있다는 것을 꼼짝없이 들켰을 것이다. 똑똑하진 않아도 눈치가 빠른 남자니까. 그러면 여 이사의 귀에 들어가는 것은 순식간이요, 오디션 결과조차 장담하지 못했다.

설연과 계약한 후라면 설 이사가 있기에 건드리지 못하겠지만 아직 계약 전인 지금은 달랐다. 주민우의 힘만으로도 재하의 오디션 정도는 얼마든지 훼방 놓을 수 있었다.

여기서 들키면 모든 것이 물거품이었다.

"보다시피 데이트 중이니 불청객은 이만 꺼지지?"

데이트라는 내답에 주민우는 의심을 금방 거두는 것 같았다. 대신 그가 호기심 어린 기색으로 도은을 쳐다봤다.

이런. 순간 재하가 속으로 낭패 어린 한숨을 내쉬었다. 주민우가 남의 여자를 뺏는 걸 즐긴다는 사실이 이제야 떠올랐기 때문이다.

주민우는 그런 행동을 통해 우월감을 즐기는 남자였다. 혹시 하는 마음에 도은에게 선글라스 씌우길 다행이었다.

재하가 경계하듯 도은의 앞을 가로막아 서자 주민우가 여유롭게 웃더니 아예 차에서 내려 그녀를 향해 걸어왔다.

"반갑습니다. 주민우입니다."

주민우가 매너 좋게 웃으며 도은을 향해 악수를 청했다. 아주 상냥하고 매혹적인 미소였다.

부들거리며 떨리는 손을 등 뒤로 숨기며 도은은 천천히 주민우를 바라보았다.

반달로 휘는 부드러운 눈매. 생기 있는 입술. 잡티 하나 없는 매끈한 피부. TV에서 봤던 것보다 훨씬 더 반짝반짝 빛이 났다.

너는 어떻게 그리 멀쩡히 웃을 수 있지?

용서를 하려던 건 아니었지만, 아주 혹시나 아주 조금은 기대를 하기도 했다. 사정이 있어서 장례식에 오지 못했지만 당신도 당신 나름대로 괴로워하고 있다고. 책임을 느끼고 있다고. 언니와 아이의 죽음을 슬퍼할 거라고.

하지만 넌 여전히 이렇듯 평범하게 밖을 돌아다니고, 인사를 건네고, 아무 일도 없었다는 듯 또다시 낯선 여자에게 웃으면서 말을 걸고.

그러면 안 되는 거였다. 제 자식을 품은 여자였다. 언니의 장례식장조차 오지 않고 아무 일 없었다는 듯 너무나 쉽게 언니의 모든 것을 깨끗이 지워 버린 그가 도은은 도저히 용서가 되지를 않았다.

가슴속에서 뜨겁게 분노가 치솟았다. 금방이라도 그의 멱살을

잡고 따지고 싶었지만 지금이 때가 아니라는 걸 도은은 누구보다
잘 알았다.

"야. 내 여자 그만 쳐다봐. 닳아."

그때 도은의 시야를 가로막으며 재하가 도은을 품 안에 확 끌어
안았다.

도은의 눈앞에 주민우는 더 이상 보이지 않았다. 재하의 두 팔
이 위로하듯 도은의 어깨를 단단하게 감싸 안고 있을 뿐이었다.

"너무한 거 아냐? 난 그냥 인사만 하려던 것뿐인데."

퍽이나 네가 인사만 하겠다. 재하가 헛웃음을 내뱉었다.

"누가 보는 것도 아까워서 그런다 왜."

여전히 도은을 안은 채로 고개를 살짝 돌린 재하가 주민우를 향
해 퉁명스럽게 답했다.

둘의 시선이 부딪쳤다. 허튼 행동은 절대 용납하지 않겠다는 듯
적의를 숨기지 않는 재하의 날 선 눈빛에 주민우가 이내 미소를
띤 채로 항복하듯 두 손을 들었다.

"좋아. 불청객은 이만 가지. 앞으로 잘 살라구. 친구."

도은이 저에게 관심을 보이지 않자 주민우는 흥미가 식은 얼굴
로 차로 돌아갔다.

친구는 얼어 죽을. 사람 속 뒤집는 데는 일가견이 있는 놈이었
다.

그의 차가 떠난 걸 확인한 재하가 도은의 안색을 살피며 한숨을
내쉬었다.

"안 물어봐도 알겠다. 안 괜찮은 기."

"……."

준비되지 않은 만남에 도은의 상태는 훨씬 더 엉망이었다. 그런

도은을 보고 있자니 아주 짧은 순간 그녀에게 과거 자신의 모습이 겹쳐졌다. 도은을 바라보는 재하의 눈에 연민이 어렸다.

"오디션은 반드시 합격할게. 약속해."

재하가 도은의 눈을 마주 보며 진지하게 말했다. 그 어떤 위로보다 힘이 되는 말이었다.

이윽고 재하가 고개 숙인 도은을 향해 새끼손가락을 내밀었다. 그녀가 고개를 들어 쳐다보자 그가 재촉하듯 손가락을 흔들었다.

도은이 천천히 재하의 새끼손가락에 손가락을 걸자 그가 다정하게 웃었다.

"약속은 반드시 지킬게."

그렇게 말하는 재하의 말에는 반드시 그렇게 될 것만 같은 어떤 힘이 느껴졌다.

이 남자를 만나서 다행이다.

안심하라는 듯 웃어 보이는 재하를 보니 도은은 어쩐지 눈물이 날 것만 같아서 고개를 숙였다.

우는 건가? 재하가 망설이며 도은의 어깨에 손을 뻗으려는 순간 도은이 휙 고개를 들었다.

"열받아. 그 자식."

"하?"

"매너 좋은 척 웃고 있는 그 가면을 반드시 박살 내 주겠어."

도은의 까만 눈동자가 그 어느 때보다 결연하게 빛났다. 동그랗게 말아 쥔 주먹에는 힘이 들어가 있었다. 전혀 생각지 못한 대사에 순간 벙쪘던 재하가 곧 낮게 웃음을 터트렸다.

"왜 웃어?"

"당신은 내 상상을 뛰어넘는다 싶어서. 도저히 내 머리론 견적이 안 나와."

왜 그녀가 울 거라고 생각했을까. 액션 영화를 보러 가서 멜로를 기대한 꼴이었다.

도은이 언니를 잃으면서 느꼈던 상실감을 정확히 알 수는 없지만, 그 고통스러운 시간 안에서 스스로를 끊임없이 다독이고 몰아붙이며, 끊임없이 내려앉는 어둠 속을 혼자서 씩씩하게 헤쳐 왔겠지. 지금처럼.

도은은 강하고 단단한 여자였다. 자신과 달리.

"인재하. 오늘부터 특훈이야."

"특훈? 얼마든지."

"미리 말하지만 난 객관적이고 엄해."

도은이 재하를 향해 엄포를 놓았다. 이번 오디션은 재하의 컴백을 알리는 첫 신호탄이자 앞으로의 미래를 결정지을 중요한 첫 수였다.

이 오디션에 합격해 설 이사와의 계약에 성공한다면 그의 보호막 안에서 보다 많은 기회를 얻을 수 있을 것이다.

"근데 진짜로 할 거야? 내 매니저."

재하가 궁금하다는 듯 도은을 향해 얼굴을 쑥 내밀었다. 재하의 매니저로 직종 변경했냐는 설 이사의 물음에 그렇다고 대답하긴 했지만 그게 진심인지 둘러댄 말인지 헷갈렸기 때문이다.

자신이 주민우도 아닌데 굳이 그녀가 직접 매니저 일을 하면서 따라다닐 필요는 없었다. 매니저는 육체적으로도 정신적으로도 아주 고된 일이니까.

그럼에도 불구하고 그녀가 그렇다고 대답했으면 좋겠다고 생각했다.

"할 거야. 여 이사가 소문이나 기사 단속에 철저해서 쓸 만한 정보를 얻기가 쉽지 않아. 널 따라다니면서 현장에서 정보 수집하는 게 가장 효율적일 것 같아. 그리고 또."

"또?"

"최대한 네 편이 되어 줄 거야."

재하가 멈칫하며 도은을 바라보았다. 이 모든 것은 복수를 위한 것임을 아는데도 그 한마디가 재하의 마음에 파동을 일으켰다.

"이미지 메이킹 젬병이라며?"

"……."

"넌 솔직히 표정 관리가 너무 안 돼."

말투는 거칠지만 재하가 사실은 다정한 사람이라는 것을 안다. 감정에 솔직한 아이 같은 면이 그의 매력이지만 그는 연예인으로서 어느 정도 포커페이스를 갖출 필요가 있었다.

도은의 말에 재하가 끙, 낮은 신음을 냈다.

"그렇지만 별로 주민우처럼 가면을 쓰고 싶진 않아. 사람들을 속이는 기분이란 말야."

투정 부리듯 하소연하는 재하를 보며 도은은 살짝 미소 지었다.

"알아. 넌 그냥 약간의 침묵과 비밀만 만들면 돼."

"모든 걸 다 드러낼 필요는 없다?"

"그래. 그게 더 사람을 궁금하게 만들잖아. 끌리게 만들고."

"너도 그래?"

"뭐?"

"……너도 그런 사람에게 끌리냐고."

재하가 도은의 눈을 쳐다보며 물었다. 가벼운 어투였지만 눈빛만은 진지했다.

"그래서 네 휴대폰 훔쳤잖아?"

도은의 대답에 재하가 하하 웃음을 터트렸다.

"김도은. 각오해야겠네. 나 24시간 감시하려면."

"뭐? 장난이지?"

"진심인데. 그쪽 없을 때 내가 말실수라도 하면 어떻게 해? 어차피 수습하는 건 다 그쪽 몫이니까 뭐 말리진 않을게."

어깨를 으쓱하며 능청스럽게 대꾸하는 재하는 그 어느 때보다 신나 보였다.

"너 지금 일부러 이러는 거야?"

"도와준다고 한 건 그쪽이다? 이제 김 매니저라고 부르면 되나?"

"김…… 뭐?"

뻔뻔한 재하의 태도에 도은이 어처구니없는 얼굴을 했다.

"김 매니저. 나 배고파."

그런 도은을 향해 재하가 배를 문지르며 장난스럽게 씩 웃었다. 뭐 이런 게 다 있어? 도은은 기가 막혀 헛웃음이 흘러나왔다.

"아차, 폭력은 금지. 강남 발차기녀라고 인터넷에 검색어 오르고 싶은 건 아니지?"

"……"

분위기가 심상치 않자 재하가 한발 물러서며 재빨리 선수를 쳤다. 그 말에 도은이 움찔하자 재하가 그럴 줄 알았다는 듯 씩 웃었다.

도은이 슬쩍 주위를 살피사 몇몇이 그들을 호기심 이런 눈으로 힐끔거리고 있었다. 이렇게 되면 정말 재하가 말한 사태가 일어날지도 몰랐다. 생각만 해도 끔찍했다.

"좋아, 그럼. 같이 살자."

"뭐?"

생각지도 못한 폭탄 발언에 재하가 한 대 얻어맞은 얼굴로 도은을 쳐다보았다. 그런 재하를 보며 도은이 쿨하게 덧붙였다.

"같이 살자구. 우리 집에서. 철저하게 감시해 줄 테니까."

"너 그거 진심이야?"

"응. 감시해 달라며?"

도은이 무슨 문제라도 있냐는 듯 어깨를 으쓱했다. 그 모습에 재하가 당혹스러운 얼굴을 했다.

"아니, 넌 무슨 여자가 겁이 없냐. 내가 너 건들면 어쩌려구?"

"나 건들 거야?"

"내가 미쳤냐!"

도은의 질문에 그가 펄쩍 뛰었다.

"그럼 됐네 뭐. 자신 없으면 말든가."

"……누가 자신 없대? 완전 자신 있거든? 그래, 까짓것 같이 살자구!"

호기롭게 외친 재하가 너나 나 건들지 말라는 둥, 내 섹시함에 매혹된 여자들이 얼마나 많은 줄 아냐는 둥 떠들었지만 그의 얼굴엔 긴장한 기색이 역력했다.

그 모습에 도은이 피식 웃었다.

"너무 쫄지 마. 오디션 끝나면 너희 집으로 곱게 돌려보내 줄 테니까."

"……어?"

"뭐야, 그 표정은? 당연히 오디션 때문에 합숙하자 얘기한 거지. 혹시 일주일뿐이라 실망했어?"

장난기가 다분한 도은의 어투에 재하가 기막히다는 듯 허허 웃었다. 이제는 놀리기까지. 괜히 긴장한 저만 바보가 된 기분이었다.

어떻게 저리 태연할 수 있을까. 그녀는 정말 자신을 손톱만큼도 남자로 의식하지 않는 것이 분명했다. 사실 그것이 맞고, 그래야 한다는 걸 알고 있지만 그럼에도 울컥 짜증이 났다.

재하가 도은을 제 쪽으로 확 끌어당겼다. 숨결이 닿을 만큼 확 가까워진 거리에 도은이 놀란 듯 재하를 올려다보았다.

오롯이 도은만을 바라보고 있는 재하의 눈빛은 그 어느 때보다 강렬했다. 그저 눈만 마주치고 있을 뿐인데도 숨이 막혀 오고 가슴이 울렁거리는 것만 같았다.

빨려 들어갈 것만 같은 시선에 도은은 숨을 삼켰다.

재하가 고개를 살짝 숙인 채 도은에게 가까이 다가왔다. 도은이 저도 모르게 움찔하자 재하가 이내 도은의 이마에 제 이마를 가볍게 콩 부딪혔다.

"귀여워서 봐준다, 내가."

동그래진 도은의 눈을 보며 재하가 씩 웃었다. 그 모습에 울컥한 도은이 사정없이 재하의 정강이를 걷어찼다.

"으악—!"

재하의 비명을 뒤로하고 얼른 등을 돌린 도은이 조심스럽게 심호흡을 했다.

순간 키스하려는 줄 알았다. 도은이 당황스러운 듯 제 가슴에 손을 올렸다.

심장이 쿵쿵대고 있었다.

＊ ＊ ＊ ＊

　다음 날, 재하와 약속한 카페에 도착한 도은이 카페 문을 열었다. 아직 점심을 먹기 전인 평일의 이른 시간이라 그런지 카페 안은 한산했다.

　재하는 아직 도착하지 않은 건가. 주변을 두리번거리던 도은이 카운터로 다가가 아이스아메리카노 2잔을 주문했다. 극강의 초딩 입맛을 지닌 재하를 위해 한 잔엔 설탕시럽을 듬뿍 뿌려 달라는 부탁도 잊지 않았다.

　이윽고 찰랑거리는 얼음과 함께 아이스커피 2잔을 쟁반에 담아 든 도은이 카페 테라스로 향했다. 탁 트여 있는 공간이라 그런지 테라스에는 아무도 없었다.

　가장자리에 있는 테이블에 자리를 잡고 앉은 도은은 가방 안에서 서류 봉투 하나를 꺼냈다. 오늘 아침 설 이사에게 받아 온, 재하가 오디션을 볼 대본이었다.

　어떤 작품일까, 재하가 연기할 캐릭터는 어떤 사람일까. 궁금증이 모락모락 일었지만 이 두근거림을 재하와 함께하고 싶어서, 아직 확인해 보지 않았다.

　"김도은!"

　그때 어느새 카페 앞에 도착한 재하가 테라스 앞으로 얼굴을 불쑥 내밀었다. 장난기 가득한 재하의 표정에 도은이 미소를 머금으며 얼른 들어오라는 듯 손짓했다.

　"이건 네 거. 설탕 듬뿍."

　"오, 땡큐."

　"캐리어 갖고 왔어?"

도은이 건넨 커피를 받아 든 재하가 도은의 느닷없는 질문에 고개를 갸웃했다.

"캐리어는 왜?"

"합숙하자니까?"

"싫어."

"왜? 저번엔 자신 있다고 하지 않았어?"

놀리는 듯한 도은의 어조에 재하가 눈썹을 꿈틀했다. 따지자면 고작 1살밖에 차이 나지 않는 주제에 가끔 도은은 저를 애 취급 하곤 했다.

"자신은 있지. 나한테 관심 없는 사람은 나도 관심 없거든. 근데 나."

커피를 빨대로 휘휘 젓던 재하가 이내 고개를 들어 도은의 눈을 지그시 바라보았다.

"왠지 네가 신경 쓰여."

약속은 반드시 지키겠다는 자신의 위로에 도은이 고개를 끄덕였지만, 그 와중에도 최대한 내 편이 되어 주겠다며 어른스럽게 말했지만, 맞잡았던 손안에서 느껴졌던 도은의 떨림이 선명하게 남아서 잊혀지지가 않았다.

"그날 주민우를 만나서 그런가, 자꾸 네가 생각나더라. 너는 괜찮은 척하는데 진짜 괜찮을 리가 없잖아. 별로 울 거라 생각하진 않지만, 그래도 네가 혹시 울까 봐……."

잠시 말을 멈춘 재하가 살짝 고개를 숙였다.

"그래서 걱정됐어."

부드럽게 흘러들어 오는 나지막한 재하의 한마디에 도은의 심장이 덜컹 흔들렸다.

"처음엔 울지 않는 네가 멋있다고 생각했는데, 차라리 우는 게 더 낫지 않을까 싶고. 울지 않는 건지 울지 못하는 건지. 원래 진짜 죽을 만큼 힘들 때면 눈물도 안 나곤 하잖아. 그런 너를 보니까 예전의 나를 보는 거 같아서 심란하고."

짧은 한숨을 내쉰 재하가 살짝 턱을 괴며 비스듬히 눈을 맞춰 왔다. 도은을 향한 염려와 걱정이 담긴 다정한 흑색 눈동자.

"왜 네가 심란해?"

도은의 질문에 재하가 엷게 웃었다.

"내 말이. 왜 내가 심란한지 모르겠어서 심란해."

"……."

"너희 집으로 들어가면 나 대본에 집중 못 할 거 같아. 그러니까 안 돼. 지금은 설 이사가 제의한 오디션이 제일 중요하니까."

대본에 집중 못 한다는 게 무슨 뜻일까. 여러 가지 의미를 내포하고 있는 미묘한 문장에 도은은 이내 고개를 저었다. 재하의 말대로 지금 중요한 건 오디션이었다.

"아 참, 이거 오디션 대본이야. 뜯어봐. 그리고 이건 저번에 받은 시놉."

도은이 저번에 설 이사 사무실에 처음 갔을 때 받았던 시놉시스를 꺼내 대본이 든 서류봉투 옆에 나란히 놓았다.

"시놉은 읽어 봤어? 그쪽이 보기엔 어때?"

재하가 도은의 의견을 물었다. 그에 도은이 짧게 고개를 저었다.

"아직 안 봤어."

"왜? 먼저 읽어 보지 그랬어."

"그냥 왠지…… 너랑 같이 보는 게 좋을 거 같아서."

머뭇거리는 도은의 말에 푸흡 사레가 걸린 재하가 캑캑댔다.

"괜찮아?"

"어……."

뭐지. 전혀 부끄러운 말이 아닌데 괜히 부끄러운 이 기분은. 공기마저 달짝지근해진 것 같은 이상한 착각에 재하가 얼른 말을 돌렸다.

"대본은 언제 받았어?"

"오전에 잠깐 사무실에 들렀거든."

"잠깐. 우편이 아니라 직접?"

"설 이사님한테 전화가 왔는데 마침 근처라서."

그치는 우편으로 보내도 될 걸 왜 굳이 가져가라 전화한 거야? 그 웃는 낯 안에 어떤 꿍꿍이가 들었는지 알 수 없었다. 무슨 생각을 하는지 도통 보이지가 않으니 찜찜하달까.

"저번에 내가 한 말 뭐로 들었어? 다음엔 나랑 같이 가."

"인재하."

"어?"

"일에 있어서 설 이사님은 믿을 만한 분이야. 그때 네가 한 말 무슨 뜻에서 한 건지 알아. 그 부분은 충분히 조심하고 있으니 애대하듯이 하지 마."

선을 긋는 도은의 대답에 그게 맞는 걸 알면서도 왠지 심술이 나 재하가 불퉁하게 대꾸했다.

"그치를 몇 번 봤다고, 믿을 만한 사람인지 어떻게 알아."

"첫째. 그분은 내 판권을 갖고 싶어 하고. 둘째. 그 판권은 나한테 있으니까. 그러니까 믿을 수 있어. 우리 셋은 서로 목적이 맞물려 있으니까."

"……."

"왜?"

"아니, 좀 의외라서."

목적이 맞물려 있다라. 언제 뒤통수 맞을지 모르는 되지도 않는 믿음 타령보다 훨씬 타당한 이유였다. 재하도 도은의 그 말에 동의했다. 그런데도 막상 그 말을 도은의 입으로 들으니 어쩐지 서글퍼졌다.

서글프다라. 어이없는 단어에 재하가 낮게 웃었다. 저도 어이가 없는데 도은이 알면 얼마나 기가 막힐까 싶어서.

"쓸데없는 생각 말고 이제 집중해."

도은이 분위기를 환기시키듯 재하의 앞으로 서류 봉투를 내밀었다. 열어 보라는 듯 도은이 재하에게 눈짓했지만 재하는 묘한 기분에 쉽사리 서류 봉투를 뜯을 수가 없었다. 이게 얼마 만에 받아 보는 대본인지 까마득했다.

다시는 나와 상관 없는 일인 줄만 알았는데.

A4용지 뭉치가 드러났다. 생각보다 두툼한 두께에 놀라며 재하가 조금 떨리는 맘으로 손을 뻗었다. 손가락에 종이 특유의 뻣뻣한 느낌이 닿았다.

『버킷 리스트』

오래도록 첫 장의 제목을 바라보던 재하가 이내 인쇄된 글자를 조심스럽게 쓰다듬었다.

차르륵 종이 넘기는 소리가 카페 안에 경쾌하게 울려 퍼졌다.

"유연호. 26. 쿨하고 차분한 성격. 시한부인 여주인공의 소원을 들어주기 위해 몰래 호스트를 찾아가 그녀를 꼬셔 3개월간 연애를 해 줄 것을 의뢰한다. 역시 조연이라 설명이 부족하네."

마주 앉은 재하와 도은은 시놉시스와 대본을 꼼꼼히 살피며 의견을 나누었다. 그중에서도 오디션 볼 역할을 집중적으로 읽던 재하가 생각보다 짧은 설명에 곤란한 듯 제 머리를 헝클었다.

단 두 줄은 너무하지 않냐며 서러움을 토해 내는 재하를 향해 도은이 위로하듯 대답했다.

"거기서 배우의 역량이 드러나는 거야. 너만의 유연호를 만들면 되지."

"그치? 난 연기 잘하니까."

싱긋 웃은 그가 다시 대본에 시선을 돌리고 유연호의 소개가 적혀 있는 부분을 손으로 쓸었다.

유연호. 이번 오디션에서 연기해야 할 역할. 여주인공의 친구로 사실 비중은 크지 않겠지만 사건의 시작을 이끌어 내는 인물인 만큼 중요한 인물임에는 틀림없었다. 다시 섬세하게 등장인물들을 체크하던 재하의 시선이 호스트 부분에 가서 멈췄다.

사실 처음 대본을 봤을 때 재하의 마음을 끌어당기는 인물은 유연호가 아니라 이 호스트 역이었다. 재하가 팔에 머리를 기대고 생각에 잠겼다.

그는 어땠을까.

다소 황당한 유연호의 제안을 그는 처음엔 분명히 자신만만하게 받아들였을 것이다. 여자들의 호감과 애정으로 먹고사는 그에게는 시한부 인생인 여자 하나 꼬셔서 3개월 동안 연애하는 것 정도는 우스웠을 테니까.

하지만 그것도 잠시, 그녀의 첫사랑이 개입되면서 일은 점점 꼬이기 시작한다. 온갖 트랩을 설치해 놔도 넘어오지 않는 그녀를 보며 점점 필사적이 되어 가는 잘생기고 거만한 남자의 이미지가 눈앞에 떠올랐다.

순간 재하가 인상을 찡그리며 눈을 감았다.

"아. 망했다."

"왜 그래?"

"나 지금 호스트 역에 꽂혔어."

네가 오디션에서 연기해야 하는 역할은 유연호라고! 주어진 기회에 최선을 다하는 것도 모자랄 판에 엉뚱한 역에 꽂히다니. 인재하. 아직도 정신 못 차렸구나.

한번 꽂히면 그 역에 무섭도록 몰입하는 자신을 알기에 재하가 괴로운 듯 얼굴을 감쌌다.

"그게 그렇게 심각한 거야?"

"아니야. 걱정하지 마."

걱정 어린 도은을 보며 재하가 괜찮다는 듯 부드럽게 웃었다. 무슨 일이 있어도 오디션에 합격하겠다고 약속해 놓고 쓸데없는 말로 도은을 불안하게 하고 싶지 않았기 때문이다.

원하는 역할을 하고 싶다면 증명부터 해야 했다. 거긴 그런 세계였다.

재하가 정신을 다잡으려고 노력하며 대본 위 유연호의 대사에 집중했다.

"……."

열중하는 얼굴로 한참 동안 대본 위에 꼼꼼히 메모를 적어 넣는 재하의 침묵이 낯설어서 그런 재하를 도은이 조금 신기한 얼굴로 바라보았다.

"잘생긴 얼굴 처음 봐?"

도은의 시선을 느꼈는지 묵묵히 대본을 읽던 재하가 도은을 향해 기습적으로 물었다.

"그렇게 열렬히 쳐다보면 집중이 안 된다구."

"아. 미안. 계속해."

"솔직히 나 멋있다고 생각했지."

고개를 든 재하가 내심 기대하는 얼굴로 도은을 보며 씩 웃었다. 무언의 대답을 재촉하는 그 눈빛에 도은이 멈칫했다. 아까 전 재하의 말이 떠올랐기 때문이다.

'네가 신경 쓰여.'

'그래서 걱정됐어.'

'너희 집으로 들어가면 나 대본에 집중 못할 거 같아.'

재하는 그저 솔직하게 한 말일 테지만, 아까 자신을 바라보던 재하의 그 다정하고도 진중한 눈빛이, 듣기 좋은 저음의 목소리가 선명하게 새겨져 자꾸만 심장이 울렁거렸다.

"인재하. 거기 맞춤법 틀렸다."

도은이 펜을 들어 재하가 적은 부분을 콕 찔렀다. 재하의 얼굴이 순식간에 일그러졌다.

"젠장."

민망한 듯 도은이 가리킨 부분을 서둘러 펜으로 찍찍 긋는 재하를 보며 도은은 슬쩍 웃었다. 그리고 다짐했다. 그를 멋있다고 생각했던 순간도, 그에게 설레었던 순간도 절대 들키지 않겠다고.

자신에게 인재하는 그저 주민우의 콤플렉스를 자극하고, 언니의 복수를 위해 필요한 존재. 그뿐이었다.

그래야만 했다.

✳   ✳   ✳   ✳

재하의 연습은 계속됐다. 하루는 카페에서, 하루는 도은의 집에서, 어떤 날은 재하의 집에서. 또 날씨 좋은 날은 레스토랑에서 브런치와 함께.

그렇게 재하와 도은은 매일 만나다시피 하며 함께 끊임없이 캐릭터를 분석했고, 대본 속 대사를 주고받았으며 일상을 나눴다.

처음 상대역 대사를 해 달라는 재하의 제의에 난색을 표했던 도은은 함께 대사 연습을 하는 것이 솔직히 아직까지도 겸연쩍고 민망했지만, 그래도 재하와 함께하는 그 시간이 즐거웠다.

"인재하. 나야."

양손에 한 아름 먹을거리를 든 도은이 팔꿈치로 재하의 집 현관문을 탕탕 쳤다.

"어, 왔어?"

"너 꼴이 그게 뭐야?"

도은이 현관문을 연 재하의 상태를 보고 기겁하며 인상을 찡그렸다. 다크서클은 턱 끝까지 내려온 데다 한숨도 못 잔 사람처럼 퀭한 눈을 한 재하는 도저히 봐 줄 만한 몰골이 아니었다.

"너 잠 못 잤어?"

"응. 네가 온다니까 긴장돼서?"

재하가 능청스럽게 웃으며 농을 쳤다. 하지만 도은은 그의 말이 거짓말이라는 걸 알고 있었다.

순탄하게 흘러갈 거라는 예상과 달리 연습을 시작한 첫날부터 재하는 종종 유연호라는 역할에 몰입하지 못해 힘들어했다.

하지만 재하는 진심을 다해 열심히 했고, 그가 연기하는 유연호는 나쁘지 않았다.

그래, 나쁘지 않다. 그게 문제긴 하지만 어쨌든 남은 시간 동안 답을 찾을 거라고 믿었기에 도은은 초조하지 않았다. 하지만 재하는 아니었나 보다.

"밥 안 먹었지? 나가서 먹을까? 아니면 내가 사 온 걸로 간단하게……."

일단 밥부터 먹이자. 그렇게 결심한 도은이 쇼핑백 안을 뒤지는데 재하가 엷게 웃으며 만류했다.

"괜찮아. 나 별로 배 안 고파. 그보다 나 연기 좀 봐 줘."

"지금?"

"응."

방 안에서 얼른 대본집을 가져온 재하가 도은의 손에 쥐여 주곤 대본 속 대사를 술술 읊었다.

"톤이나 말투를 조금 바꿔 봤는데 어떻게 생각해?"

"……."

"괜찮으니까 솔직하게 말해 봐."

"……너 하룻밤 사이에 무슨 일이 있었던 거야?"

이건 나쁘지 않은 정도가 아니라 그냥 별로잖아! 도은이 드물게 당황한 얼굴로 눈을 깜빡였다. 아이러니하게도 처음보다 훨씬 엉망이었다. 재하에게 뭔가 문제가 일어난 것이 틀림없었다.

"역시. 네가 보기에도 영 아니지? 돌겠다, 진짜. 하지만 전처럼 하면 너무 평범한데. 캐릭터가 아예 안 보여."

으아! 재하가 머리를 쥐어뜯으며 포효했다.

"이제 그만 불지?"

"뭘?"

"요즘 집중 못하는 거 내가 모를 거라 생각해? 스스로 극복하길 기다렸지만 지금 네 꼴을 보니 안 되겠다. 솔직히 불어."

정곡을 찔렸다는 듯이 재하가 옆으로 시선을 피하며 어색하게 하하 웃었다. 잠시 망설이듯 도은을 보던 재하가 '솔직하게 말해도 안 웃을 거지?' 하고 물었다.

도은이 고개를 끄덕이자 재하가 마지못해 입을 열었다.

"그러니까…… 자꾸 그 호스트의 망령이 나타나."

"뭐?"

엉뚱한 말에 도은이 반사적으로 되묻자 살짝 창피한지 재하가 어깨를 축 늘어뜨렸다.

"유연호 역할에 집중하려 할수록 호스트가 시도 때도 없이 나타나서 자기 대사를 줄줄 떠들어 댄다구. 심지어 꿈에서까지! 나도 진짜 미치겠어."

도은이 황당하다는 듯 되묻자 재하가 저도 죽겠다며 머리를 마구 헝클었다.

전부터 그 캐릭터가 하고 싶다더니. 요컨대 미련 때문이군. 도은이 간단하게 정리했다.

요 며칠 마음고생 때문에 잠을 못 잤는지 시커메진 재하의 눈가를 쳐다보며 도은이 쯧쯧 혀를 찼다.

"너 말야. 너무 앞서 나가는 거 아냐?"

"어?"

"넌 아직 유연호가 된 게 아냐. 호스트 역할을 연기하고 싶다면 연습해 보면 되잖아?"

예상하지 못한 도은의 쿨한 반응에 재하가 이해가 가지 않는다는 얼굴을 했다.

"하지만 이건 유연호 역을 뽑는 오디션인데? 난 유연호에 충실해야 한다고."

"꼭 그래야 돼?"

"무슨 소리야?"

하지 못해서 생긴 미련이라면 해 보면 된다. 아니, 오히려 더 돋보일 수도 있었다.

순간 좋은 아이디어가 머릿속을 스쳤다. 도은이 재빨리 대본 중에 한 장면을 펴 재하에게 보여 주었다.

"이 장면. 유연호랑 호스트가 주고받는 대사 네가 다 해."

"1인 2역을 하라는 소리야?"

"유연호 자체가 컷 수가 많은 게 아니라서 어차피 다들 똑같은 대사만 주야장천 할 거야. 하는 사람은 처음이지만 보는 사람은 지겨울 텐데 그 많은 사람들이 다 기억이 날 것 같지도 않아."

"그건…… 그렇긴 하지만."

"존재감을 보여 줘, 인재하. 밸런스를 맞추면서 두 사람의 매력을 각자 다르게 소화할 수 있다면 네가 훨씬 유리해."

도은이 확신에 찬 어조로 말했다.

순간 재하가 멍한 얼굴로 도은을 쳐다보았다.

"이건 오디션이야. 정석대로 충실하게 하는 것도 중요하지만 어떻게든 임팩트를…… 듣고 있어?"

"아, 살았다."

후련함이 느껴지는 목소리였다. 재하가 한결 편안해진 얼굴로 도은을 와락 끌어안았다.

도은의 말이 맞았다. 잘해야 한다는 압박감에 오히려 틀에 갇혀 괴로워한 꼴이었다. 안개 속을 헤매다 이제 겨우 햇빛을 본 것처럼 머릿속이 맑아졌다.

갑작스러운 포옹에 멈칫했던 도은이 이내 재하의 등을 조심스럽게 토닥였다.

이제는 괜찮다. 그런 생각이 들어서.

※　※　＊　※

"준, 왔어?"

며칠이 지나고, 재하가 싱글벙글 웃으며 반갑게 준을 맞이했다. 얼마 전까지만 해도 고뇌에 휩싸인 게임 폐인 같았는데 지금은 완전 말짱해 보였다. 컨디션을 회복하다 못해 지금 훨훨 날아다니고 있다는 도은의 귀띔이 사실이었나 보다.

"누나한테 들었어요. 완전 감 잡았다면서요?"

"어. 나 좀 쩌는 듯."

재하가 완전히 신이 나서 킬킬댔다.

"근데 대본 다 외우지 않았어요? 또 봐요? 보는 내가 지겹다."

한시도 재하의 손을 떠나지 않아서 너덜너덜해진 종잇조각을 보며 준이 고개를 흔들었다.

"응. 이번엔 호스트 대사. 전략을 바꿔서 1인 2역 하기로 했거든."

대사야 지겹도록 외워 충분히 숙지하고 있지만, 호스트의 대사와 유연호의 대사를 동시에 하려면 감정선과 함께 좀 더 섬세한 연습이 필요했다.

"그럼 연습 더 해야 하는데 왜 이렇게 좋아해요?"

"너무 재밌어서."

준은 대본을 들고 연신 실실 웃고 있는 재하가 이상한 모양이었다. 분명 준의 말대로 시간은 촉박하고 연습량은 배로 늘어났는데도, 의무적으로 열심히 하던 전과 달리 지금은 너무 즐겁고 신이 났다.

"김 매니저. 나 물 좀 부탁해."

소파에 누워 새로운 대사를 외우고 있던 재하가 고개를 슬쩍 내밀었다. 거실 바닥에 앉아 김 감독의 작품을 모니터링 하고 있던 도은이 별말 없이 일어나 물을 따라 그에게 가져다주었다.

평소 같았으면 어림도 없는 일이었지만 그녀는 재하가 연기 공부를 하고 있을 때는 상당히 관대한 편이었고 재하는 그 사실을 그 누구보다 잘 알고 있었다.

김 매니저, 나 오렌지주스도. 김 매니저, 나 과자도. 김 매니저. 김 매니저. 김 매니저.

"김 매니저 한 번만 더 찾으면 영영 못 찾을 줄 알아."

으름장을 놓은 도은이 결국 과자를 가지러 주방으로 들어갔다. 결국 이렇게 화내면서도 또 해 달라는 건 착실하게 다 들어주는 도은이 귀여웠다.

재하가 대본으로 얼굴을 가린 채 킥킥대자 그 모습을 보던 준이 쯧쯧 혀를 찼다.

저 형도 정상은 아니군.

"형. 그냥 솔직하게 같이 놀아 달라고 얘기하지 그래요?"

"그랬다간 무슨 잔소리를 들으려고. 얻어맞지나 않으면 다행이지."

준. 넌 안 맞아 봤지? 안 맞아 봤으면 말을 하지 마.

손사래를 친 재하가 자신이 얻어맞은 것에 대해 열변을 토했다.

도은에게 일부러 져 주는 것임을 강조하며 자신은 너무 착한 것 같다는 자화자찬도 잊지 않았다.

물론 그 하소연은 도은이 과자 더미를 가지고 주방에서 돌아오자 자연스럽게 중지됐다.

"무슨 얘기 했어?"

"오디션 얘기."

이 대사 완전 괜찮지 않아?

갑자기 대본 속 대사를 익살스럽게 읊는 재하를 보며 준도 도은도 결국 피식 웃었다.

"자신 있어요? 내일인데."

"이러고도 떨어지면 억울해서 못 살 것 같아."

하도 읽어서 손때가 탄 종이에는 인쇄된 글자들 외에도 인물에 대한 심리 분석과 표정, 행동 등 재하가 적어 넣은 메모들이 빼곡하게 적혀 있었다.

"솔직히 데뷔 때도 이 정도로 악독하게 연습하진 않았어."

재하가 넝마가 된 대본을 탈탈 털어 보이며 웃었다.

그들이 함께 합숙하며 일주일을 치열하게 준비하고 연습하고 회의하는 동안 오디션은 어느새 내일로 훌쩍 다가와 있었다.

"혹시 그 얘기 들었어요? 내일 오디션에 아이돌 더블 멤버가 참여한다는 소문이 있어요."

"뭐? 아이돌 더블?"

준의 말에 도은이 휙 고개를 돌렸다.

이래서 말하고 싶지 않았는데.

놀란 도은과 달리 재하는 담담한 얼굴이었다. 그가 얼마나 열심히 준비했고 또 잘하는지 알기 때문에 준은 더더욱 마음이 복잡했다.

일주일 전 도은이 새로운 계획을 설명하며 처음으로 재하를 소개시킨 날, 준은 얼마나 황당했는지 모른다. 그들의 계획은 무모했고 변수가 너무 많았다.

그럼에도 이 계획에 힘을 실어 주기로 결정한 건 재하가 연기하는 모습을 볼 때 한순간 그에게서 빛을 보았기 때문이다.

이 드라마가 방영되면 이 남자는 반드시 뜬다. 그런 확신이 들었기 때문에.

"요즘 제일 잘나가는 보이 그룹이잖아. 그 정도 인지두면 주연까진 아니어도 서브 주연 정도는 쉽게 할 수 있을 텐데?"

"요즘 사람들이 아이돌이 연기하는 거에 대해 거부감이 많잖아요. 그러니 조연부터 착실히 시작하는 거겠죠. 연기에 대한 평가가 좋든 안 좋든 어쨌든 주인공 친구 역할 정도는 서로 손해 볼 거 없으니까."

"그 주인공 친구 역에 모든 걸 건 우리 같은 사람들은 어떡하란 거야? 그럼 오디션을 왜 봐?"

도은이 드물게 큰 소리를 내며 신경질을 냈다. 정말 더블 멤버가 오디션을 보는 게 사실이라면 사실상 재하가 뽑힐 확률은 거의 없다고 봐야 했다.

지금 제일 핫한 아이돌이 출연한다면 제작사 입장에서는 홍보는 물론이요 여러 업체로부터 투자받기 훨씬 수월하기 때문이다.

혹여 연기가 부족하다 해도 비중이 적은 역이기 때문에 대부분 귀엽게 보고 넘어갈 확률이 높았다.

"여여. 김 매니저, 그렇게 화내지 마. 날 못 믿는 거야?"

"이건 널 믿고 안 믿고의 문제가 아니라……."

"괜찮아."

부드러운 재하의 목소리에 도은이 의아한 얼굴로 그를 쳐다보았다.

"답이 결정되어 있다고 해도 선택지가 생기면 사람은 누구나 흔들려."

특히 김 감독같이 감이 발달한 사람은 더더욱.

재하가 확신에 찬 눈빛으로 도은을 보았다.

"난 그 사람을 미치도록 고민하게 만들 거야. 내가 연기하는 유연호가 뇌리에 박혀서 대본을 볼 때마다 내가 생각나게. 그러니까 괜찮아."

그렇게 말하는 재하에게선 여유로운 자신감이 엿보였다. 이내 안심하라는 듯 씩 웃어 보이는 재하를 보며 도은은 이것이 그 나름의 격려라는 것을 깨달았다.

평소엔 철없는 아이처럼 굴다가도 이렇게 진지한 눈빛을 할 때면 새삼 그가 사실은 누구보다 의지가 되는 어른이라는 걸 느낀다.

"네 말이 맞아."

도은이 자조적으로 웃었다.

"근데 방금 나 되게 멋있던 것 같지 않아?"

"제발 그 입 좀 다물어."

이런 말만 안 하면 참 멋있을 텐데. 도은이 재하에게 인터뷰에선 절대 그런 말 하지 말라고 신신당부하는 사이 전화벨이 울렸다.

설 이사였다.

"네, 설 이사님."

도은의 말에 재하의 눈이 번쩍 뜨였다. 전화를 받은 도은이 얼른 베란다로 나가는 걸 보며 재하가 마음에 안 든다는 듯 몸을 일으켰다. 저 자식은 또 무슨 용건이래?

설 이사의 전화가 잦아지기 시작한 것은 며칠 전 도은이 재하 몰래 설 이사와 식사를 함께 한 이후부터였다.

단둘이 사적으로 만나지 말라고 귀에 딱지가 앉도록 말했건만, 도은은 계속해서 그의 요청을 거절할 수 없다는 이유로 재하가 자리를 비운 사이 설 이사를 만나러 나갔고, 그것이 재하를 분노케 했다.

그때의 배신감이란.

도은은 뭐가 그리 좋은지 평소와 다르게 부드럽게 웃고 있었다. 재하는 여태껏 도은의 그런 여성스러운 표정을 본 적이 없었다. 재하의 눈썹이 치켜 올라갔다.

나한테는 만날 화만 내면서 잘만 웃네.

신경 쓰지 않으려 대본을 쳐다봤지만 온 신경이 도은의 통화 소리에 집중됐다. 차라리 들리기라도 하면 속이 편할 텐데 들리는 거라곤 도은의 웃음소리뿐이었다.

"에잇, 짜증 나."

재하가 신경질을 내며 대본을 얼굴 위에 덮었다.

그것도 잠시, 얼른 일어난 재하가 쏜살같이 베란다로 나갔다.

"설 이사가 뭐래?"

불쑥 뒤에서 들려오는 목소리에 도은이 익숙한 듯 한숨을 내쉬었다.

"저녁 먹재. 내일 오디션으로 할 얘기가 있다고."

"그 자식은 친구 없어? 왜 만날 저녁을 너랑 먹재? 그리고 뭐 오디션 얘기는 나랑 해야지 왜 너랑 한대? 웃기는 자식이야, 진짜."

재하가 불만을 와르르 토해 냈다. 그 모습에 도은이 이마를 짚었다. 얼마 전에도 설 이사와 저녁을 먹고 온 후 단단히 삐친 재하를 달래느라 얼마나 애를 먹었는지 모른다.

"내가 네 매니저니까. 그리고 인재하. 나한테 너라고 하지 말랬지."

"당신은 나보다 어려 보이잖아."

"그 수법엔 안 넘어가."

"에이, 요즘 누가 촌스럽게 나이를 따져. 그래 봤자 1살 차이밖에 안 나잖아."

"은근슬쩍 빼지 말고 제대로 호칭 써. 설마 나한테 누나라고 부르고 싶은 건 아니지?"

생각만 해도 오소소 소름이 돋는 것 같았다. 재하도 도은도 같은 생각이었는지 서로 떨떠름한 얼굴이었다.

"그래서 김 매니저, 설 이사랑 저녁 먹으러 갈 거야? 둘이? 나만 쏙 빼놓고?"

본론으로 돌아온 재하가 끈질기게 도은을 물고 늘어졌다. 평소엔 둥글둥글하면서 왜 설 이사 관련해서만 뾰족하게 구는지 모를 일이었다.

"나는 뭐 집에서 대본만 보면서 굶어 죽으란 거야? 나도 설 이사랑 고기 썰고 싶어!"

"인재하. 너 혹시."

"혹시 뭐."

"설 이사 좋아해?"

"미쳤냐?"

재하가 소리를 빽 질렀다.

아, 나 소름 돋았어. 자신의 팔뚝을 벅벅 문지르며 재하가 기가

98

막힌 얼굴을 했다.

"그게 아니면 혹시……."

잠시 숨을 고른 도은이 진중한 얼굴로 재하를 응시했다.

"나 좋아해?"

도은의 질문에 재하가 느리게 눈을 깜빡였다.

좋아하냐는 질문을 던진 주제에 도은의 목소리는 그 어느 때보다 건조하고 날카로웠다. 눈이 삐었냐 하고 웃으며 넘어갈 셈이었는데, 도은의 기세를 보니 장난칠 마음도 싹 사라졌다.

그런 달콤한 질문은 정석대로 달콤하게 좀 하라고. 누가 봐도 절대 좋아하지 말라는 경고가 내재된 질문에 새삼 오기가 생겼다.

"좋아하면 안 돼?"

"안 돼."

"왜?"

사랑이 얼마나 사람을 바보로 만들고 마음을 나약하게 만드는지 언니를 가장 가까이서 지켜본 도은은 그 사실을 누구보다 잘 알았다.

그래서 안 된다. 복수를 하는 동안은 그도 자신도 그 어느 누구와 사랑에 빠져선 안 됐다. 사랑은 사람의 이성을 마비시키는 가장 효과적인 독약이니까.

"그거 그냥 호기심이잖아? 그러니까 그냥 접어."

"그래도 안 접어지면?"

"어차피 네가 원하는 건 하룻밤이시? 들어줄게. 그걸로 네 호기심이 사그라든다면."

그거 말고 뭐가 더 있냐는 듯 담담히 대답하는 도은을 보며 재하가 허 웃었다.

완전 저를 주민우 같은 놈팽이 취급하고 있었다. 이거 조금 열받는데?

"그 자신감은 대체 어디서 나오는 거야? 별로 볼 것도 없구만."

"뭐?"

"뭔가 착각을 하는 모양인데, 내가 끌리는 건 네 몸이 아니라 그냥 너야."

"⋯⋯."

"그러니까 그런 말은 넣어 둬. 빈껍데긴 필요 없어. 마음까지 줄 거 아니면."

곧고 강직한 눈빛이었다. 그리 말하는 재하는 조금 화가 난 것 같기도 했다. 도은이 시선을 내렸다. 더 이상 시선을 마주쳤다간 흔들리는 제 마음을 모두 들켜 버릴 것만 같았다.

그런 도은을 지켜보던 재하가 이내 한숨을 내쉬곤 도은의 이마를 손가락으로 세게 튕겼다. 졸지에 이마를 얻어맞은 도은이 황당한 얼굴로 재하를 올려다보자 그가 장난스럽게 웃었다.

"나 너한테 끌리는 건 맞는데, 좋아하는 건 아니거든?"

"⋯⋯."

"그러니까 그렇게 겁먹지 마."

도은이 뭘 걱정하는지 안다는 듯 재하가 도은의 어깨를 토닥였다.

"약속은 반드시 지킨다고 했잖아."

재하가 '기억 안 나?' 하고 되물으며 제 새끼손가락을 들곤 웃었다.

그러니까 그 다정함이 문제라고. 바보야.

도은은 눈을 감았다 떴다. 가슴이 울렁거리고 체한 것처럼 답답
했다.

✳ ✳ ✳ ✳

설 이사와의 저녁 약속에 저도 함께 가야 하는 이유를 99가지나
지어 내며 도은을 끈질기게 괴롭히고 나서야 재하도 도은의 차에
함께 탑승할 수 있었다.

설 이사와 약속한 레스토랑에 도착한 후, 잠시 담배를 사기 위
해 나가려던 재하는 가게 앞에서 설 이사를 발견하고 멈칫했다.

"설 이사님, 오랜만입니다."

재하가 의례적으로 고개를 꾸벅 숙였다.

"준비는 잘 되어 갑니까?"

"절 보고도 안 놀라시네요."

미리 양해를 구하지 않은 갑작스러운 만남인데도 자연스럽게 안
부 인사를 건네는 그의 모습에 재하가 신기하다는 얼굴을 했다.

"별로 놀라운 일은 아닙니다. 전 재하 씨가 올 거라고 생각했거
든요."

"그럼 왜 애초에 김도은 씨한테 저와 같이 오라고 하지 않은 겁
니까?"

"간단합니다. 그편이 더 재밌으니까."

"하."

자신이 노은에게 빼쓴 걸 뻔히 일고 있다는 두로 그기 빙긋 웃
었다. 그 모습에 재하는 어이없는 웃음이 터져 나왔다. 저가 따라
올 걸 알면서 도은만 불렀다는 게 너무 괘씸했다.

생각보다 훨씬 더 음흉한 놈이잖아 이거. 재하의 얼굴이 불쾌하게 찡그려졌다.

"인재하 씬 평상시엔 정말 표정 관리가 안 되는군요. 앞으론 좀 더 신경을 쓰는 게 좋을 겁니다. 저와 처음 만났을 때 정도면 딱 괜찮겠네요."

불퉁하게 대답하는 재하를 향해 설 이사가 그럴 줄 알았다는 듯 상냥한 목소리로 조언했다. 그의 말에 깜짝 놀란 재하가 저도 모르게 제 얼굴을 매만졌다. 역시 느끼는 그대로 얼굴에 드러나는 모양이었다.

으, 열받아. 아무리 좋게 생각하려 해도 너무 얄미워서 정이 안 간단 말야.

재하가 설 이사를 째려보며 입가를 씰룩였다. 그 모습에 설 이사가 슬쩍 웃고는 재하의 앞으로 한발 가까이 다가서서 낮은 목소리로 속삭였다.

"여 이사는 보여지는 것보다 훨씬 용의주도한 사람입니다. 그는 인재하 씨를 너무 오래 알았기 때문에 의심조차 못하고 있지만 그 것도 잠깐입니다. 유명세를 갖기 전엔 최대한 눈에 띄지 마세요. 이게 무슨 뜻인지 압니까?"

"……."

"이번 오디션에서 떨어지면 당신들에게 다음 기회는 없다는 뜻입니다."

그의 말은 평소보다 무겁고 날카롭게 들렸다. 진지한 눈빛으로 자신을 응시하는 설 이사를 재하 역시 똑바로 마주 보았다.

"그 정도는 저도 압니다."

"아니. 모릅니다. 당신들은 너무 튀어요. 재하 씨가 오디션에 참

가한 순간 결과와 상관없이 모든 의심이 시작될 겁니다. 도은 씨의 정체를 파악하는 것도 순식간이겠죠. 도은 씨가 누군지 안다면 여 이사가 가만있진 않을 겁니다. 오디션에서 떨어진다면 언니의 복수를 하기도 전에 먹힐 수도 있습니다."

"그것도 압니다."

"……?"

재하의 대답이 몹시 의외라는 듯 설 이사의 눈이 조금 커졌다. 반면 재하는 착잡한 심경으로 시선을 내리깔았다.

언니의 복수라. 설 이사가 알았다는 것은 여 이사 역시 조금만 조사하면 모든 진상을 파악하는 것이 순식간이라는 뜻이었다.

설 이사의 말이 맞았다. 유명한 베스트셀러 작가와 한때 사고로 모든 명예를 잃어버리고 계약 종료가 된 배우의 만남은 누가 봐도 너무 수상쩍었다.

그가 손을 쓸 수 없는 곳으로 날아가기 위해선 소문이 나기 전인 내일 오디션에 곧바로 합격해야 했다. 내일 오디션에 실패한다면 아마 그다음은 없을 것이다.

"김도은 씬 순진해서 떨어지면 다른 방법을 찾으면 될 거라 생각하지만 전 다릅니다. 괜히 이 바닥에서 몇 년 구른 게 아니거든요."

"……."

"아마 위험해지겠죠. 김도은 씨도 저도."

재하가 나지막이 덧붙이며 머리를 쓸어 넘겼다.

그런 재하를 물끄러미 지켜보던 설 이사가 이내 분위기를 전환하듯 빙긋 웃으며 농을 건네 왔다.

"저한테 부탁을 하는 건 어떻습니까? 한 여자 지킬 능력 정도는 되는데."

"김도은 씨와 그쪽은 생판 남인데 제가 어떻게 믿습니까? 여 이사나 당신이나 똑같은 사람인데."

"하하하."

"혹시 일이 잘못된다면 김도은 씬 제가 보호할 겁니다. 무슨 일이 있더라도."

이건 진심이었다. 재하는 여 이사를 너무 잘 알았다. 원한을 가지고 그들을 무너뜨리기 위해 시도하고 있다는 걸 안다면 여 이사의 성격상 자신도 도은도 절대 내버려 둘 리가 없었다.

그렇게 된다면 무슨 짓을 해서라도 도은만은 어떻게든 지켜 주고 싶다고 재하는 생각했다.

"재하 씨도 도은 씨와 남이잖아요? 비즈니스 관계로만 끝낼 수도 있는데 왜 그렇게까지 하는 겁니까? 단지 보은 심리입니까? 아니면 다른 이유가 있는 겁니까?"

"제가 그걸 왜 설 이사님한테 대답해야 합니까?"

"좋아하죠? 김도은 씨."

설 이사의 질문에 재하가 고개를 들었다.

원하는 것을 향해 올곧게 나아가는 그녀가 눈부셔서 재하는 때때로 도은에게서 시선을 뗄 수 없었다. 강함 속에 숨겨진 그녀의 다정함과 연약함이 사랑스러웠다.

웃게 해 주고 싶다. 옆에 있고 싶다. 그녀가 진심으로 맘껏 행복하게 웃는 순간 그 옆에 있는 게 나였으면 좋겠다.

도은에겐 끌리는 것뿐이라고 말했지만 사실 재하는 알고 있었다. 끌린다는 이유 하나만으로는 이 마음을 설명할 수 없다는 걸.

"바봅니까? 당연히 좋아하니까 이러죠."

※ ※ ※ ※

설 이사가 예약한 레스토랑은 비즈니스 룸이 따로 마련되어 있는 곳이었다. 식탁부터 테이블보, 메뉴판까지 단정하면서 고급스러움이 묻어났다. 딱 설 이사를 닮은 분위기에 어찌 이렇게 그다운 곳을 골랐나 싶은 생각을 하고 있는 사이, 문 열리는 소리에 도은이 고개를 들었다. 설 이사였다.

"도은 씨. 많이 기다렸나요?"

그가 조금 미안한 얼굴로 물었다.

"아니요. 저희도 방금 왔어요."

도은이 괜찮다고 대답하는데 재하가 곧바로 설 이사를 뒤따라 들어왔다. 재하가 잠깐 나간 사이 둘이 입구에서 마주친 모양이었다.

어떻게 둘이 같이 들어오는 거지? 설 이사만 보면 으르렁거리는 재하를 알기에 도은은 불안한 얼굴을 했다.

설마 쓸데없는 말을 하진 않았겠지 하는 생각에 재하에게 눈짓을 보냈지만 그는 그저 어깨를 으쓱할 뿐이었다.

"식사하면서 천천히 얘기하죠."

설 이사가 도은과 재하의 음식 취향을 물으며 능숙하게 메뉴를 추천해 주었다. 메뉴를 주문한 뒤 간단한 안부 인사와 함께 이야기를 나누던 설 이사가 돌연 재하에게 질문을 던졌다.

"인재하 씨. 호스트 역에 관심 있었죠?"

"그걸 어떻게 아셨습니까?"

"제가 중간 점검차 전화했을 때 제게 물어본 질문이 딱 그거 하나였잖습니까. 호스트 역 맡은 배우 누구냐고."

설 이사가 별거 아니라는 듯 웃으며 대답했다.

가볍게 지나가듯 던진 말이었는데 그걸 기억하다니. 재하가 질렸다는 듯 혀를 내둘렀다.

설 이사는 관찰력과 기억력이 뛰어날뿐더러 사람의 성격이나 성향, 장단점을 그 누구보다 잘 파악했다. 그리고 그것이 설 이사의 가장 무서운 점이기도 했다.

"맡은 역과 하고 싶은 역의 갭 때문에 힘들어하는 배우들을 종종 봐서 걱정되더군요. 집중은 잘 되던가요?"

"그래서 작전을 바꿨습니다."

재하의 대답에 설 이사가 흥미롭다는 눈빛을 했다. 그것은 재하가 어느 정도 고전했다는 걸 인정하는 말이었기 때문이다.

"작전을 바꿨다는 게 무슨 말입니까?"

"1인 2역이요, 이사님. 자유연기 때 유연호와 호스트가 마주치는 씬을 1인 2역으로 연기하는 거죠."

재하 대신 도은이 대답했다. 도은은 처음 1인 2역 연기를 하던 재하를 떠올렸다. 압박감에서 벗어나서 그런지 그는 완벽하게 다른 두 사람을 너무나 자연스럽게 소화하고 있었다. 여태 유연호 역할에 대해 왜 애를 먹었나 싶을 정도로 기대 이상이었다.

게다가 호스트 연기를 하는 재하는 정말이지…….

도은은 연기에 몰입한 재하의 눈빛과 그 분위기를 떠올렸다. 그 순간 재하를 지켜보던 모든 사람이 단 한 순간도 재하에게서 눈을 뗄 수가 없었다.

아니, 눈을 뗄 수 없다기보다 강제적으로 시선을 빼앗기는 느낌이었다. 나른하면서 관능적인 그 눈빛이 도은의 뇌리에서 떠나지 않았다. 어쩌면 도은은 재하를 과소평가하고 있던 걸지도 모른다.

"도은 씨는 참 감이 좋네요. 여러모로. 알고 준비한 겁니까, 모르고 준비한 겁니까?"

"그게 무슨 말씀이시죠?"

"아직은 섣부른 이야기니 나중에 얘기하죠. 하지만 상당히 좋은 아이디어네요. 오디션에 합격해서 이 드라마로 인지도를 쌓고 도은 씨 작품 들어가면 꽤 좋은 성과를 거둘 수 있을 것 같습니다. 그렇게 되면 도은 씨가 정말 원하는 걸 이루는 것도 먼 일은 아닙니다."

내가 정말 원하는 것?

의미심장한 단어에 도은이 설 이사를 홱 쳐다봤다. 경계 어린 눈빛이었다. 설 이사는 그저 평온하게 미소 지을 뿐이었다.

"도은 씨 작품 남자 주인공은 거래대로 주민우 씨 섭외 들어갈 겁니다. 주민우 씨 섭외 확정 나기 전까진 재하 씨 출연 얘긴 보안 철저히 하세요. 재하 씨 출연한단 얘기가 흘러나오면 그쪽에서 의심은 물론 섣불리 하려 하지 않을 테니까. 물론 이건 모두 재하 씨가 내일 오디션에 합격했을 때 얘기지만요."

"언제부터 알고 계셨어요?"

도은의 질문에 설 이사가 잠시 숨을 고르고 천천히 입을 열었다.

"……처음부터라고 해야 할지 최근이라고 해야 할지 모르겠네요. 두 분이 여란 쪽과 사이가 안 좋다는 건 처음 사무실에 왔을 때부터 대강 눈치채고 있었습니다. 음주 사고로 바닥까지 추락한 배우의 출연을 계약 조건으로 걸며 판권을 무료로 내준다는 게 이해가 가지 않았거든요. 도은 씨 입장에선 이해득실이 전혀 맞지가 않았으니까요. 그렇기에 바로 답이 나오더군요."

희미한 미소가 섞인 눈동자로 설 이사가 재하와 도은을 차례로 응시했다.

"적의 적은 나의 아군이다. 재하 씨가 여란 쪽과 사이가 좋지 않다는 소문은 전에 얼핏 들은 적이 있어서 혹시 도은 씨도 주민 우나 여란 대표 쪽에 뭔가 있지 않을까 싶었죠. 자세한 사정을 알게 된 건 얼마 전입니다."

"설 이사님은 왜 다 알면서도 저흴 도와주는 겁니까? 여 이사 건드리면 피곤한 거 아실 텐데요."

재하가 설 이사를 향해 삐딱하게 물었다. 그건 도은 역시 궁금한 것이었다.

도은과 재하를 품으면 여 이사를 등질 수밖에 없게 된다. 단순히 도은이 쓴 소설들의 드라마화가 목적이었다면 처음에 도은이 제시했던 재하의 출연 조건만 들어주면 되었다.

그런데 이미 어느 정도 예상했으면서도, 오디션을 내걸며 소속사 계약까지 제안한 것이 이해가 가지 않았다. 설 이사에게 이득이 아예 없는 건 아니었지만 도은과 재하를 품는 것은 설 이사에게 리스크가 훨씬 큰 도박이었다.

"두 분의 사적인 목적은 신경 안 씁니다. 여긴 성과와 결과만이 남는 곳이니까요. 제작 투자 쪽에선 성공을 거뒀다고 해도 이제 막 엔터테인먼트 사업을 시작한 저에게는 기회라는 생각도 들었습니다."

"기회요?"

아직 선뜻 이해가 가지 않는 답에 이번엔 도은이 되물었다. 설 이사가 웃으며 와인잔을 매만졌다.

"저에게도 나름의 사정이 있었거든요. 정석대로 신인 배우를 발

굴해서 키우기엔 시간이 너무 부족했어요. 빠른 성과를 거두기 위해서는 임팩트가 있어야 하는데 톱스타와 대형 기획사를 밟고 올라가는 것만큼 훌륭한 임팩트는 없다는 생각이 들었죠. 물론 그만큼 위험도도 있었지만 저에겐 충분히 해 볼 만한 모험이었습니다. 저에게는 확실한 성공 사례와 본보기가 필요했고 두 분은 잘 해낼 거라는 느낌이 들었습니다. 그게 이유입니다. 왜냐하면 제 감은 거의 맞는 편이거든요."

그렇게 말하는 선 이사의 얼굴에는 확신이 차 있었다.

"그러니 제 기대를 저버리면 곤란합니다, 인재하 씨. 시작하자마자 감 떨어졌단 소린 듣기 싫거든요."

"딱 기다리고 있어요. 설연 엔터테인먼트 들어가면 톱스타 된다는 거 증명해서 연습생이든 연예인이든 줄 서게 만들어 줄 테니까."

설 이사를 향해 자신 있게 말한 재하가 이윽고 그에게 악수를 청했다. 설 이사 얘기만 나오면 잡아먹지 못해 안달이었던 여태까지의 재하를 생각하면 엄청나게 놀라운 일이었다.

무척 의외라는 눈빛으로 재하를 바라보던 설 이사가 곧 웃으며 악수를 받아들였다.

"행운을 빕니다. 내일 두 분 모두."

"감사합니다."

"참. 도은 씨. 제게도 행운을 빌어 주세요."

"무슨 일 있으세요?"

"갖고 싶은 게 생겼는데, 누가 먼저 선전 포고를 하는 바람에 기회를 엿보고 있는 중이거든요."

설 이사가 도은을 보며 부드럽게 웃었다.

무슨 뜻이지? 도은이 의미를 몰라 적당한 말을 찾지 못하고 있는데 도은의 대답을 바란 건 아닌 듯 설 이사가 이번엔 재하를 향해 빙긋 미소 지었다.

"그렇죠, 재하 씨?"

'저 망할 능구렁이가 진짜!'

내가 미쳤지. 재하는 설 이사에게 도은에 대한 감정을 솔직하게 고백한 것을 곧바로 후회했다.

설 이사가 그럼 자신은 가 보겠다며 자리를 뜨고 난 후, 도은이 불쑥 재하를 향해 물었다.

"둘이 무슨 비밀 있어?"

"아니. 비밀은 무슨. 아, 우리 카페 가서 커피 한잔 하고 갈까?"

혹시 도은이 눈치챌까 이마 위의 식은땀을 훔치며 재하가 서둘러 말을 돌렸다.

"아니. 괜찮아. 그냥 집에 가자."

도은의 말에 재하가 순간 멍한 얼굴을 했다. 집에 가자는 그 말이 오늘따라 귓가에 부드럽게 스며들어 마음을 간지럽혔다.

도은과 재하는 그렇게 나란히 서서 길가를 걸었다. 흠흠, 헛기침을 한 재하가 옆에 선 도은을 힐끔 바라보았다.

바람 때문에 불편했는지 머리를 올려 묶는 도은의 모습은 평소보다 훨씬 예뻐서, 흩날리는 도은의 머리카락을 매만져 주고 싶었다.

참 신기했다. 좋아한다는 말을 꺼낸 순간 어렴풋이만 느꼈던 설렘과 사랑스러운 감정들이 툭 터져 넘쳐흘렀다.

"아, 조심!"

도은의 곁을 스쳐 지나가는 자전거에 재하가 다급하게 도은의 허리를 확 끌어당겼다.

"죄송합니다!"

자전거를 탄 남자가 재하를 향해 소리치곤 빠르게 멀어졌다. 반사적으로 재하의 품에 안기게 된 도은이 당황한 얼굴을 했다.

제 허리를 감싸 안고 있는 재하의 단단한 팔도, 바로 앞에서 느껴지는 그의 숨결도 신경 쓰여 견딜 수가 없었다.

"너 괜찮아? 아, 저 자식은 눈이 어디 달린 거야?"

"난 괜찮으니까 화내지 마."

왈칵 성을 내는 재하를 보며 도은이 그의 구겨진 눈썹을 쿡 찔렀다.

미치겠네, 정말. 자신의 기분을 풀어 주려는 도은이 순간 너무나 귀여워 보여서 재하가 헛웃음을 지었다. 아무래도 자신은 어딘가 고장 난 게 틀림없다고 재하는 생각했다.

"마셔."

"난 왜 사이다야?"

"넌 내일 오디션을 봐야 하니까."

집에 도착한 도은이 제 손엔 맥주를 들고, 재하의 손엔 사이다를 쥐여 주었다. 딱 한 캔만 마시자며 도은을 구슬려 보았지만 어림도 없었다. 졌다, 졌어. 결국 포기한 재하가 사이다를 들이켰다.

그녀와 함께 나란히 앉아 사소한 이야기를 나누며 깔깔거리니 오디션을 앞두고 곤두서 있던 신경이 부드럽게 풀렸다. 맥주를 마시자 평소 자신의 이야기를 잘 하지 않는 도은이 어릴 적 좋아하던 팝스타라든지 글을 쓰기 시작한 계기 등 소소한 이야기들을 먼저 해 주기도 했다.

도은이 하나둘씩 털어놓는 그것들을 재하는 하나도 빠뜨리지 않고 꼼꼼히 주워 머릿속에 담았다. 무척이나 평화롭고 따뜻한 밤이었다.

"……."

어느새 상 위에 그대로 엎드려 잠이 든 도은을 재하가 오래도록 바라보았다. 맥주를 마신 탓에 도은의 하얀 뺨이 발갛게 물들어 있었다.

도은의 뺨에 재하가 손을 가까이 가져갔다. 조심스런 손길로 도은의 뺨을 살짝 매만지던 재하가 한숨을 토해 냈다.

"죽겠네. 진짜."

뭘 믿고 이렇게 무방비한 거야? 마음까지 갖고 싶다고 했지, 마음만 가지고 싶다고는 안 했는데.

"으으. 내 팔자야."

결국 낮은 한숨과 함께 도은을 안아 든 재하가 방에 들어가 침대에 그녀를 눕혔다. 이불을 덮어 주고 나오려는데 도은의 눈에 눈물방울이 맺혀 있었다. 오늘도 언니 꿈을 꾸는 모양이었다. 재하의 심장 한구석이 시큰하게 시려 왔다.

"내가 그 자식 꼭 그 자리에서 끌어내려 줄게. 그러니까……."

아프지 마.

나지막이 속삭이며 엄지손가락으로 조심스레 눈물을 닦아 준 재하가 이내 도은의 눈가에 부드럽게 입술을 대었다가 떼었다.

"잘 자."

✵　✳　✳　✻

"여여. 김 매니저."

오디션 당일 아침. 알람 소리에 잠이 깬 도은은 거실로 나갔다. 소파에 앉아 있는 재하를 발견한 도은이 살짝 놀란 얼굴을 했다.

재하는 벌써 준비를 마친 모양인지 깔끔한 화이트 브이넥에 베이지색 카디건을 걸치고 있었다. 평소와 다른 심플하고 댄디한 옷차림에 도은이 재하의 등을 탕탕 두들겼다. 아주 만족스럽다는 표시였다.

옷걸이 하나는 괜찮단 말이지. 혹시 모를 참사를 대비해 미리 옷을 골라 주긴 잘한 것 같았다.

"잘 잤어?"

"응. 근데 나 언제 잠들었어?"

"김도은."

읽고 있던 대본을 덮고 고개를 든 재하가 도은의 이름을 불렀다. 저를 올려다보는 재하의 눈은 평소와 달리 깊게 가라앉아 있었다.

"오디션 끝나면 나랑 영화 보자."

"……."

"참고로 준이랑 설 이사 끼는 거 안 돼. 어때?"

"그런 말은 합격하고 나서 하지 그래?"

마치 도은의 속셈은 뻔히 안다는 듯, 설 이사와 준이 끼는 건 안 된다고 처음부터 못 박은 재하 덕분에 도망갈 구실마저 봉쇄당한 도은이 한발 물러서며 대답했다.

"미리 예매해도 좋아. 보장하지."

사신만만한 목소리였다.

콜? 기어코 대답을 듣고 말겠다는 듯 자꾸만 재촉하는 재하의 등을 도은이 늦었다며 손바닥으로 짝 때렸다.

"으앗."

신음을 내뱉은 재하가 이 손자국이 보이냐며 엄살을 부렸다.

"엄살 부리지 마."

"확인해 볼래?"

짓궂게 웃은 그가 윗옷을 벗어 올렸다. 반쯤 올라간 옷자락 사이로 재하의 맨살이 드러나며 균형 있게 자리 잡은 복근이 존재감을 드러냈다.

느닷없는 살색 노출에 도은이 당황한 기색을 숨기지 못하며 재하의 옆구리를 퍽 쳤다.

"노출증이야?"

도은의 질문에 재하가 피식 웃었다.

"귀여우니까 봐준다."

정말 쟤를 어떻게 해야 할까.

봐줬다는 듯 현관문으로 향하는 재하의 뒷모습을 보며 도은은 한숨을 내쉬며 생각했다. 영화를 보자는 게 어떤 의미인지 묻지 않아서 다행이라고.

도은은 그 진짜 의미를 확인하는 것이 누구보다 두려웠다. 그것이 그 어느 쪽이라도.

"와, 차들 좀 봐."

오디션의 경쟁률을 과시하듯이 오디션장 주차장에는 이미 수많은 차들이 꽉꽉 들어차 있었다. 주차할 데가 어디 없나. 천천히 주위를 살피던 도은이 딱 하나 남은 비좁은 주차 공간을 발견했다.

도은이 현란한 운전 실력으로 남은 공간에 빈틈 하나 없이 완벽

하게 주차를 마치자, 옆에 세워진 밴의 새까만 창문이 스르륵 내려
갔다.

도은이 무의식적으로 쳐다보는데 그 안에 타고 있던 남자와 눈
이 마주쳤다. 곱슬거리는 레몬 머리에 귀엽게 생긴 소년 같은 남자
였다. 얼굴에 앳됨이 남아 있는 것을 보니 아무리 많이 봐 줘도
20대 초반쯤일 듯했다.

"주차를 참 잘하시네요!"

그가 도은을 향해 찡긋 윙크하며 말을 건네 왔다.

"쟨 뭐야?"

"아이돌 더블."

"근데 왜 윙크해? 눈이 아픈가?"

"나도 몰라."

재하와 도은이 소곤거리자 그가 아예 창문을 다 내리고 차창에
팔을 걸친 채 도은을 향해 싱긋 웃어 보였다.

"오디션 보러 오셨어요? 남자 역만 본다고 들었는데."

"전 매니저예요."

도은이 짤막하게 대답했다. 도은의 대답에 그가 깜짝 놀라는 얼
굴을 했다.

무언가 더 말하려는 그의 말을 막은 채 재하가 불쑥 얼굴을 내
밀며 끼어들었다.

"오디션은 제가 봅니다."

"아……. 유연호 역이요?"

"네."

"뭐……. 오디션 자체가 좋은 경험이니까요. 결과에 연연하지
말고 열심히 해 보세요."

떨떠름하게 대답한 그가 이내 도은에게 윙크했다.

저게 어디서 끼를 부려. 재하가 그를 향해 캌— 목을 긋는 시늉을 해 보이자 그가 순간 움찔하더니 서둘러 사라졌다.

흥. 애송이구만. 그 모습을 본 재하가 만족스럽게 웃었다.

"이건 예상 이상인데?"

직원의 안내를 받아 대기실에 도착한 재하와 도은은 생각보다 훨씬 북적이는 사람들 때문에 새삼 놀라고 말았다. 그중에는 얼굴이 나름대로 알려진 가수들과 신인 배우들도 몇몇 섞여 있었다.

"왜? 쫄았어?"

"아니거든!"

태연하게 소파 위에 늘어지는 재하와 달리 도은은 긴장한 표정이었다. 귀엽긴. 울컥하는 도은을 보며 재하가 피식 웃었다.

강한 척하지만 사실 도은이 의외로 긴장도 많이 하고 여린 성격이라는 걸 이제는 알기 때문이다.

"인재하 씨!"

직원이 재하를 호명하자 도은이 벌떡 일어났다. 그때 재하가 도은의 팔목을 살짝 붙잡으며 도은의 눈을 응시했다. 부드럽고 따뜻한 시선이었다.

"오늘은 안 떨게 해 줄게."

"……."

"그러니까 쫄지 말고 편하게 기다려."

오케이? 재하가 도은을 보며 개구지게 웃었다.

부디 행운이 함께하기를. 멀어져 가는 재하를 보며 도은은 속으로 기도했다. 남은 것은 그저 그를 믿는 것뿐이었다.

* * * *

"안녕하세요, 인재하입니다."

오디션장에 들어간 재하가 심사 위원을 향해 꾸벅 인사했다.

심사 위원석에는 김 감독, 드라마 제작사 대표, 그리고 이 드라마 여주인공 한지수가 차례로 앉아 있었다.

그녀는 데뷔한 지 5년 차로 오래된 연차는 아니지만 20대를 대표하는 차세대 여배우라고 손꼽힐 만큼 연기와 미모를 두루 갖춘 핫스타였다.

"지원서 보고 깜짝 놀랐습니다. 인재하 씨가 복귀한다는 얘기를 들은 적이 없었거든요."

재하를 알아본 김 감독이 먼저 살갑게 말을 걸어왔다.

"요란한 걸 별로 안 좋아합니다. 복귀한다고 소문날 만한 인기인도 아니구요."

정확히 말하면 소문을 낼 수가 없었다. 당연히 재하가 연기를 그만둘 거라고 생각하고 있는 여 이사나 주민우가 안다면 당장 훼방 놓을 게 뻔했기 때문이다.

그들이 방심하고 있는 이때 이 기회를 한 번에 낚아채야 했다. 아무리 그들이어도 이미 합류하기로 결정한 배우를 무를 수는 없었다. 그러면 도리어 사람들에게 의심을 살 테니까.

"근데 왜 하필 오디션으로 시작하는 겁니까? 아무리 자숙 기간이 길었다고 해도 재하 씨 정도면 그래도 이 정도 역할은 인맥으로 가능하지 않나요?"

"제대로 다시 시작하고 싶어서요."

"재하 씨 연차에 오디션이라. 많은 용기가 필요했을 텐데 대단하네요. 그럼 준비한 씬부터 보여 주세요."

"씬20 하겠습니다."

씬20은 여주인공이 3개월밖에 살지 못한다는 사실을 안 유연호가 호스트를 찾아가 그녀를 꼬셔 줄 것을 제안하는 장면으로, 호스트와 유연호 사이에 흐르는 긴장감과 기 싸움이 흥미로운 씬이었다.

쿨하고 이성적인 유연호와 가볍지만 매력적인 호스트 지승우의 첫 만남.

재하는 눈을 천천히 감았다 떴다.

"네가 이 가게에서 제일 인기가 많다는 지승우?"

시작은 유연호였다.

상품을 평가하듯이 팔짱을 낀 채 상대를 위에서부터 아래까지 꼼꼼히 훑는 그는 무표정했지만 다소 거만함이 느껴졌다.

「가게를 잘못 찾은 거 아냐? 게이 바는 저쪽이라고.」

재하의 눈빛이 달라졌다. 방금 전 연호와 달리 다소 높고 경쾌한 어조였다.

머리를 쓸어 올리며 웃음기 섞인 목소리로 나른하게 말하는 재하에게선 관능적인 분위기가 물씬 풍겼다.

그 순간 심사 위원들의 시선이 모두 재하에게 쏠렸다. 대본을 보며 호스트는 이런 느낌일 거라고 막연히 생각했던 것들을 재하가 완벽하게 재연해 내고 있었기 때문이다.

가볍고 장난스럽지만 묘하게 관능적인 느낌. 한 번에 시선을 확 사로잡는 매혹적인 남자. 지승우.

"제대로 찾은 거 맞아. 너 여자 잘 꼬셔?"

「당신 내가 한 달에 얼마 버는지 알아? 내가 이 업계에서 넘버

원이야.」

"좋아. 그럼 의뢰를 하나 하지. 이 여자를 꼬셔서 3개월 동안 세상에서 가장 행복한 플라토닉 연애를 해. 어때, 할 수 있나?"

김 감독이 흥미로운 얼굴로 재하를 쳐다봤다.

느린 호흡이었지만 어조와 표정, 그리고 특유의 분위기까지 각자 다른 두 사람을 능숙하게 표현해 내고 있었다. 1인 2역이라니. 영리하기도 했지만 실력도 제법이었다.

「얼마 줄 건데?」

냉정하고 다소 거만한 유연호도 괜찮았지만 이렇게 재밌다는 얼굴로 도발하듯이 받아치는 악동 같은 호스트 지승우의 매력은 단연 돋보였다.

"거기까지."

김 감독이 보기 드물게 만족스러운 미소를 지으며 대본에서 여러 가지 씬들을 골라 연기를 시켰다.

재하는 연기하는 내내 심사 위원들의 시선이 처음과 달라졌음을 인지했다. 그 증거로 오디션 내내 졸린 얼굴이던 한지수가 모처럼 생기 있는 눈으로 재하를 뚫어지게 주시하고 있었다.

"수고했어요. 결과에 상관없이 앞으로 연기 계속해 줬으면 좋겠네요."

미묘한 어투였다. 김 감독의 의중을 떠보고 싶었지만 결국 재하는 꾸벅 인사한 채 방을 빠져나왔다.

재하가 나간 문을 주시하던 지수가 이내 시선을 돌려 감독을 향해 넌지시 한마디 했다.

"어떻게 하실 거예요, 감독님. 더블 들러리로 두기엔 너무 아깝지 않아요?"

"곤란하네. 너무 잘해서."

이거 한 방 맞았군. 김 감독이 곤란한 듯 머리를 긁적였다.

인재하는 음주 사고라는 핸디캡이 있기에 애초에 생각하지도 않았던 배우였다. 명분만 오디션일 뿐 그들에게 이미 정답은 정해져 있었다. 지금 한창 인기 있는 더블 멤버의 출연은 제작사나 방송사 측에 여러모로 이득이었기 때문이다.

그리고 사실 더블의 연기도 나쁘지 않았다. 분명 어설픈 부분도 있었지만 처음임을 감안하면 풋풋하고 귀엽게 봐 줄 수 있는 수준이었다.

하지만 인재하의 연기는……. 솔직히 더블과는 아예 급이 달랐다.

"대표님 생각은 어때요?"

"더블을 떨어뜨리면 우리는 많은 이득을 포기해야 해요. 그리고 그쪽 소속사에 괜히 밉보였다간 앞으로도 계속 손해를 볼 겁니다."

"어머, 그런데 두 분 다 왜 이렇게 고민하시는 거죠?"

지수가 고뇌에 찬 두 사람을 보며 재밌다는 듯 웃었다.

"지수 씨도 느꼈을 거 아니에요. 본능적으로. 인재하는 지승우 그 자체예요. 그 남자는 반드시 뜰 겁니다."

대표의 말에 김 감독도 고개를 끄덕였다.

연기를 잘하는 것뿐만 아니라 인재하에게는 사람의 시선을 사로잡는 배우로서의 아우라가 있었다. 그 사실이 가장 중요했다.

"그러니까 하는 말이에요. 마침 빈자리 하나 있잖아요."

"지수 씨, 진심이야?"

"어차피 이러려고 두 분 다 제 눈치 보신 거 아니에요?"

그녀가 두 사람의 속셈은 다 안다는 듯 짓궂게 웃었다.

120

"저희 회사 대표님이랑 한주 씨한텐 제가 잘 말해 보죠. 두 분 다 저한테 빚지신 거예요."

똑똑한 여자였다. 상황 파악도 빨랐고. 그 순간 자신의 손익을 계산해서 행동하는 것이 보통이 아니었다.

하긴 그러니까 빠른 시간 내에 그 자리까지 올라간 거겠지. 누가 봐도 예쁜 반달눈을 휘며 사랑스럽게 웃는 지수를 보면서 김 감독은 저 속엔 여우가 분명 몇 십 마리가 들어 있을 거라고 생각했다.

"그럼 전 이만 가 볼게요."

이제 볼일은 끝났다는 듯 지수가 핸드백을 챙기고 일어섰다.

방금 자신의 선택으로 인해서 본인의 인생이 바뀌었다는 걸 인재하는 알까. 지수는 자신을 똑바로 쳐다보던 재하의 눈빛을 떠올렸다.

한 번 실패한 사람이었다. 별 볼 일 없다고 생각했는데 사람을 홀리는 매력이 제법이었다.

인재하한테는 어떤 보상을 받는 것이 좋을까를 생각하며 지수가 즐겁게 웃었다.

부디 그가 자신의 기대를 충족시켜 주길 바라면서.

※ ※ ＊ ※

오디션을 끝내고 대기실로 돌아가던 재하는 눈에 확 띄는 낯익은 레몬 머리에 눈썹을 치켜떴다.

주차할 때 본 아이돌 더블이었다. 뭐가 그렇게 즐거운지 도은의 앞에서 신나게 떠들며 눈웃음을 치고 있었다.

"김도은!"

재하가 뒤에서 그녀의 어깨를 양팔로 와락 끌어안았다. 순간 맹랑한 레몬 머리와 재하의 시선이 정면으로 마주쳤다. 재하가 약 올리듯 여유롭게 미소 짓자 부들거리는 모양새가 제법 귀여웠다.

"그럼 다음에 또 봐요. 도은 누나."

아이돌답게 상큼하게 웃은 그가 손을 살랑거리며 사라졌다. 여전히 도은의 어깨를 뒤에서 끌어안은 채 재하가 태연하게 물었다.

"누나 소리 싫은 거 아니었어?"

"쟨 귀여우니까 괜찮아. 근데 이거 좀 놔줄래?"

귀여우니까 괜찮다니. 김도은이 그런 취향인가.

곰곰이 생각하던 재하가 대뜸 윙크와 함께 도은에게 손가락 하트를 날렸다. 그 모습에 도은이 기겁하며 몸을 부르르 떨었다.

"미쳤어?"

"그냥 한번 해 봤어."

"다신 하지 마."

"오디션 잘 봤냐고 안 물어봐?"

"안 떨게 해 준다고 했잖아. 그거면 충분해."

생각지 못한 대답에 재하가 잠시 걸음을 멈추고 도은을 바라보았다. 그거면 충분하다고 말하는 도은은 여전히 시니컬했지만, 그래도 재하는 그런 도은이 너무나 사랑스럽게 느껴졌다.

"그래서 볼 영화는 생각해 봤어?"

"합격하고 나서 얘기하랬지."

"치사하긴."

"차 빼 올 테니까 후문에 있어."

주차장으로 사라져 가는 도은의 뒷모습을 보며 재하는 씩 웃었다. 김 매니저라고 부르면 질색을 하면서도 어느덧 자연스럽게 매니저 행세를 하는 도은이 귀여웠기 때문이다.

도은이 말한 대로 후문을 향해 홀로 걸어가고 있는데 낯선 손하나가 튀어나와 재하의 뒷덜미를 휙 낚아챘다.

"아, 깜짝이야!"

놀란 재하가 뒤를 돌아보자 고급스러운 스카프를 뒤집어쓰고 선글라스를 낀 묘령의 여인이 고고하게 재하를 쳐다보고 있었다.

"뭡니까?"

"저예요. 한지수."

"그건 왜 뒤집어쓰고 있어요?"

재하가 이해할 수 없다는 듯 눈썹을 찌푸리며 지수를 향해 물었다.

"사람들이 알아보면 곤란하니까?"

곤란하다면서 가장 화려한 패턴의 스카프를 뒤집어쓴 지수가 선글라스를 벗으며 미소 지었다.

"저한테 볼일 있습니까?"

"인재하 씨. 이 작품 찍고 싶죠?"

"그러니까 오디션을 보러 왔죠."

"어머. 보기보다 순진하시네. 이 오디션이 정말 오디션으로 보여요?"

지수의 말에 재하의 미간이 구겨졌다. 어쩐지 김 감독의 말이 미묘하더라니.

재하가 착잡한 듯 머리를 쓸어 올렸다. 이번 연기는 스스로도 제법 만족스러웠고 나름의 자신감도 있었다.

처음부터 답이 정해져 있다고 하더라도 심사 위원들이 자신의 연기를 본다면 분명 흔들릴 거라고.

그리고 무엇보다 내정자가 없다고 말한 설 이사가 이렇게 결과가 뻔한 오디션을 거래 조건으로 걸 리가 없다는 왠지 모를 믿음도 있었다.

"그래서 용건이 뭔데요?"

재하가 지수를 보며 쌀쌀맞게 대꾸했다. 사람 놀리는 것도 아니고. 이 여자는 굳이 찾아와서 왜 이러는지 모를 일이었다.

찬바람 날리는 재하의 태도에 지수가 그럴 줄 알았다는 듯 빙긋 웃었다.

"유연호 역은 가망성 없어요. 처음부터 암묵적으로 정해진 거라서. 대신 호스트 지승우는 어때요?"

"그건 이미 캐스팅된 배우가 있다고 들었는데."

"맞아요. 저 캐스팅하는 조건으로 옵션으로 딸려 온 우리 회사 배우. 근데 얼마 전에 교통사고로 다쳐서 입원해 있어요. 촬영할 수 있다고 우기고 있긴 한데 사실상 민폐죠. 그래서 감독님이랑 대표님은 제 눈치만 보고 있고."

지수의 말에 재하가 생각에 잠기듯 손가락을 까닥였다. 흔한 얘기였다. 배우 본인이 의지가 확고한 상태에서 하차를 요구했다간 같은 소속사인 한지수의 심기를 거스를까 봐 어쩔 수 없이 참고 있다는 말이었다.

근데 왜 이 얘기를 나한테 하는 거지? 재하가 찜찜한 표정을 짓자 지수가 맑게 미소 지었다.

"제가 이 얘기를 왜 인재하 씨한테 하는 줄 알아요?"

"모르겠는데요."

"내 선택으로 당신 인생이 바뀔 수도 있어."

지수의 눈빛이 강하게 빛났다. 위압적인 어조에 재하가 삐딱하게 웃었다.

"제가 호스트 연기를 했다고 진짜 호스트로 보입니까?"

"……?"

"섹스 프렌드나 애인 같은 건 곤란한데요. 대신 제가 한지수 씨를 도와줄 수 있는 상황이 있을 때 반드시 보답하죠."

재하의 말에 지수가 어리둥절한 얼굴을 하더니 돌연 크게 웃음을 터뜨렸다.

"되게 순진하네요. 인재하 씨. 왜 실패했는지 알겠어. 한 번 사고 쳤다가 돌아온 무명 배우가 무슨 힘이 있어서 나한테 보답을 해요? 그리고 내가 처음 보는 인재하 씨한테 그런 제안을 할 만큼 남자가 없어 보여요?"

눈만 한 번 찡긋해도 넘어올 남자가 몇인 줄 아냐며 그녀가 어처구니없다는 듯 따졌다.

"그럼 한지수 씨가 굳이 소속사 대표와 소속 배우를 설득하면서까지 힘없는 무명 배우를 도와주려는 진짜 이유는 뭡니까?"

진짜 이유. 그 말에 지수가 재하를 보며 눈을 반짝 빛냈다.

"설이연."

"설 이사요?"

지수의 입에서 흘러나온 이름은 매우 뜻밖의 것이었다. 전혀 생각해 보지도 못했던 상황에 재하가 놀란 얼굴을 했다. 어느새 지수의 얼굴은 발갛게 붉어져 있었다.

"설 이사랑 데이트하게 해 줘요. 사업적인 긴 필요 없고, 어떤 여자를 만나고 어떤 계집이 꼬리 치는지 뭐 그런 정보도 물어다 주고요."

웃는 얼굴이었지만 목소리는 살벌했다. 대체 이게 무슨 상황이야. 재하가 황당한 듯 지수를 바라보았다.

"그걸 왜 저한테 부탁합니까?"

"제가 말하면 씨알도 안 먹히니까 그렇죠. 그리고 어차피 이연 씨 소속사 들어가면 이연 씨랑 자주 볼 텐데 별로 어려운 일도 아니잖아요."

"……."

그건 또 어떻게 안 거야. 재하가 경계의 태세를 하자 지수가 안심하라는 듯 살풋 눈꼬리를 휘었다.

"아, 이연 씨 스토킹하다 우연히 알게 됐으니 걱정은 하지 말아요. 어때요. 콜?"

상황이 이상하게 돌아가고 있었다. 그래도 톱 여배우였다. 눈한 번 찡긋하면 괜찮은 남자 정도야 맘껏 골라 사귈 수 있을 것이다.

캐스팅을 빌미로 이런 부탁까지 하다니 재하는 선뜻 이해가 가지 않았다. 하지만 지수의 말이 거짓말이라고 생각되지는 않았다.

설 이사에 대해 얘기할 때만큼은 지수는 정말 진심으로 누군가를 사랑하는 순수한 눈을 하고 있었으니까.

"이렇게 하면서까지 저한테 하는 이 부탁이 지수 씨한테 의미가 있는 겁니까?"

"재하 씨, 짝사랑 안 해 봤어요?"

"……."

짝사랑. 그 말에 재하는 뒤통수를 얻어맞은 것 같았다.

"이런 식으로 작품 들어가는 게 달갑지는 않겠지만, 기회는 잡아요. 재하 씨도 원하는 게 있을 거 아니에요."

원하는 거라. 벽에 기대선 재하가 고민하듯 손가락을 톡톡 두드렸다.

이 오디션에서 떨어진다면 더 이상 도은의 옆에 있을 수가 없었다. 다신 이런 식으로 배역을 따고 싶지 않았는데. 어쩔 수 없나.

지금 상태로는 도은을 웃게 해 줄 수도, 옆에 있을 수도 없으니까.

"좋아요. 하죠."

"의외네요."

"뭐가요?"

"재하 씨가 안 한다고 할 줄 알았어요. 재하 씨처럼 스스로의 연기에 대한 자부심이 강한 사람들은 연기 말고 다른 이유로 캐스팅되는 걸 못 견뎌 하니까. 그래서 결국 이 바닥 뜨는 거고."

"스파이 노릇을 해서라도 뜨고 싶을 만큼, 원하는 게 생겼으니까."

재하가 느릿하게 웃었다.

그럼에도 불구하고, 원하는 것.

도은의 마음도 몸도 모두 온전히 제 것으로 가지고 싶었다. 그러려면 반드시 꼭대기에 서 있는 주민우를 밑바닥으로 끌어내려야 했다.

그래야 김도은이 언니의 속박에서 풀려나 자유의 몸이 되어 자신에게로 올 테니까.

"좋아한다고 하면 도망가겠지?"

재하는 도은의 발갛게 상기된 뺨과 부드러운 미리기락을 떠올렸다.

그녀의 눈가에 입을 맞추고 작은 몸을 품에 꽉 끌어안고, 메마른 입술도 삭막해진 마음도 모두 촉촉하게 채워 주고 싶었다. 심장을 뜨겁게 채우는 이 감정을 밤새 도은의 귓가에 속삭여 주고 싶었다.

나는 네가 사랑스러워서 견딜 수 없다고.

나는 너를 좋아한다고.

＊ ＊ ＊ ＊

"……하."

현재 도은의 기분은 매우 저조했다.

오늘 아침, 아이돌 더블 멤버가 김 감독의 드라마에 유연호 역으로 출연한다는 기사가 포털 사이트를 도배하고 있었기 때문이다.

오디션을 본 게 어제였다. 이건 아무리 봐도 처음부터 작정한 걸로밖에 보이지 않았다.

딩동―

갑작스러운 초인종 벨소리에 도은은 심장이 쿵 내려앉는 것 같았다. 재하인가? 아직은 알리고 싶지 않았다. 아직은…….

도은이 서둘러 모니터 화면을 껐다.

이상한 일이었다. 일이 어그러졌다는 생각보다 재하가 상처를 받는 것이 더 두려웠다.

"누구세요?"

"퀵입니다!"

"퀵이요?"

생각지 못한 대답에 도은은 의아해하며 문을 열었다.

"김도은 씨 맞으시죠?"

"예."

"여기 사인해 주세요."

배달원이 내민 것은 보랏빛의 아이리스 꽃이 활짝 피어 있는 작은 화분이었다. 예쁘다. 보랏빛 화사함에 도은은 저도 모르게 시선을 빼앗겼다.

그런데 갑자기 아이리스 꽃을 왜? 누가 보냈지?

도은은 고개를 갸웃하며 함께 온 편지 봉투를 열었다. 가지런히 접힌 종이가 빼꼼 얼굴을 내밀었다.

영화표, 2장. 그리고…….

"매니지먼트 계약서? 설마…….”

계약서에 적혀 있는 내용을 확인하는 순간 도은의 눈이 커졌다.

'오디션 합격하면 나랑 영화 보자. 참고로 준이랑 설 이사 끼는 거 안 돼. 어때?'

도은의 머릿속에 재하의 말이 스쳐 지나갔다. 그제야 도은은 이 화분과 영화표를 보낸 사람이 누군지 직감했다.

인재하, 그였다.

도은은 같이 배달되어 온 영화표를 확인했다. 이상한 일이었다. 재하가 성공시킨 계약서에 기뻐해야 하는데 지금은 그게 아니라 재하가 보낸 영화표에 가슴이 뛰었다. 속이 울렁거릴 만큼 쿵, 쿵 뛰는 심장 박동에 도은은 눈을 감았다.

그동안 수차례 부정해 왔지만 이 감정이 어떤 의미인지 도은은 이제 안다. 이건 분명한 설렘이었다.

"가면 안 돼.”

이성이 그렇게 말한다. 가지 말라고. 위험하다고. 돌이킬 수 없

을 거라고. 여전히 도은은 설렘이나 사랑은 일시적인 감정일 뿐이
고 사치라고 생각한다. 그런데…… 마음이 그렇지가 않았다. 지금
이 순간 도은은 재하가 보고 싶었다. 만나고 싶었다. 이야기를 나
누고 눈을 맞추고 싶었다.

괜찮지 않을까. 한 번쯤은 하고 싶은 대로 해도.

손 안에 구겨진 영화표를 보며 한참을 망설이던 도은은 결국 결
심한 듯 몸을 일으켰다.

"인재하!"

"여— 김 매니저. 예쁘게 입고 왔네? 오— 화장도 하고."

살랑거리는 하늘색 원피스에 얇은 카디건을 걸친 도은은 평소와
달리 여성스러움이 물씬 풍겼다.

매일 높이 질끈 묶여 있던 머리는 허리까지 부드럽게 풀어져 있
었다. 한눈에 봐도 오늘 도은이 꽤나 신경을 썼다는 걸 알 수 있었
다.

재하가 놀란 듯 빤히 쳐다보자 쑥스러운지 도은이 시선을 슬쩍
피했다. 그 모습에 재하가 씩 웃었다. 요컨대 데이트라는 자각은
있는 모양이었다.

"어떻게 된 거야?"

"어허. 어떻게 된 거긴, 약속 기억 안 나? 오디션 합격하면 같
이 영화 보기로 했잖아."

"근데 유연호 역은……."

"그래. 그 레몬 머리 애송이가 됐지. 그래서 난 호스트 지승우."

"그 역할은 이미 캐스팅됐다고 하지 않았어?"

"맞아. 대타야. 물론 초초초 울트라 특급 대타지만."

양손에 소프트아이스크림을 든 채로 재하가 장난스럽게 대답했다.

그때 도은이 재하의 허리를 두 팔로 확 끌어안았다. 헛되지 않았다. 자신의 선택도, 그의 노력도.

"역시 내 눈이 틀리지 않았어."

"……."

"약속 지켜 줘서 고마워."

도은의 체향이 재하의 코끝으로 훅 들어왔다. 갑작스러운 포옹에 놀란 듯 재하가 행동을 멈추고 멍하니 서 있었다.

그녀의 목소리가, 향기가, 체온이 흘러 들어와 재하의 마음을 간지럽혔다.

도은을 마주 안아 주고 싶었지만 제 양손에 든 아이스크림을 보며 재하가 곤란한 듯 웃었다. 설레는 마음도 잠시, 재하가 이내 착잡한 얼굴로 생각했다.

이 캐스팅의 진실을 알면 넌 나에게 화를 낼까? 아니면 날 경멸할까?

"괜찮다고 말해 줄래?"

"응?"

"잘했다고 말해 줘."

재하가 도은의 어깨에 고개를 살짝 묻고는 응석을 부렸다.

뭔가 불안한 걸까?

"괜찮아. 잘했어. 앞으로도 잘할 거야."

귓가에 속삭이며 도은이 재하의 머리를 쓰다듬었다.

"근데 이거 뭐야?"

손에 스친 재하의 등 뒤에 있는 무언가에 도은이 깜짝 놀라며 몸을 뒤로 뺐다.

"아? 이거?"

재하가 짠 하며 뒤를 돌았다. 재하의 등 뒤에는 커다란 토끼 인형이 매여 있었다. 저 앙증맞은 토끼 인형을 매고 거리에 서 있었을 재하를 생각하니 품 웃음이 터져 나왔다.

도은이 참지 못하고 웃음을 터뜨리는 사이 재하가 인형을 도은의 품에 안겨 주었다.

"이걸 왜 나 줘?"

얼떨결에 인형을 받은 도은이 재하를 바라보며 의아한 표정을 짓자, 재하가 씩 웃었다.

"오다가 주웠어."

"……."

이 나이에 토끼 인형이라니. 당황스럽고 살짝 창피하기도 했지만 팔에 안겨 오는 부드러운 인형 털의 감촉이 싫지는 않았다.

싫지는 않은데 이건 마치…….

도은이 말없이 인형을 만지작거리자 그 모습을 지켜보던 재하가 얼른 말을 덧붙였다.

"……는 당연히 뻥이고, 너 기다리는 동안 사격하고 땄어."

사격 하면 인재하지. 여자들이 옆에서 얼마나 꺅꺅거리면서 쳐다보는지, 네가 봤어야 하는데. 인재하 아직 안 죽었어. 그치?

재하가 능청을 떨며 도은의 오른손에 소프트아이스크림을 쥐여 주었다.

품 안에는 폭신한 토끼 인형을, 손에는 달콤한 아이스크림을 쥔 채로 도은은 재하와 나란히 서 걸었다.

이건 마치 핑크빛으로 물들었던 스무 살 무렵 어느 봄날 같았다. 코끝이 간지러웠다.

밀려드는 어색함에 도은은 아이스크림을 한 입 물었다. 새하얀 바닐라 아이스크림이 입안에 달콤하게 녹아들었다. 맛있다.

"……!"

그 순간, 재하가 고개를 비스듬히 숙인 채 도은의 소프트아이스 크림 모서리를 와앙 물었다.

도은이 놀라 쳐다보자 재하가 도은을 보며 씨익 웃었다. 마치 설레었지? 하고 묻는 것 같았다.

"……누가 내 거 먹으래."

"잉?"

"내 거 먹지 마."

생각지 못한 도은의 반응에 재하가 김샜다는 듯 눈썹을 찡그렸다.

"설레라고 하는 건데. 설레라 쫌."

"설레려면 이렇게 해야지."

"……?"

도은이 엄지손가락을 들어 재하의 입가에 묻은 아이스크림을 훔치곤, 손가락에 묻은 크림을 쭙 핥았다.

언뜻 보이는 붉은 혀와 도톰한 입술에 재하의 시선이 도은에게 고정되었다.

"왜? 너무 설레서 눈을 못 떼겠어?"

자신을 빤히 바라보는 재하를 보며 도은이 도발하듯 씩 웃었다.

"……너 나 놀리는 거지."

"응."

"그럼 한 번만 더 해 주면 안 돼?"

"까분다."

가차 없는 도은의 대답에 재하가 결국 픽 웃었다.

그때 바람에 날려 온 벚꽃잎이 도은의 머리 위에 내려앉았다. 그 모습을 본 재하가 조심스럽게 도은의 머리 위로 손을 뻗었다.

"⋯⋯."

"⋯⋯."

순간 눈이 마주쳤다.

도은이 재하의 손을 피하며 서둘러 한 발 물러섰다. 평소 같았으면 재하가 장난을 치며 넘어갔을 테지만 오늘은 달랐다. 다시 한 걸음 도은에게로 가까이 다가서는 재하를 바라보는 도은의 눈이 흔들렸다.

"있잖아. 나 사실 전부터 궁금한 게 있는데."

"뭔데?"

도은의 물음에 재하가 도은의 눈동자를 깊게 응시했다.

"김도은 말고 네 진짜 이름."

"⋯⋯."

순간 도은의 심장이 덜컹 내려앉았다.

"⋯⋯어떻게 알았어? 본명 아닌 거."

놀란 듯 쳐다보자 재하가 희미하게 웃으며 어깨를 으쓱했다.

"그 이름으로 떡하니 주민우 매니저 시험 볼 만큼 넌 바보가 아니고, 설 이사도 널 그렇게 부르는 걸 보니 아마 필명이겠거니 생각했어. 필명이면 본명은 따로 있을 테고."

"⋯⋯."

재하의 말이 맞았다. 도은의 진짜 이름은 따로 있었다. 아무도 모르는.

"네 이름 알고 싶어."

"……."

"응?"

귓가를 적시는 재하의 다정한 부탁에 마음이 흔들렸지만, 진짜 이름을 알려 주면 힘겹게 버티고 있는 그와 자신의 아슬아슬한 선이 머지않아 우르르 무너질 것만 같아서 도은은 애써 모른 척 고개를 돌렸다.

"나중에. 나중에 알려 줄게."

"약속한 거지? 나 기다린다."

재하는 재촉하지 않았다. 그저 기다린다고 말하며 웃었을 뿐이다. 심장 한구석이 뻐근하게 시려 왔다.

"응. 약속할게."

"좋아. 그 전까진 도은이라고 불러야지."

"그냥 김 매니저라고 불러."

도은이 조금 간절함을 담아 부탁했다. 이름은 필요 없다. 그 상냥한 눈빛으로, 애정이 담긴 다정한 목소리로 내 이름을 부르면 자꾸만 마음이 약해지니까, 도은은 때때로 그 순간이 겁이 났다. 나는 그냥 너에게 그저 매니저면 충분했다.

"도은아."

재하가 도은의 이름을 불렀다. 자신을 바라보는 진지하고 올곧은 눈빛.

그 눈빛을 보는 순간 도은은 그가 무슨 말을 할지 직감했다.

"있잖아. 우리……."

"……말하지 마."

"네가 뭘 걱정하는지 알아. 근데 걱정 안 해도 돼."

"어떻게 내가 걱정을 안 해? 나는……."

도은은 끝말을 삼켰다.

나는 무섭다. 너에게 끌리고 있는 내가 무섭다. 언니를 잊을까 봐 무섭다.

갑작스레 찾아온 달콤한 사랑이 모든 것을 망칠까 봐 도은은 너무나도 무서웠다.

"내가 사랑을 한다고 해도 나 안 무너져."

"네가 안 무너질지 네가 어떻게 장담해?"

"장담해. 복수를 이뤄야, 그래야 네가 날개를 펴고 훨훨 날아서 나한테 온전히 올 거 아냐."

재하의 대답에 도은의 시선이 흔들렸다.

그는 알고 있었던 것이다. 이 복수가 끝날 때까지 자신이 그 누구에게도 온전히 마음을 주지 못할 거라는 것도, 언니에 대한 죄책감에 묶여 결코 자유롭게 될 수 없을 거라는 것도.

너는 다 알면서. 다 알면서도 내게 손을 내미는 건가.

"그러니까 난 안 무너져. 그 남자는 반드시 내 손으로 끌어내릴 테니까. 그러니까, 김도은."

재하가 살짝 허리를 숙인 채 도은과 눈높이를 맞췄다. 똑바로 마주쳐 오는 다정하고 올곧은 까만 눈동자에 도은은 숨을 삼켰다.

"우리 연애하자."

"……."

"지금은 반쪽만 와도 되니까. 괜찮으니까."

희미하게 웃은 재하가 손을 뻗어 도은의 뺨을 부드럽게 어루만졌다.

"우리, 사랑할래?"

다정하게 흘러나오는 재하의 목소리에 가슴속에 무언가가 툭 터진 듯 눈물이 터져 나왔다. 심장이 이루 말할 수 없이 떨리고 아릿했다.

"……."

도은은 말없이 재하를 바라보았다. 손을 뻗어서 그가 내민 손을 잡고 싶은데 손을 뻗을 수가 없었다. 가슴속에 흘러넘치는 이 감정을 말해 주고 싶은데 목이 탁 막혀 말이 나오지가 않았다.

인재히. 나는 너를…….

도은이 결국 괴로운 듯 눈을 감았다. 눈물방울이 쉴 새 없이 툭툭 떨어졌다.

"울지 마."

재하가 도은의 눈가를 조심스럽게 매만졌다. 그리고 도은의 손을 위로하듯 따뜻하게 감싸 잡았다.

"사랑에 빠지는 게 무섭고 두려우면. 사랑에 빠지지 않아도 되니까……."

"……."

"그냥 옆에만 있게 해 줘."

그가 도은을 보며 괜찮다는 듯 희미하게 미소 지었다.

"……가자."

그리 말한 재하가 도은의 손을 놓고 뒤를 돌았다. 도은은 점점 멀어져 가는 재하의 뒷모습을 멍하니 바라보았다. 가슴이 철컹 내려앉았다.

도은이 저도 모르게 확 손을 뻗어 새하의 손을 붙잡았다. 그는 여전히 등을 돌린 채 아슬아슬하게 손끝을 붙잡힌 채로 그대로 가만히 서 있었다.

"재하야."

"안 들을래."

"……?"

"좋아하는 것도 안 된다는 말은 하지 마. 없던 일로 하자는 말도 하지 마. 아무리 네가 울어도 그 부탁은 나 절대 못 들어줘."

그게 아닌데…….

마치 예상했다는 듯한 그 태도에 어쩐지 마음 한구석이 아려 왔다.

"없던 일로 하자고 안 해."

도은이 조금 더 손을 뻗어 재하의 손가락 사이에 깍지 끼듯 마주 잡았다. 이윽고 도은은 심호흡하듯 숨을 삼켰다.

"……하자."

"뭐?"

들릴 듯 말 듯 희미한 도은의 목소리에 재하가 홱 고개를 돌렸다. 그의 눈이 동그래져 있었다. 그 모습이 귀여워 도은은 조금 웃었다.

"사랑……하자구. 우리."

사랑.

위험하다는 걸 안다. 이래서 안 된다는 걸 안다. 복수에서 가장 먼 감정은 사랑이니까. 언젠가 후회할 날이 올지도 모른다.

하지만 그래도 너라면,

너와 함께라면,

용기를 내고 싶었다.

Chapter 4
커져 가는 마음

"도은 씨. 갑자기 불러서 미안해요. 도은 씨가 좋아할 만한 아주 좋은 소식이 있거든요."

"……."

평소답지 않은 멍한 도은의 상태에 설 이사가 미간을 좁혔다.

"도은 씨? 무슨 일 있어요?"

설 이사의 목소리에 도은은 퍼뜩 고개를 들었다. 설 이사가 의아하다는 듯 도은을 바라보고 있었다.

"네. 아뇨?"

있다는 거야. 없다는 거야. 저가 생각해도 수상쩍은 대답에 도은은 닌김한 듯 살짝 입을 벌렸다.

"죄송합니다. 제가 좀 지금…… 멍해서요."

재하와 영화를 본 후 그는 감독과 미팅을 하러, 도은은 설 이사의 전화에 설연 엔터테인먼트 사무실로 온 상태였다.

연애라니. 인재하와 저가 연애라니.

처음엔 이게 꿈이 아닌가 아득하기만 했고, 그다음엔 대체 내가 무슨 짓을 저지른 건지 경악스러웠다.

벚꽃잎에 홀린 건가. 아무리 그래도 그렇지, 이건 아닌 것 같으니 지금이라도 미안하다고 할까 온갖 생각이 들다가도, 결국엔 사랑을 하자는 자신의 대답에 눈부시게 웃던 재하의 모습이 선명하게 박혀서 아직까지도 눈앞에 아른거렸다.

내가 정말 미쳤나 봐. 정신 차리자. 도은은 뺨을 두드렸다.

"도은 씨 작품. 오늘 아침, 주민우 씨와 캐스팅 계약했습니다."

"예? 벌써요? 편성은요?"

"아직 확정 난 건 아닌데, 펑크 난 타임이 있다고 들었습니다. 그 타임을 노리고 있는 중인데 주연 배우가 주민우이니 아마 수월하게 들어가지 않을까 싶어요. 잘 된다면 아마 3~4개월 후에 촬영 들어갈 겁니다."

도은이 새삼 감탄하는 듯한 시선으로 설 이사를 바라보았다.

주민우 캐스팅에 편성까지 일사천리였다. 아무리 빨라도 내년이라고 생각했다. 올해엔 이미 편성이 꽉꽉 차 있었기 때문이다.

물론 제작이 무산되어 급하게 다른 작품이 들어가는 경우도 있지만 그 정보 자체가 비밀스러웠기에 그 틈을 파고드는 것도 쉽지 않았다.

"전부터 궁금했는데, 설 이사님은 대체 그런 고급 정보들을 어떻게 꿰고 계시는 겁니까?"

"인맥과 술과 돈의 힘이죠."

설 이사가 즐거운 듯 씩 웃었.

"주민우 씨와 계약을 땄다고 해도 안심하는 건 이릅니다. 이번에 '버킷리스트' 촬영 들어가는 거 방송 전까진 철저히 비밀에 부치겠습니다. 복귀하는 게 알려지면 아마 여란 측에서 가만히 있지 않을 테니까."

"그 사고로 언론 플레이를 할까요?"

"아뇨. 그 사고를 꺼내 봤자 그쪽에 득 될 게 없어요. 괜히 다시 이슈가 되었다가 수상한 점이라도 발견되면 큰일이니까. 대신……."

뭔가 말하려던 설 이사가 도은을 보고 잠시 멈칫했다.

"……?"

"뭐, 이쪽은 제가 알아서 하겠습니다. 도은 씨는 SNS 쪽 보안에 신경 써 주세요. 요즘 SNS가 골치거든요."

설 이사의 말에 도은도 공감한다는 듯 고개를 끄덕였다.

"감사합니다."

도은이 꾸벅 인사하고 일어서는데 설 이사의 목소리가 도은을 잡아 세웠다.

"도은 씨, 명심하세요."

도은은 설 이사를 돌아봤다. 그가 차분한 눈으로 도은을 바라보았다.

"만약 그들이 재하 씨에게 무언가를 한다면 가장 최적의 타이밍은, 바로 지금이라는 걸."

설언 엔디데인먼트 사무실에서 나온 도은은 엘리베이터를 기다리며 서 있었다.

재하는 끝났으려나. 도은이 시계를 확인하는 사이 엘리베이터문이 열리고, 그 안에서 눈에 띄게 화려한 미녀와 눈이 마주쳤다.

조막만 한 얼굴에 늘씬한 몸매. 그 누구라도 한 번쯤 시선이 갈 만한 미녀였다. 웨이브 머리에 빨간 페도라를 쓴 그녀에게선 그 누구보다 화려하고 도도한 분위기가 풍겼다.

연예인인가? 도은의 시선을 느꼈는지 그녀가 싱긋 웃어 보이고는 도은을 지나쳐 갔다.

Rrrrr.

"설 이사님? 아, 저녁이요? 괜찮습니다. 다음에……."

마침 걸려 온 설 이사의 전화를 받으며 엘리베이터에 타려던 도은은 갑자기 뒤에서 팔뚝을 매섭게 잡아채는 손에 깜짝 놀라 저도 모르게 팔꿈치로 뒤를 강하게 찍었다.

"악!"

"뭡니까?"

배를 움켜잡고 바닥에 주저앉은 빨간 페도라의 미녀를 내려다보며 도은이 황당한 얼굴을 했다.

그녀가 도은을 매섭게 노려보았다. 선글라스를 낀 탓에 잘 보이지 않았지만 도은은 느낄 수 있었다. 그 원망 가득한 시선을.

"너야말로 뭔데? 너 내가 누군 줄 알고 폭력을 써? 너 돈 많아?"

"정당방위입니다. 좀 놀랐거든요. 돈은 없는 편은 아니니 걱정 안 하셔도 되구요."

그녀가 뭐 이런 게 있냐는 표정으로 도은을 쳐다봤다.

도은도 마찬가지였다. 초면에 이렇게 대놓고 무례하게 구는 사람은 오랜만이라 신선했다.

"모르는 얼굴이니 직원은 아니고, 너 이연 씨랑 무슨 사이야?"

이연? 낯익은 이름에 도은은 그제야 그것이 설 이사의 이름이라는 것을 깨달았다.

도은을 샅샅이 스캔하던 그녀가 갑자기 고혹적인 자세를 취하며 도은을 쳐다보았다. 누가 봐도 자신이 뛰어나니 기 좀 죽으라는 태도였다.

그 모습에 도은은 황당하면서도 웃음이 났다. 속이 너무 빤히 보였기 때문이다.

이 여자는 아마 설 이사를…….

"직원 맞습니다. 전 인재하 씨 매니저예요."

"에? 인재하?"

그녀가 선글라스를 휙 벗었다. 그 얼굴을 본 도은이 눈을 크게 떴다.

세상에, 한지수였다.

"진짜예요?"

한 걸음 성큼 도은에게 다가선 지수가 여전히 의심스러운 표정으로 도은을 주시했다. 하지만 어느덧 존댓말로 바뀐 걸 보니 방금 전까지 매섭게 타오르던 분노가 한층 누그러진 모양이었다.

"진짭니다."

"근데 저녁은 둘이 왜?"

"회의의 연장선입니다. 재하 씨도 함께이구요."

아마도. 둘이 저녁을 먹는 걸 알면 재하가 기함하며 쫓아올 테니까 틀린 말은 아니었다.

"다행이다."

도은의 대답에 그녀가 그제야 안도하듯 웃었다. 그 미소가 한순간 너무 순수하고 밝아 보여 도은은 조금 놀랐다.

"난 지금 무려 3년을 공들이는 중이야. 난 이 남자 아니면 안 돼. 그러니까 설 이연, 건들지 마."

위압적인 목소리로 도은의 귀에 속삭인 그녀가 이내 싱긋 웃으며 뒤돌아 걸었다. 그러다 잠시 걸음을 멈춘 지수가 망설이듯 입을 열었다.

"그리고 아까 놀라게 한 건, 쏘리."

그리 말하곤 다시 고고하게 사라지는 그녀의 뒷모습에 도은은 피식 웃었다. 황당하고 무례했지만 왜인지 마냥 밉지만은 않았다.

차라리 언니도 저 여자처럼 당당했다면, 그랬다면 뭔가 달라질 수도 있지 않았을까. 어쩌면 강제로 끌려가 아이를 지우고, 목숨을 끊는 일도 일어나지 않았을 텐데.

아니, 언니의 잘못이 아니었다. 모든 건 언니의 고통과 외로움을 가벼이 여겼던 자신의 잘못이니까.

"까~꿍."

차 문을 연 재하가 고개를 빼꼼 내밀었다. 사랑을 하자는 재하의 고백을 받아들인 이후, 그의 얼굴에는 온종일 웃음꽃이 활짝 피어 있었다.

누가 봐도 '나 지금 연애해요'라고 광고하는 듯한, 싱글벙글한 표정에 잔뜩 들뜬 재하를 보니 도은은 어쩐지 쑥스러운 기분이 들었다.

"미팅은 어땠어?"

"괜찮았어. 그 감독 실력도 있고 젠틀하고. 오늘 정식으로 대본도 받았다."

조수석에 앉은 그가 백팩에서 대본을 꺼내 펼쳐 보이며 자랑스럽게 웃었다. '버킷리스트'라고 큼지막하게 새겨진 로고 밑에 손글씨로 인재하라고 적혀 있었다. 그 사소한 것이 재하는 너무나 기쁜 것 같았다.

"아 참, 나 오늘 한지수 만났어. 좀…… 의외더라."

"한지수? 그 미친 여자는 왜?"

신나서 떠들던 재하가 도은의 입에서 나온 지수의 이름에 놀라 얼굴을 굳혔다. 도은이 지수를 만날 거라고는 생각 못했기에 혹시 지수가 도은에게 쓸데없는 말을 하진 않았을까 순간 불안감이 밀려들었다.

"우연히 만났어. 엘리베이터에서. 뭔가 오해했는지 갑자기 확 팔뚝을 잡아당기기에……."

"당기기에?"

재하가 침을 꿀꺽 삼켰다.

"내가 팔꿈치로 찍었어."

"잉?"

"악력이 너무 세서 깜짝 놀랐거든."

"푸하하."

"웃지 마. 후회 중이야. 앞으로 계속 마주칠 사이인 걸 알았으면 절대 안 그랬을 텐데. 근데 한지수가 미친 건 어떻게 알아?"

"어?"

도은은 고개를 갸웃했다. 한지수는 청순함의 대명사였다. 미친 여자라니. 혹시 인재하랑 과거에 안 좋게 얽혔던 사이인가?

도은의 호기심 어린 눈빛에 재하가 눈에 띄게 당황하며 시선을 회피했다.

"어? 아……. 그냥 잠깐 소문이 있었어. 걔 좀 이상하다고."

"그런 소문이 있었어?"

"어. 걔 좀 또라이야. 웬만하면 마주치지 말고 피해."

반응이 영 이상한데.

"……혹시 말야."

끝까지 시선을 내리까는 재하가 수상해 도은이 재하를 향해 불쑥 얼굴을 내밀었다.

"둘이 사귀었어?"

도은의 갑작스러운 물음에 재하가 눈을 동그랗게 떴다. 무척이나 의외의 질문이었기 때문이다.

"사귀었구나."

담담한 척하지만 미묘하게 시무룩해진 도은의 목소리에 재하가 다급히 손을 내저으며 펄쩍 뛰었다.

"아니야! 내가 미쳤냐?"

"아무래도 이상한데 지금 너."

"왜애~ 신경 쓰여?"

씨익 웃은 재하가 놀리듯 물었다. 도은이 가볍게 무시하자 재하가 대답을 듣고야 말겠다는 듯 들뜬 목소리로 신경 썼지? 그치? 맞지? 응? 응? 하며 끈질기게 눈을 맞춰 왔다.

유치하긴. 도은은 피식 웃었다. 하지만, 이번만큼은 재하의 유치함에 맞춰 주기로 했다.

"인재하."

"……?"

"시끄러워."

도은은 재하의 타이를 살짝 잡아당겼다. 그리고 그대로 재하의 입술에 자신의 입술을 부드럽게 눌렀다.

갑작스러운 키스에 재하가 놀란 듯 경직하는 것이 느껴졌다. 도은이 장난스럽게 재하의 아랫입술을 살포시 물었다가, 그의 입술 위에 짧게 촉— 입 맞춘 후 떨어졌다.

멍한 얼굴로 자신을 쳐다보는 재하를 향해 도은이 산뜻하게 웃었다.

"한눈팔면, 얄짤없을 줄 알아."

귀여운 도은의 경고에 재하가 결국 웃음을 터뜨렸다. 그러곤 사랑스러워 견딜 수 없다는 듯 도은의 이마에 제 이마를 콩 부딪쳤다.

"미치겠다. 너 때문에."

"왜? 예뻐서?"

"응. 너무 예뻐."

"알아. 나도."

"너 갑자기 뻔뻔해졌다?"

"너한테 옮았어."

도은의 능청스러운 말에 재하가 유쾌한 듯 웃음을 터트렸다.

"난 앞으로 너한테 무조건 충성할게. 남김없이 다 줄 테니까……."

도은의 눈을 바라보며 재하가 달콤하게 속삭였다. 그리고 그의 입술이 그의 숨결과 함께 도은의 이마에 부드럽게 내려앉았다.

"너 다 가져."

❋ ❋ ❋ ❋

[우편함을 열어 봐.]

아침 10시, 재하로부터 온 문자 메시지에 도은이 밖으로 나가 우편함을 열었다. 하트 스티커가 큼지막하게 붙어 있는 편지 봉투에 도은은 쿡 웃었다. 봉투를 열자 무언가가 도은의 손에 톡 떨어졌다.

"면허증?"

면허증이라니. 도은은 의아한 얼굴을 했다. 재하는 그 사고 이후 면허 취소를 당했다. 시간이 흐른 후 면허 취소가 풀렸지만 사고를 냈던 주민우와 자리를 바꾼 후 그때 잡은 핸들의 감촉이, 운전석에서 본 쓰러진 피해자의 모습이 머릿속에 깊게 박혀서 그날 이후 운전을 할 수 없었다고 재하는 그렇게 말했다.

『데리러 왔어.』

면허증 뒷면의 포스트잇을 확인한 도은이 서둘러 건물 밖으로 나갔다. 밖에는 재하가 처음 보는 차에 기대서 있었다. 도은을 발견한 재하가 반갑게 손을 흔들었다.

"김 매니저. 잘 잤어?"

"너 면허 땄어?"

"응. 나 멋지지."

"운전 무섭다고 했잖아."

"뭐 그럭저럭 참을 만하긴 한데, 그래도 조금 무섭긴 하더라. 역시."

"근데 왜?"

도은의 물음에 재하가 머쓱한 듯 흠흠 헛기침을 하더니 이내 도은을 마주 보았다.

"너 바래다주고 싶어서."

부드럽게 흘러들어 오는 재하의 목소리에 도은이 멍하게 눈을

148

깜빡였다. 재하는 이렇게 가끔씩 불쑥불쑥 제 마음을 흔들어 놓았다. 도은의 시선이 느껴졌는지 재하가 픽 웃었다.

"만날 네가 나 데려다주고, 태워 가고 내가 얼마나 마음이 불편했는지 아냐."

"뭐가 마음이 불편해. 난 지금 매니저잖아."

"오늘은 너 매니저 아니잖아."

"……?"

"내 여자 친구지."

저가 말해 놓고 쑥스러운지 '으, 닭살.' 하고 팔뚝을 문지른 재하가 어서 타라며 도은의 등을 밀었다. 도은을 조수석에 태우고 안전벨트를 꼼꼼히 매어 준 재하가 시동을 걸었다.

"이제 촬영 들어가면 많이 바쁠 거고, 지금처럼 밖에도 못 돌아다닐지도 몰라. 그러니까 오늘은 하고 싶은 거 하면서 실컷 놀자."

"뭐가 하고 싶은데?"

재하가 도은을 보며 씨익 웃었다.

"뭐든 다."

"관람차를 타러 왔으면 관람차만 타면 되지. 꼭 이거 해야겠어?"

도은이 제 무릎 위에 있는 미키마우스 머리띠를 보며 영 내키지 않는다는 듯 물었다.

"아닌데? 나 놀이동산 이 머리띠 하고 싶어서 온 건데?"

산뜩 신이 난 새하가 미키마우스 머리띠를 쓴 채 도은을 보며 귀엽게 꽃받침 포즈를 해 보였다. 그 모습을 본 도은이 정색했다.

"에이, 안 통하네. 할 수 없지. 김도은은 부끄럼쟁이니까."

재하가 결국 포기하고 도은의 머리띠를 가져가려는데, 순간 도은이 머리띠를 탁— 잡았다.

"할게."

"진짜?"

"뭐든 다 하고 싶다며."

"그럼 우리 이러고 같이 사진 찍자."

재하가 이제 완전히 싱글벙글한 얼굴로 휴대폰 카메라를 들었다. 그 모습을 본 도은이 나지막이 입을 열었다.

"인재하."

"어?"

"죽는다."

"……오케이. 사진은 패스."

재하가 손에서 휴대폰을 내려놓자 도은이 손에 쥔 미키마우스 머리띠를 바라보았다.

나이 30에 미키마우스라니. 고민하던 도은이 결국 결연한 얼굴로 머리띠를 살포시 썼다. 앙증맞은 동그란 귀와 리본이 도은의 머리 위에 내려앉았다. 그 모습을 본 재하가 환하게 웃었다.

"웃지 마. 창피해."

"예뻐서."

재하가 여전히 웃으며 도은의 뺨을 부드럽게 쓸었다.

"김도은. 내가 비밀 알려 줄까?"

"뭔데?"

"나, 너 되게 많이 좋아한다? 아주, 아주 많이."

"그거 비밀 아니잖아."

"엥?"

"너 완전 그래 보여."

"아, 그래?"

"비밀은 이런 거지."

그리 말한 도은이 재하 앞으로 불쑥 얼굴을 내밀었다. 두 사람의 시선이 마주쳤다. 도은이 재하의 흑색 눈동자를 관찰하듯 빤히 바라보았다.

"인재하는 지금 김도은에게."

"······?"

"키스하고 싶다."

재하의 시선이 흔들렸다. 그런 재하를 향해 도은이 장난스럽게 웃었다.

"아냐?"

"들켰네."

픽 웃은 재하가 도은의 목덜미를 살짝 끌어당겨 도은의 눈가에 입술을 눌렀다. 더운 숨결이 여린 피부에 닿자 도은이 숨을 삼켰다. 심장이 두근 뛰어올랐다.

재하의 입술이 도은의 이마에, 코끝에, 뺨에 부드럽게 머물렀다가 떨어졌다. 도은이 천천히 눈을 뜨자 재하가 도은을 보며 눈부시게 웃었다.

다시 도은의 입술에 그가 입술을 맞대어 왔다. 입술에 닿는 따뜻한 열기에, 도은은 눈을 감았다.

그리고 기도했다. 언제까지나 이 시간이 계속되었으면 좋겠다고.

"왓썹~"

"연호 안녕."

촬영 1주차. 유독 같이 찍는 씬이 많았던 재하와 연호(더블)는 이제 서로를 극 중 이름으로 부를 만큼 살가운 사이가 되어 있었다.

연호는 거만하고 얄미운 구석이 있긴 했지만 솔직한 아이라 대하기가 편했다. 그건 연호도 마찬가지인지 가끔 숙소에서 몰래 빠져나와 재하에게 밤새 술을 마시자며 조르기도 했다.

"오늘 형이 운전하고 왔어? 형 운전 더럽게 못 하잖아. 완전 야매야. 야매."

"야! 유연호. 야매 아니거든?"

"대체 그 실력으로 면허는 어떻게 땄는지 몰라."

이 자식이 또 까분다! 재하가 연호에게 헤드록을 걸었다. 연호는 머리를 쥐어박히면서도 뭐가 그리 재밌는지 깔깔 웃음을 터트렸다.

"근데 나 궁금한 게 있는데, 왜 형은 제작 발표회도 안 오고 홍보 기사도 안 내? 홍보 기사 보니까 출연진에 아예 형 이름도 없던데."

"……난 어차피 메인도 아니잖아. 뭐 어때."

연호의 물음에 재하가 슬쩍 말을 돌렸다.

모든 홍보물에 재하의 이름이 빠진 것은 설 이사가 제작사에 부탁했기 때문이다. 방송 전에 재하의 출연을 알면 여 이사와 주민우가 방해를 할 것이 뻔했으니까.

"형. 나도 보는 눈깔이 있거든. 첫 촬영 했을 때 난 딱 감이 왔지. 이 드라마는 형 거다. 형 모르지? 형이 너무 잘하니까 첫 촬영 끝나고 쟤 빡쳐서 형네 차 타이어에 빵꾸 냈잖아."

재하와 함께 촬영장에 도착한 연호가 근처에 있는 남자 주인공을 눈짓하며 소곤거렸다.

헐. 그거 쟤였어? 재하가 놀란 듯 그를 돌아보았다.

주인공 주제에 서브한테 쫄기는. 재하가 혀를 쯧 찼다.

"근데 진짜 쟤가 그런 거 맞아? 난 넌 줄 알았는데."

"진짜 쟤 맞거든! 난 연기는 노후 대비차 시작하는 거라 형한테 질투할 만큼의 열정이 없어."

"음, 지금이라도 김 매니저한테 이를까? 그때 김도은 완전 열받아서 빵꾸 낸 놈 죽여 버릴 거라고 했는데."

"진짜? 크크큭. 그럼 내가 이따가 도은 누나한테 말해 줘야겠다."

재밌어 죽겠다는 듯 킬킬거리던 연호가 아! 하며 다시 재하를 쳐다보았다.

"암튼 형 소속사 어디야? 빨리빨리 홍보 기사 내라고 해. 일 더럽게 안 하네."

"남이사. 너나 해, 짜샤."

"설마, 형 혹시 소속사도 야매냐?"

그 어느 때보다 심각한 표정으로 연호가 눈을 땡그랗게 떴다. 그 모습에 재하가 연호의 머리를 꽁 쥐어박았다.

"나는 방송 전에 유난 띨 생각 없거든. 내 걱정은 말고 대본이나 제대로 외워. 너 또 NG 내면 너 숙소에서 도망 올 때마다 우리 집에 숨어 있는 거 너네 사장님한테 이른다."

"아, 치사하게!"

찡찡대는 연호를 보며 피식 웃은 재하가 연호의 등을 툭 치고 간이 의자 쪽으로 걸어갔다.

"저 연기 바보 진짜. 인기도 없는 게 뭘 믿고 저렇게 속 편한 소리를 한데?"

의자에 앉아 대본에 열중하는 재하를 보며 연호가 고개를 절레절레 저었다.

"할 수 없지. 이 대스타가 도와주는 수밖에."

300만 팔로워를 보유한 내 인스타의 힘을 보여 주지.

씨익 웃으며 휴대폰을 든 연호가 자신의 얼굴 뒤로 재하의 모습이 함께 나오도록 몰래 셀카를 찍었다.

그러곤 흐뭇한 얼굴로 업로드 버튼을 꾹 눌렀다.

『버킷리스트 촬영 중. 비밀 병기 인재하와 함께』

이 사진 1장이 몰고 올 엄청난 태풍을 예상하지 못한 채.

＊　＊　＊　＊

"와. 인재하 방송 나가면 여자 팬 엄청 생기겠는데?"

"너도 그 생각 했어? 평소 얘기할 땐 안 그런데 대사 칠 땐 눈빛부터가 그냥 완전 호스트 같다니까. 완전 섹시해. 대박이야."

촬영장 뒤편에 선 도은은 스탭들이 나누는 대화에 희미하게 웃으며 저 멀리 연기에 열중인 재하를 바라보았다. 연기할 때의 재하는 정말이지 시선을 뗄 수가 없을 만큼의 아우라가 있었다.

위험한 야수처럼 일순간 번쩍 빛이 나다가도, 나른하게 가라앉는 재하의 눈빛을 도은은 참 좋아했다.

컷! 소리가 나자 재하의 눈이 평소의 장난기 어린 눈으로 바뀌었다. 그리고 재하의 시선이 곧바로 도은에게 머물렀다. 잠시 주변을 살피는가 싶더니 도은을 향해 살짝 윙크를 날리곤 모르는 척 시선을 돌렸다.

그 모습이 귀여워 도은이 저도 모르게 피식 웃었다가 흠흠 헛기침을 했다.

"김 매니저. 오늘 내 연기 어땠어? 아주 뜨겁게 쳐다보던데. 데일 뻔했다구."

잠시 쉬는 시간, 도은에게 다가온 재하가 자연스럽게 옆에 앉으며 능청스럽게 씩 웃었다.

"넌 대단해."

"뭐가?"

"일주일 만에 스탭들을 다 네 편으로 만들었잖아."

처음 촬영에 들어왔을 때, 김 감독을 제외한 모든 스탭들은 재하의 캐스팅을 반대했다고 들었다. 스탭들의 입장에선 음주 사고라는 족쇄에 묶인 한물간 반짝 스타의 등장이 못마땅했을 테니까.

하지만 막상 촬영이 시작되고 나자 까칠하고 날 섰던 그들의 태도는 어느새 호의적으로 바뀌어 있었다. 이 작품을 통해서 재하는 그를 괴롭히던 족쇄를 완전히 벗어던질 거라고 도은은 자신했다. 사람들이 빛에 이끌리는 건 본능적인 거니까.

언니를 잃고 앞으로 내 인생에 사랑은 없을 거라고 단언했던 자신이 결국 그와 사랑에 빠진 것처럼.

"너한테 맨날 긴방지다고 욕먹다가 칭찬받으니 기분이 새로운데? 현장에서 보니까 내가 막 번쩍번쩍 빛나나? 하긴 존재감 하면 인재하지. 내가 이런 말까지 안 하려고 했는데, 내가……."

"그냥 하지 마."

역시 솔직하게 칭찬을 해 주는 게 아니었는데.

실실 웃으며 또다시 제 자랑을 늘어놓으려는 재하의 모습에 도은이 질색하는 얼굴을 했다. 그 모습에 재하가 웃음기 어린 얼굴로 도은을 부드럽게 바라보았다.

"내가 너무 잘나가는 것 같다구 해서 기죽지 마. 김도은. 너도 대단하니까."

"내가 뭐가?"

의아해하는 도은의 표정에 재하가 도은을 향해 가까이 오라는 듯 손짓했다. 도은이 고개를 기울이자 재하가 도은의 귀에 장난스러운 목소리로 속삭였다.

"이런 내가 너한테 홀딱 반하게 만들었잖아."

귀에 닿는 저음의 목소리와 간지러운 숨결에 도은은 귀에 열기가 몰렸다.

서둘러 귀를 막은 도은이 질색하는 얼굴로 팔을 문지르며 '그 대사 최악이야.' 하고 중얼거리자 재하가 킬킬 웃었다.

"아, 맞아. 김 매니저. 나 좀 도와줘야겠는데."

"……?"

"여기다 찍어."

재하가 도은을 보며 자신의 볼을 손으로 톡톡 두드렸다.

"뭘?"

"네 입술."

태연한 재하의 대답에 도은의 얼굴이 드물게 당황스러움으로 왈칵 구겨졌다.

"미쳤어?"

"뭐야, 그 반응은? 이거 사심 아니거든? 다음 씬 때문이거든?"

"어?"

"다음 씬 때 키스 마크가 필요해서 그래."

"……."

"내가 아무리 너 때문에 눈에 뵈는 게 없어도 공개적으로 뽀뽀해 달라고 할까. 그럼 진짜 미친놈이지. 아님, 설마 그걸 바란 거야?"

재하가 도은을 보며 도발하듯 씨익 웃었다. 능청스럽게 약 올리는 재하의 모습에 도은이 살짝 입술을 깨물었다. 부들부들거리는 주먹을 보니 한 대 때릴까 말까 고민하는 모양이었다. 그 모습에 재하가 픽 웃었다.

"아, 하기 싫음 말구. 그럼 분장실 실장한테 해 달라고 하지 뭐."

미련 없다는 듯 재하가 불쑥 일어서는데 순간 도은이 뒤에서 재하의 팔목을 탁— 붙잡았다.

하여간 귀엽다니까. 재하는 씰룩거리는 입꼬리에 힘을 주며 도은을 돌아보았다.

"해 줄려구? 심장 떨릴 텐데 괜찮겠어?"

"입 다물고 얌전히 얼굴 내놔."

"네. 네."

재하가 순순히 다시 간이 의자에 앉았다. 도은이 긴장되는 듯 작게 숨을 삼키곤 재하가 내미는 붉은 립스틱을 입술 선을 따라 천천히 발랐다. 재하의 시선이 립스틱을 따라 함께 움직였다.

이내 새빨갛게 변한 도은의 입술에 재하의 시선이 고정되었다. 뚫어질 듯한 재하의 뜨거운 시선에 도은이 살짝 시선을 내렸다. 주변에 사람들이 많아 여간 신경 쓰이는 게 아니었다.

"빨리."

속삭이는 듯한 저음의 목소리와 함께 재하가 제 입술 근처를 톡톡 두드렸다.

그래. 이건 소품이다. 분장의 일부다. 망설이면 주변 사람들이 더 이상하게 생각할 것이다.

도은이 그리 중얼거리며 숨을 삼키곤 재하의 입술 근처에 제 입술을 가져갔다. 도은의 입술이 재하의 피부에 살포시 내려앉았다.

그리고 서둘러 입술을 떼려는데 순간 재하가 도은의 뒷머리를 손으로 확 감싸며 살짝 눌렀다.

"……!"

그와 동시에 도은의 입술이 더욱 깊게 파고들며 재하의 피부에 붉은 키스 마크가 진하게 스며들었다.

"좋아. 아주 맘에 들어."

"너 방금 뭐 한 거야?"

"도와준 거지. 그렇게 닿을락 말락 하면 연해서 티도 안 나. 아, 혹시 한 번 더 하고 싶어서 일부러 살짝 한 건데 내가 눈치 없이 군 건가? 걱정 마. 여기도 해야 되거든."

얄밉도록 능청스럽게 씨익 웃은 재하가 제 와이셔츠 옷깃을 가리켰다.

하. 점점. 도은의 얼굴이 딱딱하게 굳었다. 분명 촬영에 필요한 일인데 어찌 된 일인지 재하에게 속아 넘어가는 것만 같은 찜찜한 기분을 지울 수 없었다.

"그거 줘."

"뭘?"

"옷 벗어서 주면, 해서 줄게."

"나 벗기려고? 여기서? 너 생각보다 되게 화끈……."

더 못 들어 주겠네 정말. 인내심에 한계가 온 듯 살짝 인상을 찌푸린 도은이 재하의 말이 다 끝나기도 전에 재하의 옷깃을 살짝 잡아당겨 그대로 그의 옷깃에 입술을 묻었다.

고개를 숙여 재하의 옷깃에 입 맞춘 도은이 그대로 떨어졌다. 그의 옷깃에 선명하게 새겨진 붉은 키스 마크를 보며 도은이 이제 됐지? 하는 얼굴로 쿨하게 재하를 바라보았다.

재하의 얼굴은 무언가에 얻어맞은 듯 완전히 벙쪄 있었다.

"……하네."

"됐지? 얼른 가."

촬영 시작을 알리는 스탭의 소리에 도은이 쿨하게 재하의 등을 밀었다.

"김도은 설레라고 시킨 건데 내가 죽겠네."

촬영장으로 걸어가던 재하가 멍하니 중얼거렸다.

이래 버리면 감독님한테 다음 씬에 키스 마크를 새기는 게 어떠냐고 제의한 의미가 없어지잖아. 놀려 주려다가 도리어 제가 당한 꼴이었다. 재하는 제 옷깃에 선명하게 새겨진 붉은 키스 마크를 흘깃 바라보았다.

"진짜로 할 줄은 몰랐는데."

제 옷깃을 끌어당김과 동시에 훅 들어왔던 도은의 체향이 떠올라 정신이 아찔했다.

재하는 쿵쿵거리는 제 심장을 부여잡았다. 정말이지 김도은은 당해 낼 수가 없었다.

"김 매니저님."

낯익은 목소리에 도은이 고개를 돌렸다. 연호의 매니저였다. 그가 도은에게 음료수를 건네며 상냥하게 미소 지었다.

"재하 씨, 스탭들 사이에서 벌써 난리예요. 뿌듯하시겠어요."

"연호도 처음인데 연기 잘하던데요? 아주 열심히 연습했나 봐요."

"재하 씨가 많이 도와주신 덕분이죠. 우리 K가 재하 씨를 정말 많이 따르나 봐요. 그 까탈스러운 애가 다른 연예인을 언급한 게 처음이라 팬들도 신기한지 재하 씨 누구냐고 관심 폭발이라니까요."

"네? 그게 무슨 말씀……."

"아, 못 보셨어요? 벌써 기사 엄청 떴는데. 아까 K가 SNS에 재하 씨 사진 올렸거든요."

뭐라고? 사진?

연호의 매니저 말에 도은은 서둘러 휴대폰으로 포털 사이트에 들어갔다. 실시간 검색어에 재하의 이름이 떡하니 올라와 있었다. 기사를 클릭하자 연호가 올린 SNS 사진이 보였다. 도은이 이마를 짚었다.

젠장. 옆모습이지만 이건 누가 봐도 인재하잖아.

"이 사진 올라온 지 얼마나 됐어요?"

"어, 아마 1시간 정도 됐을걸요?"

다그치는 도은의 말에 그가 예상외의 반응이라는 듯 얼떨떨한 얼굴로 대답했다.

1시간. 여 이사의 귀에 들어가고도 충분히 남을 시간이었다. 도은은 질끈 눈을 감으며 떨리는 손을 다른 손으로 맞잡았다.

부디 아무 일도 없기를.

"여 이사, 이게 어떻게 된 거야?"

같은 시각, 여란 엔터테인먼트.

사무실 문을 벌컥 열고 들어온 주민우가 여 이사 책상 위에 휴대폰을 내던졌다. 휴대폰 화면에 나타난 재하의 사진을 힐끔 확인한 여 이사가 예상했다는 듯 머리를 쓸어 올렸다.

"조용히 해."

"인재하가 드라마를 들어가다니. 여 이사 진짜 몰랐어? 어떻게 그 소식이 여 이사 귀에 안 들어가?"

주민우가 씩씩 성을 냈다.

그러게. 어떻게 여태까지 이게 내 귀에 안 들어왔지? 여 이사가 이상하다는 듯 눈썹을 문질렀다.

인재하가 연기를 관둘 거라는 확신 때문에 방심한 것도 있었지만, 연예계에 퍼져 있는 여 이사의 수많은 눈과 귀를 피해 일을 진행하고 있었다는 것이 놀라웠다.

아무리 숨긴다 하더라도 인재하 스스로나 신생 기획사의 힘으로는 한계가 있을 텐데. 뒤에 누가 있는 걸까.

"여 이사!"

분노를 주체하지 못하겠다는 듯 주민우가 여 이사의 책상을 쾅 쳤다.

흥분한 주민우와 달리 여 이사는 평온한 얼굴이었다. 다만 이런 주민우의 태도가 피곤하다는 듯 살짝 미간을 찌푸렸다.

"괜찮아. 어차피 인재하 이 드라마 못 찍을 테니까."

"이미 캐스팅 완료하고 촬영이 들어갔는데 그게 무슨 소리야?

방영이 일주일 뒤라고!"

"그래. 아직 방영일이 남은 이 시점에 알았다는 게 행운이지. 그리고 흥분하지 마, 주민우. 그렇게 흥분하면 초조해하는 게 티 나잖아?"

"……내가 지금 흥분 안 하게 생겼어? 이 새끼가 우리 몰래 다 시 복귀한다는 건 날 엿 먹이겠다는 뜻이라구!"

"걱정 마. 이미 촬영에 들어갔다고 해도."

여 이사의 시선이 서늘하게 빛났다.

"더 이상 촬영을 못하게 만들면 되니까."

❋ ❋ ❋ ❋

"죄송합니다!"

"팍팍 안 숙이냐."

설연 엔터테인먼트 사무실. 연호가 새침한 얼굴로 설 이사를 향해 살짝 고개를 숙였다. 어쩔 수 없이 사과는 하지만 제가 뭘 잘못했는지 모르겠다는 태도였다.

으휴, 저 웬수 덩어리. 재하가 제대로 하라며 연호의 머리를 꽉 눌렀다.

"저는 진짜 좋은 마음에서 사진을 올린 건데……."

"선의였다는 거 압니다. 재하랑 도은 씨에게 들었어요."

"그런데 왜 방영 전에 재하 형이 공개가 되면 안 되는 거죠? 이상하잖아요? 솔직히 실시간 검색어는 연예인에게 있어서 로또라구요. 기사도 저 덕에 엄청 났구. 특히 연예인 친구 하나 없는 재하 형은 저한테 절을 해도 모자랄……."

연호가 당당한 태도로 조잘거렸다.

저 자식이 진짜. 진실을 모르니 당연히 상황 파악이 안 되는 거라고 이해하려 해도 저 도도한 얼굴을 보자니 속이 부글부글 끓었다.

네가 지금 무슨 짓을 한 건지 아냐고 멱살을 잡고 짤짤 흔들고 싶은 마음이 차올랐다.

재하가 더 참지 못하고 연호의 머리를 한 대 쥐어박으려는 순간 설 이시기 입을 열었다.

"음, 이렇게 된 이상 솔직하게 말씀드려야겠네요. 재하 씨의 유일한 친구이기도 하니까."

"진짜요? 뭔데요?"

"대신 꼭 비밀 지켜 주셔야 합니다."

"당연하죠!"

'비밀', '유일한 친구' 귀를 솔깃하게 하는 매력적인 단어에 연호의 눈이 반짝 빛났다.

설 이사의 말에 재하와 도은은 서로를 불안한 시선으로 바라보았다. 연호가 정말 재하를 위하고 실은 심성이 착하다는 것은 알지만 진실을 털어놓을 만큼의 신뢰는 없었다.

그리고 그걸 설 이사가 모를 리 없었다. 대체 무슨 생각이지?

"설 이사님."

도은이 제지하려는 듯 설 이사를 부르자 그가 괜찮다는 듯 빙긋 웃었다. 그리고 드디어 연호를 향해 설 이사가 진중한 얼굴로 입을 열었다.

"저희가 재하 씨 출연을 방영 전까지 비밀에 부친 건……."

부친 건?

세상에 더없을 중대한 비밀을 털어놓을 듯한 긴장된 분위기에 연호가 침을 꿀꺽 삼켰다.

"스폰 제의를 거절한 재하 씨에게 악의를 품은 누군가가 보복을 하려 하기 때문입니다."

"예?"

"뭐요?"

이건 또 무슨 시추에이션? 설 이사의 말에 재하의 얼굴이 이루 말할 수 없이 황당하다는 듯 구겨졌다.

도은도 전혀 예상치 못한 전개였는지 눈을 깜빡이다가 이내 입을 막은 채 새어 나오려는 웃음을 애써 참고 있었다.

"저런."

게다가 그 사실을 철석같이 믿는 듯 충격으로 일그러진 연호까지.

저를 향한 존경과 동정이 뒤섞인 연호의 시선에 재하가 낮게 한숨을 내쉬었다. 난장판이군. 그중 오직 설 이사만이 여유롭게 빙긋 미소 짓고 있을 뿐이었다.

여 이사와 주민우를 졸지에 스폰 제의 거절에 화난 스토커로 둔갑시킨 설 이사는 연호에게 그쪽에서 스파이를 붙일지도 모른다며 새로 들어오는 직원이 있다면 유의해 달라고 부탁했다.

설 이사의 부탁에 마치 수사물 드라마를 찍는 것마냥 잔뜩 몰입한 연호가 자기만 믿으라며 신이 나서 대답했다.

"형. 형은 정말 연기밖에 모르는 최고의 연기 바보야. 인정."

순수하게 감탄하는 얼굴로 엄지를 치켜 올린 연호가 재하의 등을 톡톡 두드리고 방을 나갔다.

"하? 지금 나만 어이없는 거 아니죠?"

재하가 설 이사와 도은을 번갈아 보며 황당한 얼굴을 했다.

"뭡니까. 이 상황?"

"설 이사님. 왜 거짓말하신 거예요?"

설명을 요구하는 듯한 재하와 도은의 태도에 설 이사가 예상했다는 듯 여유롭게 미소 지었다.

"새로 찾아온 우정과 정의감에 들뜬 어린애에겐 임무를 하나 던져 주는 게 더 나아요. 실제로 재하 씨가 더블 멤버와 절친하다는 게 공개적으로 알려진 이상 여 이사 쪽에서 스파이를 붙일지도 모르구요."

"내가 설연과 계약했다는 것을 들키기 전까진 정보가 나올 구석은 저 녀석 하나니까?"

재하의 시선이 느릿하게 설 이사에게 닿았다.

"우리 의도를 모르는 그들 입장에선 어떻게 해서든 내 복귀 의도와 목적을 알아내려고 할 테니 저 바보 녀석에게 경각심을 주는 것도 나쁘지 않다고 생각했다. 맞죠?"

"정확합니다."

설 이사의 대답에 도은도 거기까진 생각하지 못했는지 조금 놀란 얼굴로 재하를 바라보았다. 재하는 연기할 때를 제외하면 대체로 허당일 때가 많았지만 이런 쪽에선 의외로 예리하고 날카로운 구석이 있었다.

아니, 단지 설 이사와 주민우에 대해 잘 알고 있기 때문인가.

꿈을 인질로 잡아 온갖 술수와 유혹과 희생이 넘나드는 그 진인한 세계에서 홀로 꿋꿋이 버텨 왔다고 생각하니 문득 마음이 아려왔다.

165

아무것도 할 수 없었던 지난 5년의 시간 동안 이 남자는 얼마나 외로웠을 것인가.

"갑작스러운 상황이긴 하지만 어쩌면 잘된 건지도 모르겠어요."

"뭐가요?"

"주 드라마 시청층이 20~30대라서 연기력으로만은 10대들의 지지를 받기 힘든데 연결 고리가 생겼지 않습니까. 더블의 10대 팬덤 말이에요."

"……!"

"이왕 상황이 이렇게 된 거 재하 씨는 앞으로도 방송이나 SNS에서 그와 공공연한 절친 라인으로 밀고 나가세요. 분명히 도움이 될 때가 있을 겁니다. 어떤 사건이 터져도 가장 맹목적인 팬덤이 바로 10대니까."

설 이사가 도은과 재하를 보며 설핏 미소 지었다.

이 남자는 정말. 어디서부터 어디까지 내다보고 있는 걸까. 도은은 새삼 설 이사가 자신이 생각하는 것보다 훨씬 대단한 사람이 아닌가 하는 생각이 들었다. 저 온화한 미소 너머로 무슨 생각을 하고 있는지 알 수 없었다.

"그러니 너무 불안해하지 마시고 두 분은 지금처럼 촬영에 집중해 주세요. 여 이사와 주민우 씨 동향은 제 쪽에서 주시하고 있겠습니다."

"감사합니다. 설 이사님."

"아, 재하 씨."

"……?"

망설임이 섞인 설 이사의 목소리에 재하가 뒤를 돌아보았다. 설 이사가 웬일인지 웃음기 없는 진중한 얼굴로 재하를 주시했다.

"전에 촬영할 때 복싱 배운 적 있다고 했죠? 얼마나 배웠습니까?"

"한 1년이요. 왜요?"

"아닙니다. 내일 뵙죠."

언제 그랬냐는 듯 평소처럼 빙긋 미소 지은 설 이사가 도은과 재하가 나간 후, 어딘가로 전화를 걸었다.

"설이연입니다. 제가 아까 말한 대로 실행해 주세요. 네. 조심해서 나쁠 건 없으니까."

어느덧 미소가 사라진 무표정한 얼굴로 설 이사가 창문 밖을 바라보았다.

"어쩐지 느낌이 좋지 않네요."

＊　＊　＊　＊

"다 왔어. 내려."

도은이 차를 세우고 고갯짓을 하자 재하가 세상에 이보다 더 매정한 사람은 없다는 듯한 표정으로 도은을 바라보았다.

"나 이대로 가라고?"

"인재하. 벌써 3바퀴째야."

한숨 섞인 도은의 핀잔에 재하의 입이 결국 합 다물렸다.

"그럼 우리 집에서 딱 커피 한 잔만 하고 가."

재하의 말에 도은이 눈을 가늘게 뜨고 재하를 물끄러미 바라보았다.

"내가 정말 커피 한 잔만 마시고 간다 해도 내가 너희 집에 들어가는 사진이 찍히는 순간 우리는 네 집에서 밀애를 나누는 사이가 되어 있을걸. 그런 게 연예계잖아."

그 세계의 섭리에 대해 누구보다 잘 아는 재하가 그 사실을 모를 리 없었다. 그러니까 요컨대 이건 도은이 달콤한 말로 달래 주길 바라는 재하의 수작인 것이다.

너무나 현실적인 뼈아픈 도은의 대답에 재하가 살짝 눈썹을 구겼다.

역시 안 먹히네. 이에 굴하지 않고 다시 천연덕스럽게 웃은 재하가 도은에게 불쑥 얼굴을 내밀었다.

"에이, 나 같은 중고 신인이 사진 찍히겠어?"

"연호가 올린 사진을 봤으니 뉴 페이스라 생각해서 파 볼 수도 있지."

"……제엔장."

"내가 기자라면 지금 이때 사진을 찍어 놨다가 드라마가 끝난 후 네가 핫스타가 됐을 때 그 사진을 풀겠어."

"와. 대단한데, 김도은? 기자였으면 특종 여러 개 잡았겠어."

재하가 투정 부리듯 입을 삐죽였다. 그 모습에 도은이 살짝 시선을 바닥으로 내리깔았다.

도은 자신이 생각해도 재하와 자신의 대화는 이제 막 사랑을 시작한 연인이라기엔 너무 건조하고 사무적이었다.

아니, 재하가 아니라 자신만 문제였다. 도은이 살짝 입술을 깨물며 재하를 바라보았다.

저를 향한 재하의 눈빛이 너무 따뜻하고 다정해서 내미는 손을 잡기는 했지만 그렇다고 자신이 그에게 먼저 손을 뻗을 수는 없었다.

그에게 한 발자국 다가가는 순간, 억눌러 온 마음이 터지며 사랑이란 달콤한 감정에 휩쓸려 장님이 되고, 귀머거리가 되어 여태까지 도은이 다짐해 온 모든 것이 망가질 것만 같아서.

놓을 수도 없고 다가갈 수도 없는 이 이기적인 마음이 도은은 너무 미안했다.

"……미안해."

"뭐가?"

"로맨틱하고 달콤한 그런 평범한 연애를 못 해서."

"그 대사 너랑 나랑 바뀐 거 같지 않아? 누가 보면 네가 연예인 줄 알겠어."

너스레를 떤 재하가 고개를 숙인 도은의 턱을 살짝 들어 자신을 바라보게 했다.

"김도은. 잘 기억해."

부드럽게 웃은 재하가 도은의 눈가를 매만지며 그 위에 살짝 입술을 눌렀다.

"나한텐 네가 내 키스를 허락해 주는 지금 이 순간 자체가 기적 같다는 걸."

재하의 흑색 눈동자가 도은을 깊게 응시했다.

도은의 이마와 눈가를 어루만지던 재하의 손이 도은의 뺨에 닿았다.

"좋아한다, 김도은."

"……."

"정말 좋아해. 내일 봐."

귓가에 흘러들어 오는 달콤한 저음의 목소리를 들으며 도은은 또다시 아무 말도 할 수 없었다. 아직까지 자신은 재하에게 좋아한다는 말을 한 번도 해 주지 못했다.

'나도.' 라는 그 두 글자가 뭐가 그렇게 어렵다고 망설이는지 도은 역시 그런 자신이 답답했다.

그럼에도 불구하고, 재하는 아무런 내색 없이 이렇게 헤어질 때마다 제게 매일매일 자신의 마음을 전해 주었다. 그리고 자신의 마음만 표현한 후 도은이 대답할 여지도 주지 않은 채 화사하게 웃으며 훌쩍 떠나갔다.

그들이 약속한 목표를 이루고 도은이 자유를 찾을 때까지 아무것도 바라지 않겠다는 듯, 좋아한다는 말을 바라지 않는 것이 당연하다는 듯 구는 재하의 모습이 도은의 마음을 너무나 아프게 했다.

겁이 나 이러지도 저러지도 못하는 자신에게 재하는 너무나 과분하고 빛나는 사람이었다.

"재하야."

"……?"

"우리가 좀 더 일찍 만났더라면, 그랬다면 더 좋았을까?"

"글쎄. 그럴 수도 있겠지만 난 지금의 네가 좋은걸."

도은의 생각과 달리 재하의 대답은 의외로 쉽게 나왔다. 흔들리는 도은의 시선을 보며 재하가 웃음을 머금은 채 도은의 볼을 세게 잡아당겼다.

"쓸데없는 생각 말구 차 선탠이나 더 진하게 해 놔. 김 매니저."

"선탠? 왜?"

"글쎄에? 왜일까?"

개구지게 웃곤 손을 흔들며 사라지는 재하의 모습을 보며 도은은 재하에게 차마 해 주지 못한 고백을 허공에 대고 나지막이 읊조렸다.

"좋아해. 나도."

아주 많이, 네 생각보다 훨씬 더, 너를 사랑한다고.

✽ ✽ ✽ ✽

다음 날 아침, 한 청담동의 미용실. 재하의 머리를 매만지던 미용사가 매일 보이던 도은이 보이지 않자 의아한 듯 물었다.

"오늘은 매니저님 같이 안 오셨어요?"

"네, 오늘은 저 혼자 왔어요."

"아쉽다. 오늘 재하 씨 정말 너무 멋져요. 이 모습을 매니저님이 꼭 보셔야 할 텐데."

거울 속의 재하를 바라보는 미용사의 표정에서 진심이 물씬 묻어났다.

"어차피 이따 만날 거니까 괜찮아요. 근데 저 진짜 멋있어요?"

왁스를 발라 이마 위로 올린 머리가 어색한 듯 재하가 볼을 긁적였다. 오늘 촬영은 여주인공인 지수와 '호스트로서' 처음 만나는 날이었기에 평소보다 훨씬 메이크업과 머리에 공을 들였다.

이렇게까지 외적으로 꾸미는 역할이 처음이었기에 재하는 한껏 꾸민 거울 속의 자신이 어색하기만 했다. 드라마가 아니라 화보 촬영을 가는 기분이랄까. 사실 화보는 한 번도 찍어 본 적 없지만.

"네, 진짜 멋있어요! 매니저님도 깜짝 놀랄걸요."

미용사가 자부심 섞인 얼굴로 환하게 웃었다. 그녀 말대로 김도은도 좋아하면 좋겠는데.

그나저나 오늘 너무 늦는데 무슨 일 있나? 핸드폰으로 시간을 확인한 재하가 살짝 고개를 기울였다.

늘 약속 시간보다 30분씩 일찍 재하의 집으로 찾아와 늘어져 있는 재하를 못살게 굴던 도은이었다. 오늘은 웬일로 숍에 먼저 가 있으라고 하더니 메이크업이 끝날 때까지 영 나타날 기미가 보이지 않았다.

요즘 부쩍 잠을 못 잤는데 혹시 그것 때문에 어디 아픈 건가? 건강한 성인 남성인 자신도 이 빠듯한 스케줄이 지치는데 자신보다 할 일이 더 많은 도은은 오죽할까 싶었다.

게다가 성격상 설사 아파도 절대 아프다고 말할 도은도 아니니 재하의 걱정은 깊어질 수밖에 없었다.

숍을 나온 재하가 고민 끝에 통화 버튼을 누르고 전화기를 귀에 가져다 댔다.

뚜르르 뚜르르.

단조로운 기계음이 3번쯤 반복됐을 때 도은의 숨소리가 재하의 귓가에 흘러들었다.

— 여보세요.

"어디야? 나 메이크업 끝났는데."

— 미안. 여기 사거리 앞인데 너무 막히네.

"그래? 그럼 내가 지금 택시 타고 그쪽으로 갈게."

— 번거롭게 왜. 촬영장으로 바로 가지.

도은의 질문에 재하의 입가에 미소가 번졌다.

"왜긴. 매번 촬영 끝나고 칼퇴근하는 매정한 김 모 양 때문에 인 모 씨가 애가 닳았거든. 빨리 보고 싶대."

웃음기 어린 재하의 목소리에 수하기 너머 도은이 할 말을 찾지 못하고 가만히 숨을 삼키는 것이 느껴졌다.

재하의 애정 어린 말이 불쑥불쑥 튀어나올 때마다 도은은 여전히 어쩔 줄 몰라 했는데, 그녀는 그런 스스로의 반응 때문에 혹여

자신이 상처받지 않을까 고민인 모양이지만 정작 재하는 자신 때문에 고민하는 도은이 귀엽기만 했다.

그 입술에서 좋아한다는 말이 나온다면 그것보다 짜릿한 일은 없겠지만, 재하는 서두르지 않았다.

키스를 해도 목석같던 그 김도은이 자신이 애정 표현을 할 때마다 어쩔 줄 몰라 손가락을 꼼지락거리는 것만으로도, 지금은 충분했다.

— ……도.

"어?"

횡단보도 앞에 선 재하가 휴대폰 너머 짧게 들려오는 도은의 끝말에 눈을 크게 떴다.

설마 내 말에 대답을 해 주려는 건가? 부끄럼쟁이 김도은이? 오, 마이 갓.

재하가 들뜬 얼굴로 휴대폰에 제 얼굴을 찰싹 들이밀었다. 그 순간 신호등이 초록불로 바뀌며 재하도 발걸음을 떼었다.

— 나도 보고…….

"……!"

횡단보도를 건너며 재하가 무의식적으로 고개를 돌리는 그 순간, 돌진해 오는 자동차가 재하의 시야를 확 덮쳐 왔다.

아, 위험! 재하가 본능적으로 재빨리 몸을 뒤로 확 뺐다.

아슬아슬하게 자동차는 피했지만 그 반동으로 바닥에 넘어진 재하가 낮은 신음을 터트렸다.

"으윽— 아, 신짜 초록불이라고!!"

신호 안 지키는 것들은 싹 다 잡아서 벌금을 물려야 정신을 차리지. 재하가 짜증 섞인 목소리로 투덜거렸다. 횡단보도 바로 앞에서 신호가 바뀌면 종종 이렇게 무시하고 쌩하니 지나가는 차들 때문에 여간 짜증 나는 게 아니었다.

우리 도은이 신호 진짜 잘 지키는데. 하마터면 진짜 큰일 날 뻔했네.

"으으. 따가워."

재하가 피가 맺힌 제 팔을 들어 올렸다. 아스팔트에 긁힌 여린 피부에서 따끔따끔한 고통이 밀려왔다.

— 인재하? 인재하!

저 멀리 내동댕이쳐진 휴대폰에서 제 이름을 부르는 도은의 목소리가 희미하게 들려왔다. 재하는 몸을 일으켜 바닥에 떨어진 휴대폰을 집어 들었다.

"어. 괜찮아. 잠깐 넘어졌어."

— 괜찮아? 안 다쳤어?

"응. 살짝 긁혔어. 별거 아냐."

아주 죽죽 긁힌 제 팔을 보며 재하가 태연하게 거짓말을 했다.

아무리 봐도 살짝 정도는 아니지만 뭐 얼굴이 아닌 게 어딘가. 안 그래도 요즘 부쩍 예민해져 있는 도은을 굳이 걱정시키고 싶지 않았다.

재하는 고개를 돌렸다. 신호를 위반한 그 자동차는 재하 따위는 안중에도 없다는 듯 어느새 저 멀리 쌩하니 지나가 있었다.

❊　❊　＊　❊

"이게 살짝 긁힌 거야?"

"아. 따가워! 아파아……."

아스팔트에 쓸려 너덜너덜해진 재하의 팔 안쪽을 확인한 도은은 화가 머리끝까지 나 있었다.

뭐? 살짝? 무시무시한 도은의 눈빛에 재하가 애교 섞인 말투로 아프다며 엄살을 부렸지만 그 모습에 오히려 성이 났는지 도은은 재하의 팔에 소독약을 콸콸 부어 버렸다.

"으아아악―!"

"엄살 부리지 마. 아니, 어떻게 넘어졌기에 팔이 다 쓸려?"

말투는 거칠었지만 팔에 연고를 발라 주는 도은의 손길은 조심스러웠다. 재하는 자신의 팔에 시선을 고정한 채 연고를 발라 주고 꼼꼼하게 붕대까지 감아 주는 도은을 가만히 응시했다.

말없는 재하가 이상했는지 도은이 그제야 고개를 들고 재하를 바라보았다.

"어쩌다가 넘어졌냐니까?"

"어쩌다 보니까…… 흐흐."

"너는 지금 피부가 다 너덜너덜해졌는데 웃음이 나오니?"

"어. 왜냐면 지금 네 표정이 속상해 죽겠는 얼굴이거든."

"……."

"지금 너 보니까 나 제법 예쁨받고 있구나 싶어서."

재하가 도은을 보며 기분 좋다는 듯 배시시 웃었다.

"그래서 가끔 다치는 것도 나쁘지 않네. 그런 생각이 드네."

"재수 없는 소리 마."

생각만 해도 끔찍하다는 듯 도은이 왈칵 인상을 찡그리며 단호하게 일갈했다.

"아니, 말이 그렇다는 거지."

조크야 조크 하고 재하가 능청스럽게 웃었다.

"빨리 촬영장에나 들어가."

도은의 잔소리에 차에서 내리기 위해 몸을 일으키려던 재하가 이내 멈칫하고 그녀를 보며 진지한 얼굴로 물었다.

"근데 뽀뽀 안 해 줘?"

"뭐?"

"요기다가 뽀뽀 한 번만 해 주면 금방 나을 거 같은데."

재하가 앙탈을 부리며 제 입술을 톡톡 두드렸다.

"다친 건 팔인데 입술에 뽀뽀한다고 다친 팔이 낫니?"

"……."

팔짱을 낀 채 더 해 보라는 듯 쳐다보는 도은의 시선에 재하가 결국 시무룩한 얼굴로 몸을 돌렸다.

아니, 돌리려는 그 순간—

"……!"

탁—

재하의 손목을 조심스럽게 붙잡은 도은이 재하의 붕대가 감긴 팔 위에 그대로 입술을 묻었다.

얇은 천 사이로 도은의 따뜻한 숨결이 느껴졌다. 재하는 그제야 도은이 제 상처 위에 호— 입김을 불고 있다는 걸 깨달았다.

"이제 금방 나을 것 같아?"

팔에 묻었던 고개를 들고 저를 올려다보며 엷게 웃는 도은의 모습에 재하는 시간이 멈추는 게 이런 느낌이 아닐까 생각했다.

재하는 심장 위에 손을 대었다. 숨을 쉬기 어려울 만큼 심장이 울렁거렸다.

"잘 참고 있었는데. 이건 네 책임이야. 그러니까 네가 책임져."

"뭐?"

그렇게 말한 재하가 도은의 머리를 감싸 끌어당기고 그대로 입술을 부딪쳐 왔다. 조심스럽게 입술을 머금던 재하가 달콤한 사탕을 핥듯 도은의 입술을 부드럽게 빨았다.

입술에서 느껴지는 뜨거운 체온에 온 감각이 입술로 몰려 머리가 어지러웠다. 멍하니 눈을 깜빡이던 도은이 이내 천천히 눈을 감았다. 그것을 느낀 것인지 재하가 조금 더 강하게 입술을 눌러 왔다.

살짝 벌어진 틈새 사이로 들어온 말캉하고 촉촉한 붉은 혀가 애를 태우듯 도은의 입천장과 치열을 구석구석 핥다가 도은의 혀끝을 톡 건드렸다.

"흐읏."

입술과 타액이 섞이는 소리가 조용한 차 안에 울려 퍼졌다.

재하의 키스는 부드러웠고 동시에 격렬했다. 아이스크림처럼 달콤하고 마약처럼 몽롱한 키스였다. 도은의 윗입술을 부드럽게 머금던 재하가 도은의 입안에 혀를 깊숙하게 찔러 넣었다.

그 순간 도은이 저도 모르게 재하의 목을 끌어안았다. 2개의 촉촉한 덩어리가 춤추듯 얽히다가 재하가 도은의 혀끝을 살짝 핥듯이 빨아 올렸다.

아—!

순간 번개가 지나간 것 같은 짜릿한 느낌에 도은이 재하의 옷깃을 세게 쥐었다.

도은의 그 행동에 더 이상 참지 못하겠다는 듯 낮은 신음을 내뱉은 재하가 결국 도은의 입술 위에 가볍게 쪽 입 맞추고 떨어졌다.

"미치겠다. 김도은. 너 때문에."

투정하듯 피식 웃은 재하가 살짝 달아오른 도은의 눈가에, 뺨에, 코에, 이마에 차례로 입술을 눌렀다.

아주 느리고 부드럽게, 성스러운 의식을 하듯 버드키스를 한 재하가 도은의 손에 깍지를 끼며 그녀의 눈을 마주 보았다.

"김도은. 있잖아, 나 아무래도 정말 사랑에 빠진 것 같아."

"……."

재하가 희미하게 웃으며 도은의 어깨를 끌어안았다. 그리고 도은의 귀에 입술을 가져다 대며 속삭였다.

"널 사랑해."

듣기 좋은 중저음의 목소리가 도은의 귓가에 나긋하게 흘러들어 이내 마음을 적셨다.

사랑. 한때 사랑을 저주한 적이 있었다. 사랑한다는 말이 뭐기에, 고작 그 말 한마디에 한 남자에게 자신의 모든 것을 바친 언니가 한편으론 이해가 가지 않았다.

그때는 몰랐으니까. 사랑을 말하는 눈빛이, 목소리가, 이 순간이 얼마나 마법 같은지.

이 모든 게 너무나도 벅차고 기적 같아서 세상이 온통 빛으로 반짝거리는 것만 같은 기분이 든다는 걸.

도은은 천천히 손을 들어 재하의 뺨을 감쌌다. 따뜻한 시선이 교차했다. 이 기분을 그에게도 느끼게 해 주고 싶다는 생각이 가득 차올랐다.

"나……."

도은의 입술 사이로 가느다란 목소리가 흘러나왔다가 멈췄다.

나도. 나도 너를 사랑해.

그 말이 메아리처럼 입술 끝에서 수없이 맴도는데 원하는 문장으로 매끄럽게 이어지지가 않았다. 전처럼 약해질까 겁나서가 아니었다.

쑥스러워서. 세상에! 쑥스러워서 말을 못하겠다니.

"응? 뭐라구?"

재하가 바짝 귀를 가져다 댔다. 순간 심장이 세차게 달음박질했다. 놀란 도은이 슬쩍 뒤로 엉덩이를 뺐다.

"나…… 나가야 할 것 같은데? 시간 다 됐어."

"10초만 디."

도은의 손을 절대 놓지 않겠다는 듯 깍지 낀 손을 더욱 꼬옥 쥐며 재하가 눈매를 휘었다. 힐끗 차 시계에 시선을 던진 도은이 이내 재하를 향해 단호하게 고개를 돌렸다.

"10초 끝."

냉정한 도은의 대답에 당황할 법도 한데 재하는 오히려 유쾌하게 웃었다. 이런 공사 구분이 칼 같은 김도은마저도 귀엽게 느껴져서.

사람들은 이 말에 '그게 왜 귀여워?' 하며 어리둥절하겠지만 지금 재하에겐 도은이 숨만 쉬어도 귀여웠다.

"아닌데? 아직 10분 안 지났어."

재하의 대답에 도은이 잠시 눈을 깜빡였다. 10초는 금세 10분으로 둔갑해 있었다. 참 나. 도은이 피식 웃으며 가소로운 눈빛을 보내자 재하가 네가 긴장해서 귀가 얼어 잘못 들은 거라며 당당하게 변명했다.

"확실해? 10초가 지나서 널 보내면, 나노 아쉬우니까 촬영 끝나고 같이 드라이브라도 하려고 했는데."

"그럼 10분은?"

"촬영 끝나고 피곤해서 바로 집에 가고 싶을 거 같아."

"어, 10초 됐다. 내가 요즘 발음이 안 좋아. 그럼 나 먼저 감독님한테 가서 인사하고 있을게."

도은이 뭐라 할세라 잽싸게 일어난 재하가 차 손잡이를 쥐었다. 그 모습에 도은이 옅게 웃음을 터뜨리자 이내 살짝 몸을 돌린 재하가 도은의 이마에 쪽 뽀뽀했다.

"이따 봐."

드르륵, 재하가 차에서 내리고 도은은 재하가 입을 맞추고 간 이마를 느리게 매만졌다.

오늘도 못했다. 사랑한다는 말. 꼭 해 주고 싶은데 생각처럼 입이 쉽게 떨어지질 않았다. 마음을 표현한다는 게 이리 어려울 줄이야.

후, 한숨을 내쉰 도은은 재하가 오늘 갈아입을 옷을 준비하기 위해 몸을 일으켰다. 스케줄이 '버킷리스트' 촬영 하나뿐이었기에 일이 많지 않아 아직까지는 도은이 의상도 함께 담당하고 있었다.

차에서 내린 도은이 트렁크의 짐을 정리하고 있는데, 문득 이쪽으로 다가오고 있는 수상한 여자가 보였다.

선글라스에 검정 마스크로 얼굴의 반을 가린 여자는 반쯤 몸을 낮춘 채로 휙휙 주변을 두리번거리고 있었는데, 그 폼이 마치 어설픈 도둑고양이 같았다. 뭔가 들키면 안 되는 일이 있는 모양이지만 오히려 눈에 엄청 튀는 바람에 모른 척하기가 힘들었다.

본래 끼어드는 성격은 아니지만 그래도 구면이니까. 정리하는 걸 멈춘 도은이 여자에게 슬쩍 다가가 말을 걸었다.

"한지수 씨, 여기서 뭐 하세요?"

"깜짝야."

지수가 심장을 부여잡으며 빽 소리쳤다. 도은의 얼굴을 확인한 지수가 곧 '인재하 씨 매니저?' 하고 물어왔다. 못 알아볼 수도 있을 거라 생각했는데 의외였다.

"아, 놀라셨어요? 죄송해요."

"당연히 죄송해야지. 하마터면 애 떨어질 뻔했어!"

지수가 선글라스를 홱 벗으며 투덜거렸다.

"아이 있으세요?"

"아니. 그 정도로 놀랐다는 거지. 혼자 뭐 하고 있어?"

"아, 짐이 많아서 정리 좀 하고 있었어요. 한지수 씨는요?"

"으음…… 답답해서 매니저 몰래 좀 나왔어. 근데 이름이 뭐였지?"

"그냥 김 매니저라고 부르시면 돼요."

"그래, 김 매니저가 나 잠깐만 숨겨 줄래? 조금 있다가 촬영이니까 딱 10분만 있다가 갈게."

10분이라. 방금 전 재하와 겹쳐지는 패턴에 문득 불안감이 들었다.

촬영 시간이 얼마 남지 않은 건 사실이지만, 한지수 씨가 재하의 차에서 나온 걸 알면 오해를 할 수도 있고, 또 멋대로 숨겨 준걸 알면 한지수 씨 매니저와 사이가 안 좋아질 수도 있었다.

역시 거절하는 게 좋겠다고 생각하며 도은이 입을 떼려는데, 그기미를 감지한 지수가 망설임 없이 차 문을 열어젖혔다.

"고마워. 잠깐 실례할게."

"아……."

이런. 한발 늦었군. 하기사 엘리베이터에서의 일을 떠올리면 가란다고 순순히 갈 사람도 아니긴 했다. 도은이 체념하듯 짧게 한숨을 내쉬는 사이 지수가 빠르게 차 안을 스캔했다.

도은의 성격을 대변하듯 차 안의 모든 물건은 무척이나 깔끔하게 제자리에 착착 정돈되어 있었다. 운전석과 조수석을 지나 지수의 시선이 뒷좌석 가장자리에 놓여 있는 하얀 비닐봉지에 멈췄다.

이 차 안의 분위기와는 다소 이질적인 그 봉지에 지수가 이상한 듯 눈썹을 치켜 올렸다가 '왕가네 도시락'이라고 써진 글씨를 보곤 지수가 씨익 웃었다.

"어머, 차가 너무 지저분하다. 내가 좀 도와줄까?"

재빨리 뒷좌석에 올라탄 지수가 슬슬 비닐봉지 쪽으로 손을 뻗으며 형식적인 질문을 던졌다.

"아뇨, 괜찮은데요."

"……."

단호한 도은의 말에 지수가 쳇, 혀를 차며 손을 거두었다. 하지만 비닐봉지를 바라보는 시선에서는 미련이 뚝뚝 묻어났다.

왜 저러지? 지수의 행동에 고개를 갸웃하던 도은이 저도 모르게 꿀꺽 침을 삼키는 지수의 모습에 엷게 미소를 띠었다.

"도시락 드실래요?"

"네가 물어봤으니까 고맙다구 안 한다."

정답이었나 보다. 혹시나 도은이 마음이 변할까 싶어 지수가 얼른 도시락을 꺼내고 비닐을 뜯었다.

"오늘 밥 못 드셨어요?"

"망할 매니저가 촬영 전에는 좀처럼 밥을 못 먹게 해. 화면에 내 얼굴이 빵떡처럼 나온다나. 최근에 1킬로 쪘는데 사장이 그걸 귀신같이 알더라구."

나무젓가락으로 계란말이를 집어 든 지수가 잔뜩 화가 난 목소리로 투덜거렸다.

빵떡이라니. 그 말에 도리어 충격을 받은 건 도은이었다. 도은의 눈에 지수는 군살 하나 없이 날씬하기만 한데, 저렇게 예쁘고 마른 사람을 밥을 못 먹게 한다니. 여배우는 남자 배우와 또 다른 고충이 있구나 하는 생각에 조금 안쓰러운 맘이 들었다.

"지금도 굉장히 예쁘세요."

"내 말이. 여기서 뺄 게 뭐가 있다고 사람 밥을 굶기는지."

음식을 열심히 오물거리던 지수의 표정이 조금씩 온화하게 변했다. 촬영 중간에 혹시 재하가 배고플까 봐 길가에 보이던 도시락 가게에서 사 온 것인데, 다행히 지수의 입맛에도 맞는 모양이다.

워낙 도시적인 이미지고 톱스타라 스테이크만 먹을 것 같았는데 의외로 소탈하구나. 도은이 그런 생각을 하고 있는데 이제야 좀 살 것 같았는지 지수가 만족스러운 얼굴로 시트에 등을 기댔다.

"아, 진짜 죽는 줄 알았네. 이렇게 맛있는데 굶는 건 미친 짓이야."

"아직 시간 있으니 천천히 드세요."

"으음, 근데 나 먹방 프로 하나 찍어야 될까 봐. 내가 그렇게 맛있게 먹어? 내 얼굴 뚫리겠어."

빤히 쳐다보던 도은의 시선을 느꼈는지 지수가 천연덕스럽게 돌려 말했다.

아, 역시 너무 대놓고 쳐다봤나. 도은이 어색한 듯 뺨을 긁적이자 도은의 젓가락을 내려놓은 지수가 도은을 향해 고개를 돌렸다.

"그렇게 보지 말一 할 말 있음 해. 밥값 대신하는 셈 칠 테니까."

"궁금한 게 있는데요."

"뭔데?"

자신을 응시하는 연한 갈색 눈을 보며 도은은 지수를 처음 만났던 엘리베이터에서의 일을 떠올렸다.

설 이사와 약속한 저녁이 회의라는 걸 알고 안심했던 것도 잠시, 자신은 이 남자 아니면 안 된다며 건드리지 말라고 거침없이 선포하던 지수의 고고하고 당당한 눈빛이 도은에게는 꽤 인상적이었다.

그녀라면 필시 자신의 질문에 대한 대답을 알 것 같아서 도은은 천천히 입을 뗐다.

"설 이사님 좋아하세요?"

"응. 전에 말했잖아."

"고백은 혹시 하셨나요?"

이제 겨우 두 번 본 사이에 하기엔 무례할 수도 있는 사적인 질문이었기에 도은이 무척 조심스러운 태도로 물었으나, 지수는 의외로 별거 아니라는 듯 곧바로 고개를 끄덕였다.

"했지. 한 달 전에도 하고, 일주일 전에도 하고. 만날 때마다, 틈날 때마다 수도 없이 해. 물론 그때마다 거절당했지만."

생각지도 못한 대답에 도은의 입술이 살짝 벌어졌다.

지수의 성격에 3년이라는 시간 동안 혼자만 몰래 좋아할 것이라고는 생각지 않았지만, 고백을 한 번도 아니고 여러 번 했다는 건 도은에게 있어 너무나 놀라운 일이었다.

"어떻게 그런 용기를 낼 수 있나요?"

순수하게 감탄하면서도 왠지 조금 필사적인 도은의 눈빛에 지수가 감 잡았다는 듯 빙그레 미소 지었다.

"김 매니저. 좋아하는 사람 있어?"

좋아하는 사람.

타인의 입에서 그런 단어를 들으니 새삼 낯설었다. 그러고 보니 아무에게도 자신의 감정에 대해 이야기해 본 적이 없었다.

사적인 이야기는 외부에 최대한 흘리지 않는 것이 안전하겠지만, 솔직하게 대답해 주었으니 자신도 솔직해져야겠지.

"네."

도은이 순순히 고개를 끄덕이자 의외라는 듯 지수의 눈이 살짝 커졌다.

"그런데……."

도은이 숨을 들이켜며 다음 말을 골랐다. 지수는 그런 도은을 재촉하지 않고 조용히 기다려 주었다.

"그 사람에게 좋아한다는 말을 해 주고 싶은데, 그 말을 하기가 너무 겁이 나네요."

도은의 대답에 가볍게 무릎을 손가락으로 두드리던 지수가 옛 기억을 떠올리듯 허공을 응시했다.

"있잖아. 내가 이렇게 무대포처럼 보여도 사실 나도 그냥 평범한 여자야."

"한지수 씨가요?"

도은이 보기에 지수는 여러모로 평범과는 거리가 먼 사람이었다. 도은이 솔직하게 놀란 반응을 보이자 지수가 슬쩍 웃었다.

"먼저 좋아하는 거도 자존심 상하는데, 고백까지 하는 거 쉽지 않았어. 좋아한다는 말을 하는 순간 내가 그 남자한테 푹 빠져 버릴까 봐 무섭기도 했고. 왜 흔히 말에는 힘이 깃들어 있다고 하잖아."

도은이 공감하듯 고개를 끄덕였다.

자신도 그런 생각을 할 때가 있었다. 좋아한다고 말하는 순간 눌러 왔던 감정들이 한순간에 터져 나와 제어가 되지 않을까 봐 문득 겁이 났었다.

"근데 또 어느 날 이런 마음이 들었어. 그 사람이 내가 좋아하는 걸 모르고 이대로 영영 끝나면 난 여전히 그 남자한테 그냥 수많은 여배우 중의 한 명일 뿐인 거잖아. 근데 그게 너무 싫더라구."

여배우 한지수 말고 설이연을 좋아하는 '여자 한지수'로 그 남자 기억에 영원히 남고 싶었다며 지수가 덧붙였다.

"사실 처음엔 단순히 그런 마음으로 좋아한다고 말한 거였고, 이연 씨가 다음엔 날 만나 주지 않을 수도 있겠다, 지금 이 시간이 마지막일지도 모른다는 생각이 드니까 어떻게든 진심을 표현해야겠다는 생각이 드는 거야. 그래서 만날 기회가 생길 때마다 꿋꿋이 표현했지. 자존심? 얼굴 못 보면 내가 죽을 것 같은데 자존심 따위."

머리를 쓸어 올리며 도은을 향해 씩 웃어 보이는 지수는 그 어느 때보다 빛이 났다. 말은 이렇게 간단하지만 막상 행동으로 옮기기 쉽지 않다는 걸 안다.

아마 지수 역시 이렇게 웃으며 말할 수 있기까지 많은 일을 겪었겠지. 셀 수 없이 많은 용기를 냈을 거고, 또 그만큼 상처를 받았을 거라는 걸 지금의 도은은 느낄 수 있었다.

"앗, 시간 다 됐다. 오늘 나는 여기 없었던 거야. 나 간다."

손목시계를 확인한 지수가 촬영 시간이 얼마 남지 않은 걸 알고 다급히 차 문을 열었다. 가뿐한 몸짓으로 바닥에 발을 디딘 지수가 이내 도은을 향해 몸을 돌렸다.

"아, 참. 김 매니저."

"네?"

"용기가 안 나면 연습해도 좋으니까, 마음을 표현하고 싶으면 미루지 마."

"……."

스쳐 지나가듯 던진 발랄하고 가벼운 어조였으나 도은은 정곡을 찔린 것 같았다. 그런 도은을 바라보던 지수가 미소를 띠었다.

"별것 아닌 것 같은데 그 타이밍이라 게 어쩔 땐 운명을 가르기도 하더라구. 그리고 시간은 멈춰 있지 않잖아?"

사랑은 타이밍이라구, 타이밍. 짐짓 진지한 얼굴로 강조하는 지수 위로 언니의 얼굴이 겹쳤다. 참 신기하다. 얼굴부터 성격까지 닮은 거라곤 전혀 없는 두 사람인데, 지수를 볼 때마다 도은은 어쩐지 언니가 떠올랐다.

"밥값은 이걸로 진짜 끝. 바이바이."

가볍게 도은의 어깨를 두드린 지수가 이윽고 몸을 돌렸다. 또각또각. 하이힐 소리와 함께 점차 멀어져 가는 지수의 뒷모습을 바라보던 도은이 소리쳤다.

"한지수 씨! 감사해요!"

그 말에 걸음을 멈춘 지수가 비스듬히 고개를 돌리며 살짝 선글라스를 내렸다.

"고마우면 이연 씨한테 내 칭찬 슬쩍 흘려 주든가!"

그렇게 대답하곤 다시 경쾌한 몸짓으로 총총거리며 사라지는 지수를 보며 노은이 피식 웃었다.

조금은 무례하고 제멋대로인 사람이지만 왠지 모르게 자꾸만 정이 가는 귀여운 여자였다.

"아, 의상 챙겨야지."

번뜩 정신이 든 도은이 차 안으로 들어가 오늘 재하가 촬영 시에 갈아입을 옷들을 챙겨 나왔다.

극 중 재하가 맡은 역할이 호스트였기 때문에 재하의 의상은 대부분 고가의 슈트들이었다. 드라마 의상 팀의 인맥으로 어렵게 협찬받은 옷들인지라 옷을 매만지는 도은의 손길은 조심스럽기만 했다.

이윽고 스튜디오 앞에 도착한 도은이 문 앞에 멈춰 섰다. 품 안에 물건들을 바리바리 끌어안은 채라 문을 열 손이 부족했지만 그렇다고 물건을 바닥에 내려놓기에는 찜찜했다.

결국 팔꿈치로 문고리를 들어 올리려고 상체를 살짝 기울이는데, 옆으로 급히 다가온 누군가가 문을 열어 주었다. 촬영 스탭이었다.

"고맙습니다."

고개를 들어 남자의 얼굴을 확인한 도은이 감사 인사를 건넸다.

"뭘요. 인재하 씨 매니저시죠?"

"네."

"아, 전 이상한 사람 아니구요…… 이 드라마 촬영 스탭이에요."

뭔가 할 말이 있는 걸까 싶어 쳐다본 것인데 도은이 자신을 경계한다고 생각했는지 스탭이 머뭇거리며 말을 이었다.

지나가다가 스치면서 가벼운 인사만 몇 번 주고받았지 이야기를 나눈 적은 오늘이 처음이었기에 도은이 자신을 모를 거라 생각하는 모양이었다.

"네, 알고 있어요."

도은의 대답에 그의 얼굴에 순간 환한 미소가 번졌다. 도은의 옆에서 나란히 걸으며 남자가 계속해서 말을 걸었다.

"오늘은 야외 촬영이 없고 전부 스튜디오 촬영이라서 끝나고 스탭 배우들 전체 회식 있대요. 혹시 오늘 오실 수 있으세요?"

"네. 전체 회식이니 당연히 참여해야죠."

"아 참, 인재하 씨는 지금 저기서 리허설하고 있어요."

손가락을 들어 재하가 있는 곳을 가리킨 그가 '그럼 이따 봬요.' 하고는 여러 대의 카메라가 있는 곳으로 뛰어갔다.

모니터링 화면이 있는 곳에서 조금 비켜나 뒤편에 선 도은이 지수와 대사를 맞춰 보고 있는 재하에게로 시선을 던졌다.

여주인공인 지수와 처음 만나는, 중요한 씬을 찍는 날이어서 그런 걸까. 분명 아까 차 안에서 봤는데도 조명 아래에서 보는 재하는 사뭇 느낌이 달랐다.

왁스로 깔끔하게 올린 머리와 슬림하고 늘씬한 몸에 보기 좋게 핏 되는 블랙 슈트. 그리고 그 안에 살짝 풀어진 셔츠가 왠지 모르게 섹시함과 나른한 분위기를 자아냈다.

"멋있다."

저도 모르게 나지막이 속마음을 내뱉은 도은이 그런 스스로에게 깜짝 놀라 황급히 입을 다물었다.

이 말도 아까 재하한테 직접 해 줄걸. 그럼 분명히 눈꼬리를 가득 휘며 햇살보다 더 환한 얼굴로 기뻐했을 텐데. 왜 자신은 늘 한 발 늦게 깨닫는 걸까.

"도은 씨 안녕하세요."

도은이 생각에 잠긴 사이 곁으로 다가온 지수의 매니저가 인사를 건넸다. 그제야 도은이 재하에게서 시선을 거두고 그를 향해 꾸벅 고개를 숙였다.

"안녕하세요."

"오늘 전체 회식 있다던데 얘기 들으셨어요?"

"네. 방금요."

"재하 씨도 오시죠?"

"네. 지수 씨는요?"

"가야죠. 첫 방송도 얼마 남지 않았고."

첫 방송. 이제 드라마 방영일이 3일밖에 남지 않았다.

5년을 멈춰 있던 재하의 세계가 다시 시작되는 것이다. 그리고 그것은 주민우와 여 이사에게 보내는 선전 포고이기도 했다.

그들은 여전히 닿을 수 없을 만큼 높은 위치에 있고, 이 세계는 재하에게 늘 잔혹하고 냉정하기만 했지만 적어도 지금은 그때처럼 그 혼자가 아니었다. 옆에 자신이 있었다.

그날의 우리는 어떤 변화를 맞게 될까. 전의와 설렘으로 뒤범벅된 가슴이 세차게 일렁여서, 도은은 주먹을 말아 쥐었다.

"아, 그런데 회식 장소는 어디예요?"

"여기 앞에 고깃집이요. 한우 먹는다고 해서 스탭들 난리 났어요."

"지수 씨가 좋아하겠어요."

아까 차에서 마주쳤던 지수를 떠올리며 도은이 대답하자 그가 별안간 크게 한숨을 내쉬었다.

"차라리 싫어했으면 좋겠네요. 좋아해 봤자 어차피 5점밖에 못 먹을 텐데요 뭐."

5점. 그 말에 분노할 지수의 모습이 눈앞에 훤히 그려지는 듯해 도은이 슬며시 웃었다.

그나저나 전체 회식이라면 오늘도 잠자기는 글렀네. 피로가 쌓였는지 조금씩 흐려지는 눈가를 문지르며 도은이 짧게 숨을 내쉬었다.

예상은 했지만 매니저 일은 생각보다 더 고되고 신경 쓸 일이 많았다. 특히 이번 주가 그랬다. 첫 방송까지 며칠 남지 않은 터라 새벽까지 촬영하는 일이 잦아 도은도 재하도 최근 통 잠을 자지 못했다.

재하도 빠듯한 촬영 스케줄로 정신이 없었지만 도은은 특히 몸이 10개라도 모자라다는 말을 실감할 정도로 바빴다.

현장에서 재하의 연기를 지켜보며 모니터링 하다가 쉬는 시간에는 의상 팀과 다음 촬영의 의상에 대해 의견을 나누었고, 또 그 시간을 쪼개 드라마 방영 시 언론에 기사를 어떻게 낼 것이냐에 대해 설 이사와 전화로 회의를 했다.

거기에 여란 엔터테인먼트의 동향에 대해 주시하고 있어야 했기 때문에 그야말로 잠을 잘 틈이 없었다.

그러다 보니 눈은 퀭해지고, 밥도 제대로 못 먹기 일쑤였지만 그래도 도은은 지금 이 시간이 행복했다.

왜냐하면…….

도은이 고개를 들어 스탭들 사이에서 연기하고 있는 재하를 곧게 바라보았다.

OK 사인을 받은 그가 누군가를 찾는 듯 주변을 빠르게 훑더니 이내 도은을 발견하고 살짝 윙크를 했다.

순간 재하를 바라보는 도은의 눈이 따뜻하게 물들었다.

"매니저님."

"네?"

도은의 부름에 지수의 매니저가 도은을 향해 고개를 돌렸다. 여전히 재하에게 시선을 고정한 채로 도은이 눈가를 접으며 맑게 웃었다.

"오늘 재하 멋있죠?"

인재하가 이토록 빛나고 이토록 눈부신, 정말 멋진 '배우'라는 걸 많은 사람들이 알았으면. 그래서 많이 아프고 괴로웠던 시간만큼 그가 양지에서 많은 사람들에게 사랑받을 수 있기를.

그가 주민우에게 복수하기 위한 도구여서가 아니었다. 이건 한 남자를 사랑하는 여자로서의 순수한 진심이었다.

Chapter 5
사랑한다는 말

"컷! 아주 좋았어!"

감독의 경쾌한 사인이 떨어지자 원래의 생기 있는 눈으로 돌아온 지수가 눈앞에 있는 재하를 올려다보았다.

촬영장에서 같은 씬을 연기하는 건 처음인데 지금의 그는 오디션 볼 때의 그가 아니었다. 마치 짠 듯 인재하 얘기만 늘어놓던 여자 스탭들이 왜 그랬는지 이제야 이해할 수 있을 것 같았다.

오디션 때도 하나같이 틀에 박히고 지루한 연기만 펼치는 사람들 사이에서 유일하게 번뜩이는 빛을 가진 배우라고 생각했지만, 이렇게 완벽하게 캐릭터를 갖춰 입은 재하는 그때보다 더 강력한 아우라를 발산했다.

"인재하 씨. 진짜 칼 갈았나 봐요?"

의도를 알 수 없는 지수의 도도한 말투에 재하가 한쪽 눈썹을 치켜 올렸다.

"칭찬이죠?"

"캐릭터 잘 잡은 것 같아요. 대사 톤도 좋고 컨셉도 좋고."

평소에 섹시하단 느낌은 요만큼도 없는데 촬영만 시작하면 페로몬을 만들어서 날리니까. 물론 그게 배우가 해야 하는 일이라지만 재하의 경우 유독 캐릭터와의 갭 차이가 컸기에 같은 배우로서도 좀 신기한 맘이 들었다.

남자 주인공 매니저가 왜 그렇게 심통이 났나 했더니 인재하 때문에 묻힐까 봐 쫄았구만.

연기할 때 발산되는 재하 특유의 매력이 함께 연기하는 상대 배우인 자신한테도 전해지고 화면으로 보는 감독님이랑 스탭들한테도 전해졌다.

그러니까 분명히 브라운관 너머 시청자들에게도 틀림없이 전해질 거라고 지수는 확신했다.

최근 유쾌한 로코 장르만 하던 자신이 연기 변신을 주기 위해 작품성으로 선택한 작품이라 사실 흥행은 크게 기대하지 않았는데 이거 잘하면 꽤 화제가 될 수도 있겠는데? 하는 생각이 들었지만 지수는 재하에게 솔직하게 칭찬하는 대신,

"으음, 옷발인가?"

하며 농을 걸었다.

"인정."

지수의 장난에 재하가 호쾌하게 고개를 끄덕이며 손가락을 동그랗게 말아 올렸다.

연기도 중요하지만 캐릭터의 성격을 나타내는 데 있어 외적인 디테일도 중요했다.

도은은 그런 부분에서 센스가 탁월했는데 그런 디테일까지 사람들이 느끼게 된다면 그건 모두 의상 팀과 도은의 공이라고 재하는 생각했다.

"그런데 한지수 씨야말로 카메라에 빨간 불만 들어오면 적응 안 되는 거 알아요? 막 얼굴이 초췌하고 그런 건 아닌데, 눈빛에서 느껴져요. 시한부라는 게."

이번 촬영으로 놀란 건 오히려 재하였다. 지수의 연기력이 안정적이라는 긴 알고 있었지만, 그녀는 재하의 생각보다 훨씬 분위기가 있고 표정이 섬세했으며 발성이 좋았다.

감탄 어린 재하의 말에 지수가 싱긋 웃어 보였다.

"우리 매니저는 시한부니까 핼쑥해야 한다며 밥도 굶기려고 했지만, 난 그렇게 생각 안 해요. 당장 오늘내일 죽는 위급한 상태도 아닌데 시한부라고 다 초췌하라는 법이 있나요. 나 같으면 티 내기 싫어서 더 꾸미고 다녔을 것 같아서. 얼굴이 아니라 눈빛이 핼쑥해야지. 그 이질감이 더 임팩트 있잖아요."

하소연인 듯했으나 자세히 들어 보면 자화자찬이었다. 재하가 어떻게 반응할까 고민하는 사이 지수가 아, 하고 뭔가 생각났다는 듯 말을 이었다.

"재하 씨. 오늘 끝나고 회식 올 거예요?"

"……가야겠죠?"

재하가 태연하게 웃어 보였지만 사실 재하로서는 회식이 딱히 반갑지 않았다.

모처럼 야외 촬영이 없어 평소보다 촬영이 일찍 끝나는 오늘 같은 날은, 마음 같아선 도은과 오붓하게 드라이브를 하거나 도은을 품에 끌어안고 잠이나 실컷 자고 싶었다.

도은도 자신도 최근 촬영 때문에 제대로 숙면을 취한 적이 없었으니까. 앞으론 더 그럴 거고.

그런데 하필 이런 날에 회식이라니. 곧 첫방송을 앞두고 하는 의미 있는 회식이다 보니 출연 배우인 자신은 참석하는 것이 당연했지만, 그럼에도 불구하고 머릿속에서는 도은과 데이트하는 상상이 모락모락 피어오르고 있었다.

아, 김도은 보고 싶다.

그런 생각이 들자마자 재하의 시선이 도은을 찾아 무의식적으로 스탭들 사이를 배회했다.

같은 공간에 있어도 사실상 얼굴을 마주 보고 이야기를 나눌 시간이 많지 않으니 죽을 맛이었다.

봐도 봐도 보고 싶은 내 소중한 김도은인데.

"가기 싫나 보네. 끝나고 애인하고 약속 있어요?"

갑자기 훅 들어오는 '애인'이라는 단어에 재하의 시선이 지수에게로 돌아갔다.

"……아뇨."

순간적으로 망설인 것이 역력한, 한 템포 늦은 재하의 대답과 조금 크게 뜨인 눈동자에 지수가 옅게 웃음을 터뜨렸다.

"인재하 씨 거짓말 못하는 타입이구나. 하긴. 그럴 것 같았지만."

"아니라니까요."

재하가 황급히 손을 내저으며 변명했지만 지수는 듣는 척도 하지 않았다.

"너무 빨리 대답하는 것도 티 나지만 아까처럼 그렇게 느리게 대답하는 것도 티 난답니다. 무엇보다."

잠시 주변의 시선을 살피던 지수가 살짝 발끝을 들어 재하의 귀에 조그맣게 속삭였다.

"매니저 쳐다볼 때 눈에서 꿀 좀 떼요."

웃음기가 묻어나는 지수의 목소리에 순간 재하의 몸이 움찔 굳었다.

"……."

아니라고 부정해야 하나, 아니면 그냥 능청스럽게 넘겨야 하나. 그 짧은 찰나의 순간에서도 머릿속이 빙빙 돌았지만 재하는 결국 입을 다무는 걸 택했다.

어떤 말을 하든 저 여우 같은 한지수에게 결국 빌미를 제공할 것 같았기 때문이다.

재하가 아무 말도 하지 않자 지수는 그럴 줄 알았다는 듯 빙긋 웃었다.

"내가 원래 그런 눈치가 귀신같은 거도 있고 인재하 씨가 티 나는 편인 것도 있고. 매……."

말을 잇던 지수가 옆에 스탭이 지나가는 걸 보고 얼른 목소리를 낮췄다.

"……니저를 그렇게 달달하게 쳐다보는 사람이 어딨겠어요?"

"말하지 말아 줘요."

"걱정 마요. 별로 그런 걸 떠들고 다닐 만한 입장이 못 되니까."

가볍게 어깨를 으쓱했다. 3년 동안이나 설 이사를 쫓아다니는 자신이 그런 이야기를 퍼뜨려 봤자 좋을 게 하나도 없으니 안심하라는 의미였다.

"이연 씨는 잘 지내죠?"

요즘 얼굴을 통 못 봐서 보고 싶네. 나지막이 중얼거리는 지수

197

의 목소리에는 그리움이 물씬 배어 있었다.

그제야 재하는 제가 촬영에 정신이 없어 약속에 소홀했다는 것을 깨달았다. 설 이사를 감시함과 동시에 만남을 주선하는 것이 지수가 재하에게 드라마 출연을 걸고 내건 조건이었는데 여태까지 도움을 준 것이 아무것도 없었다.

새삼 지수에게 미안해져 재하가 머리를 긁적였다.

"설 이사 요즘은 나도 얼굴 보기 힘들 정도로 바쁜 데다가 좀 예민해 보여요. 첫 방송 즈음에 그 빌미로 자리 마련해 볼게요. 조금만 기다려 줘요."

"혹시 여자를 만나는 건……."

"아니에요."

설 이사를 떠올리던 재하가 단호하게 고개를 저었다. 한때는 도은에게 관심이 있는 게 아닐까 의심했지만, 지금 보면 도은에게 이성적으로 호감이 있는 것 같진 않았다.

처음에 그렇게 보였던 건 단순히 인간 김도은에 대한 호기심인 듯했고, 요즘은 도발할 때마다 시시각각 변하는 재하의 반응이 재밌어 일부러 그런 오해가 들도록 행동하는 것 같은 느낌이랄까.

"한지수 씨도 이미 알고 있겠지만 설 이사, 정말로 여자에 관심 자체가 없어요. 주변에 여자가 꼬일 수밖에 없는 위치인데도 여자를 완전 돌로 보거든요. 그 양반."

재하의 대답에 지수가 작게 한숨을 터뜨리며 거칠게 머리를 쓸어 올렸다.

"미치겠다. 아직도 못 잊었나 보네. 그 여자."

"그 여자요?"

지수의 흔치 않은 푸념에 재하가 궁금한 듯 되묻자 순간 실수를 깨달은 지수가 분위기를 전환하듯 사르르 웃었다.

말을 돌리려는 신호였다. 그렇다고 해서 내가 넘어갈 줄 알고? 처음 들어 보는 설 이사의 과거에 꽤 흥미가 당겼기에 재하가 좀 더 캐 보려고 마음먹고 있는데,

"아, 맞다. 김 매니저 귀엽더라."

지수의 입에서 난데없이 도은의 이름이 흘러나오는 바람에 설 이사의 일은 곧바로 잊혀지고 말았다.

"그걸 이제 알았어요?"

꼭 제 칭찬이라도 받은 양 뿌듯해하며 씨익 웃는 재하의 모습에 지수가 기가 막히다는 듯 혀를 찼다.

"어머! 이제 알아서 미안하네요. 근데 정말 첫인상이랑 딴판이더라구요."

지수의 말에 재하가 공감한다는 듯 고개를 끄덕였다.

워낙 잘 웃지 않고 표정 변화의 폭이 크지 않아 도은이 시니컬하고 차가울 거라 지레짐작하는 사람들이 많았다. 자신 역시 도은을 처음 봤을 때 그런 생각을 한 적이 있었다. 하지만 그건 뭘 모르는 소리다.

도은은 그저 표현하는 데 서툰 것뿐이다. 웃는 것도, 좋아한다고 표현하는 것도. 재하는 알고 있다. 도은이 나름대로 힘껏 애쓰고 있다는 걸. 자신의 애정 표현에 보답을 해 주고 싶은데 쉽게 말이 나오지 못할 때 꼼지락거리는 손가락이나, 가느다랗게 달싹거리는 입술, 그리고 옅게 달아오른 뺨이 얼마나 귀엽고 사랑스러운지.

하지만 말해 줄 생각은 없다. 이건 재하에게만 보여 주는, 재하만 알고 있는 도은의 모습이니까. 그래서 재하는 그 대신 다른 화제를 꺼냈다.

"언제 만났어요?"

"아까 우연히요. 배고파서 돌아 버릴 뻔했는데 덕분에 살았어요. 도은 씨가 사 온 도시락 참 맛있더라구요."

무의식적으로 배를 문지르던 지수가 아까 전 도은의 모습을 떠올리곤 픽 웃었다.

어떻게 하면 고백할 용기를 낼 수 있냐니. 너무나도 귀엽기 짝이 없는 순수한 질문이었다.

지수가 눈앞에 있는 재하를 응시했다. 재하처럼 솔직한 성격이라면 분명히 가지고 있는 마음 그대로 도은에게 모두 보여 주었을 테니 도은으로서는 아마 재하가 하는 만큼 표현하진 못하더라도 그 마음에 확실하게 응하고 싶은 거겠지.

그 마음이 풋풋하고 예뻐서 지수는 평소 같았으면 하지 않았을, '잘해 줘요. 좋은 여자더라.' 이 한마디를 나긋하게 덧붙였다.

아까처럼 그걸 이제 알았어요? 하고 약을 올릴 줄 알았는데 재하가 뜬금없는 말을 했다.

"그런 말 있잖아요. 여자들은 사랑받으면 예뻐진다는 말."

지수가 물음표 섞인 표정으로 재하를 바라보자 재하가 이윽고 저 멀리 있는 도은을 향해 그윽한 시선을 보냈다.

"만약 그게 진짜라면, 전 그 여자를 세상에서 가장 예쁘게 웃도록 만들어 주고 싶어요."

다시금 지수에게로 고개를 돌린 재하가 한 손으로 입을 가리고 익살스럽게 속삭였다.

"물론 처음 만날 때부터 예뻤지만."

"……."

지수가 뭐라고 반박할 새도 없이 그 말을 마지막으로 재하는 도은이 있는 곳으로 걸음을 옮겼다.

멀어지는 재하의 뒷모습을 멍하니 보고 있던 지수가 이내 팔을 벅벅 긁었다.

"내가 미쳤지. 괜히 끼어들어서 소름만 돋았네."

그래도 왠지 조금 부러운걸.

길고 긴 촬영 끝에 서로의 눈을 마주 보며 즐거운 듯 이야기를 나누는 두 사람을 바라보는 지수의 얼굴에 옅은 미소가 스쳤다.

＊　＊　＊　＊

거리를 밝히던 도심의 불빛이 하나둘씩 꺼지고, 고즈넉한 어둠으로 물든 새벽녘. 백여 명의 배우들과 스탭들은 오늘 촬영의 회포를 풀기 위해 근처 고깃집으로 이동했다.

극을 이끌어야 하는 주역인 만큼 자연스러운 호흡을 쌓기 위해 촬영 전 주조연 배우들과 감독이 모임을 가진 적이 있었고, 또 스탭들은 스탭들 나름대로 촬영이 끝나고 스트레스를 풀기 위해 몇몇씩 모여 종종 술잔을 기울이곤 했지만 이렇게 다 같이 모여 정식으로 회식을 하는 것은 처음이었다.

숯불 연기가 피어오르는 테이블 앞에 옹기종기 모여 앉은 사람들이 주문한 고기가 나오길 기다리면서 이야기를 나누고 있을 때였다. 김 감독이 재하의 빈 술잔을 보고 술병을 들어 올렸다.

재하가 눈치 빠르게 두 손으로 공손히 술잔을 가져다 대자 김 감독이 재하의 옆자리에 앉으며 호쾌한 웃음을 터뜨렸다.

"재하 씨. 오늘 연기 아주 좋았어."

"감사합니다. 다 지도해 주신 감독님 덕분이죠."

"이번 주에 첫방인데 기분이 어때? 재하 씬 5년 만에 컴백하는 거라며."

"조금 떨리긴 한데 지금은 괜찮아요. 바로 전날이 되면 잠 못 잘 것 같지만요."

"우리도 첫방 시청률 내기할까?"

격려하듯 재하의 등을 두드리던 김 감독이 이내 주변에 앉아 있는 배우들과 연출진들을 향해 부드럽게 제의했다.

"전 12% 할게요."

"죄송하지만 전 현실적으로 7.5 예상합니다."

너도나도 예상 시청률을 부르며 시끌벅적해지자 재하가 슬쩍 고개를 돌렸다. 시야에 보이지 않는 도은을 찾기 위함이었다.

주위를 두리번거리던 재하가 이내 슬쩍 엉덩이를 떼려던 차에 노트에 다른 사람들이 부른 시청률을 열심히 적고 있던 막내 스탭이 재하를 향해 고개를 들었다.

"재하 씨는요?"

그녀의 질문에 일순간 재하에게로 시선이 집중됐다. 할 수 없이 다시 슬쩍 엉덩이를 자리에 붙인 재하가 빙긋이 웃으며 그녀가 내미는 노트에 제 이름과 숫자 15를 적었다.

"그럼 난 20. 재하 씨, 밑에 내 이름도 써 줘."

재하가 적은 글씨를 가리키며 김 감독이 덧붙였다.

"에이, 감독님. 아까는 시청률은 신의 영역이라고 우리는 우리 할 일만 묵묵하게 하면 된다고 하셔 놓고 너무 야망 가득하신 거 아니에요?"

"희망이지. 희망. 다 같이 건배할까?"

"버킷리스트 파이팅!"

우렁찬 응원과 함께 맥주잔이 동시에 경쾌하게 부딪쳤다.

얼른 원샷을 하고 빈 잔을 테이블 위에 올려놓은 재하가 매니저들과 코디가 모여 있는 테이블을 빠르게 훑었다.

분명히 아까 음식점에 같이 들어왔는데 대체 어디 간 거지?

나도 참. 분리 불안 걸린 강아지도 아니고 도은이 잠깐 시야에 보이지 않는다고 마음이 급해지다니. 이런 자신의 모습이 낯설기도 하고 우습기도 해서 재하는 픽 웃으며 뺨을 긁적였다.

그런데 여자들은 집착하는 남자들 싫다던데. 으음, 그럼 딱 10분만 더 참아야겠다. 재하가 그런 다짐을 하고 있을 무렵, 재하의 눈앞에 보이던 커다란 덩치의 남자가 몸을 일으켰다. 그가 자리를 뜨자 탁 트인 시야 너머로 그제야 그토록 보고 싶던 도은의 얼굴이 보였다.

도은을 발견하고 재하가 환해진 얼굴로 손을 들어 올리려는데, 말쑥하게 생긴 한 남자가 슬쩍 눈치를 보더니 도은의 옆자리로 옮겨 앉았다. 그와 동시에 재하의 입꼬리가 딱딱하게 굳었다.

뭐야, 저놈은?

"도은 씨. 안녕하세요."

자신의 이름을 부르는 낯익은 목소리에 집게로 고기를 뒤집고 있던 도은이 고개를 들었다. 아까 손이 모자라 고민하고 있을 때 스튜디오 문을 열어 줬던 촬영 스탭이었다.

"아, 안녕하세요."

도은이 꾸벅 인사하자 싱긋 웃은 그가 자연스럽게 도은이 쥐고 있던 집게를 빼앗아 대신 고기를 굽기 시작했다.

"제가 할게요. 그런데 피곤하지 않으세요?"

"저보다 스탭 분들이 더 고생이시죠."

"하핫, 아니에요. 저희야 촬영할 때 이리저리 뛰어다니다 보면 시간이 훅훅 가는데 매니저님들은 뒤에 멀찌감치 서 계셔야 하니까 시간이 안 가서 힘드실 것 같아요."

"그게 제 일이니까요. 저희 재하 앞으로도 잘 부탁드려요."

촬영 스탭이니 친절하게 대하는 게 좋을 것 같다는 생각에 도은이 엷게 웃으며 살갑게 대답했다. 처음 보는 도은의 미소에 스탭의 얼굴이 살짝 상기되었다.

"걱정하지 마세요. 카메라에도 되게 멋있게 나오고 있고, 인재하 씨 지금 너무 잘하고 있어서 저희들도 굉장히 기뻐하고 있어요. 화면 색감도 신경 쓰고 있고……. 어, 근데……. 저 궁금한 게 있는데요."

"네?"

"혹시 남…… 아니, 이름이 어떻게 되세요?"

"아, 저는……."

"어? 내 핸드폰 어디 갔지? 김 매니저!"

도은이 입을 열려고 하는 그때, 쫑긋 귀를 기울이고 있던 재하가 다급히 주머니를 뒤지는 척하며 벌떡 몸을 일으켰다. 이렇게 둘 순 없다는 생각이 들었기 때문이다.

시끄러워 자세한 대화가 들리진 않았지만 남자의 얼굴을 보면 저게 작업의 일종이라는 건 바보가 아니고서야 충분히 느낄 수 있었다.

"김 매니저, 내 핸드폰 가지고 있지? 연락 온 거 없었어?"

핸드폰 핑계를 대며 자연스럽게 옆에 앉으며 묻는 재하의 말에 도은이 의아한 듯 살짝 눈을 깜빡였다.

재하의 핸드폰은 촬영 끝나자마자 바로 돌려줬는데 이게 웬 뚱

딴지같은 소리인가 싶었다.

"아니, 안 왔어."

하지만 솔직하게 말하면 사람들이 이상하게 생각할 것 같아 도은은 재하의 장단에 맞춰 주었다. 도은이 그렇게 반응할 줄 예상했다는 듯 재하가 빙그레 웃으며 고개를 기울였다.

"그래? 아, 그러고 보니 김 매니저 오늘 첫 끼 아냐?"

도은이 아니라고 말하려 했지만 재하가 한발 빨랐다.

"맞다, 원래 밥 먹을 때 자꾸 이렇게 쳐다보는 거 되게 부담스럽고 짜증 난다고 했었지? 미안해. 새벽 2시가 돼서야 첫 식사 하는 사람한테 계속 말이나 걸어서 귀찮게 하고, 내가 이렇다니까. 눈치가 쥐뿔도 없어."

악의가 없어 보이도록 재하가 해맑게 웃으며 술술 말을 지어냈다.

재하의 거짓말은 꽤나 효과적이었다. 재하의 말에 방금 전까지 도은에게 계속 말을 걸었던 촬영 스탭의 얼굴이 하얗게 굳었기 때문이다. 호감을 얻고 싶었는데 오히려 실수를 했다는 생각에 절망하는 듯했다.

"……."

"……."

"아, 맞다. 저 예쁘게 찍어 주셔서 정말 감사해요. 저번에 모니터링 했는데 진짜 구도가 죽이더라구요."

분위기가 어색해지지 않도록 재하가 곧바로 화제를 전환하며 촬영 스탭을 향해 엄지를 치켜 올리며 당근을 던졌다.

그야말로 기가 막힌 타이밍이었다. 배우인 재하의 칭찬이 기뻤는지 그가 쑥스러운 듯 살짝 손을 내저었다.

"저희 짠 한번 할까요?"

다 같이 건배를 하고 난 후, 사람들의 시선이 재하에게로 집중되자 더 이상 도은에게 말을 걸기 힘들다고 느꼈는지 촬영 스탭이 슬쩍 자리를 떴다.

"왜 안 하던 짓을 하고 그래?"

스탭이 원래의 테이블로 돌아가는 것을 보던 도은이 살짝 주변을 살피곤 재하를 향해 소곤거렸다.

"왜긴. 밥 편하게 먹으라고 그런 거지."

본심을 숨기며 재하가 능청스럽게 웃어 보였다. 사실 배알이 꼴려서 그런 거지만.

"난 너 때문에 체할 것 같아."

"오구오구. 그랬어요. 그럼 한 숟가락 한 숟가락 정성스럽게 먹여 줄까? 소화 잘 되게."

도은의 대답에 아랑곳하지 않고 재하가 천연덕스럽게 대꾸했다.

도은이 찌릿 째려보자 재하가 '역시 안 통하네. 하하!' 하며 숟가락을 내려놓곤 화제를 돌렸다.

"김 매니저 오늘 한지수 만났다며? 아까 얘기 들었어."

"하고 싶은 말 그거 아니잖아."

"……미안. 방금 나 엄청 애 같았지?"

재하가 그제야 솔직하게 사과를 건넸다.

역시 일부러 그런 거군. 재하가 왜 심술을 부렸는지 어느 정도 짐작이 가서 도은은 짧게 한숨을 내쉬었다.

이런 공적인 자리에서 그렇게 감정적으로 행동하면 어떡하냐고 혼을 내야 하는데 시무룩한 재하의 표정을 보니 선뜻 그 말이 나오지 않았다.

그냥 좋은 말로 달래 줘야 하나. 또 그랬다간 싱글벙글하며 우쭐해 할 것 같아 도은의 시름이 깊어졌다.

그때 재하가 힐끔 주변을 훑고는 이내 핸드폰을 보라는 듯 화면을 톡톡 두드렸다. 도은이 핸드폰을 꺼내자 방금 온 메시지가 보였다.

[네가 너무 예뻐.]

재하의 문자였다. 설렌다기보다는 어이가 없어서 헛웃음이 나왔다. 도은이 재하를 향해 살짝 눈을 흘겼지만 재하는 휘파람을 불며 딴청을 피웠다.

그리고 테이블 아래 재하의 손가락이 꼬물꼬물 움직이나 싶더니 또다시 띠링, 알림음이 울렸다.

[앞으론 질투 나도 참을 테니까 나 말고 다른 남자가 구워 주는 고기는 먹지 마.]

마지막 말에 피식 웃음을 터뜨리고 만 도은이 얼른 다시 흠흠 헛기침을 하며 표정을 갈무리했다.

하지만 그 순간을 놓칠 재하가 아니었다. 웃는 도은을 보곤 안도의 숨을 내쉬더니 이내 따끈따끈한 소고기가 담긴 접시를 도은의 앞에 놓아 주었다.

도은이 쳐다보자 씩 웃으며 테이블 아래로 몰래 손가락 하트를 날린 재하가 '감독님!' 하며 재빨리 일어섰다.

질투하니까 귀엽네, 인재하.

본래 자신이 있던 자리로 돌아가는 재하의 뒷모습을 보며 도은이 슬쩍 손으로 입을 가렸다. 아무도 모르게 도은의 입술 끝에는 부드러운 미소가 번지고 있었다.

　　　　✸　✸　＊　✸

　2차에서 호프집으로 자리를 옮기고, 술기운이 오른 사람들이 한둘씩 테이블에 머리를 박은 채 뻗기 시작하자 김 감독이 짝 박수를 치며 자리에서 일어섰다.

　"자, 공식적인 회식은 이걸로 마무리합시다. 그리고 더 마실 분들은 각자들 알아서 3차 가는 걸로!"

　감독이 공식적으로 파함을 알리자 순식간에 사람들이 와르르 흩어졌다.

　"재하 형, 3차 가자. 응?"

　스케줄 탓에 방금 전에 합류한 연호가 아쉬운지 재하의 어깨에 팔을 걸치며 칭얼거렸다.

　"넌 내일 스케줄 있잖아."

　"내일 음방이라 대기 시간 많아! 대기실에서 자면 돼."

　"아서라. 가뜩이나 내가 순진한 너 꼬드겼다고 네 매니저가 나 벼르고 있는 거 몰라? 난 독박 쓰기 싫다네."

　반은 진심이었고 반은 핑계였다. 회식은 이 정도면 충분했다. 단 10분이라도 좋으니까 재하는 도은과 단둘이 있고 싶은 마음뿐이었다.

　얼른 차로 들어가서 오붓하게 손잡고 드라이브를……. 재하가 행복한 상상에 젖어 있는 그때,

　"그럼 더 놀고 싶은 사람들끼리 조촐하게 우리 집으로 3차 갈래요?"

　재하와 연호의 대화를 듣고 있던 지수가 빼꼼 끼어들었다.

　뭐? 한지수 집? 지수의 생각지 못한 제안에 사람들이 술렁였다.

지수의 집은 여태까지 방송에 단 한 차례도 공개된 적이 없는 성역이었다. 그렇다고 지수가 평소에 집으로 누군가를 초대하는 성격도 아니었기에 이게 흔치 않은 기회라는 걸 모두 깨닫고 있었다.

"오올, 지수 누나가 웬열? 고고!"

이때다 싶었던 연호가 신이 나서 재하의 등을 밀었다.

"미안하지만 나 좀 졸린데……."

"재하 씨. 나 막심 광고 모델이잖아. 우리 집에 커피 한 박스 있어. 다 마셔도 상관없으니까 원하면 말해."

재하의 잔머리쯤은 이미 꿰고 있다는 듯 지수가 얄밉게 웃으며 윙크를 날렸다.

"……."

젠장. 차라리 토할 것 같다고 할까. 재하가 고민에 빠지는 사이, 지수가 생각났다는 듯 가볍게 박수를 쳤다.

"아, 참고로 속이 너무 안 좋으면 토해도 괜찮아. 화 안 낼게. 나는 너그러우니까."

"……."

아, 내가 이렇게 착하고 친절한 걸 온 세상 사람들이 알아야 하는데 말야. 지수가 까르르 웃음을 터뜨렸다.

백 퍼센트 일부러 그러는 것이 분명한 지수의 훼방에 재하는 잔뜩 약이 올라 죽을 지경이었다. 다 알면서 나 연애하게 냅두면 안 되냐 좀!

당장이라도 그렇게 소리치면서 지수에게 따지고 싶었지만 현재 비밀 연애 중인시라 별다른 빙도가 없었디.

이런 상황에서 빠지는 게 더 이상했기에 재하는 결국 고개를 끄덕이고 말았다.

"오케이. 갑시다. 한지수 씨 차 뒤로 따라갈게요."

체념 섞인 재하의 축 처진 목소리에 지수가 쿡쿡 웃었다. 그런 지수를 보며 재하가 속으로 이를 갈았다.

아, 한지수 얄미워. 겁나 얄미워!

"오늘 컨디션 별로야? 피곤해? 아깐 괜찮은 것 같았는데."

다 같이 주차장으로 향하던 도중 도은이 걱정스런 표정을 지으며 재하를 바라보았다. 아까부터 묘하게 기운 없는 듯한 재하가 신경 쓰인 모양이었다.

도은의 질문에 재하가 양 주머니에 손을 찔러 넣으며 한탄 섞인 숨을 내쉬었다.

둔팅이. 너랑 둘이 있고 싶으니까 그렇지. 아아, 오늘은 꼭 같이 드라이브하고 싶었는데.

속마음을 목 안으로 삼키며 재하가 아쉬움이 그득 묻어나는 눈으로 도은을 응시했다.

"왜? 그렇게 봐?"

오늘도 둘만의 데이트는 글러 먹었다는 생각에 다음엔 대체 어떤 잔머리를 굴려야 하나 절로 머리가 지끈거리고, 또 한편으론 이런 제 마음을 몰라주는 연인이 조금은 야속하기도 했다. 하지만 이렇게 도은의 얼굴을 보고 있자면, 자신도 모르게 행복한 미소가 지어지고 마는 것이었다.

"예뻐 죽겠으니 뭐라 할 수도 없고."

"쉿! 너 진짜 그런 말 좀……."

"아, 너무 느끼했나?"

"아니, 그게 아니라……. 그런 말은 둘이 있을 때 하라는 거지."

말을 이을수록 도은의 목소리가 점점 기어들어 갔다. 잠깐, 지금 내가 제대로 들은 게 맞나? 의외의 반응에 재하가 느리게 눈을 깜박였다.

둘이 있을 때. 그 말은 싫다는 게 아니라 부끄럽다는 뜻이었다. 예전의 도은이었다면 필시 대놓고 눈썹을 찌푸리거나 재하에게 면박을 주었을 것이다. 도은의 이런 작은 변화들은 재하의 기분을 말랑말랑 녹이기 충분했다.

"알았어. 둘이 있을 때. 명심하지."

웃음기 섞인 재하의 목소리와 함께 늘씬한 손가락이 도은의 머리 위에 내려앉았다. 무척이나 짧은 찰나였다. 도은의 머리카락을 느리게 쓰다듬은 재하가 곧바로 손을 거두었다.

그러자 도은은 문득 조금 아쉽다는 느낌과 함께 좀 더 만져 줬으면 좋겠다는 생각이 들었다. 응? 더 만져 줬으면 좋겠다고? 그 순간 귀가 확 달아오르는 듯한 느낌에 도은은 푹 고개를 숙였다.

대체 내가 무슨 생각을 하는 거야! 술은 입에 대지도 않았는데 이상하게 취한 것만 같은 기분이 들어서, 도은은 차마 재하의 얼굴을 마주 보지 못하고 애꿎은 땅바닥만 바라보았다.

�֍   ֍   ֍   �֍

화려한 모델 하우스에 살 것만 같던 지수의 집은 작은 정원이 있는 2층 구조의 수수한 단독 주택이었다. 원래는 아파트에 살았었는데 아파트 특징상 같은 동에 거주하는 주민들과 자주 마주칠 수밖에 없어서 그냥 나왔다고 지수는 말했다.

잠깐 집 앞에 쓰레기를 버리러 가도 한참 연예인에 관심 많을 어린아이들이 한지수의 쌩얼이 어떻니, 쓰레기가 많으니 적니, 시도 때도 없이 SNS에 목격담을 올리니 스트레스가 이만저만이 아니었던 것이다.

"아니, 나보고 쌩얼이 구리대잖아! 화장발이라잖아! 기집애들이 내가 쌩얼 좋다는 소리 들으려고 피부과에 몇 백을 들이부었는데……."

짜증 나니까 짠! 지수가 불쑥 맥주잔을 들이밀었다.

"전 운전해야 해서 사이다 마실게요."

난감한 듯 미소 지은 도은이 맥주잔에 술 대신 사이다를 따른 후 지수의 잔에 자신의 잔을 가볍게 부딪혔다. 그에 지수가 입술을 부루퉁 내밀었다.

"우리 집에 주차해 놓고 그냥 택시 타고 가. 차 안 훔쳐 갈 테니까. 아님 대리 부르든가."

"사실 원래 술 잘 못 해요."

"그래? 알았어. 그럼 봐줄게. 그런데 배달시킨 게 몇인데 왜 아직 하나도 안 오지?"

지수가 도통 벨이 울릴 기미가 보이지 않는 인터폰을 바라보며 투덜거리자 연호가 놀란 얼굴로 되물었다.

"누나 배달시켰어? 혼날 것 같은데. 누나 매니저 너무 무서워."

"괜찮아. 오늘 업무 끝나서 좀 전에 보냈어. 지는 덩치가 이따만 하면서 나한테 맨날 살 빼라고 난리야. 걔가 하도 잔소리해서 아까 소고기도 5점밖에 못 먹었어!"

지수가 세상에서 가장 억울한 얼굴로 분노를 쏟아 냈다. 그 모습에 다들 웃음을 터뜨리며 지금 배달시킨 건 매니저에게 비밀로 할 테니 맘껏 먹으라고 지수를 달랬다.

그렇게 시끌벅적 담소를 나누며 치느님을 기다리고 있는데 도은의 눈은 자꾸만 스르륵 감겼다. 바쁜 촬영 일정 탓에 제대로 쉬지도 못하다가 오랜만에 배부르게 먹고 따뜻한 곳에서 쉬고 있자니 저절로 졸음이 쏟아진 탓이었다.

무릎을 세워 팔로 감싸 안은 자세로 꾸벅꾸벅 속절없이 고개를 떨구고 있는 도은을 발견한 재하가 벌떡 일어나려다 멈칫했다.

갑자기 도은을 안아 들면 너무 이상하겠지? 어떻게 해야 의심받지 않고 도은을 방에서 편하게 재울 수 있을까 고민하고 있는데, 뭔가 불편한 듯 엉거주춤한 자세의 재하를 본 지수가 재하의 시선이 향한 곳을 확인하고 피식 웃었다.

"인재하."

지수가 재하의 옆구리를 쿡 찔렀다.

"왜요?"

"방에 김 매니저 데려가서 좀 재워. 지금 네 매니저는 피곤에 절어서 저렇게 쪽잠을 자는데 불쌍하지도 않니?"

부러 사람들 들으라는 듯 지수가 재하를 향해 대놓고 타박했다. 나이스 타이밍. 자연스럽게 기회를 잡은 재하가 서둘러 고개를 끄덕였다.

"안 그래도 그러려고 했어요."

"이따가 운전도 해야 한다며. 억지로 끌고 온 것 같아서 맘이 안 좋네."

"억지로 끌고 온 거 알긴 아네요?"

"쓰읍. 저기 손님빙 가면 이불도 있어."

지수가 손가락으로 방 하나를 가리켰다. 그것이 지수의 배려임을 알고 있어서 재하가 설핏 웃었다. 재하가 기다렸다는 듯 도은을 향해 다가가려는데, 지수가 재하의 귀에 작게 소곤거렸다.

"방에서 이상한 짓 하면 절대…… 돼."

"잉?"

안 돼가 아니라 돼. 놀리려는 것이 분명한 지수의 반응에 재하의 눈매가 치켜 올라갔다.

"미쳤어요?"

재하의 격한 반응에 지수가 까르르 웃고는 '우리는 치킨 올 동안 마피아 게임이나 해요!' 하며 사람들의 시선을 흩뜨렸다. 그사이 도은을 가볍게 품 안에 안아 든 재하가 지수가 가리킨 방으로 들어갔다.

깨지 않도록 조심스럽게 도은을 벽에 기대 앉힌 후 옷장에서 이불을 꺼내 바닥에 깔았다. 그러곤 도은을 눕히기 위해 다가간 재하가 이내 잠든 얼굴을 빤히 바라보았다.

"눈도 이쁘고…… 코도 이쁘고……."

촘촘하게 내려앉은 속눈썹과 앙증맞은 코를 지나 재하의 시선이 고집스럽게 다물려 있는 붉은 입술에 닿았다. 재하는 자석에 이끌린 것처럼 천천히 손을 뻗어 이내 도은의 도톰한 입술을 손가락으로 쓸었다.

"입술도 이쁘네."

"……."

"아씨, 다 이뻐. 너무 좋아."

이렇게 잠든 도은을 몰래 바라보고 있는 것만으로도 저절로 웃음이 새어 나와서 재하는 고개를 푹 숙였다.

"좋은 꿈 꿔."

이왕이면 내 꿈. 도은의 머리카락을 부드럽게 쓰다듬던 재하가 이내 도은의 이마에 쪽 입 맞췄다.

"형, 지금 치느님 왔……."

신성한 치킨이 드디어 도착했음을 1초라도 빨리기 위해 벌컥 방문을 연 연호가 이내 도은에게 뽀뽀하는 재하를 보고 믿을 수 없다는 듯 커다랗게 입을 벌렸다. 헐, 대박.

"쉿!"

재하가 조용히 하라는 듯 입술 위로 검지를 가져다 대자 연호가 서둘러 제 입을 막았다. 오디션장에서 처음 재하와 도은을 보고 묘한 분위기가 흐른다고 생각하긴 했지만, 이런 핑크핑크한 관계일 줄이야.

근데 대체 언제부터 이런 사이가 된 거지? 계속 옆에서 두 사람을 지켜본 연호로서는 묻고 싶은 질문이 한두 가지가 아니었다. 열심히 눈을 굴리며 재하의 눈치를 보던 연호가 낮은 목소리로 물었다.

"근데 둘이…… 언제부터……."

"치킨이나 먹으러 가라."

그럴 줄 알았다는 듯 연호의 말을 끊은 재하가 손을 휘이휘이 내저었다.

"알았어. 대신 다음에 만날 때 말해 줘야 해."

"싫은데?"

"왜, 내가 소문이라도 낼까 봐 그래?"

연호가 부루퉁한 얼굴로 입술을 삐죽였다. 으음, 그 말에 아니라곤 못하지. 한지수는 그렇다 치고 연호에게까지 스스로 인정을 하는 것은 불안했다. 심지어 연호는 전적도 있었다. 나쁜 애는 아니란 걸 알지만 저번처럼 의도치 않게 실수를 할 수도 있었다.

게다가 자꾸만 이렇게 두 사람의 관계를 아는 사람이 늘어 가는 것 자체가 하나도 좋을 것이 없었기에 재하는 연호에게 미안하지만 거짓말을 하기로 결심했다.

의심 가는 상황이 있더라도 아니라고 핑계를 대는 것과 스스로의 입으로 상황을 인정하는 것은 차원이 달랐으니까.

재하가 대충 얼버무리려는데 연호가 먼저 선수를 쳤다.

"하긴 내가 형 비밀을 너무 많이 알고 있긴 하지. 좀 불공평하긴 하다."

"……어?"

"있잖아. 형, 나도 비밀 있다? 아, 이거 진짜 멤버들도 모르는 건데 소문내면 안 된다?"

"뭔데 그래?"

"나 사실 얼마 전에 아이돌 S양한테 차였어. 그리고 이게 젤 중요한 건데, 왜 차였냐면…… 나 왼쪽 엉덩이에 왕따시만 한 뾰루지 있어."

"뭐?"

재하가 어이없다는 듯 눈가를 치켜 올리자 연호가 잔뜩 울상을 지었다.

"소문날까 봐 피부과도 못 가. 힝. 쪽팔려 죽겠어."

나쁜 기집애. 흑흑. 소매 끝으로 눈가를 문지르며 연호가 후다닥 방을 나갔다.

"뭐야. 그깟 뾰루지가 뭐라고."

황당한 듯 연호가 나간 문을 쳐다보던 재하가 결국 피식 바람 빠진 웃음소리를 냈다. 귀여운 자식. 선뜻 사실대로 말하지 못하는 자신에게 섭섭해할 만도 한데 제 딴엔 배려하겠다고 자기 비밀을 털어놓곤 그때의 감정이 떠오르는지 곧바로 울적해하는 모습이 귀여웠다. 재하의 뒤로 목소리 하나가 불쑥 끼어들었다.

"연호 귀엽다."

"아, 깜짝이야."

갑작스러운 도은의 목소리에 재하가 놀란 심장을 부여잡으며 도은을 돌아보았다.

"깨어 있었어?"

"응. 그렇게 요란하게 뽀뽀를 하는데 어떻게 안 깨니."

도은의 핀잔에 재하가 픽 웃었다. 그러곤 도은에게로 한 뼘 더 가까이 몸을 당겨 앉으며 장난스레 눈을 빛냈다.

"하긴. 내가 입술이 좀 두꺼워서 느낌이 아주 남달라. 만져 볼래?"

재하가 일부러 입술을 쭈욱 내밀자 도은이 망설임 없이 재하의 입술을 가볍게 꼬집듯 쥐었다. 동그래진 눈과 오동통해진 입술. 그 모습이 마치 붕어 같아서 도은은 웃음을 터트렸다.

"풉."

"하하."

"넌 왜 웃어?"

"네가 웃으니까 좋아서. 참, 치킨 왔다는데 가서 먹을래?"

"아니."

도은이 여전히 웃음기 어린 표정으로 천천히 고개를 저었다. 이윽고 재하를 바라보는 도은의 눈매가 부드럽게 휘어졌다.

"여기 있을래. 너랑."

도은의 대답에 재하가 숨을 들이켜며 저도 모르게 한쪽 가슴에 손을 올렸다. 아, 심쿵.

"그거 알아?"

"뭘?"

도은이 고개를 갸웃하자 씩 웃은 재하가 도은의 귀에 입술을 가까이 가져다 댔다.

"한지수 씨가 여기서 야한 짓 해도 된다고 한 거."

숨결과 함께 내려앉는 야릇한 재하의 목소리에 도은이 움찔했다. 솜털이 곤두서고 가슴이 쿵 뛰어올랐다. 도은은 이내 떨어져 나간 재하를 물끄러미 바라보았다.

재하의 얼굴엔 짓궂은 제 말에 도은이 과연 어떤 반응을 할까에 대한 기대감이 비쳤다. 웃지도 당황하지도 않고 그저 조금 떨리는 눈으로 가만히 재하를 응시하던 도은의 입술이 이내 천천히 움직였다.

"나 졸려."

"……엥?"

이건 전혀 생각 못 한 대답인데. 푸시시 김이 빠지는 기분에 재하가 눈을 느리게 깜빡였다. 하긴 방금 전까지 피곤해서 졸던 사람 상대로 이런 장난을 친 것 자체가 조금 미안해서 어색하게 웃은 재하가 베개를 찾아 주려 몸을 돌렸다.

그 순간 도은이 손을 뻗어 재하의 손가락 끝을 살포시 감싸 잡았다.

갑작스럽게 겹쳐진 손에 재하가 놀란 듯 천천히 고개를 돌리자 그런 재하를 곧게 바라보며 도은이 아주 조그만 목소리로 속삭였다.

"그러니까 그건 다음에 하자."

다음에.

별거 아닌 그 말이 재하의 심장을 간지럽혔다. 왠지 저가 더 부끄러워지는 기분에 재하가 선뜻 말을 꺼내지 못하고 입술을 달싹이는 사이, 도은은 아무 일도 없었다는 듯 이불 위로 누워 잠을 청했다.

도은의 가녀린 등을 바라보던 재하가 사랑스럽다는 듯 웃으며 이불을 덮어 주었다. 표정은 보이지 않았지만 재하는 도은의 뺨이 붉어졌을 거라 확신했다.

맞잡은 손에서 느껴지는 도은의 체온이 평소보다 조금 더 뜨거웠으므로.

*　*　*　*

Rrrrr.

시끄럽게 울리는 알람 소리에 재하는 핸드폰을 찾아 더듬더듬 손을 뻗었다. 잠에 취해 흐릿한 시야 사이로 핸드폰 화면에 써져 있는 12라는 글씨가 보였다.

대낮이야? 벌써? 벌떡 몸을 일으킨 재하가 눈을 비볐다. 오늘은 모처럼 촬영이 없는 쉬는 날이었다. 일주일에 한 번 있을까 말까 한 황금 같은 휴식을 수면으로 보낼 수는 없었다.

재하가 싱글벙글한 얼굴로 부재중 전화를 확인했다. 도은에게서는 아직 연락이 없었다.

아직 자는 걸까 아니면 자신을 깨우지 않기 위해 일부러 연락을 하지 않은 걸까. 도은이라면 후자일 경우가 높았다.

연습을 빙자해서 하루 종일 김도은이랑 데이트해야지. 재하는 바로 수건을 집어 들었다. 샤워를 끝낸 후 도은의 시선이 평소보다 더 오래 머물러 있던 남방으로 갈아입었다. 살짝 왁스를 발라 매끈한 이마가 보이도록 머리를 올리는 것도 잊지 않았다.

완벽한 김도은의 취향이군. 거울 속의 모습을 바라보자 절로 어깨가 으쓱해졌다.

"아아, 김도은 빨리 보고 싶다."

여자들은 갑자기 집 앞으로 찾아오는 걸 질색한다는데 도은도 그럴까? 하지만 만나자고 미리 전화하면 도은은 자신을 배려해 오늘은 쉬라고 거절할 것이 뻔했다.

도은에게 등짝 스매싱을 맞아도 좋고 몇 시간을 기다려도 좋으니 잠깐이라도 도은의 얼굴을 보고 싶었다.

열쇠를 손가락 끝에서 빙빙 돌리며 재하는 경쾌한 걸음으로 집을 나섰다. 아직 알아보는 사람이 거의 전무했기에 도은이 픽업하러 오는 경우를 제외하고는 대중교통을 이용했다.

버스 정류장을 향해 걷던 재하가 주얼리 가게 앞에 멈춰 섰다. 진열대에 전시되어 있는 네잎클로버 모양의 반짝이는 로즈골드 목걸이가 재하의 시선을 빼앗았기 때문이다.

"어서 오세요."

문을 밀고 들어가자 딸랑 하는 종소리와 함께 유리를 닦던 직원이 재하를 향해 살갑게 인사했다.

"저기 진열된 네잎클로버 모양 목걸이 사고 싶은데, 있나요?"

"그럼요. 실물 보여 드릴까요?"

"네. 보여 주세요."

재하의 말에 직원이 서랍 안에서 목걸이 상자를 꺼내 그의 앞에 올려놓았다.

은은한 핑크빛을 내는, 심플하면서도 확 눈에 띄는 네잎클로버 목걸이는 도은을 꼭 닮아 있었다. 그 자태에 재하는 망설임 없이 웃으며 대답했다.

"이걸로 할게요. 포장해 주세요."

"여자 친구 드리실 건가 봐요."

능숙하게 상자 위에 리본을 매던 직원이 재하를 바라보며 친근하게 말을 걸었다. 시선이 마주치자 그제야 재하는 현재 자신이 모자를 쓰지 않았으며 내일 '버킷리스트' 드라마가 첫 방송 된다는 사실을 깨달았다.

이런. 충동적인 구매였기 때문에 얼굴을 기억할지도 모른다는 사실을 새까맣게 잊고 있었다. 재하가 곧바로 직원을 향해 능청스럽게 웃음 지었다.

"아뇨. 저희 어머니가 화가 엄청 많이 나셔서요."

"어머, 정말 자상한 아들이네요. 우리 아들도 이렇게 커야 하는데."

직원이 진심으로 감탄하며 말했다. 직원의 마지막 말에 재하는 그녀에게도 시골에 계신 엄마에게도 죄책감이 밀려왔다.

엄마, 미안해요. 이번에 드라마 끝나면 왕알 박힌 반지 선물해 드릴게요.

재하는 그렇게 다짐하며 가게를 나왔다. 잠시 발걸음을 멈추고 손에 들린 작은 쇼핑백을 물끄러미 바라보다가 이내 미소 지으며 가방에 소중하게 넣었다.

네잎클로버. 행운의 상징.

이 작은 목걸이가 정말로 행운을 가져다줄지는 모르지만, 주민우에 대한 복수로 잠 못 이루는 너에게.

자신의 행복이 언젠가 불행을 가져다줄 거라며 사랑하는 것을 불안해하는 너에게.

조금이나마 마음의 위안이 되기를. 조금이라도 용기를 얻을 수 있기를 재하는 진심으로 바랐다.

도은의 집으로 가는 버스. 창가 자리에 앉은 재하가 창문을 조금 열었다. 열린 틈 사이로 불어오는 산뜻한 바람이 재하의 이마를 기분 좋게 간질였다. 빨간 신호에 버스가 잠시 멈추자 재하는 뭔가에 이끌리듯 창문 쪽으로 시선을 던졌다.

바쁘게 횡단보도를 건너는 사람들. 알록달록한 간판들과 회색 빌딩들. 천천히 바깥 풍경을 둘러보던 재하는 이내 한 전자 제품 가게에 시선을 빼앗겼다. 유리창 앞에 진열된 TV 스크린에서 재하가 찍은 드라마 '버킷리스트'의 짧은 예고 화면이 나오고 있었다.

내일이 첫 방송이라니. 그렇게 간절히 바라던 여란과의 계약이 끝나고 이 지긋지긋한 연예계 따위 다시는 쳐다보지도 않겠다 다짐했던 것이 엊그제 같은데 왠지 믿기지 않았다.

주인공이 아니었기에 예고에 재하의 얼굴은 나오지 않았지만, 매일 촬영장에서 마주친 익숙한 동료들의 얼굴을 보자 조금 마음이 설레었다.

"너 내일 드라마 뭐 볼 거야? 요즘 딱히 볼 게 없네."

귀를 사로잡는 흥미로운 대화에 재하가 슬며시 고개를 돌렸다. 버스 문 앞에 나란히 선 여자 두 명이 도란도란 담소를 나누고 있었다.

"내일 한지수 나오는 거 첫방이던데. 나 그거 보려구."

여자의 대답에 재하의 가슴이 크게 뛰었다. 내일 드라마에 자신이 나온다는 것이 그제야 새삼 실감이 났기 때문이다.

"아, 그거. 남주가 내 스타일이 아닌데. 서브남은 누구야?"

"잘 모르는 사람인데 이름이 뭐더라. 인…… 인재……."

이름이 생각나지 않는 듯 골똘히 생각에 잠긴 목소리로 더듬거리던 여자가 이내 아! 하고 손가락을 가볍게 튕겼다.

"인재민!"

인재민은 누구야. 창문 밖으로 시선을 고정한 채로 재하가 여자의 대답에 낮게 키득거렸다. 제 이름도 제대로 모르는데도 재하는 이 상황이 기분이 나쁘기보다 왠지 신기하고 재밌었다.

"아무튼 나도 잘 모르는 사람이야. 일단 내가 보고 재밌으면 말해 줄게."

"응. 알았어."

그렇게 그녀들의 대화는 다른 화제로 넘어갔다. 잠시 정신을 딴데 판 사이 창문 밖으로 도은의 집 근처 편의점이 스쳐 지나갔다.

하마터면 지나칠 뻔했네. 얼른 벨을 누른 재하가 다급히 몸을 일으켜 문 앞으로 다가갔다. 내리기 전 기계에 카드를 찍으려는데 순간 바닥에 떨어진 이어폰이 시야에 들어왔다. 허리를 숙여 이어폰을 집어 든 재하가 이어폰의 주인으로 추정되는 여자를 불렀다. 아까 재하의 이름을 착각한 그 여자였다.

"저기요."

재하의 부름에 그녀와 그녀의 친구가 동시에 재하를 돌아보았다.

"네?"

"이어폰 떨어졌어요."

"아, 감사합니다."

이어폰을 건네받은 여자가 감사 인사를 건네자, 재하가 대답 대신 씨익 웃어 주었다. 재하의 싱그러운 미소에 그녀가 멍하니 눈을 깜빡였다.

"수고하세요."

재하가 기사를 향해 습관처럼 감사 인사를 남겼다. 버스에서 내린 재하는 도은의 집을 향해 걸었다.

버스정류장에서 도은의 집까지는 제법 걸어야 했지만, 도은에게 어떤 말을 하며 목걸이를 선물할지, 도은이 목걸이를 보고 어떤 표정을 지을지 상상하니 절로 휘파람이 나왔다.

그렇게 룰루랄라 걷던 재하는 문득 드는 이상한 기시감에 걸음을 멈췄다. 재하의 뒤로 따라 들려오는 아주 미세한 발걸음 소리. 재하가 살풋 미간을 좁혔다.

내가 예민한 건가? 아니면…….

한번 테스트해 보자는 생각에 재하가 돌부리에 걸린 척 잠시 걸음을 멈추었다. 그와 동시에 그 소리도 덩달아 사라졌다. 하지만 그것도 잠시, 재하가 걷기 시작하자 그 의문의 발자국 소리도 다시 나타났다.

이거 뭐지? 누가 붙은 모양인데. 재하의 눈매가 방금 전과 비교할 수 없이 날카로워졌다.

타박타박. 아까와 같은 속도를 유지하며 원래의 목적지였던 것처럼 재하가 침착하게 후미진 골목길 사이로 빠졌다.

뒤에 누군가 일정한 거리를 유지한 채 자신을 따라오는 것이 느껴졌다. 당장이라도 고개를 돌리고 싶었지만 그래선 분명 더 이상 따라오지 않겠지.

오른쪽으로 꺾는 길이 나타나자 그곳으로 들어간 재하가 밖에서 자신이 보이지 않도록 코너로부터 조금 안쪽 벽에 바짝 등을 붙이고 섰다.

후. 재하는 소리 없이 크게 숨을 들이켰다. 정신 차리자. 인재하. 할 수 있어.

점점 크게 들려오는 발자국 소리를 듣던 재하가 속으로 천천히 타이밍을 쟀다.

1, 2, 3.

그리고 그 순간 코너 쪽으로 다가오는 정체불명의 인영을 향해 재하가 와락 뛰어들었다.

"으악!"

갑작스럽게 덮쳐 오는 재하의 무게에 남자가 속절없이 엉덩방아를 찧으며 넘어졌다. 남자 위로 올라탄 재하가 빠르게 남자의 멱살을 잡아 올렸다.

"너 뭐야!"

남자의 얼굴에 일순간 당황이 스쳤지만 빠르게 갈무리한 후 재하를 보며 차분하게 대꾸했다.

"인재하 씨. 오햅니다."

인재하. 낯선 남자의 입에서 자연스럽게 나온 자신의 이름에 재하가 픽 어이없는 웃음을 흘렸다. 내 이름도 알고 계시겠다?

"설마 팬이라고 할 생각은 마시고. 내 이름 어떻게 알아요?"

"……그건."

재하의 형형한 기세에 남자가 잠시 머뭇거렸다. 남자의 멱살을 쥔 재하의 손에 힘이 바짝 들어갔다.

"오해라고? 웃기지 마. 너 나 계속 미행했지? 당장 경찰에 신고를……."

"전 그저 설 이사님의 부탁으로! 죄송합니다."

남자의 입에서 튀어나온 너무도 뜻밖의 이름에 재하는 하마터면 손을 놓칠 뻔했다.

"뭐? 설 이사?"

남자를 바라보는 재하의 눈동자에 처음으로 혼란이 섞여 들었다. 설 이사가 나를 미행해? 왜? 궁금한 것이 있으면 제게 물으면 그만이었다. 몰래 미행을 붙인다는 건 꿍꿍이가 있다는 건데. 설 이사가 재수는 없어도 몰래 뒤통수칠 스타일은 아니었다. 아니, 그렇게 믿고 싶었다. 재하는 느리게 눈을 감았다 떴다.

"……설 이사가 뭐라고 지시한 건데요?"

"저도 자세히는 모릅니다. 그저 주변에 수상한 움직임이 없는지 잘 지켜봐 달라고……."

"됐어요. 자세한 건 미행을 시킨 장본인에게 물어보죠."

대답과 동시에 재하가 빠르게 왼손을 빼내어 주머니에서 핸드폰을 꺼내 바로 단축 번호를 눌렀다. 신호가 가자 고개를 기울여 핸드폰을 어깨와 귓가 사이에 붙인 재하가 다시 양손으로 남자를 단단히 포박한 채 신호음에 귀를 기울였다.

— 여보세요.

신호음이 끊기고 이내 핸드폰에서 설 이사의 목소리가 흘러나왔다. 최대한 평온을 유지하려 애쓰며 재하가 입을 떼었다.

"혹시 나한테 감시 붙였어요?"

— 대뜸 그게 무슨 소립니까?

설 이사가 시치미를 떼자 재하가 피식 바람 빠진 웃음소리를 냈다. 이렇게 나오겠다 이거지. 재하가 싸늘한 눈빛으로 자신이 포박하고 있는 남자를 내려다보았다. 재하의 형형한 시선에 남자가 포기한 듯 깊게 한숨을 내쉬었다.

"지금 날 미행한 놈을 하나 잡았거든요. 설 이사가 시켰다는데?"

— 아아, 맞아요.

설 이사는 재하의 말에 아무렇지 않다는 듯 곧바로 인정했다. 전혀 당황하지 않은 태연한 대답에 안심하면서도 한편으론 울컥 짜증이 치밀었다.

"대답이 너무 심플한 것 같은데요? 설명 없어요?"

— 으음, 정정하자면 그건 감시가 아니라…….

"됐고, 솔직하게 말해요. 언제부터 붙인 거예요?"

한결 거칠어진 재하의 목소리에 설 이사가 답지 않게 조금 뜸을 들었다.

— 일단 혹시 모르니 지금 영상으로 전환해 봐요. 우리 쪽 사람이 맞는지 확인해야 하니까.

우리 쪽 사람. 뭔가 미묘한 단어였지만 분노에 찬 재하는 알아채지 못했다.

"좋아요."

재하가 남자를 향해 고갯짓하자 남자가 순순히 설 이사의 지시에 따라 카메라에 얼굴이 보이도록 했다.

"맞아요?"

— 맞네요.

"얼마나 됐어요? 미행."

— 한 일주일 정도 됐습니다.

그 말에 순가 재하의 눈에 불꽃이 튀었다.

"일주일? 장난해요? 내 동의도 없이?"

— ……미리 말하지 못한 건 미안해요. 난 단지 당신의 안전을

위해서 조심할 필요가 있다고 생각했습니다. 미리 말하면 어떤 식으로든 타인의 시선을 의식하게 되니 역효과가 날 거라고 생각했구요.

"안전이요? 뭐 내가 길 가다 구덩이에 빠지기라도 한답니까?"

재하가 비릿하게 웃으며 비꼬았지만 설 이사는 재하의 이런 반응을 예상했다는 듯 차분하게 덧붙였다.

— 그게 아니라 여 이사 말입니다.

갑작스러운 여 이사의 등장에 재하는 살짝 눈가를 찡그렸다.

"여 이사는 왜요."

— 지금쯤이면 여 이사 귀에도 재하 씨 촬영 소식이 들어갔을 겁니다. 만약에 있을 일에 대비차 경호원을 붙이는 게 좋다고 판단했습니다. 조심해서 나쁠 건 없으니까요.

조심해서 나쁠 건 없지. 맞는 말이었다. 맞는 말이긴 한데 여 이사가 무슨 조폭도 아니고 이건 현실성이 없잖아.

잠깐, 그런데 일주일이라면…… 혹시 눈치챘을까? 도은과 자신의 연애 사실에 대해.

거기까지 생각이 미치자 남자를 포박한 손을 놓은 재하가 손바닥으로 이마를 벅벅 문질렀다.

괜히 소문나 봤자 좋을 게 하나도 없으니 스탭들에게 의심받지 않도록 각별히 신경 쓰며 비밀 연애를 하고 있었기에 딱히 수상한 점은 눈치채지 못했을 터였다.

자신이 도은을 좋아하는 걸 알면서도 딱히 제지하지 않은 설 이사가 연애 사실을 안다고 해도 헤어지라고 난리를 칠 것 같지는 않았지만, 아무리 그래도 감시라니. 좋은 의도였다고 해도 왠지 모를 배신감과 함께 짜증이 솟구쳤다.

"설 이사님. 내가 저번에 위험해질 수도 있다고 한 것 때문에 그래요? 그건 그 분야에서 일을 못하도록 매장시킨다는 거였지, 말 그대로 날 죽일 수도 있다는 뜻이 아니었어요."

여 이사랑 주민우가 무척 교활하고 양심 따위 쓰레기통에 던져 버린 인간들이긴 하지만 여태까지 사람을 해친 적은 없었다. 재하는 최대한 침착하게 들리도록 애쓰며 말을 이었다.

"제 복귀 사실을 알고 불안하다 하더라도 말 그대로 절 칼로 찌르거나 땅에 파묻기라도 하겠어요? 그건 운전자 바꿔치기 정도가 아니라 아예 살인 교사죄인데요."

자신이 그들의 비밀을 폭로할 거라는 어떤 위협적인 모션을 보인 것도 아니고 단순히 복귀를 한 것뿐인데 그들이 그렇게 위험 부담이 큰 일을 할 거라고는 생각되지 않았다. 그리고 그런 허무맹랑한 추측으로 24시간을 감시당하는 것은 싫었다.

내가 어딜 가고 누굴 만나는지, 집에서 나와 들어가는 하루의 시작과 마지막을 누군가 지켜보고 있다는 생각을 하니 불쾌감이 온몸을 뒤덮었다.

솔직히 말이 좋아 경호지, 당사자조차 모르는 경호는 감시고 미행이며 명백한 사생활 침해가 아니던가. 걱정해 주는 건 고맙지만 이런 식의 과보호는 사양이었다.

재하가 이제 미행은 끝내라며 마무리 지으려는데 전화기 너머에서 한숨 섞인 설 이사의 목소리가 흘러들어 왔다.

— 재하 씨. 하나의 거짓말을 덮기 위해 더 큰 거짓말들이 눈덩이처럼 불어나는 것처럼 죄도 마찬가집니다. 그들을 너무 믿지 말아요.

타이르는 듯한 그의 말끝은 마치 '이미 한 번 당해서 알잖아요? 라고 말하는 듯했다. 또다시 울컥 치밀어 오르는 화를 애써 꾹꾹 누르며 재하가 머리를 신경질적으로 헝클었다.

"제 말뜻은 믿는다는 게 아니라…… 이번엔 설 이사님이 너무 나간 거라구요. 그리고 당장 내일이 첫 방송인데 그 자식들이 뭘 어떻게 할 수도 없을 거예요."

설 이사가 다시 설득하기 위해 입을 열려고 했지만, 재하가 먼저 말을 잘랐다.

"아무튼 이런 동의 없는 감시는 기분 나빠요. 전 범죄자가 아니에요. 혹시 쎄한 느낌 들거나 이상한 일 생기면 말할 테니까 이 사람은 그냥 보내죠?"

— ……알겠습니다.

이미 기분이 상할 대로 상한 재하를 지금 설득하는 것은 불가능하다고 생각한 설 이사가 결국 경호원에게 철수를 지시했다.

경호원이 자리를 뜨고 난 후, 답답한 듯 한숨을 터뜨린 재하가 뒷주머니에서 담배를 꺼내려다 그만두었다. 내색하지 않았지만 도은이 담배 연기를 썩 좋아하지 않는 걸 알기에 도은을 만날 때는 담배를 피우지 않았다. 그래서 재하는 청명한 하늘을 바라보며 설 이사 욕을 실컷 하는 것으로 대신했다.

"아니, 지금 화난 게 누군데. 설득할 거면 좋게 하든가, 그렇게 재수 없는 말투로 사람 속을 긁을 건 뭐야."

아무리 생각해도 설 이사의 강압적인 태도에는 화가 치밀었다. 하지만 또 한편으로는 자기 딴엔 신경 쓴다고 한 건데 너무 화를 낸 게 아닌가 찜찜한 마음도 있었다.

그래, 오늘 모처럼 쉬는 날인데 스트레스받지 말고 즐겁게 보내자. 그리고 내일쯤 설 이사에게 전화가 오면, 당신의 성격이 괴팍

하다는 걸 내 모르는 바가 아니니 경호는 한번 생각해 보겠다고 말해 줘야지. 결국 그렇게 결론을 지은 재하가 다시 발걸음을 뗐다.

도은의 얼굴을 떠올리니 날 서 있던 기분이 조금 누그러져서 재하는 내일 설 이사에게 너그러운 마음을 베풀겠노라 마음먹었다.

도은의 집이 어느덧 시야에 나타나자 재하는 도은에게 전화를 걸었다.

— 여보세요.

곧이어 들려오는 도은의 목소리에 재하의 표정이 부드럽게 풀어졌다. 못 본 지 하루도 채 되지 않았는데도 굉장히 오랜만에 듣는 기분이어서 재하가 부쩍 다정해진 목소리로 물었다.

"잘 쉬고 있어?"

— 응. 너는? 잠은 좀 잤어?

"덕분에 푹 잤지. 나 안 보고 싶어?"

— ……보고 싶어.

귀를 바짝 대야만 겨우 들릴 만큼 희미한 대답이었지만 그 수줍은 솔직함이 기뻐서 재하가 소년처럼 맑게 웃었다.

"그럴 것 같아서 가고 있어."

— 설마 우리 집?

"딩동."

— 모처럼 쉬는 날인데 쉬지. 힘들잖아.

"나한텐 이게 쉬는 거야."

맘 같아선 도은의 집에서 함께 영화를 보거나 꼬옥 끌어안은 채 하루 종일 뒹굴거리며 느긋하게 시간을 보내고 싶었지만, 연예인인 이 여자 매니저가 혼자 살고 있는 집에 놀러 가는 것은 누가 봐도 의심스러웠으므로 불가능했다.

그러니 사전 답사라는 핑계를 대며 미리 잡혀 있는 촬영지를 이곳저곳 놀러 다니며 맛집 탐방이나 실컷 할 계획이었다. 사실 이것도 아직 드라마 방영 전이라 가능한 일이었다. 내일 첫 방송이 되고 사람들이 재하의 얼굴을 알아보기 시작하면 앞으로는 지금처럼 마음 편하게 길거리를 돌아다닐 수 없을 것이다.

그래서 재하는 오늘만큼은 구차한 핑계를 대서라도 하루를 온전히 도은과 함께 보내고 싶었다.

"암튼 나 지금 집 앞에……."

거의 다 왔다고 말하려는 도중 뒤에서 걸어오던 누군가와 어깨를 세게 부딪혔다. 어찌나 세게 부딪혔는지 핸드폰이 탁 떨어지고 말았다.

아, 뭐야. 짜증이 몰려왔지만 내일이면 TV에 전국적으로 전파를 탈 얼굴인지라 화를 낼 수도 없었다.

자꾸만 구겨지려는 얼굴에 애써 힘을 주며 재하가 떨어진 핸드폰을 줍기 위해 허리를 숙이는 바로 그때, 쑥 들어온 낯선 손이 재하의 가방을 빠르게 낚아채 갔다.

"야!"

떨어진 핸드폰을 재빨리 집어 든 재하가 곧바로 소매치기를 향해 전속력으로 뛰었다. 평소의 자신이었다면 재수 없다 욕하고 신고하는 걸로 끝냈을 테지만 오늘은 가방에 도은에게 선물할 목걸이가 들어 있었다.

앞으로의 그녀의 행복을 빌면서 산 네잎클로버 목걸이를 이대로 도둑맞는다면, 왠지 자신의 바람이 이루어질 수 없을 것만 같은 기분이 들어서.

그래서 재하는 숨 쉬는 것조차 잊고 소매치기의 뒤를 맹렬하게 뒤쫓았다.

꾸준한 체력 단련 때문인지 다행히도 거리 차이는 점점 좁혀졌다. 손을 뻗으면 닿을 것도 같은데. 재하가 조금 더 속도를 내려고 했지만 쉽지 않았다. 그때 오른쪽으로 난 골목길이 보였다. 방향이 갈린다면 놓칠 확률이 높았다.

안 되겠다! 재하가 이를 악물고 힘껏 달려 점프해 남자의 등을 덮쳤다. 그와 동시에 두 사람이 뒤엉킨 채 바닥을 굴렀다.

"가방 내놔!"

"미친 새끼! 꺼져!"

두 사람은 엎치락뒤치락 몸싸움을 하며 욕설을 내뱉었다. 재하는 소매치기가 손에 쥔 가방을 빼앗기 위해 손을 뻗었지만 그가 자꾸만 움직이는 통에 쉽지 않았다.

그때 소매치기가 재하의 얼굴에 주먹을 날렸다. 입술 끝에 묵직하게 내려앉는 통증에 멈칫한 틈을 타 소매치기가 재하를 밀치고 일어섰다.

"지금 돌려주면 신고 안 할 테니까 이리 내."

재하는 소매치기를 바라보며 침착하게 말했다. 사실 무슨 이유에든 이런 사건에 얽혀서 좋을 것이 하나도 없었다. 일이 커진다면 조회수를 올리기 위해 혈안이 된 기자들은 누가 잘못했고 어떤 상황이건 상관없이 앞뒤 다 자르고 '인기 연예인 K씨 한낮에 폭행 시비 붙어'라고 타이틀을 뽑을 테고, 그 이후는 안 봐도 눈에 훤했다.

"그 꼴로 뭐래. 갖고 싶음 뺏어 보든가."

분하더라도 그냥 여기서 그만두는 것이 좋다고 머리는 말하는

데, 자꾸만 가방이 눈에 밟혔다. 그래, 안 맞고 안 때리면 되지 뭐.
재하가 결심한 듯 손등으로 입술을 쓱 닦았다.

흙으로 엉망이 된 재하의 옷을 보며 낄낄 웃은 소매치기가 또다
시 재하에게 주먹을 날렸다. 이번엔 가볍게 공격을 피한 재하가 곧
바로 도망가려는 소매치기의 옷자락을 세게 잡아당겼다. 갑작스러
운 힘에 그가 몸을 휘청였다. 그때를 놓치지 않고 재하가 가방을
낚아챘다.

순간적으로 가방에 시선이 고정된 재하는 남자의 수상쩍은 움직
임을 눈치채지 못했다.

뒷주머니에서 잭나이프를 꺼낸 남자가 돌연 빠르게 달려와 재하
의 얼굴을 향해 치켜들었다. 그리고 그 순간 재하의 몸이 누군가에
의해 거칠게 밀쳐졌다.

푹.

"으윽⋯⋯."

살갗을 찢고 들어오는 칼날의 낯선 감각과 통증에 도은이 나지
막한 신음을 내뱉으며 허리를 숙였다.

재하의 앞을 가로막고 서 있는 도은의 하얀 티셔츠가 핏빛으로
물들었다. 순간 재하의 심장이 쿵 소리를 내며 발 아래로 떨어졌
다.

"⋯⋯김도은."

어떻게⋯⋯. 어떻게 네가⋯⋯.

목 안에 가시가 박힌 듯 따끔거렸다. 겨우 힘겹게 흘러나온 탁
한 목소리는 자신의 목소리가 아닌 것 같았다. 그때 힘이 빠진 듯
도은의 무릎이 꺾이며 속절없이 무너졌다.

"김도은!"

재빨리 다가가 도은의 어깨와 허리를 감싸 안은 재하가 본능적으로 칼날이 박힌 도은의 옆구리를 더듬었다. 거짓말처럼 새빨간 선혈이 재하의 손을 적셨다.

붉게 얼룩진 자신의 손을 바라보던 재하가 느리게 눈을 깜빡였다. 이 모든 게 현실감이 없었다. 마치 온 세상이 멈춘 것만 같았다.

"집 앞에 왔다고 해서⋯⋯."

가느다랗게 흘러나오는 도은의 목소리에 재하가 멍한 얼굴로 도은을 내려다보았다. 천천히 손을 뻗어 재하의 뺨을 어루만진 도은이 희미하게 미소 지었다.

"걱정돼서⋯⋯."

도은의 대답에 재하의 눈동자가 엉망으로 흔들렸다. 점점 흐려지는 시야에 재하가 거칠게 숨을 들이켰다. 심장이 시리다 못해 조각조각 찢어지는 것만 같았다.

"구⋯⋯ 구급차."

핸드폰을 꺼내는 재하의 손가락이 덜덜 떨렸다. 버튼을 누를수록 핸드폰 화면이 피로 얼룩졌다. 도은의 피였다. 시야가 어지럽게 흔들렸다. 차마 흐르지 못하고 고여 있던 눈물방울이 툭툭 떨어져 내렸다.

"여보세요? 119죠? 여기 사람이 칼에 찔렸어요. 구급차 빨리 보내 주세요. 주소가⋯⋯."

무슨 정신으로 전화를 한지 모르겠다. 서둘러 주소를 말하고 전화를 끊은 재하가 도은을 살폈다.

"⋯⋯아⋯⋯ 피가⋯⋯."

피가 너무 많이 나. 차마 말을 맺지 못하고 재하가 더듬거렸다.

재하의 손이 어찌할 바를 모르고 허공을 맴돌았다.

옆구리에 나이프가 꽂힌 채 울컥 피를 토해 내는 연인의 모습을 보니 눈을 뜨는 것조차 고통스러웠다. 하지만 혹여 잘못될까 봐 차마 나이프를 빼지도 못했다. 재하가 현재 도은을 위해 할 수 있는 것은 아무것도 없었다. 그저 조금만 기다리라고 속삭이며 도은의 손을 세게 붙잡을 뿐이었다.

"아냐. 내가 그런 게 아냐……."

그런 도은과 재하를 멀찍이서 바라보고 있던 소매치기가 반쯤 정신이 나간 얼굴로 중얼거렸다.

그제야 소매치기의 존재를 깨닫고 재하가 고개를 돌렸다. 분노와 눈물이 뒤범벅된 그 시선에 남자가 흠칫하며 뒷걸음질 쳤다.

"아냐! 난 그러려고 한 게 아니라 난…… 나는 그냥 목걸이를……."

횡설수설하는 남자의 말에 순간 재하는 눈이 놀란 듯 커졌다가 이내 얼굴이 딱딱하게 굳었다.

"너…… 내 가방에 든 게 목걸이인 거 어떻게 알았어?"

저 소매치기는 아직 제 가방을 열어 보지도 못했다. 그리고 목걸이는 도은의 집에서 몇 십 분이나 떨어진 자신의 집 근처 가게에서 구매한 것이었다. 재하의 기습적인 질문에 남자의 낯빛이 하얗게 변했다.

머릿속이 어지럽게 뒤엉키는 와중에 문득 설 이사의 말이 재하의 뇌리를 스치고 지나갔다.

설마, 설마……. 정말 설 이사 말대로 여 이사와 주민우가…….

그때 도은이 재하의 손목을 붙잡았다.

"……재하야."

자신을 부르는 목소리에 재하가 도은에게로 다시 시선을 돌리자 도은이 좀 더 가까이 오라는 듯 손짓했다. 재하가 귀를 가져다 대자 도은이 힘겹게 말을 떼었다.

"내가…… 이 말 하려고…… 되게 열심히 연습했는데……."

말하는 것이 힘든지 도은이 숨을 헐떡였다. 재하의 얼굴이 다급하게 일그러졌다.

"말하지 마. 너 지금 너무 피가……."

"사랑해."

귓가에 흘러들어 오는 여린 고백에 순간 재하가 숨을 멈췄다. 생각지도 못한 그 말에 눈가에 고여 있던 눈물이 뺨을 타고 속절없이 흘러내렸다.

그토록 바라던 사랑한다는 말이었는데 하나도 기쁘지 않았다. 아니, 오히려 금방이라도 도은이 떠날 것만 같아서 왈칵 겁이 났다.

"너무…… 늦게 말해 줘서…… 미안."

도은이 엷게 웃으며 재하의 손가락 끝을 그러쥐었다.

"내 진짜 이름……."

도은이 재하의 귀에 자신의 본명을 작게 속삭였다. 그리고 그 말을 끝으로 도은의 의식이 까맣게 점멸했다.

"……안 돼."

재하가 현실을 부정하듯 느리게 눈을 감았다 떴다. 정신을 잃은 도은의 얼굴 위로 재하의 눈물방울이 번졌다.

안 돼. 이러면 안 되는 거잖아. 아직 원하는 건 하나도 이루지 못했잖아. 아직 복수는 시작도 못했는데, 난 아직 네 진짜 이름도 불러 주지 못했는데, 아무것도 못했는데 이러면 안 되는 거잖아.

"김도은…… 안 돼……."

도은을 품에 안은 채로 재하가 울부짖었다.

지나가는 인적도 없는 거리의 고요를 깨트리는 한 남자의 울음 소리가, 저 멀리서 다가오는 사이렌 소리와 뒤엉키며 주변에 울려 퍼졌다.

※　※　＊　※

'자세히 봐야 알겠지만, 장기를 찔렸을 경우 생명이 위독할 수 도 있습니다.'

재하는 방금 전 의사의 말을 떠올렸다. 의사의 말은 믿을 수 없 을 만큼 잔혹하고 무자비했다. 수술실 앞에서 재하는 도은의 수술 이 끝나길 기다렸다. 일분일초가 영겁의 시간처럼 느리게 느껴졌 다.

의자에 앉아 멍하니 병원 천장을 바라보던 재하는 도은의 얼굴 을 떠올렸다. 늘 함께했는데도 이상하게 도은의 얼굴이 잘 생각나 지 않았다.

사랑한다는 그 여린 목소리의 무게감만이 재하의 심장을 난도질 할 뿐이었다.

"인재하."

저 멀리서 들려오는 자신의 이름에 재하는 고개를 들었다. 급하 게 뛰어왔는지 설 이사가 잔뜩 헝클어진 옷차림을 한 채 숨을 몰 아쉬고 있었다.

"어떻게 된 거야."

재하의 앞으로 다가온 그가 나지막이 물었다. 어떻게 된 거더라.

238

텅 빈 재하의 눈동자가 허공을 배회했다. 이 모든 것이 현실감이 없었다.

"인재하. 무슨 일이 있었는지 똑바로 말해."

설 이사가 재하의 어깨를 세게 쥐며 억지로 시선을 맞췄지만 재하의 시선은 여전히 비껴 나가 있었다.

"소매치기를 당해서 쫓아갔는데……."

"……."

"내가 가방을 빼앗은 사이에 그 자식이 잭나이프를 꺼냈고, 도은이가 날 밀치고 대신……."

찔렸다. 차마 그 말이 입 밖에 나오지 않아서 재하는 크게 숨을 들이마셨다.

그런 재하를 바라보던 설 이사가 어떤 상황이었는지 예상이 간다는 듯 더 캐내지 않고 곧바로 화제를 돌렸다.

"그 소매치기는?"

"경찰이 추적 중이라는데 금방 잡힐 것 같아."

구급차가 오기 직전이 돼서야 도망갔기 때문에 아마 멀리 가지 못했을 것이다. 재하가 주먹을 세게 쥐었다.

"……설이연."

줄곧 바닥을 향해 있던 재하의 시선이 설 이사를 똑바로 응시했다. 재하가 그의 직함이 아닌 이름을 부르는 것은 처음이었다. 그에 설 이사는 재하가 자신에게 진짜로 하고 싶은 말이 있다는 것을 감지했다.

"말해. 경찰에겐 말 안 한 이야기."

침착한 설 이사의 목소리에 재하가 낮은 목소리로 입을 열었다.

"……그 자식 내 가방은 보지도 않는데 내가 목걸이를 샀다는 걸 알고 있었어."

재하의 말에 설 이사의 미간이 살짝 좁혀졌다.

"그게 무슨 소리야?"

"알잖아. 무슨 소린지."

재하의 목소리가 한결 날카로워졌다.

"소매치기가 목적이 아니었어. 소매치기처럼 보이는 게 목적이었던 거야."

"확실해?"

"확실해. 소매치기는 그냥 속임수였어. 진짜 목적은 아마……나였던 것 같아."

정말로 단순히 가방을 훔치기 위한 거였다면 열기도 전에 가방에 든 소지품을 꿰고 있을 리 없었다. 목걸이를 산 곳은 자신의 집근처 주얼리 가게. 사고가 일어난 도은의 집과는 차로 30분 정도 걸렸다.

이상했다. 자신이 목걸이를 사는 걸 우연히 보고 그 목걸이가탐나서 소매치기범이 그 거리를 쫓아왔다고? 거액의 현금도 아니고 그건 상식적으로 말이 되지 않았다.

그러니까 그 소매치기는 아마 소매치기가 목적이 아니었을 것이다. 처음부터 자신이 목적이었겠지. 그 배후가 누군지 확실하지는않지만, 아마 여 이사나 주민우 혹은 그 관계자들일 확률이 높았다. 자신이 다치는 걸 바라는 사람은 그들뿐이니까.

입술을 짓긴 재하가 이내 일어섰다. 왠지 큰일이 일어날 것만같은 심상치 않은 분위기에 설 이사가 본능적으로 재하의 앞을 막아섰다.

"어디 가."

"당신도 알잖아? 누가 이랬는지."

"인재하."

나무라는 듯한 어조였다. 하지만 지금 재하는 설 이사의 말이 제대로 귀에 들어오지 않았다.

"······놔."

붙잡는 설 이사의 팔을 거세게 뿌리쳤다. 재하의 눈빛은 무서우리만치 낮게 가라앉아 있었고 어딘가 핀트가 나가 있었다.

낮은 한숨을 뱉은 설 이사가 이내 망설임 없이 재하의 뺨을 때렸다. 갑작스러운 타격에 재하의 고개가 힘없이 돌아갔다.

"인재하. 제발 진정 좀 해."

설 이사의 냉정한 충고에 재하가 눈을 내리깔았다. 툭, 툭 눈물방울이 바닥으로 힘없이 떨어져 내렸다.

"······생명이 위독할 수도 있대."

"······."

"그런데 어떻게 진정을 해. 지금 김도은이 어떤 꼴을 당했는데!"

"아직 확실한 증거도 없잖아."

"당신이 말했잖아!"

퍼석하게 마른 입술 사이에서 흘러나온 반쯤 잠긴 목소리와 눈물로 흐릿해진 눈동자에는 뚜렷한 분노가 어려 있었다.

"아까 그랬지. 하나의 거짓말을 덮기 위해 또 다른 거짓말을 하는 것처럼 죄도 마찬가지라고. 당신 말이 맞았어."

"······."

"내가······ 바보였어."

설 이사의 말을 주의 깊게 들었다면, 설 이사의 경호원을 돌려보내지 않았다면, 도은의 집 앞에 찾아가지 않았더라면, 아니, 도은이 자신을 사랑하지 않았다면.

그랬다면 도은은 다치지 않았을 것이다. 이 모든 불행은 일어나지 않았을 것이다. 모두 자신의 잘못이었다.

재하가 괴로운 듯 젖은 눈가를 덮었다. 지금에서야 태풍처럼 몰려오는 후회들이 너무나 뼈아파서 견디기가 힘들었다.

"나도 그들이 벌인 짓일 확률이 높다고 생각해. 하지만 어설프게 움직였다가는 우리가 역으로 불리해질 수 있어. 그리고 이건 그냥 추측이지만……."

설 이사가 생각에 잠기듯 턱을 쓰다듬었다.

"아마 생명이 위험할 정도로 다치게 할 생각은 없었을 거야. 처음부터 그냥 네 뺨만 대충 칼로 몇 번 그을 생각이었겠지. 더 이상 촬영이 불가능하도록. 배우는 얼굴이 생명인데 당장 내일이 첫 방송인 드라마에서 얼굴을 다친 배우가 할 수 있는 거라곤 하차뿐이니까."

"그래서?"

"내 말은…… 소매치기에게 자백을 받아 낼 틈이 생겼다는 뜻이야."

자백. 그 말에 저절로 실소가 터져 나왔다. 재하가 싸늘해진 눈으로 설 이사를 올려다보았다.

"자백을 받아 내면 뭐 해?"

"……."

"죗값을 받으면 뭐 해? 지금 도은이…… 김도은이 다쳤는데. 위급할지도 모른다는데!"

벌떡 일어난 재하가 설 이사의 멱살을 잡으며 소리쳤다. 사랑하는 사람을 잃을 수도 있다는 공포. 자신의 나약함에 대한 분노. 여러 가지로 뒤섞인 감정들이 소용돌이처럼 휘몰아쳐 제어가 되지 않았다.

"그러니까 내가 경호원 붙이고 있으랬잖아!"

그 순간 재하의 입술이 꽉 다물렸다. 재하의 눈동자에 깊은 후회와 절망이 스쳐 지나갔다. 무너질 것만 같은 그 위태로움에 설이사가 짧게 한숨을 내쉬며 이마를 짚었다.

"미안. 실수했어. 수술은 잘될 거야. 여긴 내가 지키고 있을 테니까 너는 쓸데없는 생각 말고 눈이라도 붙이고 와."

"……수술이 끝날 때까진 여기 있을래."

"……."

"여기 있게 해 줘."

그 말을 신음처럼 토해 낸 재하가 의자에 앉아 팔로 얼굴을 감쌌다.

내가 망쳤다. 그녀의 복수를, 그녀를. 알량한 사랑 운운하며 내가 전부 망가뜨렸다.

언젠가 도은이 했던 말이 떠올랐다. 사랑은 가장 효과적인 독약이라는 말. 그녀의 말이 맞았다. 사랑에 빠진 나는 얼마나 어리석었던가.

도와주세요.

신이 있다면 도와주세요. 도은이를 살려 주시면 앞으로 제 인생에 거짓말 같은 불행들이 끊임없이 닥쳐온다 하더라도 기꺼이 받아들이겠습니다. 그러니까 제발 도은이를 살려 주세요.

맞잡은 두 손 위에 이마를 댄 재하가 간절하게 빌었다.

Chapter 6
위협

　'다행히 장기는 다치지 않아 생명에는 이상이 없습니다. 바이
러스에 감염되지도 않았구요. 다만 후유증이 있을 수도 있고, 근
육이 찢어진 상태기 때문에 당분간 걷기가 힘들 겁니다.'

　재하의 간절한 바람이 통한 걸까. 도은의 수술은 성공적으로 끝
이 났다. 후유증이 있을 수도 있다는 말에 덜컥 겁이 났지만, 의사
는 장기를 다치지 않은 것이 천운이라며 한 달 동안 입원하면서
치료를 잘 받으면 별 탈 없을 거라고 위로의 말을 건넸다.

　설 이사의 배려로 1인실에 옮겨진 도은은 하얀 침대 위에 눈을
감고 누워 있었다. 환자복을 입은 도은을 보니 가슴께가 묵직하게
아려 왔다.

　재하가 느리게 팔을 뻗어 도은의 코 밑에 손가락을 대 보았다.
여린 도은의 숨결이 손가락에 닿았다.

숨을 쉰다는 것. 평소에는 당연하게 여겼던 일이 지금 재하에겐 너무나 기적 같아서 눈가가 시렸다.

"내일 아침쯤 깨어날 거래."

"……."

"그때까지 여기 있을 거지?"

한참 동안 도은의 얼굴을 바라보던 재하가 설 이사의 질문에 이내 고개를 저었다.

"아니. 이사님이 좀 있어 줘. 부탁해."

재하의 대답에 설 이사가 재하의 어깨를 잡아 돌렸다.

"너 설마……."

"그쪽이 생각하는 그런 바보 같은 짓 안 해. 걱정하지 마."

"그럼 왜."

설 이사가 선뜻 이해가 가지 않는 듯 한쪽 눈가를 찡그렸다. 그제야 도은에게서 시선을 뗀 재하가 몸을 일으키며 설 이사를 바라보았다.

"내일이 첫방이잖아. 나 나름대로는 열심히 한다고 했는데, 지금 생각해 보니 너무 나태했던 것 같아."

"그래서."

"앞으로 일만 하려고. 나."

재하가 설 이사를 향해 설핏 웃어 보였다. 일만 한다라. 상당히 많은 의미를 내포하고 있는 미묘한 말이었다. 재하의 의중을 알아야겠다는 듯, 설 이사가 병실을 나가려는 재하의 팔을 붙들었다.

"그거 무슨 뜻인데."

"당신이 생각하는 그대로."

마치 오래전부터 그렇게 생각했던 사람처럼 재하는 가볍게 대답했지만, 전해지는 눈빛만은 그 어느 때보다 무거웠다.

"진심이야?"

"응. 지금이랑 다른 사람이 되고 싶어. 그래서 정말 뺏고 싶어. 저 자리."

재하의 시선이 벽에 걸린 TV 화면을 힐끗 쳐다보았다. 주민우가 찍은 자동차 광고가 나오고 있었다. 다시 설 이사에게로 고개를 돌린 재하가 또박또박 입을 열었다.

"도은이 복수를 위해서가 아니라, 이젠 정말 내가 원해."

"……."

한층 날카로워진 눈에서 느껴지는 재하의 의지에 설 이사는 다른 말을 할 수 없었다. 병실에서 나가는 재하의 뒷모습을 바라보며 그는 마른침을 삼켰다.

오늘의 사고가 재하에게 충격적이었다는 걸 안다. 도은도 무사하겠다. 이 사고로 인해 재하가 무언가를 각성했다면 그건 좋은 일이었다. 그런데 그것이 과연 좋은 방향인지 나쁜 방향인지 잘 가늠이 되지 않았다.

"아무래도 저 망아지를 컨트롤할 수 있는 건 당신뿐인 것 같아."

설 이사가 잠든 도은을 바라보며 곤란한 듯 이마를 문질렀다.

"그러니까 어서 일어나요. 나로선 너무 버거우니까."

✳ ✳ ✳ ✳

문득 이마 위에서 느껴지는 햇빛의 열기에 도은이 천천히 눈을 떴다. 깜빡거리는 시야로 하얀 천장이 눈에 들어왔다.

여긴 어디지? 주변을 살피기 위해 상체를 일으키려는데 순간 옆 구리에서 찢어질 듯한 생경한 고통이 밀려왔다. 도은은 짧은 신음 을 뱉으며 옆구리를 손으로 감싸 잡았다.

"아, 도은 씨."

마침 통화를 마치고 병실 안으로 들어오던 설 이사가 깨어난 도 은을 발견하고 빠른 걸음으로 다가와 부축했다.

"무리하지 말아요. 근육이 찢어져서 회복하는 데 조금 걸릴 거 예요."

설 이사가 걱정 어린 얼굴로 설명하며 도은을 다시 침대에 눕혔 다. 설 이사의 말에 도은이 소매 끝자락을 내려다보았다. 옷에 적 힌 병원 이름을 보자 꿈을 꾸듯 몽롱했던 머리가 차츰 현실로 돌 아와 도은은 찬찬히 기억을 더듬었다.

집 앞이라고 말하던 재하의 전화가 갑자기 끊겼고, 연락이 되지 않아 걱정이 되어 집 근처를 돌아다녔다. 그러다 재하 앞에 있는 남자가 주머니에서 잭나이프를 꺼내는 것을 발견했고, 그리 고……

거기까지 생각한 도은이 붕대가 감겨 있는 허리를 손으로 느리 게 더듬었다.

나, 살아 있구나.

칼에 찔리고 나서야 점점 흐려지는 의식에 문득 죽을지도 모르 겠다는 생각을 하긴 했지만, 뛰어들 당시에는 정작 아무 생각도 없 었다. 그저 재하를 지켜야 한다는 마음이었던 것 같다. 아마 일이 잘못됐다 하더라도 자신은 후회하지 않았을 것이다. 하지만 그래 도 역시……

"살아 있어서 다행이네요."

도은은 설 이사를 향해 슬며시 미소 지었다. 도은의 실없는 한마디에 설 이사가 허탈한 얼굴을 했다. 기가 막혀 하는 것 같기도 하고 조금 화가 난 것 같기도 했다. 무척이나 할 말 많은 복잡한 표정이었지만 제대로 몸을 일으키지도 못하는 아픈 사람에게 잔소리를 하고 싶진 않았는지 다른 말을 꺼냈다.

"조금 기다려요. 간호사를 콜 할 테니까."

얼마 후, 병실에 들어온 간호사가 간단한 드레싱을 마치고 몇 가지 주의 사항을 설명한 후 도은에게 식사와 약을 건네주고 나갔다.

근육이 찢어졌다는 설 이사의 말대로 가만히 숨만 내쉬어도 허리가 욱신거렸다. 하지만 기분은 나쁘지 않았다. 아이러니하게도 그 생생한 고통이 살아 있다는 사실을 증명하는 것 같아서.

"약 먹어도 참기 힘들 정도로 아프면 말해요. 진통제를 더 놔 달라고 할게요."

손으로 허리를 감싸고 있는 도은을 바라보던 설 이사가 도은이 많이 아프다고 생각했는지 걱정 어린 목소리로 말했다.

"감사합니다. 그런데 설 이사님. 음…… 혹시 저 오래 잤나요?"

침대 옆에 있는 벽시계를 확인한 도은이 의아한 듯 물었다. 분명 도은의 기억에 사건이 일어난 시각은 오후였는데 시계의 시침은 오전 11시를 가리키고 있었기 때문이다. 자신이 모르는 사이에 시간이 껑충 뛰어 있으니 조금 기분이 묘했다.

"하루 지났어요."

하루. 그렇다면 오늘 밤이 재하의 드라마 '버킷리스트'가 첫 방송 되는 날이었다. 첫 방송이 하기 전에 깨어나서 다행이다, 그런 생각을 하며 도은은 설 이사를 바라보았다.

"그런데 재하는……."

"야외 촬영이 급하게 잡혀서 지금 거기 갔어요. 오전 촬영이 끝나면 드라마 팀 다 같이 모여서 첫 방송 시청한다고 해서 오늘은 아마 못 올 거예요."

"그렇군요."

"……재하 씨가 도은 씨 많이 걱정했어요."

설 이사의 마지막 말에 도은은 가만히 재하의 얼굴을 떠올렸다. 그동안 재하와 함께하며 웃는 얼굴을 훨씬 많이 봐 왔는데 이상하게도 지금 떠오르는 건 재하의 웃는 모습이 아니었다. 자신의 의식이 흐릿해지던 그 순간, 자신을 바라보던 눈물로 범벅된 그 절망 섞인 눈빛이 마치 도은에게 각인되듯 선연하게 남았던 것이다.

많이 자책했을까. 많이 힘들어했을까. 자신을 걱정했을 재하를 떠올리니 가슴 한편이 묵직하게 내려앉는 듯했다.

"재하는 다친 데 없죠?"

"……네. 재하 씨는 무사합니다."

"다행이다."

다친 곳이 없다는 사실에 안도한 도은은 한 템포 늦은 대답의 의미를 눈치채지 못했다.

"아. 설 이사님. 혹시 범인은 잡혔나요?"

"아뇨. 아직이요. 하지만 오래 걸리진 않을 것 같아요."

"저……. 기억이 정확히 안 나지만 그때 제가 재하한테 이상한 소리를 들은 것 같아서. 그 소매치기 말인데요, 혹시……."

그땐 몰랐지만 지금에 와서 생각해 보면 단순히 소매치기라기에 그 남자는 이상한 구석이 많았다. 그날 재하의 옷차림은 너무나 평범했으며 가방이나 지갑도 소매치기들이 노릴 만한 고가의 물건이 아니었다.

가장 이상한 건 남자가 처음부터 재하의 가방에 무슨 물건이 있는지 알고 있는 듯한 뉘앙스를 풍겼다는 것이다. 그 소매치기의 목적이 처음부터 소매치기가 아니었다면? 만약 누군가의 사주를 받은 거라면?

머릿속에 누군가의 얼굴이 스쳤지만 도은은 차마 그 이름을 말할 수 없었다. 한번 의심하게 되면 나중에 가선 정말로 그렇게 믿어 버리게 된다. 근거 없는 추측은 위험했다.

"아직 증거가 없어 뭐라 단정 지을 수는 없지만 정황상 여러 가지로 수상쩍은 게 많더군요."

쉽사리 뒷말을 잇지 못하고 머뭇거리는 도은을 바라보던 설 이사가 먼저 물꼬를 텄다.

"그래서 말인데, 그 소매치기가 잡히면 제가 도은 씨 대신 만나 봐도 될까요?"

"네. 저보다는 아무래도 설 이사님이 가시는 게 나을 것 같아요. 그리고 만약에 그 남자가 누군가에게 사주받은 걸로 의심되면…… 그냥 합의해 주세요."

도은이 먼저 순순히 합의 이야기를 꺼내자 설 이사는 놀란 듯 눈썹을 치켜 올렸다.

"하마터면 크게 다칠 뻔했는데 그렇게 쉽게 합의를 쉽게 해 줄 수는……."

"합의해 준다고 해야 진실을 털어놓을 거 같아서요. 제가 그 남자라면."

"……."

"사실 그 남자가 작정하고 절 찌른 것도 아니구요. 따지고 보면

250

제가 칼을 보고 지레 겁먹어서 재하를 밀치고 끼어든 거라."

마치 남 이야기 하듯 담담하게 말하며 웃어 보이는 도은의 모습에 설 이사가 한숨을 내쉬었다.

"도은 씨. 이상할 정도로 침착한 거 알아요? 지금도 상당히 아플 텐데 아프다는 소리도 안 하잖아요."

"그런가요?"

아무렇지 않은 건 아니었다. 살을 찢고 들어오던 칼날의 감촉은 다신 떠올리고 싶지 않을 정도로 소름 끼칠 만큼 무서웠고, 봉합한 옆구리는 여전히 아팠다.

하지만 별거 아닌 것처럼 굴어야 재하가 죄책감을 가지지 않을 것 같아서. 자신이 아파하고 무서워하면 재하는 분명 그보다 몇 배는 더 괴로워할 사람이니까.

"도은 씨, 저는 일이 있어서 가 봐야 할 것 같아요."

핸드폰을 힐끗 확인한 설 이사가 도은의 안색을 살피며 조심스럽게 말을 이었다.

"아, 그리고……. 이번 일, 아직은 일이 커지는 걸 원치 않아서 언론에 새어 나가지 않게 조심하고 있어요. 혹시 낯선 사람이 도은 씨 상처에 대해 물어보면……."

"알아서 둘러댈게요. 걱정하지 마세요."

아직은이라는 단어가 묘했지만 도은은 성급하게 캐묻지 않았다. 이런 일에 있어서 설 이사가 얼마나 철저한지, 도은 자신보다 몇 수나 앞을 보는 사람이라는 걸 알기 때문이다.

"아프면 꼭 전화해요."

"그럴게요."

도은이 고개를 끄덕였지만 설 이사는 도은의 성격상 바쁜 자신을 배려해 전화하지 않을 거라는 걸 알고 있었기에 마지막으로 나지막이 덧붙였다.

"오늘은 별로 안 바쁘니까. 참지 말고."

다정한 설 이사의 거짓말에 도은이 설핏 웃어 보였다. 그 모습에 설 이사의 입술도 도은을 따라 호선을 그렸다.

도은의 병실을 나와 뚜벅뚜벅 걷던 설 이사는 문득 재하는 다친 곳이 없느냐는 도은의 물음을 떠올리곤 발걸음을 멈췄다.

그는 느리게 눈썹을 문질렀다. 다친 사람은 도은이었지만 도은은 칼에 찔린 사람이라고는 생각되지 않을 만큼, 놀랄 정도로 태연했고 침착했다. 아마 죄책감을 느끼는 재하를 배려해서겠지. 하지만 설 이사가 보기에 재하는 도은의 예상보다 훨씬 더 위태로운 상태였다.

"확실히 몸이 다친 곳은 없지만……."

수술이 끝난 도은의 모습을 확인한 이후로 재하는 한 번도 도은의 병실을 찾아오지 않았다. 그리고 아무 일도 없던 것처럼 오늘 아침 촬영에 나갔다. 다친 도은 대신 임시로 나간 매니저의 말로는 재하는 현재 우려와는 달리 잘 촬영하고 있으며 오히려 평소보다 집중력이나 연기가 좋다고 했다. 적어도 겉으로 보기엔 말이다.

도은이 칼에 찔린 이후, 초점 없이 텅 빈 채로 오로지 분노만이 남아 있던 재하의 위태로운 눈빛을 기억한다. 설 이사는 그게 어떤 눈인지 안다. 그건 마음을 잃은 사람의 눈이다. 도은의 수술이 성공적으로 끝나면 좋아질 거라고 생각했는데, 아니었다. 어느 정도 이성이 돌아온 듯했지만 그 눈빛만은 여전했다.

그랬던 재하가 평소와 같이 지낸다고 해서 그 속이 멀쩡할 리 없었다. 이미 와르르 무너져 먼지처럼 조각난 마음이 이렇게 빨리 회복될 리 없으니까.

어쩌면 상처가 아무는 데 시간이 걸리는 건 도은이 아니라 오히려 재하 쪽일지도 몰랐다. 몸보다 마음의 상처가 더 오래 걸리는 법이었다.

하지만 만약 몸을 다친 사람이 마음까지 상처 입게 된다면 그때는 어떻게 되는 걸까.

지금이라도 재하의 결정을 막는 것이 좋을까 고민하던 설 이사는 결국 무거운 한숨과 함께 고개를 저었다. 두 사람의 일은 두 사람이 알아서 해결할 것이다. 자신은 자신이 할 수 있는 일을 하면 된다.

그렇게 생각한 설 이사가 핸드폰에 저장된 형사의 전화번호를 누르며 천천히 발걸음을 뗐다.

＊　＊　＊　＊

소매치기는 다음 날 바로 잡혔다. 아니, 그가 경찰서에 찾아와 스스로 자수를 했다고 했다. 소매치기는 자신은 그저 겁만 줄 생각이었으며 처음부터 해를 끼칠 의도가 없었다고, 그땐 너무 놀라서 저도 모르게 도망가고 만 것이라고 말했다. 형사가 전화로 전해 준 그의 진술은 설 이사의 예상대로 너무나 뻔한 것이었다.

경찰서 앞에 도착해 차에서 내린 설 이사가 턱을 매만졌다. 자수를 한 걸 보면 도움을 요청했지만 여 이사가 등을 돌렸거나, 아니면 상해를 저지른 후 도주하면 형량이 커지는 것에 겁을 먹어 일단 경찰서에 가자고 단독으로 결정했을 경우. 이 둘 중 하나였다.

뭐, 어떤 경우라도 일단 재하가 들은 말이 있으니 그걸로 몰아붙이면 확실한 배후를 밝힐 수 있을 터였다. 소매치기는 지금 예상외로 일이 커지자 초조하기 그지없는 상태일 테니까.

"이쪽입니다."

설 이사를 발견한 담당 형사가 공손하게 인사하며 유치장으로 안내했다. 형사가 병원에 찾아왔을 때 설 이사가 건네주었던 명함 때문인 듯했다. 그때는 알아채지 못한 것 같았는데 그 이후에 동료 누군가가 제 이름을 보고 일러 준 모양이었다.

자신의 집안을 썩 좋아하는 편은 아니었지만 이럴 때는 상당히 편리하단 말이지. 그런 생각을 하며 설 이사는 유치장 앞에 멈춰 섰다.

"잠깐만 이야기를 나누고 싶은데 괜찮을까요? 전 오늘 피해자인 김도은 씨 대리인으로 온 거라서."

"아, 네. 그럼 말씀 나누시고 문제 생기면 부르십시오."

미리 준비해 온 대리인 위임장을 건네자 형사가 눈치껏 자리를 피해 주었다. 설 이사가 유치장 안에서 한껏 몸을 웅크린 채 앉아 있는 소매치기를 바라보았다.

"이봐."

"누구?"

낯선 목소리에 소매치기가 천천히 고개를 들었다. 기껏해야 20대 중반쯤 될까. 몹시도 불안정해 보이는 표정과 꾀죄죄한 몰골을 바라보던 설 이사가 이내 건조하게 입을 열었다.

"네가 칼로 찌른 피해자 대리인."

그 말에 그의 동공이 눈에 띄게 흔들렸다. 그리고 자신을 보호 하듯 더욱 몸을 웅크렸다. 그런 그를 무표정하게 내려다보던 설 이 사가 짧게 혀를 찼다. 반응을 보니 정말 단순 소매치기 전과 하나 있거나 아니면 아예 전과가 없는 초짜일 확률이 높았다.

"바로 본론부터 말하지. 누가 시켰는지 말해."

"……."

힐끗 형사 쪽에 시선을 던진 설 이사가 목소리를 낮추며 말했다.

"그게 우리가 원하는 합의 조건이야. 합의금은 뭐, 서류상으로 적당한 선에서 요구하긴 할 테지만 실질적으론 필요 없어."

"그런 거 아냐. 그냥 가진 물건들이 비싸 보여서 훔치려다 실수로……."

그가 앵무새처럼 미리 암기한 말만 줄줄 늘어놓자 설 이사는 말을 잘랐다.

"너 인재하 가방 보기도 전에 그 안에 뭐가 들었는지 알고 있었다며."

"……."

설 이사의 말에 남자가 놀란 듯 말없이 입술을 달싹였다. 그가 초조한 듯 마른침을 삼키자 설 이사가 기다렸다는 듯 미끼를 던졌다.

"그때 긴급 수술 하는 중이어서 피해자 진술은 뒤로 미뤄서 경찰은 아직 몰라. 지금이라도 말할까?"

그 말에 처음으로 설 이사를 쳐다보는 남자의 눈이 사납게 변했다.

"증거 있어?"

그 말에 설 이사가 짧게 한숨을 내쉬었다. 증거 운운하는 꼴이 가소로웠기도 했고 아무것도 모르는 애송이인 그가 한심하기도 했다.

"증거는 없지만 충분한 의혹은 되지. 수사 더 깊게 들어가서 네 동선 추적하면 미행한 게 밝혀질 테고, 우발적이 아니라 처음부터 '의도'를 가지고 접근한 게 돼. 그럼 넌 재판에 따라 특수 상해죄가 아니라 살인 미수가 될 수도 있어. 그럼 형량이 확 뛸 텐데?"

살인 미수라는 단어에 남자의 눈이 크게 뜨였다. 벌떡 일어난 그가 필사적으로 철창을 쥐었다.

"살인이라니, 아냐! 그 남자가 살짝 뺨만 그으라고……."

순간 그가 아차 싶었던지 입술을 깨물었다. 그 모습에 설 이사가 차가운 비소를 흘렸다.

"이유야 어쨌든 결과적으로 배를 찔렀어. 죽을 수도 있었다고. 복부 자상은 충분히 살인 미수야."

죽을 수도 있었다는 말에 겁이 났는지 철창을 쥔 남자의 손가락이 덜덜 떨렸다. 물끄러미 그 모습을 바라보던 설 이사가 말을 이었다.

"어차피 사건 복잡해지면 너한테 이 짓을 시킨 사람은 바로 발 뺄 거고 독박 쓰는 건 너야. 우리도 원하는 건 진짜 배후 쪽이고."

"……."

"그러니까 누군지 말해 줘. 그럼 합의하고 사건 끝낼게. 운 좋으면 집행 유예로 끝날 수도 있을 거야."

참고로 내가 너한테 딜을 하는 건 지금뿐이야. 설 이사가 단호한 어조로 덧붙였다. 겁을 주려고 하는 소리 같진 않아 남자가 고민하듯 살짝 입술을 깨물었다.

"응하지 않으면 어떻게 되는 건데?"

"배후를 모르니 그 여자가 다친 것에 대한 내 분노를 모두 너한테 쏟겠지. 아마 넌 네가 받을 수 있는 가장 높은 형량을 받게 될

거야. 절대 감형 같은 건 없어. 이래 봬도 나 지금 꽤 열받은 상태
거든."

나긋나긋한 목소리였지만 남자를 내려다보는 설 이사의 눈빛과
태도는 무척이나 위압적이었고 싸늘했다. 그 눈을 마주한 순간 남
자는 설 이사가 자신과는 태생부터 다른 부류의 사람이라는 걸 깨
달았다. 밀려오는 공포심에 초조한 듯 손톱을 뜯던 그가 이내 조심
스레 물었다.

"……진짜 집행 유예로 끝날 수도 있어?"

"그래."

설 이사가 고개를 끄덕였다. 그 모습에 그가 결심한 듯 슬쩍 형
사 쪽을 확인하며 작은 목소리로 속삭였다.

"그 남자가 누군지 이름은 잘 몰라."

"혹시 이 중에 있나?"

설 이사가 예상했다는 듯 담담히 핸드폰의 사진을 내밀었다. 화
면을 빤히 바라보던 소매치기가 곧바로 왼쪽 남자의 얼굴을 손가
락으로 가리켰다.

"이 사람이야."

"확실해?"

"진짜야. 맹세해."

"……"

핸드폰 화면을 바라보던 설 이사의 눈이 낮게 침잠했다. 남자가
가리킨 얼굴은 여 이사의 비서였다. 어느 정도 예상한 일이긴 했으
나 실제 가해자에게서 직접 확인하니 그 무게가 남달랐다. 핸드폰
을 강하게 움켜쥔 설 이사가 한층 날카로워진 눈으로 남자를 바라
보았다.

"증거는 있어?"

"……없는데. 한 번 만나고 난 이후로 연락도 안 했어."

"좋아. 오늘 저쪽에 연락해서 상황 설명하고 우리 쪽에서 일이 커지는 걸 원치 않아서 합의해 줬다고 말해. 전혀 의심하는 것 같지 않았다고. 만약 허튼짓하면……."

"안 할게. 약속해."

남자가 서둘러 고개를 끄덕였다.

"좋아."

"그럼 나 정말 집행 유예 받을 수 있는 거지?"

간절함이 어려 있는 남자의 목소리에 순간 참을 수 없는 혐오감이 밀려왔다. 설 이사는 아주 살짝 고개를 내린 후 곧바로 몸을 돌렸다. 그때 남자가 다급한 손길로 설 이사의 옷자락을 붙잡았다.

"저기."

"왜."

불쾌감이 그대로 드러나는 설 이사의 눈빛에 남자가 조금 주춤하며 더듬더듬 말을 떼었다.

"……그 여자 괜찮아?"

"괜찮진 않지만……."

설 이사가 말꼬리를 끌자 남자가 불안감에 숨을 들이켜는 게 느껴졌다. 이윽고 설 이사의 목소리가 공기 중으로 조용히 흩어졌다.

"살아 있어. 다행히."

❋　 ❋　 ❋　 ❋

첫 방송 기념 파티에 가기 전 사무실에 잠깐 들르라는 설 이사의 전화에 재하는 곧바로 설연 엔터테인먼트로 향했다. 설 이사가 웬일로 사무실에 오라고 하지. 주로 외부에서 촬영을 하는 탓에 사무실에 올 일은 그다지 많지 않았기에 의아하면서도 불안한 마음이 들었다.

사무실 소파에 가만히 앉아 설 이사를 기다리고 있자니 문득 맨처음 도은과 함께 설 이사와 딜을 하러 왔을 때가 생각났다. 잠깐 회상에 잠겼던 재하는 그 순간 가슴속에 가득 밀려오는 공허함과 그리움에 마른세수를 했다.

최근 몇 달간 아침이고 밤이고 하루의 시작과 끝을 늘 도은과 함께했었기에 재하로서는 이렇게 혼자 있는 시간이 무척이나 낯설고 견디기가 힘들었다.

그때 문이 열리며 설 이사가 들어오고, 설 이사의 얼굴을 본 재하가 천천히 몸을 일으켰다.

"오셨어요."

"많이 기다렸습니까?"

"아뇨. 방금 전에 왔어요. 그런데 무슨 일입니까? 사무실로 오라고 하고."

"제 집무실에서 얘기하죠."

사무실 내 직원들을 힐끗 바라본 설 이사가 이내 자신의 개인 공간을 턱 끝으로 가리켰다. 설 이사의 안내를 따라 개인 집무실로 들어오자 블라인드를 친 설 이사가 재하의 앞에 핸드폰 사진을 내밀었다.

"배후를 알아냈어요."

그렇게 말한 설 이사가 사진 속 누군가를 손가락으로 가리켰다. 얼굴을 확인한 재하의 눈가가 살짝 일그러졌다.

"이 사람은……."

"재하 씨도 아는 얼굴이죠? 여 이사의 비서입니다."

"……여 이사가 정말로."

그럴 거라고 예상하긴 했지만 막상 진실을 확인하니 참을 수 없는 배신감이 치밀었다. 그리고 이내 그 분노는 슬픔과 허탈감, 그리고 죄책감으로 뒤엉켰다.

한때는 이들과 함께 꿈을 꾸고 함께 웃었던 적이 있었다. 같은 목표를 공유했었고 마음을 나누었었다. 그들은 내 편이라고 여겼었다.

자신의 꿈을 인질 삼아 저를 인생의 구렁텅이로 내몰았던 인간이긴 했지만, 그래도 사람을 다치게 할 만큼 쓰레기는 아닐 거라고. 어쩌면 자신은 마음 한구석에서 그렇게 믿고 싶었던 건지도 모른다. 바보같이.

"배후가 확실해진 이상 사건을 들쑤셔 봤자 얻을 게 없다는 게 내 판단입니다. 경찰 쪽엔 여란 얘기는 하지 않는 게 좋을 것 같아요."

설 이사가 차분하게 자신의 생각을 말했다. 여란 측을 공모자로 몰 경우, 그들의 알리바이가 확실하다면 오히려 피해자인 자신들이 가해자의 프레임을 쓰게 될지도 몰랐다. 그리고 여 이사는 그 소매치기에게 모든 것을 덮어씌우겠지.

"유치장에서 그 소매치기를 만나고 왔는데 가진 것도 없고 아무것도 모르는 애송이였어요. 여 이사가 덮어씌우기 딱 좋은 상대죠. 그리고 생명에 위협을 가할 생각이 없었던 건 맞는 거 같습니다. 그 남자 말론 그쪽에선 뺨을 그으라고 시켰다고 하더군요."

첫 방송을 앞둔 드라마의 배우가 하차하는 경우는 대개 두 가지가 있었다. 얼굴을 다치거나 몸을 다치거나. 아무래도 여 이사나 주민우 입장에서는 상대적으로 리스크가 적은 전자를 택했던 거겠지.

하지만 여 이사는 몰랐던 거다. 다칠 그를 대신해 자신의 위험은 생각도 않고 순간적으로 뛰어들 만큼, 그를 아끼는 사람이 곁에 있다는 걸.

"그래서 그 소매치기는 어떻게 되는데요?"

"운이 좋으면 집행 유예, 아니면 징역 1, 2년 정도 받겠죠."

처음부터 그럴 생각이 없었다는, 그저 뺨을 그으려고 했다는 그의 말은 아마도 진실일 것이다. 피해자, 살인, 죽었을지도 모른다라는 말들에 남자는 겁에 질린 눈으로 여린 짐승처럼 몸을 떨었으니까. 그 소매치기가 정말 처음부터 목숨을 위협할 정도로 해를 끼칠 작정이었다면 자신의 말에 그런 반응을 보이지는 않았을 터였다. 물론 그렇다고 그를 동정하고 싶은 건 아니지만.

"이유야 어쨌든 사람이 칼에 찔렸는데 집행 유예라니. 제정신이에요?"

설 이사의 대답에 재하가 기겁한 듯 왈칵 얼굴을 구겼다.

"어차피 판단은 판사가 하는 거긴 하지만 운이 좋으면 그렇게될 확률이 높아요."

가해자 측 변호사는 목적은 절도였고 잭나이프는 그저 겁주기용이었음을 강조하며 해를 끼칠 의사가 없었다고, 제삼자가 끼어들면서 의도치 않게 일이 커진 것이라고 주장하겠지. 겉으로 보이는 상황 자체는 단순한 데다 합의된 사건이니 검사도 깊게 들어가진 않을 터였다.

"분노는 진범에 쏟읍시다. 도은 씨도 그걸 원하구요. 진짜 벌을 받아야 하는 사람은 이쪽이에요."

설 이사가 손등으로 핸드폰 화면 속 사진을 가볍게 튕겼다. 그 모습에 재하가 지친 듯 이마를 감싸며 중얼거렸다.

"머리로는 나도 알아. 하지만…… 잘 안 돼요. 이사님은 어떻게 그리 이성적일 수가 있죠?"

비난하는 듯한 어투는 아니었다. 그저 순수하게 궁금해서 묻는 듯한 악의 없는 질문에 설 이사가 나지막이 대답했다.

"재하 씬 도은 씨가 그런 일을 당했는데도 내가 너무 침착해서 이해가 가지 않겠지만, 나는 어떤 상황에서도 이성이 앞설 수 있도록 어린 시절부터 철저하게 교육받은 사람이라 어쩔 수 없어요. 그렇다고 해서 내가 아예 감정이 없는 건 아닙니다."

처음으로 듣는 설 이사의 개인적인 이야기에 재하가 의외인 듯 눈을 깜빡였다. 그 모습에 설 이사가 손가락으로 테이블을 리드미컬하게 두드렸다.

"인재하 씨. 가장 빠르게 힘을 가질 수 있는 방법이 뭔지 알아요?"

"뭔 소리예요. 갑자기."

뜬금없는 질문에 재하가 인상을 찌푸리자 설 이사의 입가에 미소가 짙어졌다.

"남을 짓밟고 올라가는 겁니다. 혼자 있으면 그 가치는 아무도 몰라요. 남이랑 비교가 될 때 그 가치가 더욱 빛나게 되죠. 그 상대가 최정상이라면 더더욱."

"무슨 소리가 하고 싶은 건데요."

"재하 씬 그걸 위한 좋은 패고, 전 재하 씨의 복수를 지켜보면서 적절하게 이용할 계획이었어요. 내가 그 사사로운 복수 판에 직접 뛰어들 생각은 없었다는 뜻입니다."

"그런데요."

"생각이 바뀌었습니다."

그리 말하며 느리게 웃는 설 이사의 눈은 소름이 돋을 만큼 차가웠다. 처음 느껴 보는 오싹한 그의 눈빛에 불길한 느낌이 든 재하가 황급히 설 이사의 팔을 잡았다.

"당신 설마 똑같은 방식으로 되갚아 주려는 건 아니겠지? 해도 내가 해. 당신은 그러지 마. 그런 건……."

도은이 수술실에 있을 때만 해도 똑같이 갚아 주고 싶은 마음이 굴뚝같았지만, 막상 설 이사가 저렇게 나오니 문득 겁이 났다. 여 이사는 범죄자였다. 재하는 자신의 주변 사람들을 그들과 같은 범죄자로 만들고 싶지 않았다.

"걱정 마요. 페어플레이 한다고는 하지 못하겠지만 적어도 사람을 다치게 하는 짓은 안 하니까."

"……."

"내 식대로 할 겁니다. 조금 시간은 걸리겠지만."

그 말과 함께 설 이사가 싱긋 웃었지만 꺼림칙한 감정은 가시지 않았다. 그러니까 그 내 식대로라는 말이 제일 불안하다고.

"백업은 나한테 맡기고 인재하 씬 인재하 씨가 할 일만 집중해서 하고 있어요. 판은 내가 짜겠지만 타이밍은 재하 씨가 만드는 거니까."

"내 할 일요?"

재하가 익아한 듯 문자 그것도 모르냐는 듯 설 이사가 가볍게 어깨를 으쓱했다.

"인재하 씬 배우이지 않습니까. 그것도 꽤 좋은 배우."

"……."

"그걸 꼭 기억해요. 당신은 배우라는 거."

진심이 담긴 그의 진중한 목소리가 재하의 가슴에 묵직하게 내려앉았다. 설 이사의 말이 맞았다. 복잡한 생각을 할 필요가 없다. 나는 배우니까. 스스로의 연기로 여 이사와 주민우를 압박할 만큼의 위치로 올라서서 그들을 눌러 주면 된다. 그것이 도은이 자신을 스카우트한 이유였고, 선택한 길이었다.

"소속사 대표란 이런 거구나."

재하가 조금 멍한 목소리로 중얼거렸다. 생각해 보면 여 이사에게 자신은 한 번도 배우인 적이 없었던 것 같다. 그 자신의 삶을 끌어올려 줄 상품 정도? 그랬기에 주민우의 음주 사고를 자신에게 덮어씌웠겠지. 그에겐 그 무엇보다 자신의 부와 명예가 제일 중요하니까.

사실 여태까지는 설 이사가 여 이사와 비슷한 부류가 아닐까 생각했었다. 원하는 바를 위해선 수단과 방법을 가리지 않는. 그렇다고 설 이사가 여 이사처럼 범법 행위를 하는 것은 아니었지만 설 이사는 여 이사와는 또 다른 느낌으로 위험한 냄새를 풍겼으니까.

그래서 믿지 않으려고 했고, 그래서 마음을 주지 않았다. 아니, 어쩌면 그건 한 번 데었던 상처 때문에 생긴 자기방어가 만들어 낸 편견이었을지도 모른다.

"왜 그렇게 쳐다봅니까?"

"아뇨. 꽤 든든해서."

그렇게 말하는 재하의 표정은 복잡한 마음이 정리된 듯 한결 편안하고 부드러웠다. 투박하고 간결한 말이었지만 그것이 재하 나름의 고맙다는 표현이라는 걸 알기에 설 이사는 설핏 웃었다.

"그래서 말인데…… 음……. 이사님께 부탁할 게 있어요."

"말해 봐요."

"비행기 표 하나만 구해 줘요. 안전하고 따뜻한 휴양지 쪽으로."

"비행기 표는 갑자기 왜."

설마 싶어 설 이사가 눈썹을 들썩였지만 재하는 그저 말없이 의미를 알 수 없는 미소만 지을 뿐이었다.

PM 09:58. 시계를 확인한 도은이 크게 숨을 들이마신 후 리모컨 전원을 눌렀다. '버킷리스트'가 시작되기까지 2분밖에 남지 않았다. 광고 화면 맨 오른쪽 상단에 박혀 있는 드라마 로고를 보니 새삼 재하가 TV에 나온다는 것이 실감이 나서 가슴이 울렁거렸다.

오늘 이 순간을 얼마나 기다렸던가. 물론 첫 방을 병실에서 볼 거라고는 생각지 못했지만. 자조적으로 웃은 도은이 이내 살짝 입술을 물고는 천천히 몸을 일으켰다. 억지로 밥을 넘기고 독한 진통제를 삼킨 보람이 있는지 허리 통증은 그럭저럭 참을 만했다.

침대 헤드에 등을 기댄 도은이 머그컵에 담긴 따뜻한 물을 한 모금 마시며 TV에 시선을 고정했다. 시청 연령을 알리는 안내 화면이 지나가고 첫 씬이 시작되면서 지수가 등장했다. 극을 이끌어가는 여주인공인 지수는 청순하면서 청량한 매력을 내뿜고 있었다.

거의 모든 촬영 현장을 함께했지만 이렇게 완성된 드라마를 보니 또 다른 기분이었다. 늘 보던 얼굴들과 익숙한 장소인데도 꼭 다른 세상을 보는 것만 같았다. 은은하게 밀려드는 뿌듯함과 신기함에 도은의 얼굴에 살짝 미소가 번졌다.

"아, 볼펜."

도은이 펜을 꺼내기 위해 침대 옆 협탁 쪽으로 몸을 돌렸다. 재하에게 첫 방송에 대한 꼼꼼한 감상을 전해 주고 싶어서 간호사에게 펜과 메모지를 부탁했는데 긴장한 나머지 완전히 잊고 있었다. 그때, TV 스피커에서 익숙한 저음의 목소리가 흘러들어 왔다.

— 가게를 잘못 찾은 거 아냐?

펜을 쥔 도은의 손가락이 가늘게 진동했다. 목소리만 듣는 것뿐인데도 가슴 한편이 쿵 내려앉는 듯했다. 도은이 천천히 브라운관을 향해 고개를 돌렸다. 재하다.

평소의 장난기 섞인 눈이 아닌, 강렬하고 관능적인 눈빛. 느슨하게 풀어진 셔츠와 나른한 목소리. 매혹적인 미소. 화면에 비치는 재하의 모습을 도은은 넋을 잃은 사람처럼 한참 동안이나 멍하니 바라보았다.

"보고 싶어."

이렇게 재하의 얼굴을 보니 자신도 모르게 가슴 깊은 곳에 억눌러 왔던 그리움이 왈칵 터져 나와서 견디기가 힘들었다.

가슴 한편에 퍼지는 뭉근한 통증에 도은은 무릎 위로 고개를 묻었다. 화면 속의 재하가 아니라 진짜 재하가 보고 싶었다. 자신을 바라보는 다정한 눈동자와 자신의 뺨을 어루만지는 따뜻한 손길과 체온이 너무나 그리웠다.

❅　　❅　　＊　　❅

많은 사람들의 관심을 증명하듯 첫 방송이 끝나고 나서 재하는 실시간 검색어 1위를 했다. 포털 사이트 메인에 걸린 기사에도 재하의 관한 댓글이 꽤 보였다. 모두 호감을 표시하는 긍정적인 내용이었다.

　모두 재하 스스로 얻은 성취였기에 벅찬 감정이 밀려들었다. 도은은 핸드폰 화면 속 재하의 이름을 손가락으로 조심스레 어루만지며 미소를 지었다. 그것도 잠시, 협탁 위의 텅 빈 메모지를 흘깃 바라본 도은이 한숨을 내쉬었다.

　"감상 하나도 못 적었는데 뭐라고 말해 주지."

　첫 방을 보고 나서 매니저로서 꼼꼼한 피드백을 해 주려고 했는데, 얼굴을 보자마자 가슴속에 고여 있던 그리움이 울컥 터져 나와서 도은은 멍하니 재하의 얼굴만 바라보고 말았다. 정신을 차렸을 땐 이미 드라마는 끝이 나고 내일 예고편이 흘러나오고 있었다.

　"전화할까."

　고민에 빠진 도은이 애꿎은 핸드폰만 만지작거렸다. 아냐, 지금쯤 드라마 팀과 자축을 하고 있을 텐데 방해하지 말자. 도은은 고개를 저었다. 공과 사를 구분하는 것은 자신 있었는데 요즘 부쩍 자신도 모르게 매니저가 아니라 여자가 되어 버리고 만다.

　그런 감정이 싫다기보다는 재하에게 피해가 될까 봐 걱정이었다. 어제처럼 이렇게 불미스러운 일까지 생긴 마당에 앞으로 더 정신을 바짝 차리고 있어야 했다.

　결국 핸드폰을 협탁 위로 치운 도은이 어깨 위로 이불을 끌어당겨 덮고 누웠다. 내일 재하가 오면 재하의 이름이 실시간 검색어 1위에 올랐을 때 캡처한 사진도 보여 주고, 솔직하게 고백해야지.

　아는 사람들을 TV로 보니 너무 재밌고 신기했다고. 그런데 네 얼굴을 보느라 집중을 못 해서 무슨 내용인지 하나도 기억이 나지 않는다고. 아주 많이 보고 싶었다고. 나는 괜찮다고. 그럼 너는 웃어 줄까? 웃어 줬으면 좋겠다. 그런 바람을 되뇌이며 도은은 잠에 빠져들었다.

※　※　＊　※

세수를 하고 나온 도은이 수건으로 물기를 닦으며 창가로 다가가 블라인드를 걷었다. 창문을 열자 오전의 따스한 햇살과 함께 불어온 선선한 바람이 뺨을 간질였다. 병원 밖 풍경을 구경하던 도은이 이내 창틀 위에 있는 미니 화분을 보며 옅게 미소 지었다. 입원날 선물받아 심은 씨앗이었다. 그 화분을 돌보는 것이 도은에게는 이 따분한 병원 생활의 유일한 낙이자 즐거움이었다.

"어? 싹이 났네?"

분무기를 들어 물을 주던 도은이 흙 사이로 삐죽 얼굴을 내밀고 있는 초록색 싹을 발견하고 탄성을 뱉어 냈다. 기쁜 마음도 잠시, 곧 쓸쓸함이 밀려들었다. 도은은 협탁 위에 올려놓은 캘린더를 물끄러미 바라보았다.

도은이 입원한 지도 어느덧 2주가 지나 있었다. 2주는 생각보다 많은 것이 바뀌는 긴 시간이었다.

씨앗에서 새싹이 피었고, 허리의 상처는 순조롭게 아물어 가는 중이었다. 이제는 혼자서도 잘 걸을 수 있게 되었고, '버킷리스트'는 어느덧 네 번의 방송을 했으며, 재하에 대한 대중들의 관심이 마법처럼 쏟아졌다.

그리고 그 2주 동안 재하는 한 번도 도은을 찾아오지 않았다. 오늘은 오겠지, 내일은 오겠지 하고 태연하게 넘겼지만 그렇게 하루하루가 지나 2주가 되자 덜컥 겁이 났다.

앞으로 재하가 영영 자신을 보지 않을까 봐, 불길한 예감이 확인 사살 될까 봐 두려워 선뜻 연락도 하지 못했다. 그리고 사실 계속 마음에 걸리는 것이 하나 있었다.

"역시 그 말을 하지 말았어야 했나."

피로 얼룩진 채 헐떡이는 숨을 힘겹게 내뱉으며 사랑한다는 자신의 고백을 듣던 재하는 어떤 표정이었던가. 절망과 자책, 무력감. 그리고 어쩌면…… 공포.

그때는 어떻게든 자신의 마음을 전하고 싶다는 이기적인 생각에 의식을 잃어 가는 연인의 고백이 어떻게 다가올지는 생각지 못했다.

드르륵.

병원 문이 열리는 소리에 반사적으로 심장이 쿵 뛰어올랐다. 도은이 서둘러 몸을 돌렸다. 문 앞에 서 있는 사람을 확인한 도은이 참았던 숨을 내쉬었다.

"……설 이사님. 오셨어요?"

실망한 기색을 들키지 않기 위해 도은은 설 이사를 보며 살짝 웃어 보였다.

"몸은 좀 어때요?"

"많이 좋아졌어요. 걷는 것도 조금씩 편해지구요."

"뭐 먹고 싶은 건 없어요? 병원 밥은 지겨워서 별로 먹고 싶지 않을 것 같은데."

설 이사의 말에 도은이 멋쩍게 웃었다. 보자마자 대뜸 밥 이야기를 꺼내는 것을 보니 아무래도 오는 길에 간호사에게서 자신이 요즘 밥을 잘 먹지 않는다는 이야기를 들은 모양이었다.

"약 때문인가. 요즘 딱히 식욕이 없어요."

"잘 먹어야 빨리 나아요. 하루 정도는 특식도 괜찮다고 하는데 어때요?"

"음…… 그럼……."

부드럽지만 완강한 권유에 도은이 더 이상 거절하지 못하고 마지못해 입을 뗐다. 정말로 식욕이 없었기에 가장 적게 나오는 음식이 뭐가 있을까 고민하고 있는 와중에 문득 한 음식이 떠올랐다.

"함박스테이크요."

그리 대답하는 도은의 얼굴에 희미한 미소가 걸렸다.

"함박스테이크가 먹고 싶어요."

왜 갑자기 그런 생각이 들었는지 모르겠다. 주민우와의 관계를 캐묻기 위해 훔친 핸드폰을 빌미로 재하를 집으로 불렀던 그날, 재하에게 대접했던 함박스테이크. 인스턴트인 줄도 모르고 마냥 맛있게 먹던 그의 해맑은 모습이 떠올랐다.

"금방 사 올 테니까 조금만 기다려요."

알겠다며 문을 여는 설 이사를 도은이 불러 세웠다.

"설 이사님."

도은의 부름에 그가 고개를 돌려 도은을 바라보았다. 도은은 입 안에서 맴도는 말들을 쉽사리 내뱉지 못하고 입술만 달싹였다.

이사님. 재하는 잘 지내나요? 촬영은 잘하고 있나요? 재하는 왜…… 오지 않는 거예요?

묻고 싶은 말이 많았지만 도은은 오늘도 그 말들을 마음속으로 삼켰다.

"빨리 오세요. 저 배고파요."

도은이 설핏 웃어 보이자 설 이사가 그러겠다며 고개를 끄덕였다. 그가 병실에서 나간 후, 도은은 침대에 힘없이 걸터앉았다.

"다짐했잖아, 김도은."

다친 허리의 상처가 아무는 데 시간이 필요한 것처럼 재하에게도 시간이 필요할 거라고. 그러니까 자신은 재하가 스스로 올 때까지 기다려야 한다고.

✽　✽　✽　✽

설 이사가 사 온 것은 함박스테이크가 아닌 떡갈비 한정식이었다. 그는 함박스테이크를 파는 가게가 없어서 비슷한 것을 사 온 거라고 했지만, 간이 식탁을 꽉 채우는 풍족한 반찬들을 보니 설이사가 일부러 자신을 배불리 먹이기 위해 임의로 바꿔 사 온 것이 아닐까 하는 생각마저 들 정도였다.

어서 먹으라는 설 이사의 눈짓에 도은이 마지못해 젓가락을 뜨고 있는데, 때마침 TV에서 '버킷리스트' 재방송을 안내하는 광고가 흘러나왔다.

"요즘 재방송을 부쩍 많이 해 주는 것 같아요."

"아무래도 시청률이 잘 나오고 화제성이 높아서 그런 거겠죠. 재방송에도 광고가 붙으니까요."

새로운 시청자의 유입은 대부분 재방송을 통해 이루어지는 경우가 많기 때문에 시청률을 끌어올리기 위해선 재방송 요일과 시간대, 횟수 등도 중요했다. 초반 반응이 좋자 방송사에서도 홍보에 박차를 가하고 있었다.

"저도 시청률 봤어요. 동 시간대 1위로 치고 올라갔더라구요. 기사 반응은 좋던데 실제로는 어때요?"

도은이 궁금한 듯 물었다. 병원을 돌아다니다 보면 가끔 '버킷리스트' 이야기를 하는 사람을 보긴 했지만, 아무래도 병원에만 있으니 사람들의 실제 반응을 체감하기 힘들었다. 온라인에서의 반응은 좋지만 오프라인에서는 미지근한 경우도 있고, 또 그 반대의 경우도 있었다. 요즘은 본방보다는 VOD로 보는 사람도 많으니 시청률 하나만으로 작품의 성공이나 흥행 여부를 판단하는 것은 어려운 일이었다.

"도은 씨 혹시 커뮤니티나 SNS 해요?"

"아뇨, 저는 포털 사이트에 뜬 기사 같은 것만 봐요."

"그럼 아직 모르겠네요? 재하 씨한테 별명 생긴 거."

"무슨 별명이요?"

도은의 의아한 목소리에 설 이사가 빙긋 미소 지었다.

"홍대 버스남."

"네?"

뜬금없는 단어에 도은의 눈이 살짝 커졌다. 도은이 호기심 어린 표정으로 가만히 설 이사의 말을 기다리자 설 이사가 그럴 줄 알았다는 듯 눈가를 휘며 대답 대신 도은의 손에 젓가락을 쥐여 주었다.

식사를 해야 알려 주겠다는 일종의 딜이었다. 어쩔 수 없이 반찬을 집어 입안에 넣은 도은이 입술을 우물거리자 그제야 설 이사가 만족스러운 듯 말을 이었다.

"첫 방송 전날 한 커뮤니티에 글이 올라왔어요. 홍대 근처 버스 안에서 마주친 자신의 이어폰을 주워 준 남자를 찾는다는 글이었어요. 웃는 모습이 너무 예뻐서 한눈에 반했다구요."

"……설마."

도은이 믿을 수 없다는 듯 눈을 가늘게 떴다.

"네. 알고 보니 그 남자가 재하 씨였던 거예요. 2회가 방영된 다음 날쯤이었나. TV에서 재하 씨를 알아본 글쓴이가 놀라 또다시 글을 올렸죠. 홍대 버스남을 찾았다고. 드라마 속 재하 씨 캡처 사진이랑 함께요."

설 이사가 도은의 앞에 핸드폰을 내밀어 그 커뮤니티 글을 보여 주었다. 버스에서 마주쳤던 훈남이 알고 보니 드라마에 나오는 배우였다는 내용에 네티즌들은 글쓴이의 자작이다 사실이다, 소속사와 짜고 친 노이즈 마케팅이다 하며 갑론을박을 벌였다. 졸지에 알바로 몰리자 억울했던 글쓴이가 당일 친구와 나누었던 카톡을 증거로 올리고 친구까지 가세하자 그 글을 본 몇몇이 소속사로 문의를 했다.

"제가 재하 씨한테 물어봤더니 날짜와 버스 번호를 보고 본인이 맞다고 하더라구요."

우연으로 생긴 그 천운 같은 기회를 놓칠 설 이사가 아니었다. 설 이사의 제의로 재하는 손수 쓴 손 편지를 사진으로 찍어 글쓴이의 메일로 보냈고, 그녀가 그걸 다시 인증하면서 SNS와 여성 커뮤니티 사이에서 큰 화제가 됐다.

그 일로 20대 여성들 사이에서 재하에 대한 관심이 급증했다. 또 연호가 재하와 함께 찍은 사진을 자신의 SNS에 올렸는데 그 사진에 #내 절친 #홍대 버스남이라는 해시태그를 걸면서 연호의 10대 팬들 사이에서도 유명세를 얻었다.

단기간에 인지도가 급격히 올라가자 드라마가 끝나면 포털 사이트 메인에 남녀 주인공이 아니라 재하의 클립 영상이 걸렸고, 그것은 자연스럽게 연기력 호평으로 이어졌다. 인터뷰나 섭외 요청이 늘어나는 것은 어쩌면 당연한 일이었다.

"뭔가 타이밍이 되게 좋네요."

도은의 감탄에 설 이사가 긍정하듯 고개를 끄덕였다. 설 이사 본인이 생각해도 마치 짠 것이 아닐까 생각이 될 정도로 기가 막힌 타이밍이었다.

"아직 그 음주 사고에 관한 일은 대두되지 않은 거죠?"

도은이 걱정스럽게 물었다. 언젠가는 터질 일이라고 생각하지만 이제 막 좋은 기운을 타고 있는 상황에서 그 이야기가 흘러나온다면 분위기는 한순간에 반전될 것이다. 사람들이 현재 재하에게 느끼는 감정은 호감이지 애정이 아니니까.

"그건 걱정 말아요. 이미 5년이나 지난 일이라 거의 잊혀진 사고이기도 하고, 그 일이 다시 주목받으면 재하 씨에게 타격이 있긴 하겠지만 여란 측에서도 득 될 건 없을 테니 쉬쉬하려고 할 거예요. 혹시라도 누군가가 의혹을 제기하게 되면 상당히 곤란해질 테니까요."

설 이사의 의견에 도은도 어느 정도 동의했다. 음주 사고 관련 글을 경계하는 것은 우리뿐 아니라 여란도 마찬가지일 것이다. 하지만 일이 의도치 않은 방향으로 너무나도 잘 풀리기 시작하자 오히려 불안감이 엄습해 왔다.

"아, 그리고 도은 씨 작품은 재하 씨 드라마 끝나는 시기 맞춰서 한 달 후에 전체 캐스팅 완료하고 바로 들어갈 생각이에요. 만약을 대비해 재하 씨 캐스팅 기사는 최대한 늦게 낼 거구요."

"여란 측에선 별다른 반응 없나요? 드라마 출연 계약이야 처음에 설 이사님 명성에 바로 오케이 했겠지만, 그 이후에 재하가 이사님 기획사에 들어간 걸 보고 이상하게 생각할 것 같아서요. 주민우 입장에선 재하와 같은 드라마를 찍는 것이 달갑지 않을 테고요."

"어떻게든 트집을 잡으려고 애쓰긴 하겠지만……. 함부로 계약을 파기하진 못할 겁니다."

도은을 바라보는 설 이사의 눈동자에 언뜻 웃음기가 스쳐 지나갔다.

"위약금이 상당히 세거든요. 투자 금액이 높아서."

"……역시 설 이사님은 대단한 분이세요."

"그러니까 도은 씬 걱정 말고 회복하는 데 전념해요."

도우의 어깨를 가볍게 두드린 설 이사가 몸을 일으켰다. 그런 설 이사를 바라보던 도은이 뭔가 결심하듯 이불 끝을 그러쥐었다.

"이사님. 재하는……."

도은의 부름에 설 이사가 천천히 도은을 돌아보았다. 마른침을 삼키며 도은이 설 이사를 향해 그동안 그토록 묻고 싶었던 한 가지 질문을 던졌다.

"잘 지내죠?"

태연하려고 애썼지만 수없는 고민 끝에 비로소 흘러나온 목소리는 살짝 떨리고 있었다. 그런 도은을 물끄러미 바라보던 설 이사의 눈동자에 알 수 없는 빛이 스쳤다.

"……드라마 촬영도 빠듯하고, 벌써 예능이나 인터뷰 요청도 많이 들어와서 정신없을 텐데 잘 소화하고 있어요. 요즘은 잠을 잘 못 자서 힘들 거예요. 내색은 안 하지만."

"……."

"갈게요. 밥 잘 챙겨 먹고."

도은의 흘리내린 미리가락을 조심스럽게 넘겨 준 설 이사가 도은을 향해 다정한 목소리로 당부했다.

도은과 인사를 나누고 병원을 나온 설 이사가 차에 타며 주머니에서 핸드폰을 꺼냈다.

[방금 병원에 다녀오는 길이야.]

메시지를 입력하던 설 이사의 손가락이 잠시 멈추었다. 그리고 다시 유려하게 움직였다.

[도은 씨가 너를 보고 싶어 해.]

거기까지 쓴 설 이사가 짧은 한숨을 내쉬며 차 시트에 등을 기댔다. 방금 전 자신에게 재하의 안부를 묻던 도은의 눈빛에는 숨길 수 없는 쓸쓸함, 그리고 애틋함이 감돌고 있었다.

내색하지 않으려 애썼지만 그녀가 그동안 자신에게 재하가 오지 않는 이유에 대해 물어보고 싶어 한다는 것은 알고 있었다. 그걸 알면서도 모른 척했던 건 재하의 결정을 존중하기 때문이었고, 또한 이번만큼은 자신이 중재할 만한 일이 아니라고 생각했기 때문이다.

섣불리 끼어들었다가 서로 오해만 할 수 있으니 재하가 직접 말할 때까지는 자신 역시 침묵할 셈이었다. 그래서 잘 지내냐는 도은의 물음에 바쁘다는 핑계를 댈 수밖에 없었다.

하지만 도은은 알고 있을 것이다. 그것이 전부는 아니란 걸. 원래의 재하였다면 스케줄이고 뭐고 일주일 내내 도은의 병실에 삼시 세 끼 밥 먹듯이 출근했을 테니까. 그 사실을 도은이 모를 리 없었다.

"하아."

설 이사는 눈썹 위를 문질렀다. 자신은 그저 이대로 두 사람을 지켜보기만 해야 한다고 생각하지만, 막상 안부를 묻는 것조차 꾹꾹 눌러 참고 망설이는 도은을 보고 있으니 죄책감과 함께 안타까움이 섞여 머리가 어지러웠다.

'나는 안 가. 얼굴을 보면 난 분명히 내 결심을 한순간에 뒤엎고 말 테니까. 그러니까 설 이사가 나 대신 잘 보살펴 줘. 내가 안심할 수 있게.'

재하의 말을 떠올린 설 이사가 결국 고민 끝에 마지막 말은 지웠다. 전송 버튼을 누르는 손가락 위로 무거운 탄식이 내려앉았다.

❈ ❈ ❈ ❈

흘러가지 않을 것만 같던 시간은 어느덧 2주가 더 흘러 퇴원일이 되었다. 오늘은 사고일로부터 정확히 한 달이 되는 날이었다. 의사는 도은의 상태를 보고 아직 흉터가 남아 있긴 하지만 다 나았으니 퇴원해도 좋다고 했다. 의사의 입에서 그 말이 나오기를 그동안 얼마나 기다렸는지 모른다. 먹고 자고 쉬고의 반복인 단조로운 병원 생활은 늘 바삐 움직이는 도은에게는 잘 맞지 않는 것이었다.

드디어 병원을 벗어난다는 생각에 도은이 기쁜 마음으로 환자복을 갈아입고 침대 시트를 정리하고 있는 그때 노크와 함께 문이 열렸다.

말없이 자신을 그윽하게 바라보는 흑안에 순간 시간이 멈추는 듯했다. 자신을 향해 천천히 한 걸음 한 걸음 다가오는 재하의 모습을 보며 느리게 눈을 깜빡이던 도은이 이내 담담하게 웃어 보였다.

"왔어?"

마치 어제 본 사람을 대하듯 너무나 평온한 도은의 미소와 목소리에 재하가 선뜻 대답할 말을 찾지 못하고 입술을 달싹였다.

하긴. 한 달 만에 만나는 연인치곤 너무나도 평범한 인사였나? 아무렇지 않아 보였겠지만 사실 도은이 퇴원 날을 간절히 손꼽아 기다린 이유가 바로 눈앞에 있었다. 오늘쯤이면 오지 않을까 하고 생각했으니까.

도은은 재하의 얼굴을 빤히 바라보았다. 살이 빠진 모양인지 얼굴선이 조금 더 날카로워졌고, 밤샘 촬영 후 바로 온 건지 입술도 메말라 있었다. 이윽고 시선을 내리깐 재하가 재킷 안에서 봉투 하나를 꺼내 도은에게 건넸다.

"이거 주려고 왔어."

"이거 뭔데?"

"열어 봐."

재하의 눈짓에 도은이 봉투를 뜯었다. 비행기 티켓이었다.

"해고야. 김도은."

"……."

도은이 천천히 고개를 들어 바라보자 재하의 텅 빈 눈동자가 이윽고 그 말을 뱉어 냈다.

"우리, 헤어지자."

오랫동안 준비해 온 말인 듯 재하의 입술에서 흘러나오는 그 말들은 꼭 자동 응답기 속 목소리처럼 건조하고 딱딱했다.

우리, 헤어지자. 재하의 그 말을 도은은 입안에서 곱씹었다. 사실 딱히 놀랍지 않았다. 재하가 찾아오지 않는 날부터 이렇게 될 거라고 조금은 예감하고 있었다.

하지만 막상 그토록 보고 싶었던 그 눈에서, 그 입술에서, 그 목소리로 이별을 말하니 꼭 심장을 바늘로 콕콕 찌르는 것처럼 따갑고 아렸다.

싫어. 우리가 왜 헤어져? 왜 이제야 왔어? 질문들이 마음속에서 회오리처럼 쏟아져 나왔지만, 가장 하고 싶은 말은 따로 있었다. 도은의 눈가가 살짝 휘어졌다.

"보고 싶었어."

그리움이 물씬 밴 여린 목소리에 재하의 눈동자가 순간 경련하듯 흔들렸다.

"한 달 만에 와서 못된 말만 해서 너무 미운데, 그래도 얼굴 보니까 좋다."

도은이 재하를 보며 의연하게 웃어 보였다. 사실은 재하가 퇴원 때까지 자신을 찾아오지 않은 이유를 안다.

보고 싶었다는 말에, 그래도 얼굴 보니까 좋다는 자신의 고백에 이렇게 금방이라도 올 것 같은 표정을 짓는 사람이니까. 날 보면 분명 무너질 거라고 생각했겠지.

그리고 아직 몸의 상처가 아물지 않은 내게 이별을 건네면 혹여나 회복에 차질이 갈까 봐 우려했을 것이다. 단순히 불안한 예감과 연인의 입에서 흘러나오는 이별 선고는 그 무게가 완전히 다른 것이었다. 어느 정도 예상하고 있던 자신 역시 지금 이렇게 마음이 찢어질 듯이 아려 오고 있으니까.

"나는 아니야."

고개를 돌리며 재하가 모질게 선을 그었다.

"거짓말."

"……."

"그런 사람이 그렇게 내 이름을 애달프게 부를 리가 없잖아."

재하를 기다리다 지쳤던 언젠가, 그리움과 불안함에 잠이 오지 않아 날을 새던 숱한 밤 중에 어느 날. 딱 한 번 재하가 새벽에 몰래 찾아온 적이 있었다.

아무 말도 하지 않았지만 성스러운 의식을 하듯 조심스럽게 머리카락을 매만지던 그 손의 온도가, 귓가에 내려앉는 숨이 누구 것인지 모를 리가 없었다. 한참 동안이나 도은을 말없이 바라보던 재하는 도은의 어깨 위까지 이불을 덮어 주고 나갔다.

재하가 나간 후 도은은 천천히 감고 있는 눈을 떴다. 뺨 위로 떨어진 재하의 눈물방울이 뜨겁고 시렸다.

그때 예감했다. 재하는 이별을 준비 중이라는 걸.

"나 매니저 안 그만둘 거야."

"복수 때문에 그런 거라면 걱정 말고 당분간 해외에서 쉬고 있어."

"널 매일 기다렸어."

모진 이별의 말에도 불구하고 꼿꼿이 흘러나오는 도은의 고백에 재하의 눈가가 황망하게 일그러졌다. 그 모습에 도은이 과거의 시간을 떠올리며 나지막이 말을 이었다.

"내일은 오겠지. 모레는 오겠지. 그렇게 3일이 지나고 일주일이 지나니까 무섭더라. 네가 진짜 안 올까 봐."

그래서 네가 새벽에 몰래 왔을 때 깨어 있으면서도 자는 척했다. 알은척하면 네가 영영 다시 안 올 것 같아서.

"칼에 찔리는 그 순간보다, 네가 안 오는 이 한 달이 나한텐 훨씬 더……."

숨을 들이켠 도은이 이윽고 재하를 마주 보았다.

"무서웠어."

도은의 마지막 한 마디에 힘겹게 쥐고 있던 재하의 손이 탁 풀렸다. 심장이 발끝으로 낙하하는 느낌이었다. 울컥 솟구쳐 오는 감정을 애써 참으려는 듯 어느새 붉어진 재하의 눈가에 도은이 천천히 손을 뻗었다.

"그러니까 네 옆에 있을래."

"내 옆에 있어서 너 죽을 뻔했어."

"살아 있잖아."

"하마터면 내가 널 죽일 뻔했어!"

"네가 한 게 아니야."

"내가 한 거야."

"아니야."

"내가 애초에 고집을 부리지 않았으면……. 이런 일도 없었어!"

재하가 거친 숨을 내뱉으며 소리쳤다.

"계속 후회했어. 네가 수술실에 들어간 그날부터. 내가 너에게 사랑한다고 말하지 않았어야 했다고."

울부짖는 그 목소리에는, 눈동자에는 그 깊이를 헤아릴 수 없는 뼈아픈 후회가 묻어났다. 도은이 재하의 손을 감싸 잡으며 재하가 자신을 바라보도록 했다.

"나는 멀쩡해. 실제로 장기도 다치지 않았고, 그냥 아주 작은 흉터만 있을 뿐이야. 나는 부서지지 않아."

도은의 설득에 재하가 조용히 고개를 저었다.

"안 돼. 너는…… 내 옆에 있으면 안 돼."

"사랑해."

"……."

"인재하. 사랑해."

사랑한다는 말이 계속될수록 재하의 눈이 엉망으로 흔들렸다. 뿌리치려는 재하의 손을 도은이 꽉 붙잡았다.

"이 말을 진짜 많이 연습했는데, 그 말을 앞으로 못할 수도 있다는 생각이 드니까 아깝고 후회돼서 늦게라도 전하고 싶었어. 그런데 나중에 생각해 보니까 너한텐 그때 내 고백이 참 무서웠겠다 싶더라."

"……."

"그래서 지금 이 말을 너한테 할 수 있어서 너무 다행이야. 이것 봐. 난 이렇게 살아 있어. 그러니까…… 내 옆에 계속 있어 줘."

도은의 고백에 재하가 그제야 천천히 입을 열었다.

"네가 너무 좋아서……."

말을 잇던 재하가 이내 괴로운 듯 눈가를 덮었다. 결국 참지 못한 눈물이 뺨을 타고 흘러내렸다.

"네가 다칠 수도 있다는 걸 외면했어."

"……."

"여전히 널 사랑해. 하지만 나한텐 네가 내 옆에 있는 것보다."

네 행복보다.

"네 안전이 더 중요해."

어느새 눈을 뜨고 도은을 바라보는 재하의 눈빛은 그 어느 때보다도 확고했다.

"난 다시는 후회하고 싶지 않아."

Chapter 7
격전

　재하가 나가고 얼마 후 병실 안으로 들어온 설 이사가 손에 쥔 비행기 티켓을 물끄러미 바라보고 있는 도은의 모습에 짧게 한숨을 내쉬었다.

　"집까지 데려다줄게요."

　"……알고 계셨어요?"

　도은의 물음에 설 이사가 곤란한 듯한 표정을 지었다가 이내 조용히 고개를 끄덕였다.

　"미안해요. 모른 척해서."

　"아뇨. 그게 재하의 뜻이라면 이별은 받아들일 거예요. 재하가 대중의 주목을 받은 이상 그게 재하한테는 더 좋을 거구요. 하지만…… 외국은 안 가요."

　"……."

"퇴원했으니 이제 현장 복귀하고 싶어요."

도은이 희미한 미소를 띤 채로 설 이사의 앞에 비행기 티켓을 내밀었다. 부드럽지만 단호한 거절 의사였다.

"도은 씨. 재하 씨한텐 제가 믿을 만한 경호원을 붙일 테니까……."

도은이 쉽사리 뜻을 굽힐 것 같지 않자 설 이사가 만류하듯 입을 열었다. 하지만 도은이 한발 빨랐다.

"그때 여 이사가 그런 무리한 결정을 한 건 재하가 힘이 없기 때문이었을 거예요. 한 달 전만 해도 사람들은 대부분 재하가 누군지도 몰랐으니까요."

"……."

하지만 지금은 달랐다. 많은 사람들이 재하에게 집중하고 있는 지금은 아무리 여란이라 하더라도 섣불리 해하려 들지 못할 것이다. 더더욱 이미 한 번 다쳤던 자신이 옆에 있다면 말이다. 비슷한 상황이 또 일어나면 바보가 아닌 이상 의심을 사게 될 것이므로.

"사실은 설 이사님도 아시죠? 경호원도 물론 필요하지만, 지금부터는 재하 옆엔 재하를 진심으로 아끼고 위하는 사람이 필요해요. 절대 배신을 하지 않을 만한."

배신이라는 단어에 힘을 주자 설 이사가 고민하듯 턱을 매만졌다. 도은의 말이 맞았다. 이제 여 이사는 더 이상 이런 위험한 수를 쓰지 않을 것이다. 보는 눈이 너무나 많아진 데다 이제 재하의 촬영을 막는 건 의미가 없기 때문이다.

대신 앞으론 한층 더 교묘한 수를 쓰겠지. 그걸 막기 위해선 진실로 믿을 수 있는 사람들이 재하의 옆에 있어야 했다.

"하지만 도은 씨는 그만큼 패널티도 큽니다. 앞으로 그들이 제일 먼저 공략하는 건 아마 스캔들일 거예요."

"……."

"매니저가 알고 보니 과거의 연인이었다는 사실이 밝혀지면 상당히 곤란합니다."

질책하는 어조는 아니었다. 그저 사실을 말하는 담담한 느낌이었다. 다른 사람들이었다면 여기서 겁을 먹고 물러났겠지만 자신은 아니었다.

"그런 일이 아예 없다고 할 수는 없지만, 저와 재하가 정식으로 연애한 기간은 상당히 짧은 데다, 그때만 해도 사람들이 재하의 사생활엔 관심이 없는 때였기 때문에 지수 씨와 연호 말곤 그 사실을 눈치챈 사람이 없어요. 설 이사님도 그걸 알기에 저희 사이를 알면서도 묵인하셨던 거 아닌가요?"

도은이 설 이사를 향해 빙긋이 웃어 보였다. 아마 이번 일이 아니었다면 이 시기에 자신에게 이별을 말하는 건 재하가 아니라 설 이사였을지도 모른다.

"제 생각엔 저보다는 다른 유명인과 엮을 가능성이 더 클 거 같아요. 충분히 사람들의 이목을 끌 수 있고 확실하게 데미지를 입힐 수 있는, 진실 여부와 관계없이 '그럴지도 모른다' 라고 의심하게 하는 사람 말이에요."

도은의 차분하지만 확신 어린 설명에 설 이사가 더 이상 반박하지 못하고 대신 허탈하게 내쉬는 숨과 함께 이마를 짚었다.

"도은 씨가 순순히 따르지 않을 거라곤 예상했지만……. 좋아요. 복귀해요."

"그럼……."

도은이 반짝 눈을 빛내자 설 이사가 이번만큼은 절대 용납할 수 없다는 듯 단호하게 손을 내저었다.

"대신 당장은 안 돼요. 일단 한 달 후쯤 '버킷리스트' 끝나면 들어오는 걸로 하죠."

"……네, 그럴게요."

도은이 순순히 고개를 끄덕이자 의심스러운 듯 눈을 가늘게 뜨고 바라보던 설 이사가 이내 도은의 어깨를 다정하게 토닥였다.

"답답한 건 알지만 그동안은 충분히 쉬어요. 도은 씨 주변에 있는 사람들 마음이 아프지 않을 때까지."

걱정을 담아 부드럽게 타이르는 설 이사의 상냥한 목소리에 도은이 옅게 미소 지었다.

✻ ✻ ✻ ✻

한 달 후.

시끄러운 알람 소리에 몸을 뒤척이던 재하가 결국 일어나 두 팔을 쭉 뻗고 기지개를 켰다. 어제 마지막 새벽 촬영을 끝내고 집에 와 쓰러지듯이 잠들었더니 온몸이 찌뿌둥했다.

"벌써 오후 3시야? 오늘 기자들도 겁나 올 텐데 빨리 나가야겠네."

시간을 확인하고 깜짝 놀란 재하가 수건을 목에 걸었다. 오늘은 대망의 '버킷리스트' 마지막 방송일이자 종방연 날이었다. 이런 날에 지각할 수는 없지. 재빨리 씻고 나온 재하가 탁자 위에 있는 로션을 집어 들려는 그때, 문득 반으로 접혀 구석에 방치된 탁상 캘린더가 눈에 들어왔다. 뭔가에 이끌린 듯 캘린더를 집어 든 재하의 눈이 순간 탁해졌다. 캘린더의 시간은 한 달 전에 멈춰 있었다.

"그래, 벌써 한 달이네."

도은과 헤어진 지 한 달이 지났다. 하루하루가 지옥이었다. 헤아릴 수 없는 그리움이 시도 때도 없이 재하를 짓눌러 왔다. 당장이라도 찾아가 얼굴을 보고 싶은 맘을 억누르기 위해 시간 개념도 잊을 만큼 일에만 몰두하며 살았다.

영화나 드라마 카메오, 예능, 화보, 뮤직비디오. 들어오는 스케줄은 가리지 않고 다 했다. 데뷔한 이후 해 왔던 것보다 이 한 달 안에 한 것이 훨씬 더 많았다. 얼마나 스케줄이 빡셌냐면 방송사 여기저기서 동에 번쩍 서에 번쩍 하니 팬들은 물론이고 나중엔 밤샘을 밥 먹듯이 하는 방송사 스탭들조차 걱정할 정도였다. 그래서 결국엔 설 이사만 악덕 대표라는 누명을 썼다.

하지만 그 덕에 재하는 끊임없이 매스컴에 오르내렸고 화제를 몰고 다녔다. 혼자 잘만 버스 타고 다니던 전과 달리 지금은 길거리를 지나갈 때마다 사람들이 열에 여덟은 알아보고 쫓아오거나 사진을 부탁해 밖에서 밥 먹는 것조차 힘들었다.

그 달라진 위상을 제일 많이 실감한 건 들어오는 광고와 대본이었다. 사무실 한가득 쌓인 대본과 시나리오를 본 순간 재하는 눈물을 흘렸다.

기뻐서가 아니라, 기뻐할 도은의 모습이 눈앞에 그려져서. 도은이 미치도록 그리워서.

탁.

캘린더를 다시 엎은 재하가 집을 나왔다. 언제 도착했는지 집 앞에 밴이 서 있었다. 자연스럽게 문을 열고 조수석에 단 재하가 안전벨트를 하며 매니저에게 물었다.

"오늘 종방연 어디랬지?"

"청담동에 있는 한식당."

곧바로 되돌아오는 시크한 목소리에 재하의 사고가 정지했다. 재하가 아는 매니저의 목소리가 아니었다.

이 목소리. 모를 리가 없었다. 재하가 천천히 고개를 돌리자 그토록 보고 싶었던 도은이 재하를 보며 설핏 웃고 있었다. 그 미소에 재하의 심장이 세차게 고동쳤다.

"안녕."

"……네가 왜 여기 있어?"

"이사님한테 못 들었어? 나 오늘부터 복직하기로 했어."

뭐, 복직? 생각지도 못한 도은의 대답에 재하가 할 말을 찾지 못하고 입을 뻐끔거렸다. 기가 막힌 듯도 했고 화가 난 것 같기도 했다.

"김도은 너 진짜……."

"나 안 보고 싶었어? 나는 되게 보고 싶었는데."

가슴 한편에 스며들어 오는 그 달콤하고 나지막한 고백에 재하의 눈동자가 바람처럼 흔들렸다.

"……너 내가 왜 이러는지 몰라?"

"알아."

"아니. 너 몰라. 내 옆에 있으면 너 위험해. 왜 그걸 몰라. 내가 어떤 맘으로……."

차마 뒷말을 잇지 못하고 재하가 고통 같은 한숨을 토해 냈다.

"그땐 그랬지. 근데 지금은 아냐. 네가 모든 걸 바꿔 놓았잖아."

"……그게 무슨 소리야?"

"여 이사는 네 얼굴을 다치게 하면서까지 네 촬영을 막으려고 했어. 많은 사람들이 네게 관심을 가지고, 널 궁금해하고, 널 좋아하는 게 무서워서."

"……."

"그리고 넌 결국 그렇게 됐지. 앞으론 주민우도 여 이사도 저번처럼 대놓고 어찌하진 못할 거야. 네가 뭘 하든 많은 사람들이 널 지켜보고 있으니까. 그러니까……."

잠시 말을 멈춘 도은이 재하의 눈을 바라보며 햇살처럼 따뜻하게 미소 지었다.

"난 이제 네 옆에 있는 게 더 안전해."

그 말에 재하가 시선을 빼앗긴 듯 멍한 눈으로 도은을 바라보았다.

정말 그래도 될까. 흔들리지 않았다고 하면 거짓말이다. 자신의 눈앞에 있는 도은은 너무나 따뜻하고 달콤해서, 금방이라도 내미는 그 손을 붙잡고 싶었다. 하지만 재하는 결국 고개를 돌렸다.

"……그래도 안 돼."

"그렇게 무서워?"

도은의 물음에 재하가 이마를 짚으며 신음처럼 낮게 내뱉었다.

"그래. 난 네가 다칠까 봐…… 그게 제일 무서워."

"나도 무서워. 네가 다칠까 봐."

"……."

"앞으로 여 이사와 주민우는 널 끌어내리기 위해 끊임없이 이간 질을 시도할 거야. 교묘하고 은근하게. 그걸 막으려면 네 옆엔 절대 널 배신하지 않을, 널 아끼는 사람이 있어야 해. 근데, 나보다 널 더 아끼는 사람 있어?"

"……."

거봐. 너도 할 말 없지? 하고 당당하게 밀어붙이는 도은이 황당하면서도 사랑스러워서 재하는 차마 아니라고 하지 못했다. 결국 깊은 한숨과 함께 재하가 머리카락을 헝클었다.

"그래. 네 말이 맞다 쳐. 이제 곧 있으면 주민우랑 촬영 들어갈 텐데 그땐 어쩔래. 너 그러다 네가 그 사람 동생이라는 걸 들키면 그 자식들 분명히 가만 안 있을 거라구."

"서류상으로 언니랑 나랑은 완전히 남이고, 대부분 전화나 메일로만 연락해서 주민우가 알 리 없어. 그리고 나도 앞으론 가만히 당하고만 있지 않을 거야."

"어쩔 생각인데."

"주민우를 옆에서 살살 긁어야지. 본성질이 나오도록."

웃음기 섞인 도은의 대답에 재하가 도은의 어깨를 돌려 세웠다.

"설마 미인계를 쓸 생각은 아니겠지? 그건 절대 안 돼!"

화가 엉뚱한 쪽으로 튀자 도은이 눈가를 찡그렸다.

"그건 미인이어야 통하는 거고. 난 아니야."

"모르는 소리. 네가 얼마나 예쁜……."

갑자기 튀어나온 간지러운 말에 도은이 눈을 깜빡였다. 도은의 표정에 재하가 그제야 자신이 무슨 말을 내뱉었는지 깨닫고 황급히 시선을 피하며 대충 얼버무렸다.

"……아무튼 안 돼. 넌 그냥 아무것도 하지 마!"

"운전한다."

재하의 잔소리에 굴하지 않고 도은은 곧바로 액셀을 밟았다. 갑작스러운 출발에 재하의 몸이 앞으로 쏠렸다. 분명히 일부러 그런 거야! 심통이 난 재하가 도은을 흘겨보았다.

그것도 잠시, 도은의 옆얼굴을 바라보던 재하의 눈빛이 애틋하게 변했다. 잘 먹고 잘 쉬어서 살이나 포동포동하게 오르길 바랐는데. 도은은 여전히 말랐고, 여전히 예뻤다.

"……내가 그렇게 보고 싶었어?"

자신도 모르게 밖으로 나온 본심에 재하가 머쓱한지 창가로 고개를 돌렸다. 도은은 순순히 고개를 끄덕였다.

"……그래."

"나…… 원망 안 해?"

"우린 서로 싫어서 헤어진 게 아니니까."

담담하게 흘러나오는 나긋한 목소리에 재하가 도은을 힐끗 바라보았다.

"내가 다칠까 봐 무서워서 네가 도망간 거잖아."

"……."

"그러니까 슬프지 않았어. 네 마음 잘 알고 있으니까. 그래도……."

전과 달리 마주 잡을 수 없는, 떨어져 있는 서로의 손을 내려다보며 도은이 서글픈 듯 웃었다.

"이렇게 눈앞에 있는데 만질 수가 없는 건…… 좀 슬프네."

"너는 정말……."

도은을 보내 주는 게 맞는 거라고 스스로를 다독이며 그녀를 잊기 위해 그토록 발버둥을 쳤는데, 그 시간이 무색하게도 도은의 이 한마디에 결국 물거품이 되고 만다.

도은을 바라보는 재하의 눈빛이 바람처럼 흔들렸다.

정말 도은의 말대로 이젠 내 옆에 있는 것이 안전하다면, 괜찮지 않을까. 그저 매니저로서 옆에만 두는 것 정도는.

"알았어. 복귀해. 대신 조건이 있어. 혼자는 안 돼. 설 이사한테 경호원 1명 24시간으로 옆에 붙여 달라고 해."

"알겠어. 그렇게."

"……그리고 조금이라도 위험한 낌새 보이면 그땐 정말 그만둔다고 약속해."

그 말을 하는 재하의 목소리는 그 어느 때보다도 단호했다.

도은은 재하의 불안을 이해했다. 그렇기에 재하의 연이은 신신당부에 재하의 손가락 끝에 자신의 새끼손가락을 걸어 약속을 지킬 것을 맹세했다.

"약속할게."

두 사람의 시선이 지그시 맞닿았다.

그때, 재하의 핸드폰이 울렸다.

[포털 메인 확인해 봐.]

갑자기 무슨 일이지? 설 이사의 문자에 재하가 고개를 갸웃하며 인터넷 사이트에 접속했다. 들어가자마자 메인에 첫 번째로 뜬 기사를 본 재하의 눈이 크게 뜨였다.

"이게 뭐야. 잠깐 차 세워 봐."

당황한 기색이 역력한 재하의 모습에 도은이 얼른 차를 세웠다.

"무슨 일이야?"

도은의 질문에 재하가 대답 대신 도은을 향해 핸드폰을 내밀었다. 화면 속 기사 제목을 확인한 도은의 눈매가 치켜 올라갔다.

"주민우. 팬 선물 여친에게 선물해 논란?"

❊　❊　＊　❊

처음으로 터진 주민우의 스캔들에 여란 엔터테인먼트 사무실은 그야말로 전쟁이었다. 업무에 마비가 올 만큼 쉴 새 없이 울리는 벨소리에 신경질적으로 전화 코드를 뽑은 여 이사가 화를 참지 못하고 주민우를 향해 전화기를 던졌다.

"너 이게 어떻게 된 거야!"

여 이사가 분노에 불타는 눈으로 주민우를 노려보았다. 주민우에겐 항상 여자가 끊이지 않았으나 그만큼 본인이 철저한 관리를 했고, 자신 역시 늘 기자들을 주시하며 소문이 나지 않도록 단속했기에 이런 일이 일어날 거라곤 꿈에도 생각지 못했다.

"미쳤어? 배우는 얼굴이 생명인 거 몰라?"

전화기를 피한 주민우가 기겁하며 여 이사를 향해 성을 냈다. 적반하장인 모습에 여 이사가 얼굴을 구겼다.

"네가 지금 무슨 짓을 저지른 건지 알아?"

여 이사가 화를 꾹꾹 눌러 삼키며 책상을 세게 내리쳤다.

일의 발단은 주민우의 여자 친구가 자신의 SNS에 셀카를 올리면서 시작되었다. 오빠 잘 입을게. 짧은 말 한마디였으나 그녀가 입고 있는 것은 몇 달 전 팬이 주민우에게 선물한 티셔츠였다.

그냥 일반 브랜드 옷이었다면 어떻게든 발을 뺐겠지만 그 옷이 주민우의 팬이었던 한 디자이너가 개인적으로 제작한 옷이었다는 게 문제였다. 사진이 조용히 퍼지다가 그 디자이너에게까지 들어가자 그녀가 직접 불쾌함을 표현하면서 일은 순식간에 커졌다.

이건 정말 빼도 박도 못하는 어처구니없는 실수였다. 게다가 그냥 스캔들도 아니고 팬 선물을 여자 친구에게 주다니. 이 일은 오랜 시간에 걸쳐 차곡차곡 쌓아 온 도덕적이고 선량한 이미지에 꽤 타격이 갈 만큼 치명적이었다.

"나는 그냥 걔가 그걸 갖고 싶다고 하기에……. 자기 SNS에 올릴 줄은 몰랐지!"

"그럼 네가 사 주든가! 팬이 준 걸 주면 어떡해! 주더라도 미리 단속을 했어야지!"

"아니, 설마 그게 개인 제작 상품인지 내가 알았나!"

휴, 말을 말자. 여 이사가 골치 아프다는 듯 이마를 문질렀다.

"차라리 분실했다고 하고, 일면식도 없는 사람이라고 입장 발표 하자. 그 여잔 관종으로 여론 몰이 하고."

"걔 열받아서 일 더 커지면 어떡해?"

"그러니까 매번 희생적이고 순진한 애들만 만나다가 이번엔 왜 이런 자랑하고 싶어서 안달 난 어린애를 만나! 하필 이런 시기 에⋯⋯!"

안 그래도 지금 광고 계약이 대부분 끝나 재계약을 앞두는 시기 였다. 하필 이 중요한 시기에 이런 구설수라니! 지금 끝나는 광고 들 다시 재계약만 하면 그 개런티가 총 20억이 넘어간다.

한순간의 실수로 20억을 날리게 생긴 것이다. 부글부글 끓는 화 를 삭이며 여 이사가 침착하게 머리를 굴렸다. 그 순간 좋은 묘안 이 떠올랐는지 여 이사가 손가락을 튕겼다.

"주민우. 그 여자애 빚 있댔지?"

"⋯⋯어쩌게?"

주민우의 질문에 여 이사가 냉소적으로 일갈했다.

"그거 주고 입 막고 끝내."

주민우의 일은 생각보다 빨리, 그리고 간결하게 마무리가 되었 다. 주민우에게 돈을 받은 여자는 순식간에 주민우의 옷을 훔친 스 토커로 전락했고, 주민우는 자신의 이미지에 막대한 손해를 입었 음에도 팬을 용서하는 대인배가 되었으며, 디자이너를 직접 만나 진심으로 사과했다.

몇몇이 찝찝하지 않냐며 의심을 거두지 않았지만 그래도 여태껏 워낙 봉사와 기부로 좋은 이미지를 만들어 온 사람이었기에 결국 이 일은 악성 팬 에피소드로 끝이 났다. 하지만 이 사건은 여러 가지 타이밍과 맞물려 예상치 못한 반향을 불러왔다.

"네? 주민우가 하던 아웃도어 광고가 재하한테 들어왔다구요?"

도은이 설 이사의 말에 눈을 동그랗게 떴다. 놀란 것은 재하도 마찬가지였는지 손가락으로 자신을 가리키며 입을 벌렸다.

"엥? 진짜 나한테요? 그거 완전 톱스타 남자 배우들만 했던 거잖아요."

"저도 놀랐습니다. 여러 가지로 시기가 좋았어요. 재하 씨 인지도가 급격하게 올라간 것과 주민우 이번 사건이 잘 맞물린 듯싶습니다."

설 이사가 산뜻하게 웃으며 대답했다.

"그런데 주민우 그 사건은 어떻게 된 거예요?"

"여자가 빚이 있어 아마 여란 측에서 돈을 주고 마무리하지 않았을까 추측하고 있어요. 덕분에 광고는 하나 빼고 전부 재계약을 했죠."

주민우 여자 친구가 빚이 있는 건 또 어떻게 알았대. 그 순간 재하의 머릿속에 한 가지 스쳐 가는 것이 있었다.

도은이 입원했을 때 설 이사가 자신에게 한 말. 내 식대로 한다는 게 설마…….

'백업은 나한테 맡기고 인재하 씨 인재하 씨가 할 일만 집중해서 하고 있어요. 판은 내가 짜겠지만 타이밍은 재하 씨가 만드는 거니까.'

재하가 빠르게 눈을 감았다 떴다. 그럼 혹시 그 여자가 애초에 사진을 올린 이유가……

어쩐지 처음부터 이상했다. 여태껏 자기 셀카만 올리던 여자가 하필 재계약 시기에 맞춰 주민우의 옷을 입은 것도. 그게 하필 개인 제작 옷인 것도.

여자가 빚이 있었다면 설 이사는 그걸 알고 먼저 여자를 찾아가 돈을 줄 테니 사진을 올려 달라고 말했을 것이다. 남자 친구가 주민우인 걸 사채업자가 알면 주민우를 찾아가 협박할 테고, 주민우는 그런 그녀를 바로 버릴 테니까. 그 전에 빚이라도 갚는 게 어떠냐며 설득했겠지.

아, 정말 타이밍 하나는 귀신같단 말야. 재하가 웃음기를 머금고 설 이사를 바라보자 설 이사는 그저 가볍게 어깨를 으쓱할 뿐이었다.

"아, 그리고 사실 중요한 건 이겁니다."

설 이사가 광고 기획안 서류를 재하 앞으로 쓱 밀었다.

"뭔데요, 이게?"

"케이블 방송사 캠페인 광고가 하나 섭외 들어왔는데 주민우 씨와 동반으로 하는 조건이에요."

동반이라. 생각보다 일찍 마주치게 된 기회에 재하가 고민하듯 기획서를 만지작거렸다.

"내키지 않으면 안 해도 돼요. 어차피 드라마에서 만날 테니까 굳이 지금 연결점을 만들 필요는 없어요."

"아뇨. 이왕 이렇게 불씨가 붙은 거, 승부 일찍 보죠."

"무슨 생각 있어?"

의외의 대답에 도은이 궁금한 듯 묻자 재하가 설 이사와 도은을 번갈아 보며 씩 웃었다.

"한 번은 이렇게 넘어갔지만, 안 좋은 얘기가 두 번 세 번 반복된다면 사람들이 그때도 정말 그게 헛소문이라고 생각할까요? 아뇨. 단언컨대 분명 인성에 뭔가 문제가 있다고 생각할 겁니다."

확신 어린 재하의 말에 설 이사가 동의한다는 듯 고개를 끄덕였다.

"좋아요. 주민우 이미지에 균열을 내 보죠. 우리."

그렇게 말한 설 이사가 소파에 팔을 걸치며 느릿하게 웃었다.

"안 그래도 지금 상당히 짜증 나 있을 테니까."

＊　＊　＊　＊

광고 촬영 당일. 분장실에서 메이크업을 받고 있는 민우의 기세가 심상치 않았다. 스캔들 이후 내내 저기압이긴 했지만 오늘처럼 이렇게 메이크업이나 의상에 트집을 잡는 경우는 없었기에 매니저도 코디도 민우의 눈치만 보고 있었다.

"형, 오늘 기분 안 좋은 일 있어요?"

그걸 몰라서 묻냐, 눈치 없는 새꺄. 라고 매니저에게 쏘아붙이고 싶은 걸 민우는 간신히 참았다. 저 새끼한테 제일 중요한 아웃도어 광고를 뺏기는 것도 모자라서 심지어 동반 광고까지. 하, 욕지거리가 금방이라도 입 밖으로 튀어나올 것만 같았다.

안 되지, 안 돼. 이럴수록 컨트롤을 잘 해야지. 몇 년 동안 얼마나 공들여서 만든 이미지인데. 그렇게 스스로를 나스린 민우가 매니저를 향해 방긋 웃었다.

"미안. 내가 어제 잠을 못 자서 그런가 봐."

"앗, 형. 죄송해요. 그런 줄도 모르고. 아직 촬영까지 시간 있으니까 조금 눈 붙이세요."

"인재하 씬? 왔어?"

민우의 물음에 고개를 끄덕인 매니저가 이내 뭔가 떠오른 듯 박수를 쳤다.

"아. 맞다, 형. 인재하 씨 매니저 여자더라구요. 특이하죠?"

"여자라고?"

호오. 순간 민우의 눈에 이채가 어렸다. 안 그래도 그만둬야 할 놈이 갑자기 눈앞에 얼쩡거려서 거슬리는데 잘됐다. 인재하 매니저 꼬셔서 인재하 약점이나 실컷 털어 볼까.

"나 잠깐 인사하고 올게."

특유의 눈웃음을 건네며 민우가 한결 가벼운 기분으로 일어섰다.

똑똑.

노크 소리에 도은은 고개를 갸웃했다. 누구지? 지금 올 사람이 없는데. 도은은 의아해하며 살짝 문을 열었다.

"안녕하세요. 오늘 같이 촬영하게 된 주민우입니다."

생긋 웃는 연갈색의 눈동자를 마주한 순간 도은의 몸이 빳빳하게 굳었다. 만날 걸 예상 못 한 건 아니다. 동반 촬영이니 마주치는 건 당연한 거였다. 하지만 이렇게 단둘이 만날 일이 있을 거라고는 생각하지 못했다.

주민우를 만나도 평범하게 대하겠다고 다짐하며 여러 번 시뮬레이션 했지만 이렇게 얼굴을 보니 연습은 아무 소용이 없었다. 2년이란 시간이 흘렀지만 주민우에 대한 분노와 원망은 심장에 깊게 팬 채였다.

"들어가도 될까요? 인사하러 왔거든요."

민우의 말에 도은이 덜덜 떨리는 입술을 꾹 깨물며 생명 줄처럼 문고리를 꽉 붙잡았다. 하필이면 재하는 방금 전 오늘 콘티에 대해 물을 것이 있다며 새로 고용한 코디와 함께 나간 상태였다.

"……지금은 재하가 없어요."

간신히 흘러나온 목소리는 아주 가느다랗고 볼품이 없었다. 도은의 대답에 주민우의 눈이 반짝 빛났다. 그러곤 특유의 매력적인 눈웃음을 지으며 도은에게 시선을 맞췄다.

"그럼 앉아서 기다릴게요."

내내 시선을 살짝 내리깔고 있던 도은이 그제야 고개를 들어 주민우를 마주 보았다. 자신을 바라보는 주민우의 눈은 상냥했고 매력적이었다. 그 얼굴을 보니 회오리치듯 폭발하는 혐오감에 눈앞이 아득해졌다.

언니도 그 눈빛으로 바라보았겠지? 당신은 그 가식적인 얼굴로 언니에게 영원한 사랑을 속삭였고, 언니를 방치하다가 버렸어. 그리고 결국 아이까지……. 순간 참을 수 없는 토기가 치밀었다.

"죄송합니다. 관계자 외 출입 금지라서."

그렇게 말한 도은이 문을 쾅 닫았다.

지금 대기실엔 도은 혼자였다. 단둘이 있게 된다면 이성적으로 주민우를 대할 자신이 없었다.

널 지금 여기 들이면 난 널 죽여 버릴지도 모르니까.

"뭐야. 지 여자."

한편, 닫힌 문을 어이없다는 듯 바라보던 주민우는 이내 호기롭게 웃었다.

299

"꽤 귀엽네. 꼬시는 맛이 있겠어."

그때 이후로도 주민우의 대시는 계속되었다. 촬영 틈틈이 도은이 심부름을 가거나 혼자 있게 될 때만 슬며시 따라붙었다. 주변에 아무도 없어 상대는 무방비하고 자신은 안전한 그 찰나의 타이밍에만 말을 거니 그야말로 귀신같은 솜씨였다.

한숨을 삼키며 소품실을 향해 걷던 도은은 살짝 열린 창고 문으로 무심코 시선을 돌리다 멈칫했다. 커다란 판자 뒤에 삐죽 튀어나온 빨간색 신발 코가 잠깐 보였다가 사라졌기 때문이다.

저 신발은 분명 아까 잠깐 인사했던 막내 스탭의…….

빠르게 머리를 굴린 도은이 최대한 자연스러워 보이도록 애쓰며 창고 안으로 들어갔다. 그리고 숨어 있는 스탭의 존재를 행여나 들키지 않도록 판자 가장자리를 등지고 섰다.

어라, 이것 봐라. 도은을 따라가며 무시하지 못하도록 일부러 촬영에 대한 질문만을 건네던 민우는 그녀가 갑자기 창고 안에 들어간 이유가 자신에게 마음이 있어서라고 생각하고 입꼬리를 당겨 웃었다. 그럼 그렇지. 세상에 나를 싫어하는 여자가 있을 리가.

"같이 점심 먹을래요?"

자연스럽게 도은을 따라 창고로 들어온 주민우가 주변에 사람이 없는 것을 확인하고 본심을 드러냈다.

"아뇨. 저 밥 먹었어요."

"뭐 나한테 원한이라도 있어요? 왜 이렇게 까칠해?"

주민우가 귀여운 말투로 투덜거리며 도은의 팔을 감쌌다. 언니일이 아니었다면 자신도 주민우를 매력적이고 상냥한 배우로 받아들였을 것이다. 그러나 그의 정체를 빠삭하게 알고 있는 도은은 소름이 끼쳤다.

"아, 설마 인재하가 나랑 라이벌이라서 그런 거예요? 요즘이 어떤 시댄데……."

"아뇨."

"뭐가요?"

"주민우 씨 라이벌이라고 생각 안 한다구요."

"하긴. 라이벌이라기엔 제가 급이 너무 높죠. 다들 제2의 주민우를 꿈꾸니까."

"전 그런 뜻이 아니었는데. 뭐 그런 걸로 칠게요. 그걸로 주민우 씨 기분이 좋아진다면요."

여전히 시선을 마주치지 않고 냉랭하게 말하는 도은의 태도에 오기가 생긴 주민우가 도은의 앞을 가로막고는 얼굴을 가까이 가져다 댔다.

"제 기분 좋아지게 하는 방법은 따로 있는데."

상큼한 웃음과 함께 귓가에 흘러들어 오는 나른한 목소리. 바로 코앞으로 다가온 주민우의 얼굴과 똑바로 마주치는 시선에 도은은 팔을 감쌌다.

불쾌함. 분노. 혐오감이 도은을 덮쳐 왔다. 온몸의 털이 곤두서는 느낌이었다.

"저녁은 어때요?"

"아뇨. 일이 있어요."

"그럼 내일 저녁은?"

"내일도, 모레도 약속이 있어요."

너와는 영원히 밥 먹기 싫다는 소리였다. 아무리 눈을 마주치고 웃어 줘도 도은이 여전히 싸늘하기만 하자 주민우가 의아한 듯

'흐음.' 하고 고개를 기울였다.

좀 이상했다. 모든 사람이 자신과 친하게 지내고 싶어 했다. 평소에 자신을 좋아하지 않는 사람이라도 막상 자신과 만나고 자신이 잘 대해 주면 기분 좋아했다. 그런데 도은은 자신에게 호감을 전혀 보이지 않는 것도 모자라 때때로 적대적인 감정마저 느껴졌다.

적대적인 감정. 그것은 민우에게 무척이나 낯선 것이었고 도무지 이해할 수 없는 이유였다. 대체 왜 그럴까 고민하던 민우는 그제야 뭔가 깨달은 얼굴로 다시 도은의 옆에 바짝 다가섰다.

"김도은 씨는 제가 왜 싫어요? 혹시 얼마 전 기사 때문에 그래요? 그건 다 오해였어요. 저 그런 사람 아니에요."

너무나 자연스럽게 흘러나오는 뻔뻔한 거짓말에 웃음이 났다. 도은은 주민우를 돌아보았다.

"자꾸 저한테 이러시는 거 불편해요. 그리고 주민우 씨 저 좋아서 밥 먹자고 하는 거 아니잖아요. 할 말 있으면 재하한테 가서 하세요. 저한테 이러지 마시고."

뭐야, 바보는 아니네. 속으로 쳇 혀를 찬 주민우가 이내 싱긋 웃었다.

"아, 그래서 까칠한 거였구나. 좋아서 밥 먹자고 하는 거 맞아요. 그럼 문제없는 거죠?"

"솔직히 말해도 돼요?"

"네."

"화내실 것 같은데."

"화 안 낼 테니까 솔직하게 말해요."

"죄송해요. 전 남자 얼굴 보거든요."

"근데요?"

주민우가 눈을 깜빡이며 곧바로 되물었다. 도은이 한 말의 의미를 전혀 이해하지 못한 듯했다.

남자 얼굴을 보니까 네가 싫은 거라고. 한마디로 너는 못생겼다, 내 스타일이 아니다라는 말의 의미였는데. 표정을 보니 그 말이 자신에게 해당될 수도 있다는 사실을 모르는 것이 분명했다. 도은이 짧게 한숨을 내쉬며 또박또박 대답했다.

"전 남자 얼굴 보니까, 그래서 주민우 씨 싫다구요. 한마디로 제 스타일 아니에요. 그러니까 저한테 자꾸 사적으로 밥 먹자고 하는 거 안 하셨으면 좋겠어요."

"……하. 미친."

주민우가 기가 막히다는 듯 헛웃음을 내뱉었다. 도은을 쳐다보는 눈은 방금 전과 달리 분노가 가득했고 소름 끼치도록 차가웠다.

꼭 벌레 보는 듯한 시선. 그것은 자신이 주민우를 바라볼 때의 눈과 닮아 있었다.

"야! 내가 너 좋아서 밥 먹자고 하는 줄 아냐? 아, 진짜, 안 그래도 인재하 그 새끼 때문에 빡치는데 아주 매니저까지 쌍으로 돌게 하네."

여태까지 한 번도 들어 보지 못한 말에 자존심이 갈라졌는지 주민우는 자신도 모르게 본모습을 내비치며 도은에게 위협적으로 다가섰다.

마치 모욕이라도 당한 듯 그의 얼굴에는 참을 수 없는 분노가 어려 있었다. 한순간에 변한 눈빛과 말투에 도은이 한 발 뒤로 물러섰다.

"뭐 하시는 겁니까?"

그때 묵직하게 끼어든 목소리에 주민우가 고개를 돌렸다. 험상 궂은 인상에 떡 벌어진 어깨와 곰과 같은 덩치를 가진 남자가 문 앞에 서 있었다.

낯선 사람의 등장에 그가 살풋 눈썹을 찡그렸다가 빠르게 표정 을 갈무리했다.

"누구시죠?"

"재하 형 코딥니다."

코디라고? 저 덩치가? 그제야 퍼뜩 정신이 든 주민우가 도은을 향해 멋쩍은 듯한 표정을 지으며 뺨을 긁적였다.

"죄송해요. 전 좋은 의미로 말한 건데 오해하시니 저도 모르게 답답해서 그만…… 불쾌하셨다면 사과드립니다. 제가 잠을 못 자 서 예민했나 봐요."

정중하게 꾸벅 고개를 숙인 주민우가 자신은 이만 가 봐야겠다 며 발걸음을 옮겼다.

"누나. 괜찮아요? 식은땀을 너무 흘리는데……."

땀이 송골송골 맺혀 있는 창백한 도은의 안색과 핏줄이 도드라 지도록 꾹 쥔 주먹에 선호가 깜짝 놀란 얼굴로 물었다.

"덕분에. 고마워. 조금 무서웠는데."

"혹시 저 자식이 해코지했어요?"

선호의 질문에 뒤에 있는 판자가 살짝 덜컹거리는 것이 느껴졌 다. 힐긋 뒤를 바라본 도은이 대답 없이 미소 지었다.

"두 분 여기서 뭐 해요?"

지나가다 열린 창고 문을 발견한 촬영 스탭이 도은과 선호를 향 해 의아한 듯 물었다.

"아. 소품실을 찾다가 잘못 들어왔어요."

누가 봐도 수상쩍은 도은의 말에 스탭이 의심스러운 듯 눈가를 가늘게 떴다. 이상하네. 방금 주민우도 여기서 나왔는데…….

"어, 그런데 김 매니저님 어디 아파요? 안색이 왜 그래요."

"조금 피곤해서요. 촬영 언제 시작해요?"

"곧 시작할 거예요. 같이 가요."

세 사람이 완전히 사라지고 난 후, 그제야 판자 뒤에 몸을 웅크리고 있던 스탭이 꼬물꼬물 밖으로 나와 참았던 숨을 터뜨렸다.

"대박."

선배에게 진탕 까이고 숨어서 울고 있었는데 이런 엄청난 광경을 목격하고 말 줄이야. 눈물이 쏙 들어갈 만큼 대박 사건이었다.

한편, 창고를 나와 스탭을 따라 걷던 도은은 어느샌가 뒤에서 멀찍이 따라오는 빨간 구두를 확인하고 주머니에서 핸드폰을 꺼냈다.

조금 무모할지 모르지만 구설수의 텀이 짧을수록 타격이 클 테니까. 목격자도 있겠다, 이 좋은 기회를 놓칠 수 없었다. 빠르게 키패드를 두드린 도은이 전송 버튼을 눌렀다.

[준. 내일 아침 찌라시 하나만 흘려 줘.]

❋　❋　＊　❋

평소와 같이 모니터링을 위해 익명 커뮤니티에 접속한 여 이사는 댓글이 400개나 달린 이슈 글을 클릭했다가 경악하고 말았다.

『오늘의 찌라시. 최근 구설수를 겪은 톱배우 A. 대세 배우 B에게 광고를 뺏기자 B의 매니저를 불러 화풀이함. 그 이후로 그 매

305

니저는 *A*만 보면 경기를 일으킨다고. 참고로 평소 *A*는 미담 제조기에 천사 같은 성격으로 유명해 충격을 주고 있음.』

— 아니, 그걸 왜 상대 매니저한테 화풀이함?

— 믿고 싶지 않지만 이게 진짜면 인성 쓰레기.

— 누구야? 궁금하다.

— 이거 넘나 ㅈㅁㅇ 얘기 아님?

— 저런 루머를 믿음? 내가 더 잘 지어내겠다.

— 있지도 않은 찌라시로 날조 선동 하지 마.

— ㄴㄴ이거 ㄹㅇ임 내가 곧 터질 줄 알았다. ㅋㅋ 진짜 이래서 연예인 이미지는 믿으면 안 된다는 걸 뼈저리게 느낌.

└ 헐 관계자임? 쪽지 좀.

└ 쪽지 좀.

이상했다. 보통 이니셜을 달고 나온 찌라시는 상대를 특정할 수 없는 모호한 내용이기 마련인데 이건 누가 봐도 주민우를 떠올릴 수밖에 없을 정도로 디테일했다.

최근 구설수에 올랐으니 요즘 주민우가 인재하에게 광고를 뺏긴 이후로 심기가 한껏 뒤틀려 있는 상태라는 건 누구보다 여 이사가 가장 잘 알고 있었기에 마냥 무시하기엔 찜찜했다.

"내가 쓸데없는 짓 하고 다니지 말랬지."

"왜, 뭔데 그래."

댓글을 쭉 스크롤 하던 여 이사가 입술을 짓이기며 패드를 주민우에게 던졌다.

"이게 뭐. 나라고 이게?"

주민우가 내용을 읽고는 얼빠진 얼굴로 물었다.

"기든 아니든 확실히 해. 그래야 어떻게 할지 정하니까. 인재하 매니저한테 가서 화풀이한 거 진짜야?"

"……씨, 그 코디 새끼가 소문냈나 보네."

"뭐? 진짜 인재하 매니저한테 가서 화를 냈단 말야?"

"화는 무슨! 오히려 나한테 지랄한 건 그 여자야."

주민우를 보니 화가 머리끝까지 치솟았다. 평소 같았다면 진실 여부와 상관없이 강경 입장을 취했겠지만 지금은 타이밍이 너무 안 좋았다.

이전의 구설수와 이번 찌라시가 겹치며 사람들이 의구심을 품기 시작했기 때문이다. 어쨌든 트러블이 있었다는 건 사실이라는 건데, 세게 나갔다가 인재하 쪽에서 나서기라도 하면 괜히 긁어 부스럼 만들 확률이 높았다.

"제일 문제인 건 이거야."

여 이사가 골치 아프다는 듯 밑의 글을 세게 두드렸다.

『너희 주민우 찌라시 봄? 친구가 이쪽 일 해서 말해 줬는데 알고 보니 그냥 화풀이한 게 아니고 들이대다 까여서 화낸 거래. 그러고 보니 예전에 커뮤에 주민우가 새벽에 산부인과에서 나오는 여자 태워 갔다는 목격담 있지 않았어? 그땐 다 구라라고 넘어갔는데 이쯤 되면 레알일 수도?』

"뭐야. 송유미 얘기는 또 어디서 나온 거야? 그때 글 삭제됐는데."

글을 읽던 주민우의 눈가가 일그러졌다. 낳겠다는 유미를 억지로 설득해 아이를 지운 날, 혹여 기자라도 찾아갈까 봐 불안해 병원 앞에서 직접 차에 태워 집에 데려간 적이 있었다.

새벽 시간대라 목격자 본인도 긴가민가하면서 올렸던 썰이고,

또 그때 주민우의 이미지가 워낙 좋았기 때문에 결국엔 아무도 안 믿는 카더라로 끝났지만 그에게 있어서는 상당히 아찔한 경험이었다.

당사자가 없으니 더 이상 추가로 말이 나오지는 않겠지만 이미 묻힌 줄 알았던 이야기가 다시 끄집어내지자 불쾌하기 짝이 없었다.

"이건 인터뷰 때 다시 한번 확실히 못 박는 걸로 하고, 근데 너 혹시 인재하 매니저 건드렸어?"

"건드리긴 뭘 건드려! 완전 미친년이더만."

여 이사의 질문에 주민우가 기겁하며 손을 거칠게 내저은 후, 더 이상 말 꺼내지 말라는 듯 소파 위에 엎드렸다. 주민우의 짜증에도 굴하지 않고 여 이사가 다시 물었다.

"그 매니저한테는 무슨 얘기 한 건데."

여 이사의 집요한 추궁에 주민우는 잊고 있던 어제의 일을 떠올렸다. 무관심한 것을 떠나 때때로 적대감마저 느껴지던 도은의 싸늘하고 냉랭한 눈빛. 다시 생각해도 기분이 더러워 주민우가 신경질적으로 뒷머리를 헝클었다.

"진짜 별거 없다니까. 그냥 밥 먹자는 말밖에 안 했어. 근데 걔가 무슨 나를 벌레 보는 것마냥……."

"뭐? 너 지금 상황 파악 못 해?!"

당장 얼마 전에 전 여친이랑 구설수가 있었다. 아무리 잘 마무리했다고는 하나 그런 상황에서 또 작업을 치려고 했다는 사실에 분노한 여 이사가 성을 냈다.

"난 그냥 인재하 그 새끼 약점이라도 좀 파 보려고 그랬지!"

어느덧 소파에서 벌떡 몸을 일으킨 주민우가 지지 않고 소리쳤다. 잘못했다고 빌어도 모자랄 판에 여전히 적반하장인 주민우의 태도에 후, 깊은 한숨을 삼킨 여 이사가 지끈거리는 이마를 짚으며 주민우를 향해 씹어뱉듯 경고했다.

"아무것도 하지 말고 그냥 가만히 있어. 너랑 내가 여길 어떻게 올라왔는데! 안 그래도 지금 구설수 때문에 제의 들어왔던 광고 다 날아가고 남아 있는 것들도 다 재계약 간당간당한데, 이번 일로 스캔들이라도 하나 터지면 우린 진짜 끝이야."

"알았어. 알았다고!"

그때 여 이사의 핸드폰이 띠링 울렸다. 화면을 확인한 여 이사의 미간이 왈칵 구겨졌다.

『인재하 베스트셀러 원작 사극 〈달밤〉에 캐스팅. 주민우와 인재하의 투톱 캐스팅. '달밤' 하반기 대작 합류』

인재하?! 왜 하필 또…….

봇물 터지듯이 쏟아지는 헤드라인들을 읽던 여 이사가 문득 느껴지는 기시감에 느리게 턱을 매만졌다.

거대한 제작비 투입과 베스트셀러가 원작이라는 점. 또한 제작자가 이 바닥에서 감 좋기로 유명한 설이연이라는 것. 여러 가지로 성공 가능성이 높았기에 계약을 한 거지만 상대 배우가 인재하일 경우 말이 달라진다.

사극은 인재하 특기였다. 주인공이 주민우라고 해도 이 작품 자체가 남자 배우 투톱으로 흘러가기 때문에 인재하와 같이 들어갈 경우 분명히 비교당할 것이 뻔했다.

설연처럼 드라마 제작사가 엔터테인먼트도 병행할 경우 자사의 배우를 캐스팅하는 건 흔한 얘기였지만, 우연이라기엔 차곡차곡 단계를 밟듯 딱딱 떨어지는 타이밍이 범상치 않았다.

"아무래도 당한 것 같은데."

이상하다는 걸 인식하고 나니 앞으로 어떻게 될지도 빤히 눈에 그려졌다. 처음엔 주민우의 화제성과 이름값을 팔아 작품을 띄우겠지만, 막상 방영이 되면 제일 큰 수혜자가 되는 건 인재하겠지.

작품이 대박 난다고 해도 그들 쪽에 플러스가 될 것이 아무것도 없었다. 하지만 그렇다고 해서 이제 와서 계약을 무르기엔 위약금이 너무 컸다.

그러니까 이건 아마도 설이연이 주민우를 캐스팅할 때부터 철저하게 계획한 덫인 것이다.

"왜. 또 무슨 일인데."

심상치 않은 여 이사의 표정에 주민우가 의심 섞인 시선을 보내고는 바닥에 내려놓았던 패드를 다시 집어 들었다.

단조로운 얼굴로 포털 사이트 메인 기사를 읽어 내려가는 주민우를 향해 여 이사가 한마디 던졌다.

"주민우. 어떻게 생각해? 이거 우연일까?"

여 이사의 질문에 주민우가 픽 웃고는 화면 속 재하의 사진을 뚫어지도록 노려보았다.

"백 프로 우연 아니지."

"……."

"여 이사. 인재하 음주 사고, 다시 언론에 크게 터뜨리자."

나긋하게 울려 퍼지는 주민우의 말에 여 이사가 고개를 퍼뜩 들었다.

"제정신이야? 혹시 인재하가 나서기라도 하면……."

"그때 증거 여 이사가 완벽하게 처리했잖아."

"……."

"이미 공소 시효도 지난 사건이고 증거도 없는데 인재하가 미쳤다고 자기가 덮어쓴 거라고 하겠어? 일이 커져도 설연 입장에선 입 다물고 있는 게 최선일 거야. 요즘 사람들 인성이나 도덕성 문제에 민감하니까 그쪽으로 포커스 맞춰서 키워 보자고. 우리가 발 못 빼면 그쪽에서 발 빼게 만들어야지."

"하지만 위험 부담이 너무 커."

여 이사의 만류에 주민우가 들고 있던 패드를 있는 힘껏 내던졌다. 빠가 소리와 함께 깨진 액정 유리 조각들이 바닥에 흩어졌다. 새까맣게 분노로 덮인 주민우의 눈빛이 여 이사를 관통했다.

"그렇다고 여기서 머뭇거리다간 우리가 당할지도 몰라."

"……"

"여 이사 말대로 이게 처음부터 계획된 거라면, 이건 철저하게 인재하를 위해 만들어진 판이야. 지금 보니 그 자식이 원하는 건 단순히 나를 엿 먹이는 수준이 아니라…… 날 완전히 회생 불가로 만들고 싶은 것 같은데?"

유학을 간다기에 다 포기하고 평범하게 살 줄 알았더니, 뒤에서 깜찍하게 이런 수작을 부리고 있었단 말이지? 주민우의 입가가 비틀렸다.

"그러니까 먼저 치자. 여 이사가 제일 잘 알잖아. 한번 흔들리기 시작하면 망가지는 거. 여길 어떻게 올라왔는데, 이렇게 무너질 순 없지."

꿈틀거리는 지렁이는 밟아 죽이면 그만이다. 아무리 지금 자신이 여러 가시 스캔들로 이미지에 균열이 일고 있고 인재히기 반짝 뜨고 있다고 해도, 인재하와는 견고함이 달랐다. 급하게 쌓은 탑은 조금만 자극해도 쉽게 무너지기 마련이었다.

치려면 지금 확실하게 쳐야 한다. 인재하가 쥐고 있는 칼날을 역이용해서. 숨도 쉬지 못할 정도로, 치명적이게.

"나는 죽어도 그 새끼 들러리는 안 해."

여 이사를 바라보는 주민우의 눈이 뱀처럼 번뜩였다.

※　※　＊　※

며칠 후. 설 이사의 문자를 받은 도은이 헐레벌떡 설연 엔터테인먼트 사무실로 뛰어왔다. 설 이사가 이른 아침부터 사무실로 와 달라고 급하게 연락한 적은 처음이었기 때문이다.

"이사님, 무슨 일이에요?"

잠에서 깨자마자 급하게 온 것이 분명한 부스스한 머리와 평소보다 창백한 도은의 얼굴을 잠시 바라본 설 이사가 대답 대신 잡지 하나를 꺼내 도은의 앞에 올려놓았다. 모르는 사람이 없을 만큼 굉장히 유명한 여성 잡지로 생활 정보와 함께 주로 연예인 밀착 취재나 인터뷰를 다루는 잡지였다.

"혹시…… 음주 사고 관한 기사가 실렸나요?"

5년 전 이미 한차례 기사화된 사건이긴 하지만 그때는 상대적으로 유명하지 않은 배우였기에 기억하는 사람이 많지 않았다. 물론 재하의 예전 자료를 찾아보면서 자연스럽게 알게 된 사람들도 있었지만 보통 그런 사람들은 대체로 재하에게 호감이 있는 팬이었기에 현재 음주 사고는 비교적 묻혀 있는 상태였다.

하지만 언론에 한차례 다시 대두되어 대중들에게까지 퍼진다면 그 여파의 차원이 다를 터였다.

딱딱하게 굳은 도은의 표정에 설 이사가 고개를 저었다.

"단순히 그때 음주 운전 사고에 대해서만 보도된 것이라면 이미 5년이나 지난 사건이고 충분히 자숙을 했다고 수습하면 되었겠지만…… 이번엔 그걸로 해결할 수 있는 문제가 아닌 것 같습니다. 일단 보시죠."

그 말에 바로 잡지를 펼친 도은은 목차 부분의 연예면을 훑었다. 재하의 과거와 관련된 기사가 난 게 아닐까 생각했던 것과 달리 잡지에 재하에 관한 헤드라인은 없었다. 다만…….

『지금 가장 핫한 남자 주민우와의 밀착 인터뷰』

그 글귀를 본 순간 도은의 심장이 본능적으로 불온하게 뛰었다.

재하는 드라마 '버킷리스트'의 성공으로 화제와 인기를 동시에 얻어 수많은 광고와 함께 대세의 길을 순조롭게 착착 밟아 가고 있었고 반면 주민우는 최근 연속된 논란으로 그동안 굳건하게 지켜 온 성실하고 바른 생활 이미지가 조금씩 깨지고 있었다.

애초에 계획한 것보다 훨씬 더 빠르고, 훨씬 더 큰 성과였다. 그렇기에 도은의 가슴 한편에는 불안감도 늘 함께 내재되어 있었다. 하지만 그 폭탄이 오늘 터질 줄은 몰랐다.

빠르게 페이지를 찾아 주민우의 인터뷰를 읽어 내려갔다. 중반까지 별다른 내용은 없었다. 차기작과 봉사 활동에 관한 이야기가 전부였다. 그 순간, 도은의 시선이 인터뷰 끝자락에서 멈췄다.

Q. 최근 루머에 시달렸었는데 당시 심경이 어떠셨나요?

A. 팬분들이 선물을 소포로 보내 주시는데 제가 직접 받는 것이 아니라 회사에서 보관했다가 저에게 전달하는 시스템이다 보니 그 과정에서 실수가 생긴 것 같더라구요. 처음엔 저도 사람인지라 오해 때문에 속상했지만 팬분 입장에선 충분히 오해할 만했다 생각

하고 그 선물을 해 주신 팬분께 죄송하더라고요. 저를 위해서 특별 제작까지 해 주셨는데 저에게 전달이 되질 않았으니까.

다행히 팬분이랑 연락이 되어서 오해도 풀고 사과도 드릴 수 있었어요. 제 입장을 이해해 주시고 오히려 제 걱정을 해 주셔서 감사했어요.

이런 오해들과 가십들은 연예인으로서 어느 정도는 당연히 감당해야 한다고 생각하지만 요즘 부쩍 사실무근인 악성 루머들이 돌아 당황스럽고 마음이 많이 아프더라고요. 하지만 그런 것에 흔들림 없이 여태까지 해 왔던 것처럼 더욱 좋은 모습 보여 드릴 생각입니다.

Q. 이야기가 나온 김에 한 가지 궁금한 것이 있는데요. 얼마 전까지 인재하 씨와 같은 소속사 소속이셨죠?

A. 네. 맞습니다.

Q. 과거 인재하 씨의 음주 사고 당시 인재하 씨가 운전했던 회사 차에 민우 씨도 동승했다는 소문이 있는데 민우 씨는 인재하 씨가 음주 운전인 걸 알고 계셨습니까? (민감한 질문이라 그는 한참 동안 고민했지만 취재팀의 설득 끝에 조심스럽게 입을 열었다.)

A. 아뇨…… 저는 몰랐습니다. 제가 그 친구의 상태를 알아챘다면 바로 대리를 불렀을 텐데…… 친구로서 안타깝죠. 평생 후회되는 순간 중에 하나입니다.

Q. 항간에 두 분이 사이가 좋지 않다는 소문이 떠도는데 그 사건의 영향 때문인가요?

A. 음주 운전은 잘못된 행동이고 재하를 두둔하려는 건 아닙니다. 하지만 음주 사실을 미리 말하지 못해 저한테까지 피해를 입힌 것 같아 미안하다고 이미 사과를 받았고, 그 친구도 오랫동안 후회

하고 괴로워했기 때문에 저는 괜찮습니다. 오해 없으셨으면 좋겠습니다.

"······하하하."

온몸에 힘이 쫙 빠져나가는 느낌에 도은의 손이 테이블 아래로 툭 떨어졌다. 피해자 코스프레에도 정도가 있지. 너무 어이가 없어서 입이 다물어지지를 않았다.

"인터넷에는요? 기사 아직 안 떴죠?"

"네. 하지만 아까 전부터 사무실에 전화가 쇄도했으니 아마 곧 올라올 겁니다."

수화기를 옆으로 빼 놓은 전화를 보니 얼마나 연락이 많이 왔을지 보지 않아도 알 수 있었다.

짧은 한숨과 함께 고개를 숙인 도은이 손바닥으로 눈가를 지그시 눌렀다. 통제할 수 없는 분노에 시야가 까맣게 점멸하는 느낌이었다.

주민우는 이번 인터뷰로 자신의 루머에 대한 해명과 재하의 사건을 함께 엮어 그동안의 논란을 불식함과 동시에 스스로에게 '피해자'의 이미지를 극대화시켰다. 대중들이 보기엔 한 톨의 의심도 가지 않을 완벽하고 교묘한 피해자 코스프레였다. 그래서 더 화를 참을 수가 없었다.

음주 사실을 속이고 혼자 가겠다는 재하를 억지로 태워 가다가 사고를 낸 건 주민우 본인이었다. 친구의 음주 사실을 눈치채지 못했다며 가끔 그 순간이 후회된다고 한 것도 재하가 했던 얘기다.

그때 대리 기사를 불렀으면 자신도 주민우도 이렇게 되진 않았을 것 같다는 생각이 든다며 씁쓸하게 웃던 재하의 얼굴을 도은은 선명하게 기억하고 있었다.

그랬는데…… 사람이 어떻게 이렇게까지 할 수가 있어. 상상을 초월하는 주민우의 거짓말에 구역질이 나왔다.

"……죄송해요. 너무 단기간에 몰아붙였나 봐요. 설마 주민우가 직접 그 사고를 끄집어 낼 줄이야."

도은은 자꾸만 자신의 실수라는 생각을 버릴 수가 없었다. 확실한 효과를 위해 성급하게 행동했다가 상대의 역습으로 오히려 재하가 위태로워졌기 때문이다. 도은이 자책하자 설 이사가 위로하듯 어깨를 다독였다.

"도은 씨의 잘못이 아닙니다. 그저 여란의 의외의 선택일 뿐이죠. 여란 쪽에서 이렇게 나올 거라는 걸 아예 예상하지 못했던 것은 아닙니다. 다만 이 사고 자체가 다시 언론에 오르내리는 게 여란 측에서도 꽤 위험 부담이 있는 일이라 가능성이 없다고 생각하고 배제했었거든요. 아무래도 주민우는 저희 생각보다 많이 조급했던 모양입니다."

"……기사가 나면 한바탕 시끄러워질 텐데 어떻게 대처하는 게 좋을까요?"

사건의 진실을 곧이곧대로 말할 수도 없는 노릇이고 마냥 침묵하자니 사건이 걷잡을 수 없이 커질 것만 같았다. 그렇다고 해서 주민우가 이미 인터뷰로 확인 사살까지 한 마당에 섣불리 오해라고 입을 열 수도 없었다. 그야말로 절벽에 내몰린 진퇴양난의 상황이었다.

"일단 기사가 나더라도 포털 메인에 올라가지 못하도록 미리 조치는 했습니다. 기사 자체도 최대한 막아 보긴 하겠지만 그래도 모든 기사를 막을 수는 없으니 커뮤니티나 카페에도 퍼질 거고 실시간 검색어에도 오를 수 있어요. 사건이 사건이니만큼 여파가 클 수도 있지만 저희 생각보다 잠잠하게 지나갈 수도 있으니 별다른 대응 없이 당분간 상황을 지켜보는 게 좋겠어요."

"네. 알겠습니다."

포털 메인만 올라가지 못하게 막아도 이슈화되는 것을 어느 정도 유보시킬 수 있었다. 어떻게 대응할지에 대해서는 그 이후에 정하자는 설 이사의 덧붙임에 도은이 고개를 끄덕였다. 설 이사의 판단에 도은 역시 동의하는 바였다.

"아, 도은 씨. 재하 씨 스케줄이 어떻게 되죠?"

"오늘부터 3일간은 스케줄이 없어요. 이번 달에 딱 3일만 비는 거라 오늘 본가에 내려간다고 했던 것 같아요."

"혹시 재하 씨 본가가 어딘지 압니까?"

"부여예요. 자세한 위치는 모르고 시골 쪽이라고 들었어요."

"마침 잘됐네요. 혹시 기자들이 집 앞에 잠복할 수도 있으니까 며칠간은 본가에 있는 게 낫겠어요."

도은 역시 같은 생각이었다. 모니터링을 하기 위해 컴퓨터 책상 앞에 다가가던 도은은 문득 잊고 있던 사실을 깨달았다. 우뚝 걸음을 멈춘 도은이 아연실색한 얼굴로 설 이사를 돌아보았다.

"이사님. 어떡하죠? 재하 오늘…… 기차 타고 간다고 했어요."

"……당장 전화해 보죠."

설 이사가 곧바로 핸드폰을 꺼내 재하에게 전화를 걸었다.

뚜르르. 뚜르르. 기약 없는 긴 신호음에 그가 포기하고 전화를 끊으려는 찰나, 잠이 덜 깬 잔뜩 잠긴 목소리가 천천히 흘러들었다.

— 여보세요.

"접니다. 설이연. 아직 집입니까?"

— ······스케줄 생겼다는 소리만 하지 마요.

불퉁한 재하의 대꾸에 설 이사가 심각했던 표정을 풀고 편안하게 받아쳤다.

"스케줄을 거부하다니 초심 좀 찾아야겠는데요."

— 그 말을 들으니 아주 잠이 확 깨는구만. 저 일어났어요. 무슨 스케줄인데요?

"스케줄 얘기 아니니까 안심해요. 다른 건 아니고 오늘 본가 간다고 들었는데······."

미안한 마음에 설 이사가 잠시 머뭇거리자 뭔가 이상을 감지한 재하가 전화기에 귀를 바짝 가져다 댔다.

"기차는 안 되겠어요."

아무리 꽁꽁 가린다고 해도 재하의 큰 키와 몸 선까지 숨길 수는 없었다. 늘 사람들로 북적거리는 기차는 보는 눈이 많은 만큼 알아보는 사람들이 분명 있을 테고 인터넷에 직찍이나 목격 글도 올라올 확률이 높았다. 오늘 당장 잡지에 논란의 여지가 있는 기사가 실린 만큼 당분간은 눈에 띄지 않게 조용히 있는 편이 나았다.

— 나 기차표 다 끊어 놨는데····· 근데 갑자기 왜요? 혹시 무슨 일 터졌어요?

"비슷합니다. 자세한 얘기는 가면서 도은 씨한테 들어요."

— 알겠······ 잠깐. 뭐요?

습관적으로 알겠다고 대답하려던 재하는 갑자기 튀어나온 도은의 이름에 화들짝 놀라 되물었다. 아니, 기차 타지 말라는 얘기가 왜 거기로 튀어?

아직 덜 깬 잠 때문에 흐렸던 시야가 번쩍 뜨이는 느낌이었다.

재하가 삐죽삐죽 까치집을 지은 머리를 툭툭 누르며 빠르게 머리를 굴렸다.

도은에게 들으라는 의미는 곧 도은의 차를 타고 가라는 뜻일 테고, 서울에서 본가까지는 어림잡아 3시간 정도 걸렸다. 그렇다면 왕복은 6시간. 아무리 도은이 운전에 익숙하고 베스트 드라이버라고는 해도 하루의 1/4 시간 동안 운전대를 잡는 것이 피곤하지 않을 리 없었다. 안 그래도 부쩍 바빠진 자신의 스케줄만큼 도은 역시 눈코 뜰 새 없이 바빠져 저만큼 잠을 못 자는 것 같았는데…….

그것 말고도 신경 쓰이는 것이 한 가지 또 있었다. 부여까지 가는 동안 차 안에서 도은과 단둘이 있어야 한다는 점이었다.

최근 매일 얼굴을 보고 있다고는 해도 늘 많은 스탭들과 함께 있었고, 코디로 가장한 경호원 역시 늘 옆에 붙어 있었기에 도은과 단둘이만 있던 적은 도은이 복귀한 이후로 한 번도 없었다.

게다가 그날 이후로 자연스럽게 둘은 서로 약속이라도 한 것처럼 꼭 필요한 업무적인 대화 이외에 사적인 이야기들은 일체 하지 않는 상태였다.

거기까지 생각한 재하가 황급히 입을 열었다.

— 기차 안 되면 저 그냥 고속버스 타고 갈게요.

"안 됩니다."

— 마스크랑 모자랑 선글라스 끼고 가면 되잖아요.

"아무리 가려도 티 납니다. 인재하 씨는."

— 알겠어요. 그럼 김도은 차 타고 갈 테니까 그 가짜 코디 아저씨도 나오라 해요.

"그것도 안 됩니다. 이미 스케줄 맞춰서 준 휴무를 갑자기 뺏을 수는 없어요. 그리고 물리적인 위협 때문이라면 너무 걱정 마요.

지금 그들이 택한 건 언론을 통한 인격 살인입니다. 원인을 단순히 1명으로 특정 지을 수 없으니 책임감을 피하는 아주 교묘하고 효과적인 방법이죠. 재하 씨의 상황이 저번과 다르니 그때와 같은 사고는 없을 거예요. 안전할 겁니다."

부드러우면서도 단호함이 깃든 목소리였다. 사실은 재하도 알고 있었다. 여란 쪽이 위해를 가하려 했던 것은 그때의 인재하가 누구도 관심 없는 무명 배우였기 때문에 가능했던 일이고, 대중들의 관심을 한 몸에 받고 있는 지금은 저번과 같이 직접적으로 상처를 입히는 행동을 할 수 없다는 걸.

그걸 내가 몰라서 그러는 게 아니라고, 이 양반아. 재하는 답답했지만 설 이사의 완벽한 논리에 대꾸할 말이 없어 애꿎은 입술만 잘근잘근 씹었다.

"그게 아니면 혹시 도은 씨와 같이 있는 게 불편합니까?"

공기 중에 차분하게 번지는 설 이사의 목소리에 재하는 물론 두 사람의 통화를 조용히 지켜보고 있던 도은의 눈빛 역시 순간 동요하듯 흔들렸다. 그 순간을 놓치지 않고 설 이사의 시선이 도은에게 짧게 머물렀다가 떨어졌다.

— …….

재하는 침묵했다. 이 감정을 뭐라고 설명하면 좋을까. 절대 도은이 싫고 불편해서가 아니었다.

보기만 해도 애틋해서…… 마음이 약해져서…… 여전히 좋아서 그래서, 자꾸만 그 사고 이전의 우리로 돌아가고 싶어질까 봐. 그래서 두려웠다.

— 1시간 이내에 와요. 안 그럼 버스든 기차든 아무거나 타고 갈 거니까.

설 이사의 질문을 그대로 묵살한 재하가 으름장을 놓았다. 하지만 설 이사는 그 협박에 전혀 겁먹지 않았다. 재하는 겉으로는 껄렁거리고 툴툴대지만 매사에 굉장히 성실했고 순진한 구석이 있었으며 모질지를 못했다. 그의 성격상 약속한 시간보다 늦는다 해도 기다릴 거라는 것을 설 이사는 너무 잘 알고 있었다.

하물며 상대가 도은이라면 고작 그런 이유로 절대 먼저 갈 리가 없었다. 그저 속을 뒤집어 놓은 설 이사에게 심술을 부리는 것일 뿐.

"그렇게 전달하죠. 그동안 고생 많았으니 3일 동안 아무 생각 말고 잘 쉬고 와요. 여기 일은 내가 잘 처리하고 있을 테니까."

그 말을 마지막으로 전화를 끊은 설 이사는 재하와의 통화를 종료하고 도은을 향해 말했다.

"들어서 알겠지만 수고스러워도 도은 씨가 재하 씨 본가까지 차로 태워다 줬으면 해요. 지금 상황에서 대중교통은 보는 눈이 많아 좀 곤란하니까요."

"수고스럽지 않아요. 그게 제 일인걸요."

도은이 곧바로 시선을 내려 손목시계를 확인했다. 평일 아침이니 고속도로도 그다지 막히지 않을 시간이었다.

"재하 데려다주고 서울 오면 넉넉잡아 오후 2~3시쯤 될 거예요. 그때 사무실로 복귀하겠습니다."

"아뇨."

도은의 말을 가만히 듣고 있던 설 이사가 짧게 고개를 저었다.

"도은 씨도 3일 후입니다."

재킷 안주머니에서 차 키를 꺼내던 도은이 설 이사의 말에 퍼뜩 고개를 들었다.

"네? 저도요?"

도은이 드물게 당황한 표정을 지으며 눈을 깜빡였다. 그 모습에 설 이사가 엷은 미소를 띠며 부드럽게 대답했다.

"휴가입니다. 도은 씨도. 근처에 리조트 호텔 잡아 드릴 테니 숙박은 거기서 해결해요. 그리고 그 외의 시간에는 재하 씨와 동행해 줘요. 모든 기사를 막을 수는 없으니 분명 사람들의 시선이 신경 쓰일 겁니다."

맞는 말이었다. 하지만 엄밀히 말하자면 저한테는 휴가가 아닌데요, 이사님.

게다가 재하와 둘이 3일 동안 있어야 한다니. 도은이 조금 난감한 표정으로 설 이사를 바라보았으나 설 이사는 모른 척 어깨를 으쓱할 뿐이었다.

"무슨 문제 있습니까, 도은 씨?"

"……아뇨. 다녀오겠습니다."

얼굴에서 바로 감정을 지운 도은이 평소와 같은 태연하고 담담한 얼굴로 설 이사에게 목례를 한 후 가방을 챙겨 사무실을 나왔다.

엘리베이터에 탑승해 주차장으로 내려가는 동안, 도은은 거울 속의 자신을 바라보았다.

설 이사의 결정이 옳다. 매니저로서 이 상황에 연예인과 동행하는 것은 당연했다. 혹시 모를 불미스러운 상황으로부터 재하를 보호해야 하니까. 하지만……

단둘이 3일이라니 괜찮을까.

비록 지금은 헤어졌다고 해도 한때 연인이었고 싫어서 헤어진 것이 아니었기에 여전히 좋아하는 감정이 남아 있었다. 하지만 여

러 가지 상황이 맞물려 서로의 마음을 알아도 감정을 내보일 수는
없는 그런 애매한 관계였다. 그렇기에 도은은 조금 자신이 없어졌
다.

"사사로운 감정은 빼자. 김도은. 이건 일이야."

나는 여자가 아니다. 나는 재하의 매니저로서 여기 있는 거야.
재하의 옆으로 다시 돌아올 때 재하와 그렇게 약속했잖아.

스스로에게 되뇌듯 낮게 중얼거린 도은이 손바닥으로 거울에 비
친 자신을 덮었다.

＊　＊　＊　＊

이른 아침 햇살을 받아 반짝이는 도은의 까만 승용차가 재하가
사는 원룸 건물의 작은 주차장 안으로 매끄럽게 빨려 들어갔다. 평
소 성격처럼 깔끔하고 완벽한 주차를 마치고 시동을 끈 도은이 차
에서 내렸다.

그와 동시에 건너편에서 지켜보고 있던 재하가 양손에 캐리어를
끌고 도은에게로 걸어왔다.

"안녕. 잘 잤어?"

도은의 인사에 재하가 뻣뻣하게 손을 흔들었다가 휙 내렸다.

"……어. 뭐 그럭저럭."

뭐지. 매일 보는 얼굴인데 이 어색함은. 살짝 시선을 피하며 대
답한 재하가 괜히 뒷머리를 매만졌다. 바로 어제도 도은이 이 주차
장에서 자신의 출퇴근에 함께했는데 오늘은 꼭 낯선 곳에 떨어진
기분이었다.

물론 오늘은 회사 소유의 밴이 아니라 도은의 개인 차라는 것과

매일 도은과 함께 오던 경호원이 없다는 점이 다르긴 했지만.

"오늘은 왜 회사 차 안 가지고 왔어?"

재하의 질문에 도은이 이상하다는 듯 재하를 빤히 바라봤다.

"그야 밴은 누가 봐도 연예인이 타는 것 같잖아."

"……그건 그렇지."

사람들 눈에 띄지 않기 위해 도은이 온 건데 왜 밴을 안 가지고 왔냐니 제가 생각해도 어리석은 질문이었다. 뒤늦게 밀려오는 뻘쭘함에 재하가 애꿏은 신발코로 바닥을 툭툭 쳤다.

"왜? 밴이 맘에 들어?"

"아니. 그런 게 아니라 이 차 오랜만에 보니까 그냥 좀 옛날 생각 나서."

도은의 차 가까이로 다가간 재하가 손가락으로 보닛 위를 느리게 쓸었다. 이윽고 고개를 돌려 도은을 바라보는 재하의 눈빛에 묘한 아련함이 묻어났다.

"처음에 설 이사 만나러 갈 때 말야. 이 차 타고 갔었잖아."

잔잔한 강물에 작은 돌멩이를 던진 것처럼 그 말 한마디에 도은의 눈동자가 찰랑거렸다.

"……."

"……."

아, 괜한 말을 했다. 이 어색한 공기 어쩔 거야. 재하는 머리를 쥐어뜯는 대신 몸을 돌린 채 제 입을 퍽퍽 때렸다. 입이 방정이다.

"짐은 2개야?"

분위기를 전환하듯 재빨리 트렁크를 연 도은이 재하 앞에 놓여 있는 캐리어를 들어 올렸다.

"됐어. 내가 할게."

"안 무거워."

"너 힘센 거 알지만 그냥 있어. 오늘은 일 아니라 내 휴가고 너도 어쩔 수 없이 끌려온 거니까. 너는 먼저 타고 있어."

도은이 든 캐리어를 빼앗으며 재하가 말했다. 트렁크 안에 캐리어 2개를 차곡차곡 넣은 재하가 습관적으로 뒷좌석 문을 열려다 멈칫했다. 잠시 머뭇거리던 재하가 이내 앞으로 걸어와 조수석 문을 열고 도은의 옆에 앉았다.

"왜 뒤에 안 타?"

"오늘은 그 덩치 큰 가짜 코디 아저씨도 없는데 이상하잖아. 네가 무슨 택시 기사도 아니고."

"난 상관없어. 너 편한 데 타."

도은의 대답에 재하가 불쑥 고개를 기울여 도은과 가까이 시선을 맞췄다. 도은이 좋아했던 깊고 날카로우면서도 때론 소년처럼 곧고 순수한 눈빛이었다.

"넌 내가 옆에 있는 게 불편해?"

재하의 질문에 도은이 가만히 숨을 골랐다. 사실 솔직히 말하자면 도은은 재하를 좋아하고 나서부터 한 번도 편한 적 없었다.

진하게 탄 블랙커피를 마신 것처럼 늘 심장이 두근거리고 긴장이 되었다. 때때론 바보처럼 머리와 마음이 따로 놀아서 어쩔 줄 몰랐다.

그래도 좋았다. 재하와 함께한 그 모든 순간들이 행복했다.

"아니."

도은의 내답에 재하가 도은을 물끄러미 바라보았다. 재하의 입술 끝에 얼핏 미소가 스쳤다가 사라졌다.

"그럼 나도 상관없어. 자, 출발!"

재하가 창문을 가볍게 두드렸다. 그 신호에 맞춰 도은은 액셀을 밟았다.

"하늘 참 파랗다."

차가 출발하자 창 쪽으로 몸을 기울인 재하가 혼잣말하듯 중얼거렸다. 매일 보는 하늘인데 오늘따라 유독 새파란 물감으로 정성껏 칠해 놓은 것처럼 아름다웠다.

재하는 빠르게 스쳐 지나가는 창밖의 풍경을 하나도 놓치지 않겠다는 듯 유심히 바라보았다. 재하가 조금 더 선명한 하늘을 볼 수 있도록 도은은 창문을 내려 주었다. 열린 틈 사이로 시원한 바람이 들어와 재하의 이마를 간질였다.

재하는 마치 여행을 처음 떠나는 들뜬 아이마냥 창밖으로 슬며시 손을 내밀었다. 그 모습에 도은의 입꼬리도 살포시 올라갔다.

하긴 그도 그럴 것이, 재하는 이 몇 달간 너무 바쁜 탓에 잠은 물론이고 개인 시간을 가질 수가 없었다. 제대로 된 외출도 아마 근래 처음일 것이다.

들뜬 재하의 얼굴을 보니 도은은 유일한 그의 휴가에 불쑥 침범한 불청객이 된 것 같아 미안해졌다. 이 짧은 휴식을 조금 더 온전히 즐길 수 있었다면 좋았을 텐데.

"이제 말해 줘."

"응?"

도은이 옆을 돌아보자 재하가 턱짓으로 운전대를 가리켰다.

"오늘 무슨 일이 터졌기에 설 이사가 너한테 기사 노릇을 시켰는지."

도은은 조금 망설였다. 본인 일이니 알아야 하는 게 당연하지만 그 타이밍이 굳이 지금일 필요가 있을까. 방금 전까지 좋아 보였던 재하의 기분을 도은은 갑자기 어그러뜨리고 싶지 않았다. 도은이 고민하듯 입술을 달싹였다.

"이 휴식을 좀 더 즐기다가 보는 게 어때?"

"괜찮아. 어차피 지금 보나 나중에 보나 기분 망치는 건 똑같아. 지금 알려 줘."

"기다려 봐."

도은은 재하의 선택을 존중했다. 하지만 그만큼 재하의 안전도 중요했다. 도은은 빨간 신호등이 켜지자 잡지를 찾기 이전에 먼저 주변에 유리병 같은 위험한 물건이 없는지 빠르게 훑었다. 그러고 나서 재하에게 물었다.

"혹시 주머니에 핸드폰 있어?"

"어. 꺼 놨어."

"잠깐 핸드폰 줘 볼래?"

"왜? 진짜로 꺼 놨어."

"그게 아니라, 너 그거 할부금 많이 남았잖아."

진심으로 걱정이 묻어나는 도은의 말에 재하가 말문이 막힌 듯 입술을 삐끔거렸다.

"아니, 이게 핸드폰을 던질 만한 일이야?"

"아마도?"

"……그렇다면 맡아 줘."

도은은 현명했다. 핸드폰은 죄가 없었다. 화풀이 대상으로 삼기에 한 손에 쏙 들어오는 이 작은 기기는 너무나 고가였던 것이다. 주머니에서 핸드폰을 꺼낸 재하가 소중한 깃을 맡기듯 두 손으로 도은에게 공손히 건넸다.

"자. 이제 만반의 준비도 마쳤으니 말해 봐. 대체 무슨 일인데."

"거기 앞에 글러브 박스 열어 봐."

재하가 순순히 글러브 박스를 열었다. 안에 새것으로 보이는 여성 잡지 1권이 들어 있었다. 재하가 잡지를 들어 보이며 쳐다보자 도은이 읽어 보라는 듯 고개를 끄덕였다.

재하가 잡지를 펴 목차를 훑었다. 차르륵. 차르륵. 종이 넘기는 소리만이 차 안에 고요하게 울려 퍼졌다.

지금쯤 다 봤을 텐데. 아침에 저 인터뷰를 처음 읽었을 때 도은은 온몸의 피가 빠져나가는 기분이 어떤 느낌인지 강렬하게 체감했다. 자신만 해도 그런데 당사자는 오죽할까.

도은이 걱정되는 맘에 흘깃흘깃 재하의 안색을 살폈다. 하지만 재하는 도은의 예상보다는 훨씬 침착한 표정이었다.

탁. 재하가 잡지를 덮었다.

도은은 가만히 재하가 말을 꺼낼 때까지 기다렸다. 섣부른 위로와 괜찮냐는 물음을 꺼내 봤자 당사자에겐 전혀 도움이 되지 않는다는 것을 누구보다 잘 알기 때문이었다.

바로 그때, 재하가 양팔을 위로 쭉 뻗으며 하아암 길게 하품을 했다. 도은이 예측했던 경우의 수에서 한참을 벗어난 반응이었다.

"주민우 인터뷰 다 읽었어?"

혹시 앞부분만 읽은 게 아닌가 싶어 도은이 확인차 묻자 재하가 바람 빠진 웃음소리를 내며 차 시트에 등을 깊숙이 파묻었다.

"다 봤어. 뭐, 이건 참, 예상대로랄까. 상상 이상이랄까."

"……."

"그 자식 피해자 코스프레야 한두 번도 아니라지만 이젠 내가 했던 말까지 고대로 베껴 놨네. 앵무새도 아니고. 열받는데 이거 찢어도 돼?"

잡지를 좌우로 흔들며 묻는 재하의 목소리 안에 장난기가 가득 묻어 있었다.

"안 돼. 설 이사님 꺼야."

"……쳇."

"너무 걱정하지 마. 기사는 설 이사님이 최대한 막는다고 하셨으니까 그동안 어떻게 대응할지 최선을 다해서 방법을 찾아볼게."

"나 별로 걱정 안 하는데?"

아무렴 괜찮다는 듯 재하가 가볍게 어깨를 으쓱했다.

"나는 이제 네가 다치는 것만 아니면 걔가 뭔 짓을 해도 상관없어."

진심이 담긴 그의 낮은 목소리가 공기 중에 차분히 내려앉았다.

"아……."

무의식적으로 튀어나온 본심에 재하는 말을 뱉자마자 후회했다.

다른 사람이 본다면 무표정이라고 할 만큼 미묘한 표정 변화였지만 재하는 평소보다 조금 더 커다랗게 뜨인 도은의 눈매와 운전대를 꽉 부여잡은 가느다랗고 하얀 손가락을 보고 도은이 어쩔 줄 모르고 있다는 것을 쉽게 눈치챘다.

아, 이 분위기 어쩔 거야. 재하가 속으로 하하하 자조적인 웃음을 흘렸다. 방금 전까지 편하게 주고받던 대화의 분위기가 자신의 한마디로 한순간에 다시 어색해진 것 같아 난감했다.

마음을 표현한다거나 감정을 어필하기 위한 행동이 아니었기에 더 그랬다. 아마 도은도 알고 있을 것이다. 도은이 불편해하는 건 보고 싶지 않은데…… 어떡해야 하지?

"그러니까 내 말은…… 왜 사람이 강렬한 통각을 느끼면 그다음부터는 웬만한 고통에 무뎌진다고 하잖아. 나도 그런 경우 같아."

재하의 목소리가 점점 차분하게 가라앉았다. 시간이 꽤 흘렀지만 도은과 그날 일에 대해 이렇게 직접적으로 이야기하는 것은 처음이었다.

"나는 네가 다쳤을 때, 인생 전부가 뒤집히는 듯한 느낌이었거든. 앞으로 얼마나 살진 모르겠지만 그날과 같은 고통은 아마 내게 없을 거야."

사랑하는 사람을 자신의 오만 때문에 눈앞에서 잃는다는 공포. 자신의 손을 가득 적시던 도은의 새빨간 피.

그때의 기억과 감각은 지금까지도 종종 악몽을 꿀 정도로 선연하고 강렬해서 다시 떠올리는 것조차 소름이 끼칠 정도였다.

"사실 지금도 그날을 온전히 떠올리는 건 힘들어. 그래도 네가 살아서 내 눈앞에 있으니까."

그리 말한 재하가 도은과 시선을 맞추며 엷게 웃어 보였다. 그 미소를 보는 순간 심장 한편이 찌르르 울렸다. 그 미소의 의미는 지금 괜찮다는 뜻이 아니라 아마 도은을 안심시키고 싶어서일 것이다. 도은이 시린 눈을 감았다 떴다.

"미안해."

도은의 눈동자가 여리게 떨렸다.

너를 구하고 싶었다. 대신 다쳐서 내가 죽는다 해도 아깝지 않다고 생각했다. 그래서 단 한 순간의 망설임도 없이 뛰어들었다. 그 순간만큼은 재하를 구해야 한다는 본능이 전부였다. 그때는 그의 마음을 헤아릴 겨를조차 없었다.

하지만 도은의 그 행동이 결국 재하를 크게 상처 입혔다. 남는 사람의 아픔이 얼마나 큰지 누구보다 자신이 잘 알고 있으면서도.

"나는 정말 이기적이고 못된 여자야."

고개를 숙인 도은이 낮게 중얼거렸다. 재하가 그날의 사고로 충격을 받은 것은 알고 있었다. 그건 당연한 일이다. 하지만 그 상처의 깊이에 대해서는 알려고 하지 않았다.

재하가 겪은 고통의 정도에 대해 도은은 그저 자신이 살았으니 괜찮을 거라고 안일하게 생각했다. 그리고 재하가 그 일로 상처를 받은 걸 알면서도 다시 그 옆에 돌아왔다.

자신은 재하의 트라우마 그 자체인데.

숨이 탁 막혔다. 어떻게 그동안 이 생각을 못 했을 수가 있지? 뒤늦게 몰아치는 환멸감에 도은이 입술을 세게 깨물었다. 스스로를 용서할 수가 없었다.

"김도은. 나 봐 봐."

재하가 도은의 어깨를 잡아 억지로 시선을 맞췄다. 두 사람의 눈빛이 서로 맞닿았다. 재하가 또박또박 말했다.

"처음엔 네가 조금 원망스러웠던 건 맞아. 하지만 너와 나의 상황이 바뀌었다면 나도 너처럼 똑같이 너를 구했을 거야."

단호하면서도 온기를 품은 재하의 눈동자가 도은을 마주 본다.

"혹시라도 너를 잃을까 겁먹고 스스로를 자책하던 그 시간이 너무 힘들고 괴로웠어. 그래도 나중에는 그걸 겪는 사람이 나라서 차라리 다행이다 싶더라."

재하의 다정하고도 나지막한 목소리가 도은의 귓가에 적셔 들었다.

"왜냐하면 너는 그 감정을 이미 한 번 겪었잖아."

도은의 메마른 눈가에 눈물방울이 고였다가,

"그런 건 한 번이면 충분해."

뺨을 타고 툭, 떨어진다.

길고 어두운 터널 끝에서 눈부신 빛이 쏟아지는 것처럼 도은은 순간 세상이 환해지는 느낌이 들었다. 그의 다정함이 도은을 구원하는 것만 같았다.

"김도은. 살아 줘서 고마워. 네가 무사해서 하늘에 얼마나 감사한지 몰라."

평생 신이란 걸 믿지 않았지만 도은이 수술실에 들어간 순간 재하는 신에게 기도했고 도은이 무사하다는 걸 안 순간에는 신에게 감사했다.

"그러니까 쓸데없는 생각 하지 마. 나는 이제 정말 괜찮아지는 중이니까."

재하가 진심을 담아 밝게 웃어 보였다. 도은도 마주 웃어 주고 싶은데 입술 끝에 힘이 들어가지 않았다. 고장 난 것처럼 눈물이 계속 뚝뚝 떨어졌다.

재하가 도은의 뺨으로 조심스럽게 손을 뻗었다. 눈물로 얼룩진 도은의 피부 위로 재하의 손가락이 맞닿기 직전, 멈칫 손을 거둔 재하가 이내 도은의 어깨를 토닥였다.

"아무튼 그래서 결론은…… 난 이제 이런 건 전혀 신경 안 쓰인다고. 그냥 어린애 못된 장난처럼 느껴질 정도야."

도은이 어느 정도 진정하자 재하가 분위기를 전환하듯 잡지책을 탈탈 흔들며 가소롭다는 듯 눈을 가늘게 떴다.

"어차피 이런 놈인 거 몰랐던 것도 아니고. 이젠 익숙해졌나 봐. 또 너무 속이 보여서 말이지."

"속이 보인다니?"

도은의 질문에 재하가 고개를 뒤로 젖히며 피식 웃었다.

"얘 지금 완전 쫄았어."

캐릭터가 살면 배우도 살고 캐릭터가 죽으면 배우도 죽는다. 종이 위엔 같은 글자가 적혀 있더라도 배우가 그 캐릭터를 어떻게 이해하고 어떤 방식으로 소화하느냐에 따라 캐릭터의 매력과 분위기는 천차만별로 달라지게 된다.

물론 캐릭터를 효과적으로 표현하는 데에 있어서 배우의 내공은 분명 중요하지만 그 캐릭터가 가진 기본적인 난이도도 분명히 있었다.

"네가 만든 캐릭터니까 잘 알겠지만 내가 맡은 '휘'는 원체 또라이 같은 놈이기도 하고 감정이 풍부한 성격이라 표현하는 데에 어렵지는 않아. 감정을 내면으로 삼키는 애가 아니라 행동이나 말투 같은 데서 직접적으로 드러나는 인물이니까. 화가 나면 이렇게."

거기서 말을 멈춘 재하가 오른발로 차 문을 툭 쳤다. 아니, 분명 가볍게 툭 쳤을 뿐인데 퍽 하고 둔탁한 소리가 났다.

"……뭘 치겠지."

재하가 당황한 것을 숨기며 재빨리 도은의 눈치를 봤다. 아니나 다를까, 도은이 일말의 재고도 없다는 듯한 목소리로 싸늘하게 말했다.

"너, 손해 배상 청구할 거야."

"예시야. 예시. 그리고 난 지금 '휘'를 표현한 거라고."

재하가 뻔뻔하게 둘러댔다. 그리고 도은이 화를 내기 전에 얼른 말을 이었다.

"아무튼 '휘'는 이런 식으로 행동이나 억양, 표정 다 크게 써도

되는 캐릭터라 자유도가 높아. 근데 주민우가 맡은 주인공 캐릭터
는 이런 '휘' 랑은 완전 반대잖아. 늘 냉철하고 감정 표현을 안으
로 삼키는 인물이지. 그런 인물을 표현하려면 굉장히 섬세한 연기
가 필요해. 눈썹, 눈매, 입술의 각도. 미묘하게 바꾸면서 표정을
써야 하거든. 눈에 띄지 않으면서도 눈에 띄어야 하지. 눈만 봐도
사람들이 저 캐릭터의 심리를 이해할 수 있도록 눈빛 하나에 감정
을 온전히 담아야 하고."

그러니까 한마디로 정리하자면 지금 주민우 실력에 저런 섬세한
내면 연기를 깊게 표현하기란 역부족이었다. 아마 본인도 알고 있
을 것이다.

그럼에도 불구하고 주민우가 이 작품을 선뜻 골랐던 건 베스트
셀러가 원작이라는 안정성과 거액의 투자 규모, 그리고 연기로도
인정받고 싶은 오래전부터 내재되어 있던 작은 열망이 복합적으로
작용했기 때문이겠지.

물론 이 모든 것은 서브남 역할의 배우가 재하가 아니라는 전제
에서였겠지만.

"주민우랑 나는 예전부터 장단점이 뚜렷했어. 나는 사극이 특기
였고, 걘 현대극은 그럭저럭 괜찮아도 사극은 영 젬병이거든."

재하가 사극에서 유난히 빛이 난다는 건 그 누구보다 옆에서 지
켜보던 주민우가 제일 잘 알았다. 재하가 콧방귀를 뀌며 손등으로
잡지를 툭 쳤다.

"그래서 이러는 거야. 나랑 같은 작품 들어가니까 나한테 밀릴
까 봐. 그렇다고 위약금 때문에 하차는 못 하겠고 이런 식으로 선
빵 친 거지."

"비겁하네."

간결하고도 묵직한 도은의 한마디에 재하가 동의하듯 고개를 끄덕였다.

"그렇지. 뭐, 나에 관해서 입 터는 건 얼마든지 참아 줄 수 있어서 상관없어. 나는 정말 괜찮아. 그런데……."

재하가 잠시 머뭇거렸다.

"너는 괜찮아?"

재하가 왜 그렇게 묻는지 도은은 알고 있었다. 그는 이 인터뷰에서 재하만 거짓말쟁이로 만든 것이 아니었다. 인터넷에 떠도는 언니에 대한 어렴풋한 이야기를 '악성 루머'라고 칭했다.

재하의 말대로 이런 사람이라는 걸 이미 알고 있기 때문일까. 이미 기대를 버렸기 때문일까. 그 뻔뻔함에 치가 떨리긴 했지만 그래도 예전만큼은 아니었다.

"진심으로 사과하면, 용서는 못 해도 잊을 작정이었어."

처음부터 복수만을 원했던 것은 아니었다. 도은이 그에게 바랐던 것은 진심 어린 애도와 사과였다.

"언니를 사랑하지 않았다는 건 알아. 그래도 자기 아이를 가졌던 여자가 죽었잖아. 사람이…… 죽었잖아. 연예인이니까 숨기고 싶은 마음까지는 이해할 수 있어. 하지만 어떻게……."

도은은 말끝을 흐렸다. 가슴에 뭔가 얹힌 것처럼 답답해졌다. 손끝에 힘이 들어갔다. 도은이 한숨을 토해 내며 손을 말아 쥐었다.

"저렇게 당당하게 악성 루머라고 이야기할 수 있는지 도저히 모르겠어. 저 남자 언니를 기억하긴 할까? 죄책감을 조금이라도 느끼긴 했을까? 이제는 의문이 들어."

조용히 듣고 있던 재하가 도은을 바라보며 넌지시 물었다.

"……있잖아. 넌 주민우에게 사과가 받고 싶은 거야? 주민우를 무너뜨리고 싶은 거야?"

그 말에 도은이 고개를 들어 재하의 눈빛을 마주 보았다. 도은의 마른 입술 사이로 그녀가 간절히 바라던 단 하나의 염원이 단단하게 흘러나왔다.

"어느 쪽이든, 난 그저 저 남자가 처절하게 후회했으면 좋겠어."

Chapter 8

마주 보다

차는 회색 도시 속 뻥 뚫린 고속도로를 따라 순탄하게 달렸다.
평일 오전이라 부여로 내려가는 차들은 상대적으로 많지 않았다.
막히지 않아 좋긴 한데 도은은 정말 재하를 본가에 그 누구보다
빠르고 안전하게 데려가는 것만이 미션인 것처럼 오로지 달리기만
했다.

이제 창밖을 구경하는 것도 슬슬 지겨워진 재하는 아예 몸을 운
전석 쪽으로 돌리고 본격적으로 도은을 관찰했다.

아까 울었던 것이 거짓말인 것처럼 도은은 허리를 곧게 세우고
평소처럼 담담하고 평온한 얼굴을 하고 있었지만 눈 밑과 콧잔등
은 살짝 붉게 번져 있었다.

뺨에 느껴지는 뜨거운 시선에 도은이 결국 입을 열었다.

"뭐 해?"

그 말에 재하가 양손으로 얼굴을 받치고 천연덕스럽게 방긋 미소 지었다.

"네 얼굴 구경."

"내 얼굴 보지 말고 풍경 봐. 하늘 예쁘다며."

"풍경 보는 것보다 네 얼굴 보는 게 더 재밌는데. 난."

재하가 장난스럽게 대꾸했다. 언제나처럼 재하의 실없는 농담을 가볍게 묵살한 도은이 내비게이션 속 지도를 확인했다.

"1시간 정도만 더 가면 도착할 것 같아."

"……있잖아. 너 뭔가 착각하고 있는 것 같아서 하는 말인데, 나는 단순히 가족이 보고 싶어서 본가에 가는 게 아냐."

재하가 입 안에 초콜릿 하나를 까 넣으며 불만 섞인 목소리로 투덜거렸다. 물론 무소식이 희소식이다 주의이던 엄마가 요즘 부쩍 전화로 얼굴 까먹겠다며 서운함을 표했기에 가는 것이 크긴 하지만 그렇다고 해서 본가 방문만이 목적은 아니었다.

그렇다면 애초에 기차 예매를 하지도 않았을 거다. 사람들의 사인 요청과 찰칵거리는 카메라 소리를 피해 좀 더 편하게 갈 방법은 얼마든지 있었으니까.

이 3일간의 유일무이한 휴식에서 재하의 궁극적인 목표는 바로 '여행'이었다. 여행을 가야겠다는 생각을 했을 때 가장 먼저 떠오른 것은 기차였다.

기차를 타 본 기억은 연기가 하고 싶어 무작정 서울로 상경하던 스무 살 언저리쯤이 마지막이었다. 그래서 재하는 기차를 타고 싶었다. 10년이라는 시간 동안 자신에게 무수한 변화와 사건들이 있었던 것처럼 이 기차도 어떤 변화가 있었는지 문득 궁금해졌다.

그런 생각이 들자 기차를 타고 싶은 다른 이유들도 갖가지로 늘어났다. 사람들이 연예인인 재하를 구경하듯 재하도 제각각의 이유로 기차를 탄 사람들을 구경하고 싶었고, 기차를 타면 꼭 해야 할 일 중에 하나인 매점에서 파는 구운 계란도 까먹고 싶었다.

요즘 유행하는 소확행이라는 말처럼 근래 바쁜 스케줄에 치여 잊고 지내던 소소하고 평범한 행복들을 누려 보고 싶었다.

재하의 이야기를 가만히 듣고 있던 도은이 곧바로 물었다.

"그럼 기차 타는 거 말고 다른 거 하고 싶었던 거 있어?"

"당연하지. 얼마 만의 제대로 된 휴식인데. 내 여행의 목표는 아주 단순해. 잘 빼입고 잘 먹고 잘 노는 거야. 오늘 입고 온 것도 여행 갈 때 입으려고 새로 산 거라구. 어때? 나름 귀엽지 않아?"

재하가 자신이 입고 있는 연보라색 후드 티와 무릎까지 오는 스포티한 반바지를 가리키며 아이처럼 뿌듯한 표정으로 자랑을 늘어 놓았다.

하긴. 평소의 재하는 저런 편안하고 캐주얼한 옷보다는 주로 남방이나 셔츠에 청바지를 즐겨 입었다. 저런 코디는 요즘 남자 아이돌들이 즐겨 입는 스트릿 패션으로 재하로서는 신선한 아이템들이니 신이 날 만도 했다.

어깨와 가슴에 걸쳐 소중하게 맨 연두색 슬링백에서 주섬주섬 수첩을 꺼내 맛집 리스트를 정성껏 읊는 재하의 모습이 꼭 귀여운 대형 견 같은 느낌이 물씬 나서 도은은 결국 작게 웃음을 터뜨렸다.

"연호가 골라 줬지?"

"어떻게 알았어?"

재하가 진심으로 깜짝 놀란 듯 입술을 벌렸다.

"그야 네가 평소에 아예 입어 본 적이 없는 스타일이니까. 반바지에 양말도 그렇고. 그 형광색 슬링백도 그렇고. 그런데 색깔은 딱 네 취향이다."

재하를 처음 만났던, 복수를 다짐하며 여란에 주민우 매니저 면접을 보러 갔던 날, 그때 재하가 입고 있던 새빨간 트레이닝복이 생각나 도은이 웃음기 어린 목소리로 대답했다. 재하는 유독 쨍하고 화려한 색을 좋아했다.

제작 발표회나 시사회도 그렇고 재하의 이미지나 작품 캐릭터상 주로 무채색이나 파스텔로 포인트를 준 깔끔하고 댄디한 옷들을 주로 입기에 그동안 깜빡 잊고 있었는데, 역시 사람 취향은 변하지 않나 보다.

"맞아. 옷이랑 코디는 연호가 해 주고 색깔만 내가 골랐어. 걔가 아이돌은 아이돌인가 봐. 평소엔 하도 깨방정을 떨어 대서 잠시 잊고 있었지 뭐야."

재하가 킬킬 웃었다. 재하의 말에 도은도 동의하는 바였다.

촬영장에서의 연호는 정말 스무 살 초반의 그저 발랄하고 순수한 아이로만 느껴졌는데 전에 연호의 초대를 받아 재하와 함께 더블의 콘서트에 갔던 날, 무대 위에 선 연호를 보고 재하와 도은은 동시에 깜짝 놀라고 말았다.

반짝이는 색색깔의 화려한 조명을 받으며 그 아래서 노래하고 춤을 추는 연호는 그들이 알던 연호와는 분위기가 180도 달랐기 때문이다. 무대에서의 눈빛과 유려하게 움직이는 작은 동작 하나하나에서 카리스마가 뿜어져 나오는 것 같았다.

그 순간만큼은 그들이 평소에 알던 연호가 아니었다. 무대 위에서의 연호는 아주 훌륭한 퍼포먼스를 선보이는 '아티스트'였다. 주변에서 울려 퍼지는 팬들의 함성 소리를 들으며 재하와 도은도 자신들의 환호가 연호에게 전해지길 바라며 열심히 응원봉을 흔들었다.

재능이란 건 정말 온몸에서 반짝반짝 빛이 나는 거구나를 도은은 연호를 보고 다시 한번 느꼈다. 그런 비슷한 느낌을 가진 사람을 도은은 이미 전에도 한 번 본 적이 있었다. 연기하는 재하를 처음 봤을 때 느꼈던 감정이 딱 그랬으니까.

"콘서트 재밌었어. 연호 멋있더라."

그때의 기억을 떠올리며 말하자 재하도 고개를 끄덕였다.

"그치? 나도 음악이나 춤에 대해서 전혀 모르지만 그런 내가 봐도 걘 대단하다는 게 느껴지더라. 연기할 땐 마냥 병아리 같아서 귀엽기만 했는데 말야."

마치 동생을 자랑스러워하는 형처럼 재하가 연호에 대한 투박한 칭찬들을 마구 늘어놓았다. 역시 매일 투닥거려도 사이가 좋다니까. 도은이 보기 좋은 듯 미소 지었다.

재하와 연호는 나이도 8살이나 차이가 나고 성향도 정반대였으며 만난 지도 몇 달밖에 되지 않았지만 정말 전생에 잃어버렸던 형제를 현생에서 만난 게 아닐까 할 정도로 잘 맞았다.

연예계에서 자신의 속내를 솔직하게 털어놓을 수 있고 의지할 수 있는 그런 친구를 사귀기란 굉장히 어려운 일이니만큼 두 사람에게는 축복과 같은 일이었다.

"다음엔 우리가 직접 티켓팅 해 보자. 물론 더블 인기가 너무 많아서 우리가 성공할지는 모르겠지만……."

자신이 있어서 한 소리는 아닌 듯 재하가 말끝을 흐렸다.

"혹시 티켓팅 해 본 적 있어?"

도은이 궁금한 듯 묻자 재하가 고개를 저었다.

"콘서트는 해 본 적 없어. 예전에 연극 예매는 몇 번 해 봤는데 아무래도 연극은 콘서트처럼 자리가 순식간에 매진되고 그러진 않으니까 여유가 있는 편이거든. 그런데 내 여동생 말 들어 보니까 아이돌 콘서트에서 표를 예매하는 건 신의 영역이래. 포도알처럼 생긴 손톱만 한 좌석들이 1초 안에 바람처럼 사라진다고 하더라."

여동생 재연이가 했던 말을 떠올리며 재하가 상상이 되질 않는다는 표정으로 말했다. 재하의 말을 듣고 있던 도은이 그중 낯설게 느껴지는 단어에 깜짝 놀란 듯 반문했다.

"여동생이 있었어?"

"응. 나랑 나이 차이가 많이 나. 늦둥이거든. 지금 고등학생이야."

그래서 연호랑 잘 어울릴 수 있었던 거구나. 도은은 두 사람이 친하게 지낼 수 있었던 이유 중의 하나를 납득했다.

"한창 아이돌 좋아할 나이네."

"티켓팅 하는 법 아냐고 물어봤을 때 전문가 수준으로 꿰고 있는 거 보니까 그런 거 같긴 한데 계속 아닌 척해. 확실한 건 더블은 아니야. 내가 혹시나 싶어서 연호랑 같이 찍은 사진 보내 줬는데 반응이 시큰둥했거든."

재하가 키득거리며 텀블러를 열어 마른 입술을 달콤한 아이스티로 한 모금 적셨다.

"얘기가 잠깐 딴 데로 샜는데, 아무튼 이건 내가 전부터 계획해 온 소중한 여행이야. 그러니까 오늘만큼은 너도 협조할 의무가 있어."

"알겠어. 어차피 나도 3일간 네 휴가에 동행하기로 했으니까."

"뭐? 3일 다? 오늘 나 데려다주고 가는 거 아니었어?"

재하의 엉덩이가 의자 위로 들썩거렸다. 동그래진 눈을 보니 처음 듣는 얘기인 것 같았다. 도은이 미안한 듯 웃었다.

"나도 그러려고 했는데…… 아무래도 인터뷰 사안이 사안인 만큼 설 이사님이 너 혼자 보내기는 불안하셨나 봐. 사람들 시선도 불편할 테고. 혹시 기자가 따라붙을지도 모르고. 나도 그게 낫다고 생각해."

"……."

재하는 대답이 없었다. 너무 놀라 할 말을 찾지 못하고 붕어처럼 입술만 뻐끔거리고 있었다. 하지만 운전하느라 재하의 표정을 보지 못한 도은은 그가 실망했다고 생각해 부드럽게 달랬다.

"혼자 여행하고 싶었을 텐데 갑자기 불청객이 끼어서 조금 불편하더라도 이해해 줘. 그래도 휴가가 취소되는 것보다는 낫지 않아?"

불청객이라니. 바보 아냐? 자신이 당연히 싫어할 거라고 생각하는 도은의 태도가 재하는 황당했다. 조금의 어색함이 있는 건 사실이지만 그건 헤어졌음에도 불구하고 재하가 도은을 여전히 좋아하기 때문이었다. 어떻게 불편하고 싫을 수 있겠어. 아직도 나는 네가 옆에 있는 것만으로도 이렇게 가슴이 울렁거리는데.

도은의 오해를 바로잡고 싶었지만 그러면 분명 간지러운 말이 튀어나올 것 같아 재하는 망설였다. 재하가 이내 창틀에 팔을 기대며 짧게 말했다.

"나는 좋아."

아주 담백하고 간결한 대답이었지만 그 한 문장 안에는 굉장히 많은 감정과 의미가 압축되어 담겨져 있었다. 도은이 재하를 힐긋 돌아보았다.

"어?"

"넌 앞을 봐야지."

재하가 손가락으로 도은의 뺨을 꾸욱 밀어 정면을 보게 했다. 괜히 쑥스러운 느낌에 재하가 창밖으로 시선을 던지며 느리게 덧붙였다.

"너랑 여행 가는 거, 좋다고 나는."

"……."

나는, 좋아.

도은은 속으로 재하의 그 말을 느리게 읊어 보았다. 아주 짧디 짧고 평범한 한 문장일 뿐이지만 그 어떤 말보다도 도은의 마음을 따뜻하게 적셨다.

비록 재하가 어떤 표정을 하고 있는지는 볼 수 없었지만 그 상냥한 목소리만으로도 도은의 심장을 흔들기엔 충분했다.

언젠가 영화에서 남자 주인공이 여자 주인공에게 말했다. '보고 있어도 보고 싶어.' 사랑을 몰랐던 도은에게는 그 말이 굉장히 이상하게 들렸다. 당연히 그 심리를 이해하지도 못했다. 하지만 지금 도은은 그 말의 의미를 완벽하게 이해했다.

지금 이 순간 재하의 얼굴이 너무나도 보고 싶었다. 시선을 마주하고 그의 새벽하늘 같은 눈동자를 깊게 들여다보고 싶었다.

오른쪽으로 고개를 힘주어 돌렸지만 재하의 손가락도 지지 않고 도은의 뺨을 밀어 냈다.

"쳐다보지 마. 민망하니까. 나 귀 빨개졌어."

뒤늦게 부끄러움이 몰려온 재하가 오른손을 세워 들고 도은이 보지 못하도록 한쪽 얼굴을 가렸다. 재하의 말에 도은이 곧바로 핸들을 돌려 끼익, 갓길에 차를 세웠다.

"응?"

예상치 못한 도은의 행동에 당황한 재하의 손가락이 스르륵 풀렸다. 안전하게 차를 세우고 나서 도은이 몸을 옆으로 틀었다. 조금 놀란 듯 커진 재하의 눈이 도은에게로 향했다. 두 사람의 시선이 얽혀 들었다.

"네 표정 제대로 보고 싶어서."

도은의 말에 재하가 입술을 벙긋거렸다.

"정말로 귀 빨개졌네."

눈에 확연하게 보일 정도로 발갛게 달아오른 재하의 귀에 도은이 활짝 웃었다. 눈가가 살짝 휘어지고 입술 선이 반달을 그리며 도은이 웃는 그 순간, 재하의 귀가 화르륵 타올랐다.

평소 잘 웃지 않는 도은이 저렇게 꽃처럼 화사하게 웃을 때마다 재하는 두근거리는 심장 때문에 처음 사랑을 시작하는 사춘기 소년처럼 어쩔 줄 몰라 했다.

"놀리지 마. 이런 건 숨길 수 없으니 어쩔 수 없잖아."

재하가 다시금 도은의 시선을 피하며 부루퉁하게 대꾸했다.

"아까 좋다고 말해 줘서 고마워."

"나는 그냥 사실을 말한 것뿐야."

"……"

"……몰랐으면 제대로 알아 둬. 나한테 너는 불청객 아니고, 너랑 함께 있을 때 단 한 순간도 싫은 적 없어. 앞으로도 그럴 거야. 그러니까 그런 쓸데없는 생각은 하지 마."

직설적이고 투박한 말투였지만 그 내용만은 숨길 수 없이 다정했다.

재하는 예전에도 그랬고 지금 이 순간까지도 여전히 스스로를 숨김없이 솔직하게 드러내 보여 준다. 재하의 저런 다정함과 솔직함이 도은은 참 좋았다.

"3일 동안 아무 생각 말고 그 어떤 날보다 특별하고 재밌게 보내자. 우린 충분히 행복해질 권리가 있어. 너도 그동안 고생했잖아. 안 그래?"

재하가 도은을 향해 싱긋 웃어 보였다. 행복해질 권리. 그 말에 도은이 눈을 느리게 깜빡였다. 재하의 말이 맞았다. 우리는 충분히 행복을 누릴 자격이 있었다.

길고 긴 사막의 끝자락에서 발견한 오아시스처럼, 함박눈이 펑펑 쏟아지는 한겨울의 달콤한 코코아처럼. 재하는 언제나 이렇게 생각지 못한 때 도은에게 충만하고 따뜻한 행복감을 선물해 준다. 저런 재하를 어떻게 사랑하지 않을 수 있을까.

그리고 도은도 아직은 많이 부족하지만 재하에게 그런 사람이 되어 주고 싶었다.

"아까 그 수첩 나 잠깐 보여 줄래?"

도은이 재하의 앞에 오른손을 내밀었다.

"그래. 잠깐만."

재하가 지퍼를 열고 가방 안을 뒤적거렸다. 잡다한 소지품 속에서 작은 수첩을 꺼내 도은에게 건넸다.

그것은 재하가 아까 전에 자신의 여행 계획을 설명할 때 말했던 맛집 리스트를 적어 놓은 수첩이었다. 도은의 말에 따라 별다른 생각 없이 무심코 건네던 재하는 순간 멈칫하며 잡은 수첩에 꽉 힘을 주었다. 이 수첩의 본래 용도가 떠올랐기 때문이다.

재하는 '버킷리스트' 드라마를 찍었을 당시 대본 속 여주인공처럼 앞으로 살면서 꼭 해 보고 싶은 버킷리스트 100가지를 생각날 때마다 이 수첩 안에 틈틈이 기록해 왔다. 대기 시간 때 언젠가 도은에게 그 얘기를 스치듯이 한 적은 있지만 보여 준 적은 한 번도 없었다.

"왜 주다 말아? 내가 보면 안 될 거라도 적어 놨어?"

농담 섞인 도은의 말에 재하가 머쓱한 듯 눈썹 위를 긁적였다.

"그런 건 아닌데…… 내가 생각날 때마다 여기에 내가 하고 싶은 걸 적어 놨거든. 그래서 좀 민망하달까."

"알아. 한 번 얘기한 적 있잖아. 그리고 네가 쉬는 시간마다 엄청 골머리를 앓는 얼굴로 끄적거리는 거 본 적 있어."

"아, 진짜?"

재하가 깜짝 놀란 듯 되물었다. 그도 그럴 것이, 재하는 멀티플레이가 안 되는 성격으로 한번 무언가에 집중하면 다른 것엔 전혀 신경 쓰지 못하는 편이었다.

"그래서 기억하고 있었어. 엄청 열심히 하기에 일부러 말 안 걸었거든."

재하가 아까 슬링백에서 수첩을 꺼내 맛집 리스트를 읊을 때부터 도은은 이미 수첩의 용도를 눈치채고 있었다.

재하는 전혀 몰랐다는 표정이었지만 도은은 이 수첩을 꽤 자주 봐 왔다. '버킷리스트' 촬영 당시에 반응도 좋고 캐릭터의 임팩트도 큰 편이었지만 사실 분량 자체는 적은 편이라 대기하는 시간이 유독 길었는데, 재하는 한때 이 수첩을 거의 옆구리에 끼고 다니다시피 하며 자투리 시간이 생길 때마다 애용했다. 그렇기에 도은의 눈에도 자연스럽게 익을 수밖에 없던 것이다.

"그래서 전부터 궁금했어. 보여 주면 안 될까?"

허락을 구하는 도은의 눈빛에 재하가 망설이듯 입술을 달싹이다가 결국 도은의 손 위에 올려 주었다.

"보고 유치하다고 놀리지 마. 하고 싶은 게 생각보다 몇 가지 없어서 굉장히 사소한 것도 다 적었어."

"안 놀려. 나도 그랬는걸."

"너도?"

처음 듣는 얘기에 재하가 호기심 어린 눈을 반짝였다. 원체 도은은 개인적인 얘기를 잘 하지 않는 편이어서 재하는 도은이 가끔씩 자신의 이야기를 꺼낼 때마다 귀를 쫑긋 세우고 듣곤 했다.

"응. 예전에 언니 그렇게 되고 나서…… 우울증이랑 무기력증에 심하게 시달린 적이 있었어. 그때 의사가 버킷리스트를 써 보는 게 도움이 될 거라고 했었거든."

도은이 차분하고도 담담하게 과거의 기억을 더듬었다. 하루가 모자랄 정도로 언제나 진취적이고 계획적으로 열심히 살아오던 도은에게 언니의 사고 소식과 함께 찾아온 마음의 병은 굉장히 낯설고 버거웠다.

심장 한구석에 블랙홀처럼 뻥— 하고 아주 커다란 구멍이 난 느낌에 더 이상 아무것도 채울 수가 없었다. 채워지지가 않았다. 아무것도 하기 싫었고 해야 할 이유도 찾지 못했다. 숨이 쉬어지기에 그래서 숨만 쉬고 살았다. 좋지도 싫지도 않았다.

처음엔 감당할 수 없을 만큼 갑작스럽게 쏟아지는 우울과 슬픔이 도은을 괴롭혔지만 후에는 그 우울과 슬픔마저 사라져 '無'만 남았다. 더 이상 눈물마저 나지 않았고 더 이상 슬퍼하는 것조차 못한다는 사실이 괴로웠다.

홀로 버티다 못해 정신과를 찾아갔던 날, 의사가 도은에게 약

처방을 해 주며 아주 사소한 것도 좋으니 해 보고 싶은 버킷리스트를 100가지 작성해 보라고 권했다.

별것 아닌 숙제라고 생각했는데 이상하게도 그때의 도은에게는 하고 싶은 것 한 가지를 적어 넣는 것도 쉽지 않았다. 손가락에 펜을 쥐고 신중하게 고민하던 도은은 한참이 지나고 나서야 종이 위에 첫 글자를 새겨 넣었다.

'복수.'

딱 두 글자를 썼을 뿐인데 그 순간 도은은 저 심장 아래서 무언가 타오르는 것을 느꼈다. 그날 이후부터 도은은 다른 피해자들을 수소문해 찾기 시작했고, 준을 만났고, 그리고 그 복수를 계획하는 과정에서 재하를 만났다.

그리고 그들은 곧 도은의 인생에 있어 굉장히 소중한 의미가 되었다.

10. 개인기 연마하기
29. 할리우드 앞에서 기념사진 찍기
40. 하루 세 끼 고기 먹기
62. 연호에게 웨이브 배우기

소소하고도 엉뚱한 재하의 버킷리스트 항목들을 쭉 읽어 가며 웃음 짓던 도은의 시선이 어느 한 곳에 멈췄다.

70번부터 100번까지는 모두 도은에 관한 내용이었다.

85. 도은이에게 하루 한 번 사랑한다고 말하기
90. 도은이 본명 불러 주기

94. 도은이 업어 주기

그리고 마지막,

100. 도은이와 바닷가 가기

수첩 끄트머리의 작은 글씨를 물끄러미 바라보던 도은이 이내
고개 들고 재하를 향해 물었다.

"바다 갈까? 우리."

충동적인 말이었지만 그렇다고 해서 결코 충동적인 마음은 아니
었다. 재하와 연인이 된 후에 도은도 때때로 다른 평범한 커플들처
럼 바닷가를 거닐거나 손잡고 길거리를 돌아다니고 싶다는 생각을
한 적이 있었다.

당시엔 이기적인 욕심이라며 바로 머릿속에서 지워 버렸지만,
오늘 하루는 괜찮지 않을까. 잠시 쉬어 가도 되지 않을까. 그들은
그동안 열심히 달려왔고 재하의 말대로 충분히 행복해질 권리가
있었다.

"응. 갈래."

크리스마스에 생각지 못한 선물을 받은 아이처럼 재하가 그 어
느 때보다도 기쁜 듯이 환하게 웃음 지었다. 그것만으로도 여행의
이유는 충분했다.

＊　　＊　　＊　　＊

차가 해안 도로를 달렸다. 맑은 하늘 아래로 이어진 광활한 푸

른빛의 바다가 도은과 재하를 반겼다. 바닷가 근처에 차를 세우자 열린 창 사이로 들어온 짭짤한 소금기 섞인 바닷바람이 코끝으로 스며들었다.

"나 바다 진짜 백만 년 만에 와 봐. 진짜 좋다."

차 문을 열고 나온 재하가 잔뜩 들뜬 얼굴로 아이처럼 연신 우와 하며 탄성을 토했다.

바로 바닷가를 향해 걸어가려는 재하의 손을 도은이 다급히 붙잡았다.

"……!"

겹쳐진 손끝이 뜨거웠다. 두 사람이 동시에 멈칫하더니 서로를 바라보았다. 손끝에 정전기가 감도는 느낌에 도은이 서둘러 손을 빼고 말했다.

"마스크랑 모자 쓰고 가자."

말도 안 되는 소리라는 듯 재하가 눈썹을 팍 찡그렸다.

"장난이지? 지금 저기 사람이 얼마나 있다고."

재하가 모래사장을 가리켰다. 겨울의 초입을 앞둬 제법 쌀쌀한 10월 한낮의 가을 바다 앞에는 그의 말대로 사람이 거의 없었다.

"그래도 있긴 있잖아."

파라솔 아래 누워 나른한 휴식을 즐기고 있는 할아버지와 강아지와 함께 러닝을 하는 한 여성을 차례로 보며 도은이 어깨를 으쓱했다. 윽. 얄밉다는 듯 재하가 눈을 가늘게 뜨고 도은을 흘겼다.

"……오히려 꽁꽁 싸매는 게 더 티 날걸? 나 연예인이니까 쳐다보라고 광고하는 것도 아니고."

재하의 반박에 도은이 곧바로 고개를 저었다.

"요즘 미세 먼지 때문에 마스크 쓰고 다니는 사람 많아서 딱히 연예인 같지 않아. 괜찮아."

"아니, 무슨 그런 망언을. 이 기럭지에 이 몸매가 어디 흔한가?
내가 매일 쌀 대신 먹는 닭 가슴살을 생각한다면 절대 그런 말은
못 할걸."

눈이 동그래진 재하가 펄쩍 뛰었다. 피식 웃음을 삼킨 도은이
재빨리 뒷좌석 문을 열어 모자를 꺼냈다.

"그래. 안 가려도 빛나고 가려도 빛나니까 이왕이면 가리자."

한 걸음 재하의 앞으로 훅 다가간 도은이 발꿈치를 들고 팔을
뻗어 재하의 머리 위로 살포시 볼캡을 씌웠다. 은은하면서도 달콤
한 프리지아 향이 재하를 훅 덮쳐 왔다.

"……"

숨결이 닿을 만큼 가까워진 거리에 긴장한 재하가 숨을 들이켰
다. 아주 짧은 순간이었지만 재하에게는 슬로 모션처럼 느리게 느
껴졌다.

"모자 잘 어울리네."

모자를 씌우고 다시 뒤로 크게 물러난 도은이 짧게 감상을 말했
다. 그제야 재하가 참았던 숨을 내쉬었다. 아, 심장 멎는 줄 알았
네.

"이것도."

재하가 안도의 한숨을 내쉬며 방심한 그 순간 도은이 재하의 귀
에 마스크를 걸었다. 도은의 손이 재하의 귓불에 살짝 닿았다가 바
로 떨어졌다.

그저 스쳤을 뿐인데 귀가 데인 것처럼 화끈거렸다. 차마 아이
컨택을 하지 못하고 재하가 시선을 내리깔자 도은의 목소리가 들
렸다.

"답답해도 이해해 줘. 사람들이 더 올지도 모르고 그런 인터뷰가 실렸는데 바닷가에서 산책하는 사진이 찍히면 말이 나올 수도 있으니까 조심하는 게 좋은 것 같아서."

사실이지만 왠지 변명같이 들려서 도은의 목소리가 점점 작아졌다. 단 하루라도 완전한 자유를 바랐을 재하에게 마스크와 모자를 건네는 것이 꼭 족쇄를 채우는 것만 같아 죄책감이 들었기 때문이다.

현실을 잠시 잊고 일탈을 꿈꿨지만 아이러니하게도 현실을 완전히 놓지 못하는 이 상황이 미안했다. 머뭇거리던 도은이 천천히 덧붙였다.

"그래도 옆에 내가 있잖아."

부드럽게 울려 퍼지는 그 말에 재하가 고개를 들었다. 눈이 마주쳤다. 도은의 눈가가 어렴풋이 휘어졌다.

"우리 같이 온 거, 지금은 그걸로 봐주면 안 될까?"

어색한 눈웃음이었다. 재하가 심장께를 눌렀다. 너무 귀여워. 도은의 그 어설픔이 재하의 눈엔 너무나도 사랑스러웠다.

"알았어. 나니까 봐주는 거야."

재하가 삐친 듯이 퉁명스럽게 말했지만 이미 표정은 좋아서 흐물흐물 녹아 있었다.

두 사람은 나란히 백사장을 걸었다. 모래 속으로 푹푹 빠지는 구두가 불편해서 도은은 망설임 없이 신발을 벗어 손에 들었다.

까슬까슬하면서도 부드러운 모래 알갱이가 맨발에 달라붙었다. 사각거리는 그 감촉이 나쁘지 않았다.

"그러다 유리 조각 같은 거에 찔리기라도 하면……."

어떡하냐고 만류하려던 재하는 시야에 들어오는 하얗고 가느다란 발목에 숨을 헉 들이켰다. 깔끔한 흰색 블라우스와 까만 슬랙스를 입고 맨발로 모래 위를 걷는 도은은 화보 속의 한 장면처럼 재하의 시선을 단숨에 빼앗았다.

미치겠다. 발까지 예뻐. 재하가 손바닥으로 눈가를 덮었다. 씰룩거리는 광대를 감출 길이 없었다.

"나, 너한테 늘 궁금하던 게 하나 있었는데."

"응? 어떤 거?"

재하가 자연스럽게 고개를 숙여 도은과 눈높이를 맞춰 주었다.

"연기 어떻게 시작하게 된 거야?"

도은의 질문에 재하가 턱을 느리게 쓰다듬었다.

"그러고 보니 그런 질문 되게 오랜만에 듣네. 계기는 정말 우연이었어. 친구가 자기 친구가 연극을 한다고 해서 같이 보러 갔다가 한눈에 반해 버렸거든."

옛 기억에 빠지듯 허공을 응시하던 재하가 씨익 웃었다. 재하의 말을 가만히 듣고 있던 도은이 유독 가시처럼 탁 걸리는 단어에 슬며시 물었다.

"……그 동기 친구 여자였어?"

"응."

곧바로 대답한 재하가 이내 뭔가 깨달은 듯 눈을 깜빡이더니 손을 내저었다.

"아, 아니. 그 여자애한테 반했다는 게 아니라 연극에 반했다고."

"알아."

하지만 어쩐지 기분이 조금 나빠졌다. 그런 도은의 기분을 눈치챘는지 재하가 장난기 다분한 얼굴로 싱글싱글 웃었다.

"질투하는 거야?"

"그럴 리가."

"나는 사실 고등학교 때까지 수영을 했어."

처음 아는 사실이었다. 놀란 듯한 도은의 표정에 재하가 옅게 미소 지었다.

"그런데 어깨를 다쳐서 수술을 했거든. 의사가 더 이상 수영은 못 한다고 해서 갑자기 삶의 목표를 잃은 기분이었어. 슬프다기보단 그냥 앞으로 어떻게 해야 할지 이정표를 잃은 느낌이랄까. 난 당연히 계속 수영을 할 거라 생각했어서."

"……."

쉽사리 할 말을 찾지 못한 도은이 재하를 바라보았다. 도은은 그동안 재하가 처음부터 배우의 길을 걸어온 사람이라고 생각했었다. 그렇기에 처음 알게 된 재하의 과거가 무척 의외였고 놀라웠다.

도은은 자신도 모르게 재하의 어깨 위로 손을 뻗었다. 위로하듯이 또는 걱정하듯이. 어깨를 매만지는 그녀의 조심스러운 손길에는 여러 가지 감정이 담겨 있었다. 그에 재하가 안심하라는 듯 어깨를 가볍게 돌려 보였다.

"괜찮아. 수영 선수로서의 생명을 잃었을 뿐이지 일상생활에서는 문제없거든."

"많이 힘들었겠다."

도은에겐 글이 전부였다. 글을 쓰지 못한다면 삶의 의미를 더 이상 느끼지 못할 정도로. 글은 도은이 가진 유일한 재능이자 행복이었고 삶에 지쳤을 때 도망가 쉴 수 있는 도피처였다. 만약 자신이 글을 쓰지 못하는 상황이 온다면…… 생각만 해도 눈앞이 캄캄했다.

"생각보다는 그럭저럭 괜찮았어. 그때부턴 그냥 남들 하듯이 공부했어. 원래 대학 원서 넣었던 과도 경영학과였거든. 그게 제일 취직이 잘 된다고 하길래. 그러다 어느 날 별생각 없이 친구 따라서 연극을 보러 갔다가 그 연극 보고 한참을 울었어. 의사가 수영을 더 이상 못 한다고 했을 때도 눈물이 안 났는데 말야."

연극을 보던 그 순간, 재하의 가슴속에 내내 뭉쳐 있던 답답함이 바다에 쓸려 떠내려가듯 맑아지는 느낌이었다.

"그래서 연기로 누군가를 위로하고 감동시킬 수 있다는 사실이 너무 멋지다고 생각했어. 나는 그 연극을 통해 치유받았거든."

재하는 그 일 이후로 배우가 되고 싶다고 생각했다. 새로운 꿈이 생긴 나이는 스물, 무언가를 새로 시작하기에 충분히 어린 나이였지만 연기는 예외였다.

요즘 많은 배우 지망생들이 청소년기 때부터 예술학교를 다니면서 교육받거나 소속사에서 트레이닝을 받는 것을 생각하면 재하는 꽤나 늦은 시작이었다.

"그래서 그때부터 미친 듯이 공부하고 연습해서 다음 해에 연극영화과에 들어갔어. 운 좋게 교수님 눈에 들어서 추천으로 영화에 아주 작은 단역으로 들어갔는데 그게 소소하게 반응이 좋아서 단역이지만 꾸준히 작품에 들어갈 수 있었어. 오디션에서도 꾸준히 발탁됐고. 나보다 훨씬 일찍 시작했어도 데뷔조차 못 하는 애들이 많았는데 나는 정말 운이 좋았지."

그래서 재하는 그때만 해도 희망에 부풀어 있었다.

남들보다 빠른 데뷔. 단역이지만 꾸준한 작품 활동. 그리고 주변 동기들이 하나둘씩 나라의 부름을 받을 때 재하는 10대 때 한어깨 수술로 군 면제를 받아 또래 남자애들보다 2년의 시간이 더 여유가 있었다.

그건 배우로서 굉장히 큰 메리트였다. 재하는 자신이 이 단계를 차근차근 밟아 나간다면 머지않아 주인공을 맡게 될 거라 믿어 의심치 않았다.

"그땐 왜 그렇게 주인공에 집착하고 초조해했는지 모르겠어. 데뷔하고 나서 몇 년 동안 단역이랑 조연만 하긴 했어도 지금 돌이켜 보면 그것도 굉장히 빠른 성과고 행운이었는데."

푸르른 바다를 바라보며 재하가 자조하듯 중얼거렸다. 이미 지나간 일과 과오들은 저 파도에 흘려보내려 무던히 노력했지만 그래도 역시 후회가 남는 것은 어쩔 수 없었다.

"한때 주민우랑 친구였다며. 같은 소속사고 동갑이다 보니 자꾸 비교가 돼서 뒤처지는 기분이 들었겠지. 사람이면 어쩔 수 없는 부분이라고 생각해. 게다가 주민우는 처음부터 주인공만 했었으니까."

결과에 신경 쓰지 않고 다른 사람의 속도와 비교하지 않으며 오로지 자신만의 길을 굳건히 가는 것은 생각보다 굉장히 어렵고 힘든 일이었다. 도은은 재하를 따뜻하게 위로했다.

"네가 나약했던 게 아니야."

"고마워. 그렇게 말해 줘서."

재하가 활짝 웃었다. 맞닿는 두 사람의 눈빛은 푸르른 바다 위를 반짝거리며 비추는 햇살처럼 포근하고 따스했다.

"이제 집에 갈까?"

바닷가를 한 바퀴 돌고 나니 도은이 물었다. 조금씩 사람들이 많아지면서 힐끗거리는 시선이 늘어나고 있었다. 이제는 갈 때라는 생각이 들었다.

"응. 나 잠시만 핸드폰 켤게. 엄마한테 연락해야 할 것 같아서."

핸드폰을 꺼낸 재하가 전원 버튼을 눌렀다. 전원이 켜지기 무섭게 카톡과 문자, 부재중 전화를 알리는 알림이 쉴 새 없이 쏟아졌다. 걱정하는 연락이 대부분이었지만 간간이 진짜냐며 진위를 묻는 메시지들도 있었다.

"이 뜨거운 반응을 보니 아무래도 기사가 난 모양인데."

남 말 하듯 장난스럽게 웃으며 카톡창을 쭉 훑던 재하가 순간 놀란 듯 얼굴을 굳혔다.

"어떡하지? 갑자기 가야 할 곳이 생겼어."

"응? 그게 무슨 말이야?"

도은의 질문에 재하가 당황스러운 얼굴로 핸드폰을 내밀었다. 재하의 어머니로부터 온 연락이었다.

"여동생 재연이…… 학교에서 사고 쳤나 봐."

❋　　❋　　＊　❋

도은의 차가 한 여자 고등학교 교문 앞에 빠르게 멈췄다. 차에서 내린 재하와 도은이 학교 본관을 향해 운동장을 가로질러 걸었다.

운동장에서 배구 연습을 하던 여학생들이 호기심 어린 시선으로 재하와 도은을 힐끗거렸다. '집중해!'라며 성을 내는 체육 선생님 때문에 결국 다들 고개를 돌렸지만 체육 선생님 역시도 도은과 재하를 의아하게 바라보았다.

그도 그럴 것이 두 사람은 이 여학교에선 너무나도 이질적인 존재였다. 재하는 얼굴을 꽁꽁 가리고 있어도 쭉 뻗은 늘씬한 몸매와 스타일리시한 옷이 '모델인가?' 싶을 정도로 시선을 잡아끌었고, 옆에 서 있는 도은 역시 옷은 수수했지만 마른 몸과 고고하면서도 시크한 분위기가 예사롭지 않았던 것이다.

"안녕하세요. 실례하겠습니다."

교무실 문을 열며 정중하게 인사를 건넨 재하가 눈으로 빠르게 여동생을 찾았다. 교무실 맨 오른쪽에 동생 재연이 누가 봐도 잡아 뜯긴 듯한, 풀어 헤쳐진 머리를 하고 뾰로통한 표정으로 무릎 꿇고 앉아 있었다.

옆에 있는 여자애는 더 심했다. 입술이 터졌는지 피딱지가 앉아 있었고 울었는지 눈이 벌겠다.

그 엉망진창인 모습에 재하는 아연실색한 얼굴로 입을 쩍 벌렸다. 누가 봐도 동급생의 흔한 다툼 정도가 아니라는 건 알 수 있었다. 말 그대로 '개싸움'의 흔적이었다.

그때였다. 입술이 터진 여학생이 들고 있던 팔을 슬쩍 내리며 억울해 죽겠다는 듯 선생님을 향해 소리쳤다.

"쌤! 전 잘못 없다니까요! 가만히 있었는데 저 미친년이 선빵 날렸다니까요."

"네가 언제 가만히 있었어. 루머 퍼뜨렸잖아."

차분한 재연의 반박에 여학생이 옆을 홱 노려보았다.

"뭐가 루머야! 기사가 났는데!"

"잘못된 기사를 진짜인 양 애들한테 퍼뜨리는 것도 허위 사실 유포야."

그 말에 여학생이 기가 막히다는 듯 도끼눈을 뜨고 격하게 열변을 토해 냈다.

"쌤, 쟤 봐요. 전 진짜 억울하다니까요. 연예인 얘기 좀 했다고 이렇게 사람 때리는 게 말이 돼요? 허위 사실 유포? 인재하가 술 먹은 거 속이고 주민우 태워 가다 사고 난 게 제 잘못이에요? 전 그냥 인재하의 인성에 대해 사실을 말했을 뿐이라고요."

아. 재하는 그 순간 재연이 왜 저 꼴로 있는지를 단박에 이해했다. 가슴이 덜컹 내려앉았다.

기사를 봤구나. 재연이 이렇게 빨리 볼 거라는 생각은 미처 하지 못했다. 재하는 입술을 꾹 깨물고 있는 재연을 바라보았다. 정말 방금 전까지만 해도 주민우의 거짓 인터뷰에 대해서 아무렇지도 않았는데 재연을 보고 있는 이 순간 가슴속이 말할 수 없이 쓰려 왔다.

"사실 아니거든?"

재연이 펄쩍 뛰었다. 당장이라도 여학생의 뒤통수를 후려칠 듯한 기세였다.

"그걸 네가 어떻게 알아?"

"그런 너는 어떻게 아는데? 기사가 사실인지 아닌지 네가 어떻게 장담하냐고."

흥분한 두 소녀가 서로를 죽일 듯이 노려보며 분을 못 이겨 씩씩거렸다.

"그만, 그만!"

결국 담임 선생님이 서류로 책상을 내리쳤다. 그 소리에 둘 다 입술을 댓 발 내민 채 말을 그쳤다. 후, 한숨을 내쉰 담임이 설득하듯 애써 상냥한 얼굴로 아이들을 타일렀다.

"재연아. 어떤 이유로든 폭력은 범죄야. 절대 나쁜 거라고. 하물며 그런 연예인 같은 사소한 얘기로…… 그리고 유나도. 물론 재연이가 많이 잘못했지만 다른 친구가 좋아하는 사람에 대해 나쁘게 말하면 안 되지."

거의 초등학생을 달래는 듯한 말투였다. 그녀의 얼굴엔 제발 이 황당하고도 시끄러운 싸움을 어떻게든 마무리 짓고 싶은 간절한 마음과 아이들의 유치한 싸움에 지친 피곤함이 역력했다.

"좋아하긴요! 쟤 아이돌 더블 좋아해요! 평소 인재하에겐 관심도 없었다구요. 오히려 저희가 드라마 보고 멋있다고 했을 때 니들 눈엔 인재하가 진짜 잘생기게 보이냐고 이해가 안 간다는 듯이 말했었어요."

"……그건."

재연이 처음으로 당황한 듯 머뭇거렸다. 그 틈을 놓치지 않고 여학생이 매섭게 쏘아붙였다.

"쟨 분노 조절 장애예요, 선생님. 강제 전학 시켜야 된다니까요!"

중재에 실패한 담임이 이마를 감싸 쥐었다. 그걸 보는 재하 역시 한숨이 절로 흘러나왔다. 어떻게 된 사건인지 알 만했다. 머리가 지끈지끈 아파 왔다.

더 이상 두고 볼 수 없다는 생각에 재하가 도은에게 기다려 달라는 제스처를 한 후 뚜벅뚜벅 담임 선생님 앞으로 걸어가 섰다.

"안녕하세요. 인재연 학생 보호자인데요. 연락받고 왔습니다."

가만히 무릎 꿇고 있던 재연이 깜짝 놀라 재하를 쳐다보았다. '오빠가 여길 어떻게?' 하는 표정이었다. 그러곤 마치 들키면 안 될 것을 들킨 사람처럼 시선을 돌려 버렸다.

"보호자세요?"

담임이 반가운 기색으로 재하를 향해 고개를 돌렸다. 그러나 재하를 본 담임이 잠시 멈칫했다.

젊은 남자인 데다 보통 사람들에 비해 굉장히 눈에 띄고 화려한 느낌이었기 때문이다. 게다가 모자에 마스크까지. 담임이 수상한 눈빛으로 재하를 훑었다. 재하가 황급히 덧붙였다.

"네. 어머니가 지금 일하고 계셔서 친오빠인 제가 갑작스럽게 대신 왔습니다."

"아아."

담임이 그제야 납득했다는 듯 고개를 끄덕였다.

"아…… 일단 물의를 일으켜서 죄송합니다."

재하는 담임 선생님께 꾸벅 허리를 숙였다. 그리고 호기심 어린 눈으로 자신을 보고 있는 여학생에게도 몸을 돌려 꾸벅 사과했다.

"미안해."

동생이 사고를 쳐서 교무실에 불려 온 것은 처음이라 어떻게 해야 할지 몰랐지만 일단 사과가 먼저인 것 같았다.

"뭐가 미안……."

"넌 조용히 있어. 다만 오해가 있으신 것 같아 조금 덧붙이자면 재연이가 화난 건, 음…… 단순히 연예인 얘기라서 그런 건 아닐 겁니다."

상황을 설명한다고 해서 폭력이 정당화가 되는 것은 아니지만 그래도 일단 재하는 오해를 풀고 싶었다. 재연이 화가 날 수밖에 없었던 '진짜 이유'에 대해서.

의문 섞인 시선을 던지는 담임과 여학생을 차례로 바라보며 재하는 천천히 모자와 마스크를 벗었다.

"그게…… 제가…… 그 루머의 당사자거든요."

여학생의 눈이 튀어나올 것처럼 커졌다. 그리고 꺽 소리를 내며 두 손으로 입을 틀어막았다.

여고에 연예인이란, 그것도 지금 한창 잘나가는 대세 남자 배우
의 방문은 지루하고 반복적인 수업에 지쳐 있던 학생들에게 이벤
트나 다름없었다.

그 잠깐 사이에 소문이 쫙 퍼진 건지 쉬는 시간을 틈타 아이들
이 교무실에 떼로 모여들었다. 창문에 다닥다닥 얼굴을 맞댄 아이
들이 꺅꺅 소리를 지르며 재하를 구경했다.

"저, 그럼 가 보겠습니다."

재연을 데리고 일찍 조퇴하기로 한 재하가 담임에게 인사를 하
고 함께 교무실을 나왔다. 도은도 재하와 재연을 뒤따랐다. 등 뒤
로 아이들의 함성과 '팬이에요!', '잘생겼어요!' 등의 잡다한 말들
이 쏟아졌다.

"왜 말해. 창피하게. 이제 학교 어떻게 다니라고."

그런 아이들의 반응을 보며 재연이 질색하며 재하에게 신경질을
냈다.

"그럼 너는 창피하게 왜 주먹질했는데."

재하의 말에 눈을 치켜뜬 재연이 이내 그의 말을 사뿐히 무시했
다.

또 또. 자기 불리할 때만 입 닫고. 재하가 속으로 낮게 혀를 찼
다.

"그냥 오빠라서 화났다고 말하지 그랬어. 그럼 분노 조절 장애
또라이 뭐 그런 취급 안 받아도 됐잖아."

"그냥. 괜히 알려져 봤자 좋을 것도 없고 말해 봤자 믿을 것 같
지도 않고. 이름 비슷한 거 빼곤 전혀 안 닮았잖아. 너랑 나."

"나보다 네가 훨씬 예뻐."

재하가 피식 웃으며 여동생의 머리 위에 손을 툭 얹었다가 떼었다. 재연이 기겁하는 얼굴로 재하의 옆구리를 팍 쳤다.

"당연히 여자니까 내가 더 예쁘지! 그리고 소름 끼치니까 머리 쓰다듬지 마."

재하가 능청스럽게 '아닌데, 계속 쓰다듬을 건데.' 하면서 안 그래도 부스스한 재연의 머리를 더 산발로 만들어 놓았다. 그에 재연이 잔뜩 신경질을 내며 재하의 등을 퍽퍽 때렸다. 동생에게 등짝을 질리도록 맞고 난 재하는 그제야 재연에게서 떨어졌다.

"그래도 화해해서 다행이다."

아까 사건은 서로의 오해로 일어난 '친구 사이의 사소한 다툼'으로 마무리를 지었다. 재하를 알아본 여학생의 태도가 급속도로 유해졌기 때문이다.

"화해는 무슨. 네 얼굴 보니까 민망해서 그냥 겉으로만 그런 거지. 뒤에선 또 씹을걸."

재연이 이를 갈며 말했다. 아까 서로 악수를 나누고 화해 같지 않은 화해를 한 후 재하를 향해 '사진 찍어 주시면 안 돼요?'라고 해맑게 웃던 그 계집애의 마지막 얼굴이 떠올랐기 때문이다. 정말 기가 막혀서 웃음도 안 나왔다.

"뭐 어때. 그런 건 톱스타들의 숙명이랄까. 난 괜찮아."

재하가 으쓱하자 재연이 곧바로 코웃음 쳤다.

"지랄하네."

그 말에 도은이 저도 모르게 쿡, 웃음을 터뜨렸다.

"야, 너는 지랄이 뭐냐. 오빠한테."

재하가 당황한 얼굴로 식은땀을 뻘뻘 흘리며 수습했다.

"지가 언제부터 오빠였다고."

그에 아랑곳하지 않고 지랄을 다섯 번 정도 더 읊은 재연이 이내 재하의 뒤에 있는 도은에게로 시선을 던졌다.

"근데 이 언닌 누구야?"

"아."

도은과 재하의 시선이 정면에서 마주쳤다. 현재의 두 사람에게 어떤 사이냐고 묻는 것만큼 애매한 질문은 없었다.

재하와 도은. 그 둘은 간단한 어떤 단어 하나만으로 관계를 정의하기가 어려웠다.

처음엔 복수를 위한 동맹 관계였고 한때는 유일하게 기대고 의지할 수 있는 동료였으며 그다음엔 연인이 되었다. 그리고 지금은 헤어진 전 연인.

하지만 이것만은 확실하게 말할 수 있었다. 나 자신보다도 더 소중한, 끝까지 지키고 싶은 단 하나의 사랑이라고.

"무슨 사이냐니깐."

재연의 연이은 재촉에 재하가 가볍게 웃어 보였다.

"매니저."

"아? 진짜?"

예상외의 대답이라는 듯 재연이 눈썹을 치켜올렸다.

"안녕하세요. 처음 뵙네요. 재하 씨 매니저예요."

도은이 살갑게 재하의 동생에게 손을 내밀었다. 그런 도은을 재연이 물끄러미 바라보았다. 재하의 동생이라 그런지 평소답지 않게 조금 긴장이 되어 도은은 어색하게 미소를 띠었다. 도은의 손을 맞잡고 간단하게 악수를 나눈 재연이 다시 재하의 옆으로 가 섰다. 뭔가 궁금한 게 있는 듯 이따금씩 도은을 힐끔거렸지만 더 이상

묻지는 않았다.

"병원 갈래? 엄마가 그 꼴 보면 기절하시겠다."

재하의 권유에 재연이 얼른 고개를 저었다.

"다친 데도 없는데 뭔 병원을 가. 싫어. 머린 빗으로 빗으면 되지."

쿨하게 대답한 재연이 가방에서 꼬리빗을 꺼내 머리를 쓱쓱 빗어 내렸다. 으음. 어색하게 콧잔등을 문지르며 눈치를 보던 재하가 재연에게 슬며시 말을 건넸다.

"진짜냐고는 안 물어봐?"

"뭘?"

"그 기사 말야. 그것 때문에 싸운 거잖아."

재하의 말에 재연이 물끄러미 재하를 응시했다.

"오빠 술 잘 못 마시잖아. 그리고 진짜여도 상관없어, 나는. 나 아니면 누가 네 편 들어. 사람들이 너 비난하는 건 어쩔 수 없는데 내 앞에서 그러면 못 참아. 가족이니까."

재연이 고개를 숙이며 발밑의 돌멩이를 툭툭 찼다. 낯간지러운 말이 부끄러운 듯싶었다. 재연의 말에 재하는 가슴 한구석이 찡해졌다. 진실 여부와 상관없이 제 편이 되어 준다는 어린 여동생의 그 말이 너무나도 든든하게 느껴졌다.

"분유 먹던 때가 엊그제 같은데 다 컸네."

재하가 감상에 젖는 듯한 표정으로 중얼거리자 재연이 쏘아붙였다.

"그게 언제 적인데, 아저씨 같은 소리 마!"

격렬한 반응에 재하가 쿡쿡 웃었다.

"그리고 주민우 원래 너한테 전부터 못되게 굴었잖아."

"……."

재하도 도은도 그 말에 놀라 잠시 침묵했다.

"그 여우 같은 놈. 내가 어려서 모를 줄 알았나 봐. 웃으면서 은근히 너 물 먹이고 후려치던 거 한두 번 아냐."

주민우에 대한 안 좋은 기억이 많았는지 재연이 이를 갈았다.

"엉? 그랬어? 몰랐는데."

재하가 시치미를 떼자 재연이 한심하다는 듯 깊게 한숨을 내쉬고는 고개를 절레절레 내저었다.

"등신."

"야, 오빠한테 등신이 뭐냐."

앞서 걷는 재연을 재하가 서둘러 따라붙었다. 그에 재연이 슬며시 걸음을 늦췄다. 나란히 걷는 오누이의 뒷모습을 바라보며 도은은 조용히 미소 지었다. 이러니저러니 해도 사이좋은 남매가 분명했다.

숙소로 가겠다는 도은을 재하와 재연이 잠시 들렀다 가라며 설득해 도은도 재하의 본가에 함께 가게 되었다.

재하의 집은 시내에서 차로 약 30분 정도 거리에 있는 한적한 마을에 자리한 작은 주택으로 꼭 그림 속의 풍경에 들어온 것처럼 소박하면서도 아름다웠다. 집 맞은편의 논밭과 평화로운 주변 풍경을 천천히 눈에 담던 도은이 재하를 따라 집으로 들어섰다.

대문을 열자 마당에서 새하얀 강아지가 뛰어나와 그들을 반겼다. 왕왕 소리와 함께 강아지가 반가움의 표시로 재연과 재하의 무릎에 번갈아 점프를 하며 제 몸을 부볐다.

"실례하겠습니다."

"실례는 무슨. 편하게 들어와."

현관문에 다다른 도은이 이윽고 재하의 뒤를 따라 가지런히 신발을 벗고 집 안에 발을 디뎠다.

거실 벽면에는 재하의 어릴 적 사진이 담긴 작은 액자와 커다란 가족사진이 걸려 있었다. 화목해 보이는 단란한 가족의 모습에 도은의 입가에 절로 미소가 스쳤다.

"언니. 잠시만 기다려요. 제가 과일 가져다 드릴게요."

괜찮다는 도은의 등을 기어코 재하의 방에 밀어 넣은 재연이 거실을 후다닥 달려갔다. 부엌에서 나는 쿵쿵 부산스러운 소리에 도은이 조금 웃었다.

"동생이 참 귀엽다."

"귀엽긴. 봤잖아. 완전 성질머리 더러운 사고뭉치야."

도은의 칭찬에 재하가 혀를 내둘렀다.

"너를 좋아해서 그래. 저렇게 착하고 든든한 동생이 또 어디 있겠어."

도은이 살짝 문을 열고 사과 깎기에 열심인 재연을 고갯짓으로 가리키며 말했다. 재연은 자신이 재하를 닮지 않았다고 했지만 도은이 보기에 두 사람은 솔직하면서 다정한 성격이 쌍둥이처럼 꼭 닮아 있었다.

"이게 네 방이야?"

스무 살에 서울로 상경했지만 재하의 방은 재하가 스물아홉이 된 지금까지도 그대로였다. 거의 9년 동안 주인이 없었음에도 불구하고 먼지 하나 없이 깨끗하게 정리되어 있는 방에서는 재하에 대한 가족들의 애정과 그리움이 느껴졌다.

도은은 재하의 책상을 매만지다가 책꽂이를 눈으로 훑어 내렸다. 그곳은 즉흥 연기의 기초와 같은 연기에 관련된 책들과 셰익스피어 4대 비극과 같은 문학집들, 그리고 시나리오와 드라마 대본집들로 빼곡하게 채워져 있었다.

그 외에도 책꽂이 위나 책상 아래, 방 곳곳에도 책이 보였다. 작가인 도은에게 견줄 만큼 방대한 도서량이었다.

"공부 진짜 열심히 했구나."

"남들보다 늦게 시작한 만큼 더 노력해야 한다고 생각했으니까. 그때는 밤새워도 피곤한지도 모르고 빠져들었어. 뭔가를 배우고 공부하는 걸 재밌다고 느낀 건 그때가 처음이야. 스펀지처럼 쑥쑥 흡수되는 느낌이랄까. 지금은 그런 느낌은 거의 없지만."

재하 역시 감회에 젖어 책의 표지를 쓰다듬었다.

그때, 똑똑 노크 소리가 들렸다. 재연이었다. 방문을 열자 재연이 토끼 모양으로 깎은 사과 접시가 담긴 다과상을 들고 서 있었다. 사과는 삐뚤빼뚤하고 중간중간 움푹 들어가 있었지만 그래서 더욱 사랑스러웠다.

"토끼 모양이네. 예쁘다. 잘 먹을게."

도은의 상냥한 인사에 재연이 기쁜 듯이 활짝 미소 지었다. 상 앞에 오순도순 모여 앉은 세 사람은 나란히 사과를 베어 먹었다.

Rrrrr.

그때, 도은의 벨 소리가 요란하게 울렸다. 도은이 가방에서 핸드폰을 꺼내 발신자를 확인했다. 설 이사였다. 도은은 스피커폰 모드를 눌렀다.

"네. 설 이사님."

― 잘 도착했어요?

"네. 저희는 잘 있어요."

― 음, 이미 보셨는지 모르겠지만 기사가 한 개 났는데 생각한 것보다 반응이 훨씬 안 좋아요. 메인에 올라가진 않았지만 벌써 실시간 검색어에 오르고 있고 각종 커뮤니티에서도 논란이 크게 일어나는 중이구요. 아마 시간이 지날수록 더 퍼질 것 같아요.

메인에 오르지도 않은 단 하나의 기사가 난 것치고는 그 여파가 너무 컸다. 기사의 내용이 단순히 음주 운전 보도에 그친 것이 아니라 음주 사실을 속이고 주민우를 태웠다는 것에 포커스가 맞춰져 있었기 때문이다.

네티즌의 반응은 격렬했다. 재하의 인성과 도덕성을 문제 삼는 이들과 이미 지나간 과거이고, 잘못을 인지하고 자숙을 했으며, 피해자들에게 용서를 받았다는 쪽으로 나뉘어 설전 중이었다.

다행히 가벼운 접촉 사고였고 피해자는 완전한 치료와 보상을 받았으며 현재 아무 이상 없긴 했지만 엄연히 피해자가 존재했기 때문에 비난을 피하기는 어려웠다.

― 상황이 별로 좋지 않습니다. 예상보다 주민우에 대한 동정 여론이 너무 강해서 섣불리 주민우에 대한 네거티브 전략을 했다간 역효과가 날 것 같아요.

냉철하게 흘러나오는 설 이사의 목소리에 재연이 움찔했다. 자신이 있으면 안 될 것 같다는 생각에 자리를 피하려고 일어서는데 도은이 재연의 옷자락을 잡았다.

재연은 도은을 의아한 표정으로 바라보았다. 도은이 괜찮다는 듯 희미하게 미소 지었다.

"인터뷰엔 노코멘트 하되 간단하게 여란을 명예 훼손으로 고소하는 건 어떨까요?"

차분하지만 힘 있게 흘러나오는 도은의 목소리에 재하와 재연이 놀란 듯한 얼굴로 동시에 도은을 쳐다보았다.

— 명예 훼손 말입니까?

"네. 정말 명예 훼손죄로 인정이 될지 안 될지는 모르겠지만 일단 성립 자체는 됩니다. 배우는 사생활에 타격을 입을 수밖에 없는 직업인데 주민우가 재하의 동의 없이 재하와 사적으로 있었던 일을 언론사에 말한 거니까요. 실제로 타격도 입었구요. 별다른 입장 발표 없이 고소장을 제출했다는 사실 한 줄만 기사가 나도 악의적인 여론들이 상당히 죽을 것 같아요."

상당히 설득력 있는 말이었다. 지금 재하의 입장에서는 취할 수 있는 조치가 굉장히 제한적이었다. 여란을 명예 훼손으로 고소한다는 것은 공개적으로 척을 지겠다는 것과 다름없었지만 그렇다고 가만히 있기에는 설연이 입을 피해가 너무나 컸다.

공격적이긴 했지만 지금 도은이 말한 방법은 현재 상황에서 가장 깔끔하면서도 가장 타격을 최소로 입을 수 있는 베스트였다.

— 좋은 방법인 것 같습니다. 그렇게 조치하죠.

설 이사와의 통화를 종료하고 나서 도은은 불안한 듯 입술을 물고 있는 재연의 손을 마주 잡았다.

"오빠는 괜찮을 거예요."

도은이 재연의 눈을 마주 보며 따뜻하면서도 동시에 강하게 힘주어 말했다.

"지금처럼 오빠 계속 믿어 줘요."

그리 말한 도은의 시선이 살짝 발갛게 부푼 재연의 뺨에 닿았다. 오빠에 대한 비난을 듣고 친구와 싸운 동생의 미음은 어땠을까. 아직 상처받기 쉬운 사춘기 소녀인데.

도은은 재연이 안쓰럽고 아렸다. 도은이 진심을 담아 재연을 향해 다짐하듯 말했다.

"저랑 이사님이…… 다시는 오늘과 같은 일 안 겪도록 약속할
게요."

＊　＊　＊　＊

노을로 물든 저녁, 재하와 재연 남매의 배웅을 받으며 설 이사
가 잡아 준 숙소로 온 도은은 도착하자마자 침대에 누웠다. 푹신한
매트리스와 시트에 몸을 파묻자 절로 나른해졌다. 오늘 하루 동안
에 너무 많은 일이 일어난 기분이었다.

여란을 명예 훼손으로 고소하기로 결정을 내렸지만, 공개적으로
주민우의 인터뷰에 반발하고 싸움을 건 것이나 마찬가지였으므로
분명히 한동안 후폭풍이 거셀 것이다. 앞으로의 일들을 생각하면
머릿속이 복잡했다.

하지만 도은은 오늘 재연을 보고 결심했다. 이 남매를 어떻게
해서든 사람들로부터 지켜 주고 싶다고. 오빠에 대한 재연의 믿음
을 깨뜨리고 싶지 않았다. 그녀의 말이 맞다는 걸 증명해 주고 싶
었다.

몇 시간이 지났을까. 배고픔에 도은이 슬슬 호텔 근처로 나가
볼까 몸을 일으켜 겉옷을 챙기려는 때, 똑똑 노크 소리가 들렸다.

"누구지?"

도은은 살짝 경계하며 문을 조심스럽게 열었다. 열린 틈 사이로
보인 실루엣은 도은이 잘 알고 있으면서도 굉장히 의외인 사람이
었다.

"안녕."

"한지수 씨!"

방문자는 얼마 전 종방한 '버킷리스트'의 여주인공 한지수였다.

그녀가 도은을 향해 한쪽 눈가를 찡긋하며 밝게 손을 흔들었다. 도은이 들어오라는 듯 문을 열자 지수가 깊이 눌러쓴 모자를 벗으며 찰랑찰랑 머리를 흔들었다.

"살다 살다 김 매니저가 반가워하는 걸 다 보고 오래 살고 볼 일이네. 그렇게 내가 보고 싶었어?"

지수가 도은의 옆구리를 쿡 찌르며 놀리듯이 웃었다.

"여긴 어떻게 오셨어요?"

"그냥 갑자기 맥주가 너무 먹고 싶은데 같이 먹을 사람이 없어서. 인재하 그놈은 연락도 안 되고, 김 매니저 번호는 모르고. 이연 씨는 너무 바쁘고. 이연 씨 말론 김 매니저 휴가라며? 여기 가면 김 매니저가 탱자탱자 놀고 있을 거라기에 같이 술 마시려고 왔어."

지수가 티셔츠 위에 걸친 얇은 카디건을 벗으며 당당하게 말했다. 무단 방문자치고는 굉장히 뻔뻔해서 오히려 웃음이 나왔다.

술을 마시러 온 거라니. 거짓말도 지수다웠다. 평소의 화려한 옷차림과 달리 오늘의 지수는 그 어떤 액세서리도 없이 블랙 티에 스키니진만 입고 있었다. 사람들 눈에 띄지 않게 신경 쓴 것이 분명했다.

"걱정해 줘서 고마워요."

도은의 말에 지수가 움찔하더니 인상을 쓰고 큰소리를 냈다.

"뭔 소리야. 김 매니저는 내가 그렇게 남 걱정할 만큼 한가한 사람으로 보여? 물론 그 기사를 보긴 봤어. 보긴 봤는데…… 괜찮냐거나 사건의 진위라든가 그런 건 안 물어볼 거야. 궁금하지도 않고 상관도 없고. 난 이걸 마시러 온 거라구."

지수가 자신의 가방에서 맥주 캔 6개들이와 편의점을 탈탈 털어 사 온 듯한 과자 뭉치들과 야식들을 주섬주섬 늘어놓았다.

"난 이거 다 마시고 갈 거야. 이게 내가 오늘 여기 온 목적이니까."

맥주를 흔들며 강조하는 말과 달리 지수는 수시로 다른 방을 힐 끗거렸다.

"재하는 본가에 있고, 이따가 잠깐 온다고 했어요."

속내가 빤히 보이는 지수의 행동에 도은은 그녀가 궁금해할 부분을 콕 집어 알려 주었다. 그녀가 정색하며 펄쩍 뛰었다.

"걱정돼서 그런 거 아니라니깐! 망할 매니저가 하도 굶겨서 도 망 온 거라고!"

걱정하는 방법도 너무나 지수다웠다. 도은이 장단 맞추듯 고개를 끄덕이며 살짝 미소를 띠었다.

"네. 네. 마침 저 배고파서 나갈까 했는데 잘 먹을게요. 감사해요."

지수가 사 온 주전부리들을 뜯고 한 입 먹으려는 그때, 또다시 똑똑 노크 소리가 들렸다. 도은이 고개를 숙이고 입술을 꾹 물었다.

이번 저 불청객은 누구인지 보지 않아도 눈에 선했기 때문이다. 아, 정말이지 이 사람들을 어쩌면 좋을까. 웃음이 터져서 참을 수가 없었다.

크게 숨을 들이켜고 금방이라도 씰룩거리려는 입꼬리를 진정시킨 도은이 애써 모르는 척을 하며 문을 열었다.

역시 예상 그대로 한쪽 팔을 허리에 얹고 멋있는 척 고개를 까

딱이는 연호가 보였다.

"누나, 안녕."

"응. 들어와. 연호 떡볶이 먹을래?"

너무나 자연스러운 도은의 대응에 연호의 사슴 같은 눈이 동그래졌다.

"엥? 뭐야. 안 놀래? 어떻게 왔냐고 안 물어봐?"

"아. 너무 놀랐어. 어떻게 왔어?"

"내가 오늘 이 근처에 행사가 있었는데 취소가 돼서 뭐 하고 놀까 하다가 설 이사님이 마침……."

예의상 던진 질문에 연호가 미리 준비한 거짓말을 조잘조잘 늘어놓았다. 옆에서 이야기를 듣고 있던 지수가 '어머, 그랬어?' 하며 과하게 추임새를 넣었다. 미리 짜고 친 것이 분명한 상황에 더 이상 모르는 척하는 것도 고역이었다.

"푸흡."

결국 웃음이 터진 도은이 마음껏 하하하 웃었다. 갑작스러운 도은의 웃음소리에 지수와 연호가 영문을 모르겠다는 표정으로 도은을 바라보았다. 게다가 도은이 이렇게 크게 웃는 것을 본 건 거의 처음이었기에 두 사람은 눈만 멍하니 깜빡였다.

"김 매니저. 실성했어?"

"어디 아픈 거 아냐, 누나? 병원 갈까?"

진심으로 걱정된다는 듯 지수가 도은의 이마를 만지고 연호가 도은의 주변을 기웃기웃거렸다.

"아뇨. 행복해서요."

도은이 각각 한쪽 손으로 연호와 지수의 옷자락을 붙잡았다. 그들이 놀란 눈으로 도은을 바라보았다. 도은이 이렇게 직접적으로 감정 표현을 하는 것은 처음 있는 일이었다. 도은은 둘을 차례로 바라보며 환하게 웃고는 진심을 담아 인사했다.

"고맙습니다."

방금 전까지의 고민과 걱정이 한순간에 증발한 느낌이었다. 이렇게 아무 말 하지 않아도 걱정하고 믿어 주는 사람들이 곁에 있다. 이제는 정말로 아무것도 두렵지 않았다.

"뭐야. 왜 이렇게 바글바글해?"

1시간 후. 자기도 가겠다며 부득부득 우기는 재연을 거절하지 못하고 결국 도은의 숙소인 리조트 호텔에 함께 방문한 재하는 거실에 옹기종기 모여 있는 지수와 연호를 발견하고 기겁했다.

"오, 실검스타 납셨구만."

연호는 키득키득 재하를 놀렸고,

"왜 이렇게 늦게 와? 빨리 여기 앉아. 나 같은 톱스타한텐 시간이 금이라고!"

지수는 성을 냈다. 한지수 씨. 아까는 재하 얼굴 봐 봤자 어디에 써먹겠냐고 하셨잖아요. 뻔히 드러난 거짓말의 실체를 도은은 못 들은 척하기로 했다.

"그런데 이 소녀는 누구야?"

연호가 재하 뒤에 숨어 있는 재연을 보며 궁금하다는 듯 눈을 반짝였다.

"내 여동생. 건들면 죽는다."

"형한테 여동생이 있었어? 안녕. 나는 재하 형의 동생이야. 그러면 너랑 나도 남매가 되는 건가?"

연호가 배시시 눈웃음을 지으며 재연에게 손을 내밀었다. 눈앞에서 보는 연호의 꽃 같은 미소에 재연은 시야가 아득해지는 느낌

376

을 받았다.

내 최애가 나를 보며 웃고 있어. 재연은 숨을 쉬려고 노력했지만 쉽지 않았다. 힘겹게 내민 손이 덜덜덜 떨었다.

"왜 이렇게 떨어? 추워?"

연호가 허락도 받지 않고 재연의 손을 덥석 잡았다. 흡. 말랑말랑하고 보드라운 감촉에 재연이 너무 놀라 딸국질을 했다.

"너 때문이잖아! 저리 가!"

재하가 재연으로부터 연호를 쫓아냈다.

히잉. 내가 뭘 잘못했다고. 연호가 우는 시늉을 내자 곧바로 정신을 차린 재연이 연호에게 왜 그러냐며 재하의 등짝을 때렸다.

"이것들이 정말. 여기가 무슨 어린이집도 아니고."

정신이 하나도 없는 엉망진창인 상황에 재하가 이마를 짚었다가 이내 피식 웃었다. 정말 아무런 일도 없었던 것처럼 이렇게 웃고 떠들 수 있다는 것이 신기하고 한편으론 아무것도 묻지 않아 줘서 고마웠다.

"묻고 싶은 게 많겠지만 궁금한 것이 있어도 조금만 기다려 줘, 다들."

재하는 연호와 지수, 재연과 차례로 시선을 맞추며 진지하게 말했다. 왁자지껄하던 수다가 일순간 멈췄다.

"자뻑은. 너한테 궁금한 거 하나도 없거든?"

"그치? 지수 누나? 가만 보면 재하 형은 도끼병이 너무 심해."

지수와 연호가 짝짜꿍이 맞아 재하를 실컷 놀렸다. 이것들이. 재하가 울컥하는 순간, 연호가 재빠르게 건배를 외쳤다.

"자. 다 같이 짠 합시다. 재연이는 사이다."

다섯 개의 잔이 경쾌하게 부딪혔다. 웃음이 그치지 않았다.

어느덧 밤이 짙게 내려앉자 다들 하나둘씩 잠이 들었다. 쓰레기를 치우고 재연을 깨워 갈 준비를 하려던 재하는 바닥에 엎드린 채 잠이 든 도은을 발견하고 걸음을 멈췄다. 무릎을 굽히고 앉은 재하가 잠든 도은을 한참 동안 내려다보았다.

촘촘한 속눈썹과 오뚝한 코. 하얗고 동그란 뺨과 붉은 기가 감도는 도톰하고 생기 있는 입술. 차마 손을 뻗어 만지지는 못하고 도은의 잠든 모습을 눈 안에 새기려는 듯 재하는 한참 동안 바라보았다.

새액. 새액. 아기처럼 옅은 숨소리를 내며 곤히 잠든 도은의 모습에 재하는 웃음 지었다. 숨 쉬는 것만 봐도 좋다니. 방법이 없다, 인재하. 그런 스스로가 어이가 없어 웃음이 나왔다.

한참을 더 도은의 얼굴을 바라보던 재하는 그녀가 뒤척이자 조심스럽게 안아 소파에 눕혔다. 그리고 눈가를 덮은 도은의 머리카락을 살포시 쓸어 올려 주었다. 좋은 꿈을 꾸는 듯 잠든 도은의 얼굴이 편안해 보였다.

이 평화로운 나날을 앞으로도 도은과 함께할 수 있기를 재하는 하늘을 보며 기도했다.

＊　＊　＊　＊

3일 후. 서울로 돌아온 재하는 인터뷰를 요청하는 취재진 등쌀에 집 안에서 칩거하고 있었다.

『인재하. 여란 엔터테인먼트 상대로 명예 훼손 고소』

사건에 대한 언급은 전혀 없고 딱 명예 훼손으로 고소한다는 한마디만 기사로 나갔을 뿐인데, 도은이 말한 대로 이것은 엄청난 반향을 불러일으켰고 여론 역시 한순간에 틀어졌다.

재하에게 쏟아지던 비난의 소리가 일단 상황을 지켜보고 비난해도 늦지 않다는 걸로 대부분 바뀌며 한 사람 말만 듣고 섣불리 판단할 수 없다는 의견에 힘이 실린 덕분이었다.

혹자들은 인재하와 주민우의 싸움을 뒷짐 지며 구경하기 바빴고 제작사나 방송국들은 어느 쪽이 동아줄이고 어느 쪽이 썩은 줄인지 고민하는 기색이 역력했다. 손바닥 뒤집히듯 손쉽게 바뀐 여론에 재하는 허탈함을 느낄 정도였다.

그리하여 방송국과 연예 뉴스는 온통 이 얘기로 시끄러웠다. 그래서 당분간 조용히 칩거하라는 설 이사의 지시에 따라 집에서 조용히 틀어박혀 있는 중이었다.

새벽 3시. 재하는 커튼을 살짝 열고 주위 상황을 살폈다. 사람이 한 명도 보이지 않자 재하는 모자와 마스크를 깊이 눌러쓰고 근처 편의점으로 향했다.

편의점으로 들어가기 전, 바로 골목에서 꺾어 들어오던 한 남자와 어깨가 부딪혔다.

"어이구, 죄송합니다."

남자가 곧바로 사과했다. 괜찮다는 의미로 대답 대신 고개를 까닥한 재하는 편의점에 들어왔다.

도시락과 음료수. 간식거리를 골라 매대에 올려놓은 후, 계산을 하기 위해 주머니에서 지갑을 꺼내던 재하는 손가락에 걸리는 바스락거리는 종이에 멈칫했다.

[2013.07.25. 블랙박스. 010-35XX-XXX]

그것을 본 순간 재하는 툭 종이를 떨어뜨렸다. 쪽지에 적힌 숫자는 재하가 뒤집어썼던 5년 전의 사고 날짜였다.

떨어진 쪽지를 줍던 재하는 뒤에 스테이플러로 무언가 찍혀 있는 것을 발견하고 뒤쪽의 종이를 뒤집어 보았다.

"……맙소사."

재하는 누가 볼세라 주머니 안으로 종이를 휙 넣었다. 떨리는 마음에 쪽지를 쥔 재하의 손이 쿵쿵 뛰는 것만 같았다.

종이 안쪽에 인쇄되어 있는 것은 사고 당시의 CCTV 캡처 화면이었다.

서둘러 편의점을 나간 재하가 주위를 두리번거렸다. 아까 남자와 부딪혔을 때 그 남자가 주머니 안으로 쪽지를 흘렸을 가능성이 높았다. 하지만 이미 주변에선 지나가는 사람을 찾아볼 수가 없었다.

주위를 살피며 평소와 같은 걸음으로 자연스럽게 집으로 온 재하는 도착하자마자 적힌 전화번호로 전화를 걸었다. 재하는 마른침을 삼켰다. 신호음이 갈수록 긴장감에 온몸의 맥박이 세차게 뛰었다.

— 쪽지는 잘 봤어?

딸깍. 소리와 함께 경쾌한 목소리가 흘러들어 왔다. 재하는 쪽지 뒤에 붙여진 사고 사진을 보며 날카롭게 입을 열었다.

"당신 이미 이거 5년 전에 주민우에게 돈 받고 은폐했던 자료잖아. 이제 와서 내게 이러는 이유가 뭐지?"

행운인지 불행인지 당시 도로에 설치되어 있던 CCTV가 고장 나 증거 자료라고는 맞은편 갓길에 세워져 있던 목격자의 블랙박스 영상 딱 하나였다. 여 이사가 몇 번이나 신중하게 확인했으니 그 사실은 틀리지 않을 것이다.

재하가 듣기로 여 이사는 그 사람에게 거액의 돈을 제안했고 그대가로 증거 영상은 영구 삭제 됐다고 했었다. 자료를 복구시켰던 건가? 재하가 혼란스러움에 눈썹을 찡그리며 손등으로 문질렀다.

— 왜긴. 혹시나 싶어서 힘들게 복구해 놨었는데 이걸 써먹을 날이 올 줄이야. 기사 봤어. 서로 윈윈 아니야? 어차피 공소 시효 끝난 사건이라 내가 돈 받고 진실을 은폐했다 하더라도 처벌 못 받아. 난 일반인이니까. 하지만 연예인인 주민우는 다르지. 처벌은 못 받아도 앞으로의 활동에는 치명적이야. 증거도 있는데 당신도 안 한 짓으로 억울하게 욕먹는 거보다 증거 까고 피해자 코스프레 하는 게 차라리 낫지 않겠어?

능수능란하게 흘러나오는 그의 목소리는 음습하고 비열했다. 한동안 전화기 사이로 두 사람의 숨소리만이 고요하게 오고 갔다. 상대는 전화를 끊지 않았다. 재하는 전화기를 꽉 쥐었다.

"대가는?"

— 한 번 팔았던 자료를 되파는 거니까 1억만 받지. 나도 양심이 있다고. 입금은 지금. 아니면 이건 그대로 끝.

"이게 진짜 영상이라는 걸 어떻게 믿지?"

— 그럴 것 같아서 테스트본을 준비해 놨어. 이 번호로 바로 보내지.

그리고 전화가 끊겼다. 곧바로 딩동 하고 문자가 왔다. 첨부 파일을 누르자 사고 영상의 앞부분이 흘러나왔다. 주민우가 운전석 문을 열고 나오기 직전에서 영상이 멈췄다. 재하가 괴로운 듯 눈을 감았다 떴다.

딩동. 또다시 문자가 왔다.

[겨우 구사일생해서 밑바닥에서 올라왔는데 갖고 싶지 않아? 생각 있으면 연락해.]

화면 속의 그 문장을 재하는 고민하듯 한참 동안 바라보았다. 결국 갈피를 잡지 못하고 무수히 얽혀 드는 생각에 손으로 눈가를 덮었다.

어떡하지. 이걸 공개하는 게 좋을까. 하지만 그러려면 모든 것을 끝낼 각오가 필요했다. 주민우도, 그리고 자신도.

음주 사고라는 오명을 대신 덮어쓰면서까지 간절하게 가지고 싶었던 인기를 이룬 이 꿈같은 시점에 모든 것을 포기하기란 쉽지 않았다. 두렵지 않다면 그건 거짓말일 것이다.

망설임 끝에 의견을 구하기 위해 설 이사한테 전화하려던 재하는 순간 머릿속으로 스쳐 지나가는 목소리에 잠시 행동을 멈췄다.

'저 남자, 언니를 기억하긴 할까? 죄책감을 조금이라도 느끼긴 했을까?'

"……."

재하는 입술을 깨물었다. 도은의 그 목소리가 재하의 심장을 시리도록 움켜쥐었다.

결국 재하는 결심이 선 얼굴로 설 이사가 아닌 다른 사람을 향해 전화를 걸었다. 신호음 대신 그가 즐겨 듣던 팝송이 흘러나왔다.

딸깍. 노래가 끊기자마자 거친 욕설이 재하에게 날아들었다.

— 개새끼가. 내 전화 차단하더니 이제 와서 할 말이 뭐기에 전화를 하셨나?

늘 싱글싱글 웃음기가 넘치고 부드럽던 그의 목소리는 한껏 날이 서 있었고 여유가 없었다. 재하가 천천히 입술을 떼었다.

"혹시 살면서 후회하는 일이 있어?"

— 새벽에 갑자기 전화해서 뭔 개소리야.

"대답해. 이거 하나로 내 선택이 달라질 테니까."

낮게 으르렁거리는 짐승의 그것처럼 재하가 씹어뱉듯 말했다. 전화로도 느껴지는 그 흉흉한 기세에 주민우가 잠시 멈칫했다.

— 없어.

곧이어 나온 대답은 매우 가벼웠고 심플했다.

"……정말 단 하나도 없어?"

— 그래. 왜? 내가 그날 일을 후회하길 바라? 너한테 사과라도 했으면 좋겠어?

주민우가 심기가 한껏 뒤틀린 목소리로 재하를 비웃었다. 그 반응에 재하의 눈이 낮게 가라앉았다.

"난 늘 후회했어. 하지만 억울하지는 않아. 내가 선택한 길이니까. 그러니까 나한테 사과 안 해도 돼. 하지만 나 말고, 네가 진심으로 죄를 빌어야 할 사람이 있지 않아?"

— 무슨 소리야.

이야기의 주제가 범상치 않다는 것을 느낀 주민우가 목소리를 굳혔다. 숨을 깊게 들이쉰 재하가 그동안 한 번도 꺼내지 않았던 그 비밀을 입에 천천히 담았다.

"네 아이를 가졌던 여자 말야."

— …….

나직하고 무겁게 울리는 재하의 그 말에 숨소리조차 사라졌다. 놀랐는지, 당황했는지 전화기 너머 주민우의 표정은 알 수 없었다.

— ……너도 그 말도 안 되는 루머를 믿는 거야? 그런 적 없어.

주민우가 곧바로 부정을 했다. 하지만 그 아주 희미한 머뭇거림을 재하는 눈치챘다. 주민우는 재하와 한때나마 친구였고 너무 오랜 시간을 봐 온 사람이었다. 그렇기에 알았다. 지금 그의 말은 거짓말이었다.

도은에게 들었던 막연한 이야기가 직접 그의 입으로 확인되는 순간이었다. 폭풍에 휩싸이는 것처럼 가슴 깊게 치미는 분노감에 재하는 눈을 꽉 감았다 떴다.

"그녀의 가족한테 미안하지도 않아?"

— 그런 적 없다니까. 하물며 그게 진실이라도 네가 무슨 상관인데.

그 말에 재하가 낮게 웃었다. 혐오감이 머리부터 발끝까지 잠식하는 느낌이었다.

"왜냐하면 나는 책임을 느껴. 그 여자한테도. 그 여자의 가족한테도. 내가 애초에 그 사고를 덮어쓰지 않았으면 네가 그 영화를 찍기 위해 미국으로 갈 일도 없었을 테니까."

도은의 불행은, 아니, 그녀 가족의 불행은 5년 전 자신이 잘못된 선택을 하는 그 순간 시작된 것이 아닐까.

만약 그때 자신이 한순간의 욕망으로 그릇된 선택을 하지 않았다면 도은은, 도은의 언니는 주민우와 엮일 일 없이 행복하게 지내고 있지 않았을까.

— 인재하, 잘 들어.

전화기 너머 소름 끼치도록 차가운 목소리가 재하의 귓가에 날카롭게 박혔다.

— 나는 나 말고 아무도 관심 없어. 예전에도 그랬고 앞으로도 그럴 거야.

"……"

— 어떻게 되든 상관 안 해.

그렇게 말한 주민우가 잠시 숨을 들이켜곤 망설임 없이 또박또박 말했다.

— 내 앞길을 막는 게, 그게 내 핏줄이라도 말야.

"……!"

놀란 재하가 뭐라고 입술을 떼려는 그 즉시 전화는 끊겼다.

'어느 쪽이든, 저 남자가 처절하게 후회했으면 좋겠어.'

주민우의 마지막 말과 도은의 말이 겹쳐 재하의 머릿속을 뒤덮었다. 감당할 수 없는 괴로움에 재하는 주저앉아 두 손으로 얼굴을 감쌌다.

"……젠장."

재하는 이로써 확실하게 깨달았다.

모든 불행은 5년 전 그날로부터 시작되었다는 걸. 자신의 잘못된 선택이 모든 것을 망쳤다. 자신의 인생뿐 아니라 다른 사람들의 인생까지도.

도은의 바람을 이루어 주기 위해서는 스스로 그날의 사고를 확실하게 매듭지어야만 했다.

며칠 후. 건조대 위에 빨래를 널던 도은은 경쾌하게 울리는 문자 알림 음에 핸드폰을 올려놓았던 식탁으로 향했다. 재하의 메시지가 와 있었다.

[뭐 해? ^^]

[집에서 빨래 너는 중. ^^]

재하의 눈웃음을 똑같이 따라 보낸 도은이 핸드폰을 내려놓으려는 순간 또다시 답장이 왔다.

[그럼 문 열어 줘. ^^]

그 말에 도은은 화들짝 놀라며 현관문을 열었다.

"안녕. 김도은."

집에 있어야 할 재하가 밝게 손을 흔들며 도은의 집 문 앞에 서 있었다. 맙소사. 도은은 본능적으로 주변을 살피고 서둘러 재하를 집 안으로 끌어당겼다.

"너 여기 어떻게 왔어?"

시간이 지나면서 조금 사그라들긴 했지만 아직까지도 재하와 주민우에 대한 언론의 관심은 뜨거웠다. 설연이 주민우가 소속된 여란을 상대로 고소를 한 것에 대해서만 알려졌을 뿐 여란도 설연도 아직 자세한 입장 표명을 하지 않은 상태였다.

언론사 모두 앞다투어 단독 보도를 얻어 내기 위해 혈안이 되어 있었다. 그래서 지금 재하가 홀로 집을 나와 도은의 집에 온 것은 굉장히 위험한 행동이었다. 걱정하는 도은의 마음을 아는지 모르는지 재하가 싱긋 웃어 보였다.

"괜찮아. 재주껏 기자들 따돌리고 왔어."

"그래도……."

며칠간 나가지도 못하고 집 안에만 갇혀 있어야 했던 재하의 답답한 심경도 이해가 갔기에 그의 행동을 쉽사리 나무라지 못하고 도은이 머뭇거렸다.

"나 너한테 할 말이 있어서 온 거야. 설 이사한테도 허락받았어."

재하가 조심스럽게 도은의 뒷머리를 매만지며 말했다. 도은을 바라보는 재하의 눈매와 입술은 분명 부드러운 미소를 띠고 있었지만 어쩐지 슬퍼 보였다. 도은은 재하의 말을 가만히 기다렸다.

"나 내일 기자 회견 열기로 했어."

"그게 무슨 소리야?"

생각지도 못한 갑작스러운 말에 도은의 눈이 커졌다. 재하가 대답 대신 자신의 핸드폰을 켜 영상 하나를 도은에게 보여 주었다.

횡단보도를 걷던 누군가가 갑작스레 차에 부딪혀 쓰러지고 곧이어 운전석에서 한 남자가 문을 열고 뛰어나온다. 흐릿하지만 분명 주민우의 얼굴이었다.

그 순간 놀란 도은이 손에 쥐고 있던 핸드폰을 떨어뜨렸다. 추락한 핸드폰이 둔탁한 소리를 내며 바닥을 뒹굴었다.

도은은 본능적으로 깨달았다. 그러니까 이건 5년 전 그날 사고 영상이다. 도은의 눈이 혼란스러움으로 세차게 흔들렸다.

어떻게 이걸……. 무슨 말을 해야 할지 차마 입이 떨어지지 않아 입술만 달싹거리는 도은을 바라보던 재하가 괜찮다는 듯 그녀를 살포시 끌어안았다. 따뜻한 체온이 편안하게 감싸 오자 도은은 마음이 조금씩 진정되는 느낌이 들었다. 재하가 도은의 눈을 바라보며 조그맣게 속삭였다.

"그때 내가 한 말 기억나? 그때가 생각나서 견딜 수 없어진다고."

도은은 그 말의 의미가 어떤 것인지 깨달았다. 재하는 이걸 언론에 공개하려는 것이다. 이 영상을 보여 준다면 대중들이 가져온 그동안의 모든 의문이 설명이 된다.

재하는 오명을 풀게 될 거고 주민우는 확실하게 추락할 것이다. 하지만 뒤늦은 용기에는 그만한 책임도 뒤따른다. 자신의 모든 잘못을 고백함과 동시에 재하 역시 도덕적인 책임에서 자유롭지 못할 것이었다.

이건 주민우뿐 아니라 재하 역시 모든 것을 잃을 각오를 해야 했다. 아마 그는 그토록 열망해 왔던 배우의 꿈을 이제 영원히 잃을지도 모른다.

"재하야."

도은이 만류하듯 재하의 이름을 불렀다. 하지만 재하는 웃어 보일 뿐이었다.

"다른 방법으로 주민우를 끌어내린다 해도 5년 전 일어났던 그날의 일을 매듭짓지 않으면 나는 영원히 자유로울 수 없다는 걸 깨달았어. 그날로부터 모든 것이 시작되었으니까. 지금이라도 제대로 되돌리고 싶어."

조금 더 힘주어 껴안은 재하가 도은의 어깨 위로 자신의 얼굴을 묻었다. 그의 숨결이 도은을 아프게 파고든다.

"미안해."

"뭐가."

"그날, 내가 그런 선택을 하지 않았으면 너의 언니는 그런 일을 겪지 않았을지 몰라. 애초에 주민우랑 엮일 일이 없었을 테니까."

평소보다 허스키한 재하의 낮은 목소리에는 깊은 후회감이 배어 있었다. 도은은 어깨를 밀어 내고 재하와 눈을 맞췄다.

"인재하. 그게 왜 네 탓이야. 나는 한 번도 그게 네 잘못이라고 생각해 본 적 없어."

"하지만 원인과 결과는 부정할 수 없어. 모든 불행의 시작은 5년 전 그날이야."

재하의 잘못된 선택으로 인해 나비 효과처럼 또 다른 누군가의 불행도 시작됐다. 재하가 주민우의 사고를 덮어쓰지 않았더라면 애초에 일어나지 않았을 불행들이었다.

재하는 깨달았다. 도은의 진정한 복수를 위해서는 그 시작점인 자신의 잘못부터 바로잡아야 한다는 것을.

"전 국민에게 내 잘못을 고백하는 건 조금 겁이 나긴 하지만, 이제 그만 그 일의 결말을 내고 싶어."

이미 결정을 끝낸 듯 그의 목소리는 확고했다. 재하가 도은의 손 위로 자신의 손을 겹쳤다. 따스한 체온이 맞닿고 손가락이 엉켜 들었다. 재하의 손이 빠져나가지 못하도록 도은은 힘주어 손을 마주 잡았다.

"……무섭지 않아?"

도은의 나지막한 질문에 재하가 웃었다.

"무서워. 하지만…… 네가 옆에 있잖아."

"……."

"옆에 있어 줄 거지?"

도은은 그 어느 때보다 환하게 웃으며 고개를 끄덕였다. 휘어진 눈가 위로 눈물방울이 또르르 흘러내렸다.

재하의 등을 힘껏 끌어안으며 도은은 그에게 자신의 마음을 속삭였다.

너의 선택 앞에 어떤 일이 기다리고 있을지 모르지만, 그래도 난 언제나 네 곁에 있을 거라고.

＊　＊　＊　＊

"떨려요?"

기자 회견을 5분 앞두고 설 이사가 문 앞에 서서 대기하고 있는 재하를 향해 가볍게 물었다.

"조금요. 기자 회견 허락해 주셔서 고마워요. 설 이사님한테는 정말 죄송하다는 말밖에는 할 말이 없네요."

재하의 말에 설 이사가 빙긋 웃었다. 하지만 평소와 다르게 아주 깊고 오래된 씁쓸함이 배어 있는 미소였다.

"괜찮아요. 유미에겐 미안한 것도 많고. 도은 씨처럼 죄책감에 시달렸던 건 나도 마찬가지니까."

"네?"

"어서 가요."

그가 온화하지만 단호한 손길로 재하의 등을 밀었다. 묻고 싶은 것이 많았지만 재하는 삼켰다. 여태까지 설 이사가 자신에게 그랬던 것처럼.

기자 회견장의 문을 열고 발걸음을 내디디며 재하는 생각했다. 어쩌면 사실 설 이사는 처음부터 이렇게 끝이 날 거라는 것을 알고 있었던 게 아닐까.

"안녕하세요. 인재하입니다."

그 한마디에 모든 취재진이 숨죽이며 다음 말을 기다리는 것이 느껴졌다.

"제가 오늘 여러분들께 연락드린 이유는, 5년 전에 시작된 저의 잘못된 선택에 대해 이야기하고자 합니다."

자신을 향한 수백 개의 플래시 앞에서 재하는 천천히 입술을 열었다.

❊　❊　＊　❊

― 그날 운전을 한 건 제가 아닙니다. 주민우 씨입니다.

핸드폰에서 흘러나오는 재하의 목소리에 도은은 하나라도 놓칠세라 화면 속 재하를 응시했다.

— 저는 주민우 씨가 음주 상태인 걸 모르고 차에 탔고, 주민우 씨는 사고가 나서야 제게 술을 마신 걸 고백했습니다. 제가 이 고백을 하는 것은 절대 저의 죄를 회피하려 하거나 억울해서가 아닙니다. 음주 운전보다 더 큰 잘못을 했다고 생각하기 때문입니다. 저는 주연을 할 수 있다는 한순간의 욕심에 눈이 멀어 상대가 원하는 대로 그의 죄를 숨겨 주었고 잘못된 선택의 대가로 꿈을 포기했습니다. 그러나 기적 같은 인연을 만나 다시 이렇게 여러분과 만날 수 있었고 많은 사랑을 받았습니다. 저는 그동안 너무나도 행복했고 동시에 죄책감에 괴로웠습니다. 늦었지만 지금이라도 그날의 모든 진실을 바로잡고자 합니다.

차분하게 그날의 이야기를 꺼내는 그의 눈빛은 굉장히 담담했고 또 또렷했다. 재하의 고백에 기자들의 질문이 한바탕 쏟아졌다. 실시간으로 재하의 기자 회견을 지켜보던 도은은 영상을 끄고 핸드폰을 재킷 안주머니에 넣었다.

재하의 고백과 블랙박스 영상 공개. 모든 것의 정황은 뚜렷했다. 하지만 만일 여란 쪽에서 자신이 아니라 재하가 먼저 조건을 걸며 요구했다고 하면…… 또 어떻게 흘러갈지 몰랐다. 재하의 고백만으론 부족했다. 확실한 마무리가 필요했다.

도은은 고개를 들었다. 설 이사가 알려 준 주민우의 집 주소. 그는 지금 저 집 안에 있다. 그녀는 주먹을 꾹 말아 쥐었다.

재하가 스스로 자신의 결말을 내려 하듯이 자신도 이제 결말을 낼 차례가 온 것이다.

해가 저물고 한참의 기다림 끝에 문이 열렸다. 모자를 눌러쓴 주민우가 캐리어를 끌고 주차장으로 걸어가고 있었다.

"송유미."

나지막하지만 또렷한 이름 세 글자에 주민우의 발걸음이 우뚝 멈췄다. 도은을 발견한 그의 눈이 크게 뜨였다.

"네가 그 이름을 어떻게……."

"당신 아기를 가졌던 여자야. 기억나?"

도은이 그의 앞으로 한 걸음 가까이 다가섰다.

"주현우. 이건 언니가 지은 당신 아기 이름이었어."

"……너 ……뭐야?"

그가 눈에 띄게 동요하며 미간을 구겼다. 도은의 시선이 주민우를 뚫어질 듯이 파고들었다. 더 이상은 그가 두렵지도 떨리지도 않았다. 그동안 홀로 삼켜 왔던 분노를 비로소 그 당사자를 향해 쏟아 냈다.

"한 번이라도 태동을 느껴 본 적 있어? 아주 작은 움직임이었지만 아이는 분명히 살아 있었어. 그 아이에게 빛을 보여 주지도 못하고 보낸 걸 언니는 견딜 수 없어 했어. 짧은 시간이었지만 유미 언니는 아이를 자신보다도 더 사랑했으니까."

"……너!"

"당신이 죽인 거야. 두 사람."

주민우가 멈칫했다. 또다시 그에게로 한 걸음 다가간 도은이 주민우의 멱살을 세게 움켜쥐었다. 주민우를 바라보는 그녀의 눈동자에서 분노와 경멸이 타올랐다.

"평생 그 이름을 기억해. 당신은 그래야만 하니까."

놀란 듯 도은을 바라보던 주민우가 이내 피식 웃음을 터뜨렸다. 도은이 너무나도 가소롭다는 듯한 표정이었다.

"어쩐지 그동안 계속 이상하다 했어. 인재하를 꼬드겨서 다시 재기시키고 기자 회견까지 하게 만든 게 바로 너야?"

그가 입꼬리를 비틀며 웃었다. 명백한 비웃음이었다.

"아이를 죽이고, 누군가의 꿈을 인질 삼아서 당신 잘못을 가리고, 그렇게 해서까지 당신이 지키고 싶어 했던 인기는 이제 산산조각 났어. 이제 아무도 당신 말은 안 믿어."

"누가 그래? 내 말을 안 믿는다고. 내가 여태까지 쌓아 온 인기는 그 정도로 하찮지 않아. 넌 겨우 이걸로 내가 무너질 거라 생각해?"

도은의 팔을 가볍게 밀친 주민우가 뱀처럼 교묘하게 웃으며 혀로 느릿하게 입술을 쓸어 올렸다.

"아니. 그렇게 생각 안 해. 하지만."

재하는 이제야 그날의 결말을 냈다. 그러니,

"그러니까 이번엔 당신과 내 차례야."

주머니에서 핸드폰을 꺼내 들어 보이며 도은이 웃었다. 화면 가운데에 보이는 빨간색 동그라미. 녹음 화면을 본 그가 득달같이 도은에게 손을 뻗었다. 그 순간을 놓치지 않고 도은은 곧장 업로드 버튼을 눌렀다.

"……안 돼."

그동안 재하의 이야기에도 도은의 이야기에도 한 번도 흔들린 적 없는 주민우의 얼굴에 처음으로 공포가 스쳤다.

"안 돼!!!"

게시판에 업로드가 된 것을 확인한 주민우가 그대로 도은의 핸드폰을 땅에 내던졌다. 그의 얼굴이 절망감과 분노로 완전히 무너져 내렸다.

"……너! 지금 네가 무슨 짓을 한 건지 알아?!"

그는 완전히 분노에 잠식되어 이성을 잃은 짐승처럼 도은의 팔을 거세게 잡아챘다. 주민우가 다른 한 손으로 도은을 거세게 내리치려는 순간, 그 사이로 불쑥 끼어든 누군가가 주민우를 막아섰다.

"이제 끝났어."

재하였다. 뛰어왔는지 거친 숨을 몰아쉬며 그가 주민우를 향해 일갈했다.

"이제 다 끝났다구. 주민우."

털썩. 주민우가 바닥 위로 주저앉았다. 그리고 뒤따라온 사이렌 소리가 주차장에 울려 퍼졌다.

✽　✽　✽　✽

재하의 기자 회견이 있고 나서 연예계는 온통 주민우에 대한 이야기로 시끄러웠다. 전대미문의 사건이었으니 그럴 만도 했다.

속속들이 드러나는 진실과 도은을 헤쳤던 남자의 양심 증언으로 여 이사와 주민우가 재하를 해하려 했다는 사실까지 밝혀지면서 대중들 사이에서 완전히 매장되었다.

법의 심판이 어떨지는 모르겠지만 적어도 그들이 군림하던 세계에서는 죽음을 선고당한 것이나 마찬가지였다. 하지만 재하 역시 도덕적인 비난에서 자유로울 수 있었던 것은 아니다.

재하는 연예계를 은퇴했다. 지금 이 시점에서 꿈을 완전히 포기하는 것이 그가 지금 할 수 있는 속죄 같다고 했다. 도은은 재하의 결정을 존중했다.

"언니. 오랜만이야. 보고 싶었어. 드디어 왔다."

언니의 납골당 앞에 선 도은이 환하게 웃고 있는 언니의 사진을 바라보며 유리창을 매만졌다. 언니의 장례식이 끝나고 나서 도은은 한 번도 납골당을 찾지 않았다. 납골당에 있는 언니를 보고 나면 완전히 무너져 버릴지도 모르는 자신이 두렵기도 했고, 또 이렇게 망가진 자신을 보여 주면 언니가 슬퍼할 것 같다는 생각에서였다.

복수를 이루고 나서 만나러 오겠다는 스스로의 맹세와 다짐을 드디어 지켰다. 이제는 모든 감정을 털어 내고 언니를 온전히 그리워할 수 있었다. 그리고 지금부터는 웃으며 말할 수 있었다.

사실 나 그동안 힘들었다고. 하지만 이제 괜찮다고. 언니가 많이 그립다고. 많이 보고 싶었다고. 지켜 주지 못해서 미안하다고.

"송예원."

그때였다. 매우 낯설고도 익숙한 이름이 들려온 것은.

그동안 잊고 있던 자신의 본명을 듣는 순간 도은은 가슴이 쿵 뛰어올랐다.

아주 오랫동안 연습했던 것처럼 정성과 설렘이 담긴 목소리였다. 도은은 목소리가 들려온 방향으로 돌아섰다. 저 멀리 정장을 입은 남자의 인영이 천천히 도은을 향해 다가오고 있었다.

그였다. 보고 있어도 보고 싶고, 곁에 있어도 그립던 남자. 자신의 모든 것을 내던져도 전혀 아깝지 않을 만큼, 생애 처음으로 사랑이 뭔지 알려 준 그. 인재하.

"이 이름을 계속 불러 주고 싶었어."

도은을 향해 천천히 다가온 재하가 햇살처럼 싱그럽게 미소 지었다.

"만나서 반가워. 예원아."

처음 만나 서로를 소개하듯이, 재하가 도은을 향해 손을 내밀었다. 그 내민 손을 도은이 기쁜 듯이 마주 잡았다. 재하가 잡은 손을 끌어당겨 도은을 안았다.

이 품의 온기가 얼마나 그리웠는지 모른다. 얼마나 너를 안고 싶었는지 모른다. 그들은 한참 동안이나 서로를 끌어안고 있었다.

그 벅찬 설렘과 감정을 품어 안은 후 고개를 들어 눈을 마주하면서 웃었다. 서로의 눈동자 속에 온전히 그들만이 존재하는 시간이었다.

"정말 괜찮겠어? 연예계 은퇴하는 거."

근처 공원에 나란히 앉은 재하와 도은은 각자가 선택한 길에 대해 이야기를 나누는 중이었다. 도은의 질문에 재하가 허공을 바라보며 말했다.

"생각해 봤는데, 처음엔 분명히 연기가 좋아서 시작한 일인데 언제부턴가 나는 연기가 아니라 인기가 얻고 싶었던 것 같아. 애초에 변질되고 있었던 거지."

그리 말한 재하가 도은의 뺨을 어루만지며 싱그럽게 웃었다.

"내 첫 번째 꿈은 수영이었고 두 번째 꿈은 연기였어. 그렇다면 세 번째 꿈도 분명히 있지 않을까? 내 새로운 꿈을 찾아보려고. 너는?"

"……복수가 끝나면 꼭 하고 싶은 일이 있었어."

"어떤 거?"

도은은 재하의 눈동자를 마주 보았다. 이 말을 하기 위해서 그 오랜 시간 수도 없이 연습했다.

내내 자신을 옥죄고 있던 족쇄를 풀고 날개를 펴서, 온전히 너에게 가기를 소망하면서 언젠가 올 이 순간을 계속 기다렸다.

"사랑."

그간 재하를 향해 보여 주었던 미소 중 가장 눈부시게 웃으며 도은은 재하에게 키스했다.

보드라운 입술이 맞닿고 서로의 숨결이 그들을 달콤하게 적셨다. 마음껏 사랑할 수 있는 이 순간을 간절히 바라 온 만큼 그들은 그 어느 때보다 정성스러우면서도 격정적으로 서로의 입술을 느끼고 탐했다.

그사이 흐렸던 비구름이 개이고 햇빛이 쏟아졌다. 두 사람은 거짓말처럼 맑아진 파란 하늘을 올려다보며 서로의 어깨에 기댔다.

"인재하. 사랑해."

진심을 가득 담아 전한 그 말에 재하가 물기 어린 눈빛으로 도은을 바라보았다.

"언제나 내 옆에 있어 줘."

"물론이지."

화답하듯 재하가 도은의 이마와 눈가에 차례로 입을 맞추었다. 그리고 맞잡은 서로의 손을 보며 두 사람은 4월의 벚꽃처럼 화사하게 웃었다.

우리는 함께 걸어갈 것이다. 그곳이 그 어떤 길일지라도.

둘이서.

언제나, 함께.

Chapter 9
에필로그 외전

탕탕탕. 도마를 두드리는 칼질 소리가 조금 느리지만 경쾌하게 울려 퍼졌다. 호박은 반달 모양으로 양파는 사각 모양으로 가지런히 썬 도은이 야채를 한데 모아 냄비 위로 풍덩 넣었다.

조금씩 퍼지기 시작하는 고소한 된장찌개 냄새에 식탁에 앉아 요리하는 도은의 모습을 바라보던 재하가 벌떡 일어나 도은에게로 다가왔다.

"도와줄까?"

"괜찮아. 쉬고 있으라니까."

"네가 요리하고 있는데 내가 어떻게 쉬어. 요리하는 네 모습 처음 봐서 신기하기도 하고."

도은의 뒤에 선 재하가 자연스럽게 어깨를 끌어안았다. 등 뒤로 바짝 밀착된 몸에 도은이 움찔했다. 아직 스킨십이 익숙하지 않은 탓인지 도은은 재하가 가까이 닿을 때마다 심장이 터질 것 같은 떨림에 고장 난 기계처럼 어찌할 바를 몰랐다.

도은이 아무렇지 않은 척 소금 통을 집어 계란프라이 위에 뿌렸지만 긴장한 듯 손이 떨렸다. 귀여워. 그 모습에 작게 웃음을 삼킨 재하가 도은의 어깨 위에 얼굴을 기댔다.

"좋은 냄새 나."

"……."

찌개를 말하는 건지 살냄새를 말하는 건지 묘했다. 뭐라고 대답해야 하나 고민하던 도은은 결국 입을 다무는 것을 택했다.

"나 찌개 간 보라고 안 해?"

재하가 밝은 음성으로 물었다. 웃음 섞인 다정한 목소리와 함께 재하의 숨결이 도은의 목덜미를 간지럽혔다. 순간 몸을 타고 올라오는 야릇한 기분에 도은이 결국 재하를 휙 째려보았다.

"방해돼. 떨어져."

"힝. 너무해."

재하가 눈물을 닦는 시늉을 했지만 도은은 단호했다. 일단 한발 물러서 도은을 지켜보던 재하는 이윽고 강아지처럼 도은이 움직일 때마다 도은의 주변을 쫄쫄거리며 배회했다.

"심심하면 TV 보고 있어."

"난 너 보는 게 더 재미있는데."

재하가 불쑥 고개를 내밀어 도은과 눈을 맞추며 매력적으로 싱긋 웃어 보였다. 그에 도은이 살짝 눈썹을 찡그렸다.

"너 때문에 소금이 세 스푼인지 실탕이 세 스푼인지 헷갈리니까 그냥 TV 봐 주면 안 될까?"

도은이 손에 든 숟가락을 흔들어 보이고는 찬장에 붙여 둔 레시피를 적은 포스트잇을 가리켰다. 꼭 여자가 요리를 잘할 필요는 없다고 생각한다. 그리고 재하라면 맛없는 음식이라도 맛있게 먹어 줄 것을 알지만, 그래도 이왕이면 도은은 재하가 자신의 요리를 진심으로 맛있게 먹길 바랐다. 그래서 인터넷으로 레시피까지 미리 찾아서 적어 놨건만 재하가 찰싹 붙어 있으니 전혀 집중이 되지 않았다.

도은의 말에 결국 재하가 마지못해 소파에 엉거주춤 엉덩이를 붙이고 앉았다. 리모컨으로 TV를 켰지만 재하의 시선은 여전히 요리에 열중하는 도은의 옆모습에 닿아 있었다.

계량을 하느라 한껏 날카로워진 도은의 눈빛과 집중하느라 살짝 벌어진 도은의 장밋빛 입술을 바라보던 재하의 얼굴에 다정하고 온화한 미소가 번졌다.

재하는 도은이 설탕폭탄인 된장찌개를 만든다 해도 맛있게 먹을 용의가 있었으므로 사실 도은이 요리를 잘하든 못 하든 재하에겐 아무런 상관도 없었다. 다만 잘하려고 애쓰는 도은의 모습이 너무나 사랑스럽고 귀여워서 눈을 뗄 수가 없었다.

찌개가 다 끓었을 때쯤 한 숟가락 맛을 본 도은이 뭔가 마음에 안 드는 듯 고개를 갸웃했다. 그러곤 몇 번을 머뭇거리다 찬장에서 무언가를 비밀스럽게 꺼냈다.

뭐지? 바스락거리는 소리에 재하가 궁금한 듯 그것을 쳐다보는데 그 순간 도은이 불시에 고개를 획 돌렸다. 깜짝 놀란 재하는 황급히 TV를 보는 척했다.

"……."

"……."

화면에서는 요즘 화제인 예능이 방영되고 있었는데 빵 터진 장면이었는지 출연진들의 자지러지는 웃음소리가 들려왔지만 재하는 그저 초조하게 옷자락만 쥐었다 놓았다 했다.

한순간이라도 도은을 바라보지 못하는 건 재하에겐 고문이나 다름없었다. 도은의 일상 모든 순간을 눈에 담고 싶었다. 재하는 분리불안에 걸린 강아지의 마음을 온전히 이해할 수 있었다. 거기까지 생각이 도달하자 재하가 실없이 웃었다.

"다 됐어. 먹자."

도은이 몇 가지 반찬과 계란프라이, 그리고 한껏 공들인 찌개를 국그릇에 덜어 식탁에 차렸다. 소박하지만 깔끔한 밥상이었다.

어머, 이건 찍어야 해! 재하가 눈을 반짝이며 재빨리 카메라 어플을 켜 연사를 눌렀다. 도은이 말리지도 못할 만큼 빛의 속도였다.

"내가 물 가져올게."

사진을 저장하고 흡족한 시선으로 냉큼 일어난 재하는 물컵을 꺼내기 위해 부엌으로 갔다가 싱크대 한편에 아무렇게나 구겨진 조미료 스틱 껍질을 발견했다.

아하. 아까 계속 만지작거리던 게 저거였구나. 궁금증이 풀리자 마지막까지 고민했을 도은이 귀여워서 재하가 입을 가리고 쿡쿡 웃었다.

"여기, 물."

재하가 도은의 앞에 물컵을 놓아 주고 인사를 건넸다.

"잘 먹겠습니다."

본격적으로 시사를 시작하기 전 재하가 먼저 숟가락으로 두부 한 조각과 국물을 떠 코끝에 가져다 댔다. 고소한 향기가 밀려들어오며 식욕을 자극했다. 설레는 마음으로 숟가락을 조심히 입에 넣자 도은이 긴장한 듯 침을 꿀꺽 삼키는 것이 느껴졌다. 이내 찌개를 맛본 재하가 활짝 웃었다.

"맛있어!"

"진짜?"

도은이 믿지 못하겠다는 듯 재차 물었다.

"응. 진짜."

재하가 도은과 눈을 맞추며 부드럽게 미소 지었다. 그러곤 온갖 극찬을 쏟으며 쌍따봉을 날렸다.

"오버하지 마."

말은 그렇게 했지만 도은이 안도하는 표정을 지었다. 그리고 자신도 한 숟가락 맛보았다. 도은의 눈이 살짝 크게 떠졌다. 재하의 칭찬처럼 쌍따봉을 날릴 만큼 뛰어나게 맛있는 건 아니었지만 도은이 평소 알고 있는 흠 잡을 데 없이 무난하게 맛있는 담백한 된장찌개였다.

다만……

"프라이가 왜 이렇게 달지?"

이게 대체 무슨 맛이야? 아까 부쳐 놓은 계란프라이를 한입 먹은 도은이 충격적인 표정을 지었다.

재하가 말없이 빙긋이 웃었다. 사실 아까 재하가 도은에게 바짝 다가갔을 때 도은이 계란프라이에 소금 대신 설탕을 왕창 뿌리는 것을 보았기 때문이다.

"괜찮아. 난 네가 한 거면 설탕 범벅된 계란프라이도 좋아."

그 말에 도은이 곧바로 네가 다 먹으라며 재하의 밥 위에 계란프라이 두 개를 전부 얹어 놓자 방금 전 자신 있게 한 말과 달리 젓가락을 집은 재하의 손이 떨렸다.

"풋."

그에 도은은 웃음이 터졌고 재하도 덩달아 웃었다.

"도저히 안 되겠어. 도은아. 반만 먹어 줘."

"싫어. 너무 달아. 나는 안 먹을래."

도은이 웃음을 참으며 프라이를 넘기려는 재하의 젓가락을 필사적으로 방어했다. 유쾌한 저녁 식사를 끝내고 두 사람은 욕실에서 사이좋게 양치를 했다. 하도 자주 놀러 오는 덕에 도은의 칫솔 옆에 나란히 재하의 칫솔이 꽂혀 있었다.

그 모습을 뿌듯하게 바라보던 재하가 이내 부엌으로 가 설거지를 했다. 도은은 옆에 서서 설거지하는 재하를 구경했다.

세제를 펌핑하자 흰색 거품이 몽글몽글 커졌다. 재하가 거품으로 도은에게 수염을 만들어 주었다. 코밑에 콧수염 모양으로 얹어진 하얀 거품을 확인한 도은이 웃음을 터뜨렸다.

설거지를 끝낸 재하가 물기 묻은 손으로 도은의 거품 수염을 조심조심 닦아 주었다. 그러고는 깨끗하게 진열한 접시를 가리키며 애교 있게 말했다.

"다 했으니까 상 줘."

그 말에 도은이 재하의 소매를 살짝 잡고 까치발을 들었다. 쪽하고 보드라운 입술이 닿았다가 떨어졌다.

두 사람의 시선이 마주 닿았다. 살짝 미소 짓는 도은의 얼굴에는 약간의 수줍음이 비쳤다. 재하가 그런 도은이 무척 사랑스럽다는 듯 다정하게 바라보았다.

"한 번 더 해 줘."

그 말에 엷게 웃은 도은이 다시 재하에게 입을 맞췄다. 쪽 하고 두 사람의 입술이 다시 부드럽게 포개졌다. 이번에는 아까보다 조금 더 긴 베이비 키스였다. 하지만 감질 맛 나는 것은 마찬가지였다.

도은이 입술을 떼고 뒤로 물러서는 순간, 재하가 도은의 허리를 감싸 제 쪽으로 바짝 끌어당겼다. 살짝 열린 틈 사이로 혀가 얽히고 부드럽게 서로를 음미했다. 맞닿은 입술은 한여름의 태양처럼 뜨거웠다. 재하의 눈동자에 열기가 어렸다.

깊은 키스가 끝나고 도은의 이마에 쪽쪽 뽀뽀한 재하가 고개를 기울여 도은에게 속삭였다.

"내가 말한 거 생각해 봤어?"

듣기 좋은 허스키한 목소리가 공기 중에 흩어졌다. 눈이 마주치자 재하가 싱긋 웃었다. 분명 평소와 같은 웃음인데 살짝 휘어지는 재하의 눈매는 오늘따라 굉장히 매혹적이었다.

"그게……."

그렇게 섹시하게 물어보면 대답을 못 하겠잖아. 도은이 살짝 곤란한 듯 말을 끌었다. 그러니까 그것은 며칠 전 일이었다. 그날 연예계를 한바탕 뒤집어 놓았던 재하의 기자 회견 이후 들끓는 기자들의 취재 요청에 재하는 한동안 감금되다시피 집에만 갇혀 있었다.

시간이 지나면 잦아들 거라는 예상과 달리 2주가 지난 지금도 여전히 연예계는 시끄러웠고 기자들을 피해 틈틈이 탈출을 감행하던 재하는 계속되는 행동의 제약에 결국 참지 못하고 일주일 동안 지방에 있는 펜션에 머물다가 오겠다고 했다. 그러고는 도은에게 이렇게 물었던 것이다

'너도 같이 가지 않을래?'

'응?'

'일주일 동안 같이 있자. 나랑.'

무척이나 산뜻하고 자연스러운 재하의 말에 도은은 하마터면 바로 고개를 끄덕일 뻔했다. 하지만 도은은 생각해 보겠다고 대답을 유예했다. 상황을 회피하고자 한 대답이 아니라 도은에게는 정말로 고민할 시간이 필요했다.

재하가 같이 있자고 말한 의미는 아마도 펜션에서 둘이 함께 지내자는 의미일 것이다. 재하와 함께 있는 것은 도은에겐 행복이고 그동안 바라던 것이었지만 같은 공간에서 일주일이나 함께 생활하는 것은 또 다른 문제였다.

하루도 아니고 일주일.

사랑하는 사람과 온전히 일주일을 함께 보내는 것은 굉장히 로맨틱한 일로 생각되겠지만 현실적인 도은으로서는 설렘보다는 걱정이 앞섰다.

같은 공간에서 같은 시간을 함께 공유한다는 것은 동전의 양면과 같았다. 기쁨이 두 배인 동시에 자신의 모든 것을 낱낱이 드러내 보이는 일이기도 했다.

그래서 도은은 망설였다. 재하가 혹시라도 자신에게 실망하게 될까 봐.

생각을 마친 도은이 눈앞의 재하를 바라보았다. 그는 도은의 대답을 차분하게 기다리고 있었다. 도은이 마른 입술을 축였다.

"……나는."

도은이 잠깐의 적막을 깨고 천천히 입을 떼는 그 순간, 핸드폰 벨 소리가 시끄럽게 울렸다.

Rrrrrrr.

재하의 벨 소리였다. 재하가 식탁으로 가 핸드폰을 들어 올렸다.

발신자를 확인한 재하가 핸드폰을 주머니에 넣고 도은에게로 다시 다가와 도은의 머리를 다정하게 어루만졌다.

"도은아, 나 가야 할 것 같아. 도착하면 연락할게."

"지금 바로 가는 거야?"

도은이 깜짝 놀란 듯 묻자 재하가 핸드폰을 흔들었다.

"응. 아는 사람한테 차를 빌렸거든. 혹시 내 차 타고 가면 꼬리 밟힐까 봐. 지금 근처에 도착했다고 해서."

"아……."

지금 가면 재하는 다음 주에나 돌아온다. 일주일 동안이나 떨어져 있는 것은 예전에 재하와 헤어졌을 때 이후로는 처음 있는 일이었다.

도은은 재하를 바라보았다. 갑작스러운 이별에 대한 아쉬움과 함께 가는 것에 대해 더 이상 자세히 묻지 않는 재하에 대한 미안함이 섞인 무척이나 복잡한 표정이었다.

"잘 자. 매일 전화할게."

그런 도은의 마음을 알기라도 하듯 재하가 엷게 웃으며 도은의 뺨에 굿나잇 키스를 했다.

재하가 떠나고 도은은 소파에 무릎을 세우고 앉아 멍하니 TV를 응시했다. 도은이 가장 좋아하는 시사 프로의 오프닝이 흘러나오고 곧바로 MC가 이번 방송에 대해서 소개했지만 오늘따라 도통 내용이 머릿속에 들어오지가 않았다.

안 되겠다. 리모컨으로 탁 TV를 끈 도은은 이번엔 책장에서 책을 꺼내 왔다. 하지만 집중이 되지 않는 것은 마찬가지였다. 소파에 앉아 책을 폈지만 글자들이 눈에 들어오지 않고 산산이 흩어지는 것만 같았다.

도은은 거실을 흘깃 바라보았다. 그저 재하만 없어졌을 뿐인데 부쩍 휑하게 느껴졌다. 결국 책을 덮어 옆으로 밀어 놓은 도은이 벽에 머리를 기대고 눈을 감았다.

재하를 일주일 동안 보지 못한다고 생각하니 마음이 이상하게 계속 공허했다. 한순간에 뭔가가 혹 빠져나간 것 같은 느낌이랄까.

"대체 뭘까 이 이상한 기분은."

도은이 한 손을 들어 이마를 덮으며 나지막이 중얼거렸다. 앞으로 일주일이나 남았는데 벌써 이러면 어떡해. 도은이 헛웃음을 지었다.

너무 갑작스러워서 그런가. 시간이 지나면 익숙해지겠지? 도은은 그렇게 스스로를 위안했지만 사실 마음 한구석에서는 그렇지 않으리라는 걸 알고 있었다.

"아직 운전 중이려나?"

도착할 즈음 전화를 하려고 수시로 핸드폰을 확인했지만 시계의 앞자리 숫자는 바뀔 줄을 모르고 여전히 요지부동이었다.

4시간 후, 짙은 보랏빛이었던 저녁 하늘은 어느새 새까만 밤이 되어 있었다. 한참의 시간이 흘렀지만 도은은 여전히 고장 난 인형처럼 소파에 멍하니 앉아 있었다. 그때 띠링 하고 핸드폰이 울렸다. 도은이 퍼뜩 일어나 핸드폰을 집어 들었다.

[도착했어. ^^]

재하에게서 온 메시지였다. 별거 아닌 말인데도 도은의 입가에 저도 모르게 따뜻한 미소가 번졌다.

도은이 재하에 답장을 보내는 도중 띠링— 하고 알림음이 한 번 더 울렸다.

재하가 펜션 앞마당에서 브이를 하고 찍은 사진이었다. 핸드폰으로 찍은 사진인데도 재하의 얼굴 위에 펼쳐진 밤하늘에는 작지만 하얀 별들이 촘촘히 박혀 있었다. 굉장히 아름다웠다.

[별이 예뻐 내가 예뻐?]

사진 아래 재하가 익살스러운 이모티콘을 덧붙이며 장난스럽게 물었다.

"귀여워."

도은이 쿡쿡 낮게 웃었다. 한참을 킥킥거리던 도은은 자연스럽게 자신의 집 창밖을 바라보았다. 하지만 서울의 밤은 재하가 있는 곳과는 달리 반짝이는 별도 없었고 그저 어둡고 새까맣기만 했다. 꼭 지금의 자신처럼.

[혹시 나 보고 싶으면 나중에 놀러 와.]

재하가 자신이 있는 펜션 이름과 함께 주소를 보냈다. 강원도 P펜션. 도은은 그 이름을 한참 동안 뚫어져라 바라보았다.

함께 있자는 재하를 따라가지 않은 건 분명 자신의 선택이었다. 그것도 며칠 동안 신중히 고민해서 내렸던 결정. 그런데 왜일까. 재하가 떠나는 그 순간부터 계속 후회가 남았다.

재하가 없는 도은의 시간은 지루했고, 공허했고, 무엇보다 굉장히 느렸다. 그게 가장 문제였다.

도은은 비로소 자신의 선택이 틀렸다는 걸 깨달았다. 재하에게 자신의 민낯을 드러내는 것이 부끄럽다 해도 설사 재하가 자신에게 실망한다고 해도 혼자인 것보다는 둘이 함께인 시간이 훨씬 좋다는 걸.

혹시 서로 맞지 않아 다투게 될지도 모른다. 하지만 다른 사람이 아니라 재하라면 그런 과정 역시 충분한 가치가 있었다.

그리고 무엇보다 지금 도은의 옆에는 재하가 필요했다.

마침내 결심한 듯 벌떡 일어난 도은이 옷장 위에 올려놓았던 캐리어를 꺼냈다. 그리고 무언가에 쫓기는 사람마냥 대충 옷과 세면도구를 쑤셔 넣고 서둘러 현관문을 나섰다.

집 앞에 주차해 놓은 차를 찾아 달려간 도은이 문을 열고 운전석에 앉은 후 가뿐히 액셀을 밟았다. 방금까지 무기력하게 있었던 자신은 온데간데없었다. 안개가 걷힌 것처럼 모든 것이 선명하게 보였고 또 가슴이 두근거리기까지 했다. 재하를 만나러 간다는 생각을 하니 설레기 그지없었다.

도은의 차가 매끄럽게 동네를 빠져나갔다.

＊ ＊ ＊ ＊

"여기 근처인데."

적막한 새벽의 고속도로를 한참은 내달린 끝에 도은은 어느덧 강원도에 도착했다. 내비게이션을 보며 재하가 알려 준 주소를 향해 조금씩 다가가던 도은은 어둠 속에서 은은히 빛나고 있는 동그란 간판을 보고 반색했다. 아까부터 도은이 몇 번이고 되뇌었던 이름이었기 때문이다.

근처 적당한 곳에 차를 세운 도은이 문을 열었다. 내리자마자 새벽의 차고 맑은 공기가 코끝에 스며들었다.

도은은 천천히 펜션을 향해 다가갔다. 벽돌 무늬로 된 계단 옆에는 작은 나무들이 예쁘게 심어져 있었고 다락방처럼 포근한 분위기를 풍기는 입구에는 따뜻한 불빛을 내는 선등들이 아기자기하게 달려 있었다.

도은이 만족스러운 미소를 지었다. 산이라 굉장히 한적했고 버스가 없어 차가 없으면 오기 힘든 곳이었기 때문에 확실히 숨어 있기엔 최적화된 곳이었다.

탐색을 마친 도은이 주머니에서 핸드폰을 꺼내 재하에게 전화를 걸었다. 신호음이 가는 동안 심장이 말할 수 없이 뛰었다. 어서 재하의 얼굴을 보고 싶었다.

— 여보세요? 도은아?

신호음이 끊기고 재하의 목소리가 들렸다. 새벽이라 그의 목소리는 낮게 잠겨 있었다. 도은은 재하가 있을 2층 창문 너머를 바라보았다.

"나 너 보러 왔어."

— 응?

선뜻 이해가 되지 않는 듯 재하가 되물었다. 도은이 살짝 웃으며 부드럽게 대답했다.

"잠깐 밖에 나와 봐."

그 말에 재하가 황급히 뛰는 소리가 휴대폰 너머로 들렸다. 창문이 열리고 테라스로 나온 재하가 마당 아래 서 있는 도은을 보고 눈을 깜빡였다.

어찌나 놀랐는지 늘 뾰족했던 재하의 눈매가 토끼처럼 동그래져 있었다. 자다가 급하게 나온 듯 머리는 부스스하게 헝클어져 있고 테라스에 있는 슬리퍼는 신지도 않은 채 맨발로 서 있었다. 도은이 재하를 향해 다정하게 웃으며 손을 흔들었다. 반사적으로 같이 손을 흔들던 재하가 퍼뜩 정신을 차리고 도은을 향해 큰 소리로 물었다.

"어떻게 된 거야?"

"……보고 싶어서!"

재하가 떠난 이후부터 계속 도은을 휘저었던 그 마음을 도은이 크게 소리쳐 말했다. 부디 이 마음이 재하에게 잘 전달이 되었으면 했다.

도은의 말에 재하가 그 어느 때보다 기쁜 듯 활짝 웃었다. 심장이 요동칠 만큼 너무나도 싱그럽고 멋진 미소였다. 재하가 어서 와 안아 달라는 듯 팔을 벌렸다가 아차 했는지 곧바로 크게 소리쳤다.

"잠깐 기다려! 금방 갈게!"

그러곤 테라스에 있던 슬리퍼를 구겨 신고 후다닥 뛰어나갔다. 천천히 와도 되는데. 혹시라도 넘어질까 봐 도은이 걱정 어린 표정을 지었다.

"도은아!"

이윽고 입구로 나온 재하가 달려와 도은을 그대로 끌어안았다. 도은이 좋아하는 재하의 시원하고도 산뜻한 향수 냄새가 도은에게 깊숙이 스며들었다.

아, 이제 좀 살겠다. 마주 끌어안으며 도은은 재하의 어깨에 얼굴을 묻었다. 행복하고 평온했다.

"네가 올지 상상도 못 했어."

여전히 도은을 꽉 끌어안은 채로 재하가 중얼거렸다. 그러곤 몸을 떼어 내 꼭 환상이라도 본 것처럼 도은의 뺨을 양손으로 매만졌다. 아이 같은 행동이 귀여워 도은이 웃음을 터뜨렸다.

"네가 보고 싶으면 오라고 했잖아."

도은이 수줍은지 살짝 상기된 얼굴로 덧붙였다.

"네가 행동력 있고 추진력 있는 성격인 건 알았지만 이렇게 빨리 올 줄 몰랐는데. 고마워, 너무 좋다. 기뻐."

재하가 좋아서 어쩔 줄 모르겠다는 듯 다시 도은을 살포시 품에 안았다. 재하의 열렬한 환영 인사에 도은 역시 마음이 벅차오르는 기분이었다.

"아까 대답도 안 듣고 가는 게 어디 있어."

"어, 그게……. 한마디 시작하고 끊기긴 했지만 나는 사실 그걸로 대답을 들었다고 생각했거든."

재하가 머쓱한 듯 이마를 긁적였다. 사실 재하의 말이 맞다. 그때는 그렇게 생각했었다. 하지만 지금은 아니다. 도은은 지금 자신의 결정을 다시 새롭게 말해 주고 싶었다.

"……나는."

도은이 그때의 대답과 똑같은 첫마디를 꺼냈다.

하지만 지금 하려는 말은 그때 도은이 하려던 말과는 정반대의 말이었다. 도은이 재하를 향해 꽃처럼 활짝 웃었다.

"나도 너랑 같이 있고 싶어."

솔직한 진심. 그리고 고백.

"같이 있자 우리."

도은이 재하의 손끝을 살짝 감싸 잡으며 재하의 눈을 바라보았다. 두 사람의 시선이 맞닿았다. 도은의 고백에 화답하듯 재하가 고개를 기울여 도은에게 키스했다.

자신의 마음을 표현하듯 재하는 도은의 윗입술을 생크림 맛보듯 달콤하게 핥았다. 너무 부드러워서 녹을 것만 같은 키스였다. 그러다 재하가 장난치듯 도은의 입술을 살짝 깨물었다. 도은이 웃었다. 재하가 다시 입술을 겹쳐 왔다. 그와 동시에 재하의 손가락이 도은의 머리카락 속으로 파고들며 두 사람의 키스가 깊어졌다.

재하는 조금 더 격정적으로 도은의 입술을 탐했고 가빠진 숨소리와 함께 자연스럽게 열린 입술 사이로 재하의 혀가 미끄러져 들어왔다.

"······아."

입 안에서 서로의 혀가 스칠 때마다 전기처럼 짜릿하게 번져 가는 쾌감에 도은이 재하의 팔을 세게 붙잡았다. 혀가 섞이고 서로를 깊게 탐미할수록 끈적이는 소리도 커져 갔다.

그때 재하가 도은의 허리를 자신 쪽으로 더욱 바짝 끌어당기며 도은의 귓불을 가볍게 물었다. 야릇하고 낯선 쾌감이 번개처럼 도은을 덮쳐 왔다.

"······잠깐."

도은이 붉어진 얼굴로 재하를 밀어 냈다.

"싫어?"

재하가 도은의 앞머리를 다정하게 쓸며 상냥하게 물었다.

"아니······ 좋아."

도은은 솔직하게 대답했다. 재하가 빙긋이 웃었다.

"다행이다."

"그래도······ 여기서는 좀 위험해."

"걱정 마. 아무도 없어. 내가 통째로 빌렸거든."

재하가 안심하라는 듯 씩 웃었다. 그러곤 도은의 손을 잡아끌며 덧붙였다.

"그래도 감기 걸리면 안 되니까 일단 들어가자. 너 손 너무 차가워."

펜션 안으로 들어오자 따뜻한 온기가 도은의 몸을 감쌌다. 재하가 머그잔에 코코아를 타 도은에게 건넸다. 코코아의 단맛이 혀끝에 번졌다.

아까의 키스가 생각나 도은이 힐끔 재하를 바라보았다. 테라스로 들어온 달빛이 재하를 비췄다.

코코아를 마시는 도은을 바라보며 한쪽 입꼬리를 당겨 미소 짓는 재하는 꼭 영화의 한 장면처럼 굉장히 멋있었고 또 심장이 멎을 만큼 섹시했다.

"이리 와."

도은이 다 마신 머그잔을 협탁 위에 올려놓자 침대에 앉아 있던 재하가 도은에게 가까이 오라는 듯 손짓하며 속삭였다.

꼭 마법에 빠진 것처럼 도은은 재하에게 다가가 허리를 숙여 조심스럽게 입술을 맞댔다. 낮게 신음을 낸 재하가 도은을 끌어당겨 자신의 무릎 위로 앉혔다.

서로의 몸이 조금의 틈도 없이 밀착됐다. 재하가 한 팔로 도은의 허리를 감싸며 그녀의 입술을 깊게 빨았다.

"……아!"

자신도 모르게 숨소리에 높은 음이 섞였다. 도은이 움찔하며 재하의 목을 두 팔로 끌어안았다. 기분 좋으면서도 아찔해서 머리가 하얗게 되어 버리는 위험한 키스였다. 맞닿은 몸 사이로 재하가 흥분한 것이 느껴졌다.

끈질기게 도은의 입술을 탐하던 재하는 도은의 귓불을 부드럽게 물었다가 도은의 목덜미에 키스했다. 여린 살 위에 뜨거운 재하의 입술이 닿자마자 도은이 고개를 숙이며 재하의 어깨를 꽉 끌어안았다.

재하는 도은의 살결을 들이마시듯 깊게 얼굴을 파묻고 정성스럽게 키스를 남겼다. 야릇한 간지러움과 파도처럼 몰아치는 쾌감에 도은이 어쩔 줄 모르는 얼굴로 가쁜 숨을 흘려보냈다.

재하가 도은의 이마에 쪽 하고 뽀뽀하고 얼굴을 어루만졌다. 그리고 조심스럽게 도은을 침대 위로 눕혔다.

도은을 바라보는 재하의 눈길은 굉장히 다정했고 애정이 흘러넘쳤다. 두 사람은 아무런 말도 없었지만 마주 보는 눈빛만으로도 지금 이 순간 간절히 서로를 원한다는 걸 알 수 있었다.

도은이 엷게 미소를 지으며 손을 뻗어 재하의 뺨을 감쌌다. 무언의 허락이었다.

재하가 윗옷을 벗어 침대 아래로 던졌다. 운동으로 단련된 잘 짜여진 근육과 탄탄한 몸이 드러났다. 도은의 가슴이 쿵쿵 소리를 내며 빠르게 뛰기 시작했다. 어찌나 빠르게 뛰는지 제 심장 소리가 재하에게도 들릴 것만 같았다.

윗옷을 벗은 재하가 이내 도은의 셔츠 단추를 풀었다. 톡. 톡. 단추를 푸는 재하의 손길은 무척이나 조심스럽고 느렸다. 그래서 더 떨렸다. 마지막 단추까지 풀렸을 때쯤 도은이 움찔하자 재하가 도은과 눈을 맞추며 걱정스럽게 물었다.

"하지 말까?"

"그게 아니라…… 심장이 터질 것 같아서."

도은의 솔직한 대답에 재하가 웃고는 도은의 손을 가져가 자신의 가슴 위로 얹었다.

"나만큼 떨리진 않을걸."

정말이었다. 재하의 심장은 금방이라도 터질 것처럼 미친 듯이 쿵쿵쿵 뛰고 있었다.

"예원아."

재하가 다정한 목소리로 도은의 본명을 불렀다.

"도은이라고 불러 줘. 그 이름이 좋아."

"왜? 본명은 싫어?"

"이 이름으로 널 만났으니까."

인생의 가장 큰 절망에 빠졌을 때, 김도은이라는 이름으로 인재하를 만났고, 함께했고, 사랑에 빠졌다.

그녀에게 도은이라는 이름은 행운이었고 축복이었고 또 행복 그 자체였다.

"그래서 네가 도은이라고 부를 때 행복한 기분이 들어."

도은의 말에 재하가 감동받은 듯한 표정을 지었다. 그리고 사랑스러운 눈빛으로 도은을 바라보다가 도은의 이마에 쪽 키스를 남기며 진심을 듬뿍 담아 속삭였다.

"사랑해. 김도은."

두 사람은 서로를 기쁨이 충만한 표정으로 바라보며 입술을 맞댔다. 서로의 손가락이 얽히고 단단하게 깍지 낀 두 사람은 끊임없이 사랑한다는 말을 속삭이며 키스했다.

마침내 모든 옷가지가 바닥 위로 떨어졌을 때 도은은 재하의 너른 등을 꽉 끌어안았다.

새벽의 밤, 오늘따라 유난히 맑고 따뜻한 달빛이 그들의 사랑을 축복하듯 포근하게 감싸 안았다.

❊ ❊ ❊ ❊

도은이 우려했던 것이 무색할 만큼 그들의 일상은 순조로웠다. 재하는 도은이 자다 일어나 부스스한 사자 머리가 되거나 실수로 썩은 야채를 사 왔어도 예쁘다 잘한다 칭찬을 아끼지 않았다.

도은은 처음에 자신을 놀리나 싶었지만 재하는 진심이었다. 재하는 그냥 도은이 옆에 있는 것 자체만으로도 너무 좋아서 다른 것은 신경이 하나도 안 쓰이는 듯했다.

재하와 도은은 함께 산책을 했고, 함께 차를 타고 나가 마트에서 장을 봤고, 집에 돌아와서는 함께 영화를 봤다. 인적이 드문 외곽 지역인 데다 평일이라 모자만 눌러써도 제법 자유롭게 돌아다닐 수 있었다.

그 덕에 두 사람에게선 웃음이 끊이지 않았고 꼭 현실에서 동떨어져 두 사람만 존재하는 곳에 온 것처럼 매일매일이 고요하고 평화로웠으며 행복이 넘쳐흘렀다.

그리고 한 사 일쯤 지났을 때, 방문자가 찾아왔다.

"오랜만이네요."

펜션 마당의 야외 테이블에 앉아 도은과 함께 딸기 주스를 마시고 있던 재하가 설 이사의 등장에 깜짝 놀란 듯 눈썹을 치켜올렸다.

"……아니, 어떻게?"

재하가 입을 다물지 못하고 설 이사를 쳐다보았다. 강원도로 짐싸 들고 도망 온 데에는 취재진 만만치 않게 설 이사의 공도 컸다. 얼마 전부터 은근히 재하가 하차한 도은이 쓴 원작 드라마 '달밤' 이야기를 꺼내며 재하를 못살게 굴었기 때문이다.

포기를 해야만 하는 상황이기에 하차한 거였지 싫어서 그만둔 게 아니었기 때문에 재하는 점점 설 이사와 대면하는 게 불편해졌다.

그렇지만 계속 모르는 척하기엔 처리해야 할 계약 문제도 있었고 설 이사에게 진 빚이 크기 때문에 재하는 휴식을 표방한 일시적인 잠적을 택했던 것이다.

'아무리 귀신같은 설이연이라도 여긴 못 찾을 줄 알았는데 대체 어떻게 알고 왔지?

속으로 그렇게 구시렁거리던 재하가 '설마' 하고 도은을 돌아보는 순간 도은이 시선을 피했다.

배신자! 재하가 믿을 수 없다는 듯이 바라보자 도은이 어색하게 웃더니 살짝 윙크를 했다. 미안하다는 표시였다. 재하의 입꼬리가 씰룩거렸다. 쳇. 귀여우니까 봐주기로 할까.

"그래서 새로운 꿈은 잘 찾아보고 있습니까?"

"아직이요."

둘만의 시간을 방해받은 것에 못마땅한 재하가 불퉁하게 대꾸했다. 여유로운 걸음걸이로 재하와 도은이 있는 곳으로 걸어온 설 이사가 이내 테이블 위에 손을 짚고 재하를 내려다보았다.

"다행이네요. 그럼 얘기 좀 할까요?"

"무슨 얘기요?"

"단도직입적으로 말하자면 복귀하는 게 어때요. 재하 씨?"

설 이사가 재하를 빤히 응시하며 물었다. 재하가 한숨을 쉬며 단호히 고개를 저었다.

"말했잖아요. 이미 은퇴한다고 입장 밝혔고 기자 회견에서 그 난리를 쳤는데 제가 무슨 낯으로 돌아가요. 견딜 자신도 없고요."

"요즘 인터넷 안 보죠?"

"네?"

무슨 의미인지 모르겠다는 듯 재하의 눈매가 가늘어지자 설 이사가 그럴 줄 알았다는 듯 가방에서 서류를 담은 클리어 파일을 꺼내 테이블 위에 촤르륵 흩어지게 놓았다.

"이것 좀 봐요."

"……"

"팬들이 이렇게 격렬하게 하차 반대하고 서명 운동 하는 거 몰랐어요?"

재하가 종이 하나를 집어 들었다. 내용을 읽는 재하의 시선이 놀람과 당황으로 번졌다. 〈인재하 하차 반대 성명문〉이라는 제목으로 시작하는 이 서류는 재하를 지지하고 응원하는 팬들이 재하의 '달밤' 드라마 하차를 반대하는 이유와 그에 대한 응원의 내용이 담겨져 있었다.

재하는 할 말을 찾지 못하고 한참 동안이나 테이블을 꽉 채운 그 수십 개의 종이들을 빤히 들여다보았다. 많은 사람들이 보낸 그 성명문에는 재하가 돌아오기를 바라는 그들의 마음이 절절하게 느껴졌다.

"……몰랐어요."

"그렇겠죠. 재하 씬 도망갔으니까. 소속사 앞으로도 하루 종일 팩스가 쏟아지고 전화가 빗발치는 통에 아주 난리예요."

딱히 책망하는 말투는 아니었다. 설 이사는 단지 재하에게 지금 돌아가는 상황에 대해 정확하게 객관적으로 알려 주고 싶어 하는 것 같았다.

"달밤 촬영은 딜레이 됐어요. 주민우 역은 구하고 있지만 재하 씨 역은 따로 공고 안 했어요."

설 이사가 서류를 톡톡 두드리며 평온하게 말했다.

"설 이사님. 하지만……."

재하가 반발하려 하자 설 이사가 재하의 말을 끊고 재하와 시선을 똑바로 맞췄다.

"재하 씨 말이 맞아요. 재하 씬 이미 기자 회견 때 은퇴를 선언했기 때문에 바로 드라마 촬영에 들어간다는 게 쉽진 않을 거예요.

재하 씨가 돌아오길 바라는 여론이 조금 더 우세이긴 해도 긍정적이든 부정적이든 시끄러울 테고요. 그 가십의 도마 위에 올라가는 것 자체가 부담스러운 거 알아요."

안경 너머의 그의 눈이 부드럽지만 날카롭게 재하를 꿰뚫었다. 설 이사는 재하가 실제로 망설이는 부분에 대해서 정확하게 알고 있었다.

그럼에도 불구하고 설 이사는 재하에게 왜 복귀를 권하는 걸까. 재하가 설 이사를 보며 입술을 달싹였다. 그 모습을 보며 설 이사가 말을 이었다.

"잠잠해지고 추후에 반응을 보고 복귀하는 방법도 있긴 해요. 실제로 그런 연예인들도 있고요. 하지만 저는 재하 씨가 복귀하고 싶다면 개인적으로 지금 이 타이밍에 바로 돌아오는 게 좋다고 생각해요."

잠시 말을 고르듯 숨을 들이마신 그가 천천히 입을 열었다.

"속죄하고 싶다고 했죠."

재하의 눈이 크게 뜨였다. 설 이사의 입에서 나온 말이 너무나 의외였기 때문이다.

"재하 씨가 돌아오길 바라는 사람들이 많아요. 물론 비난의 소리도 있겠죠. 그럼에도 재하 씨가 책임감과 죄책감을 느낀다면 도망이 아니라, 부정적인 시선을 모두 받아 내면서도 팬들이 원하는 모습을 보여 주는 게 진짜 속죄가 아닐까요."

"떠나는 게 아니라 남는 것으로……. 제가 그래도 될까요?"

재하가 혼란스러운 듯 설 이사를 향해 되물었다. 그에 설 이사가 희미하게 미소 지었다.

"인재하 씨는 주민우와 달리 이미 잘못에 대한 대가를 충분히 치뤘잖아요."

"……."

"재하 씨는 좋아하는 일을 계속할 자격과 권리가 충분히 있어
요."

설 이사의 그 간결한 말이 재하의 심장을 흔들어 놓았다. 설 이
사가 종이를 정리해 클리어 파일에 넣고 재하의 앞에 가지런히 놓
았다.

"당신이 연기가 하기 싫어진 게 아니라 그저 그 '속죄' 해야 한
다는 생각 때문에 떠난 거라면 다시 한 번 제대로 고민해 봐요. 무
엇보다 재하 씨가 돌아오길 바라는 사람들이 이렇게 많잖아요."

설 이사는 재하의 어깨를 가볍게 툭툭 두드리곤 빙긋 웃어 보였
다.

"그럼 저는 갈게요. 요즘 재하 씨 덕분에 제가 아주 많이 바쁘
거든요. 지금도 힘들게 잠깐 시간 내서 온 거니까 너무 화내지 말
아요."

"하하."

돌려 까는 설 이사의 직구에 재하가 웃음을 터뜨렸다. 걸어가는
설 이사의 뒷모습을 보던 재하가 옆에 있는 도은에게 말을 걸었다.

"내가 어떻게 하는 게 맞다고 생각해?"

"이 문제에 내 의견은 중요하지 않아. 네 선택과 의지가 중요하
지. 그리고 나는 네가 어떤 선택을 하더라도 그런 너를 응원할 거
야. 나는 그저 네가 후회가 남지 않는 그런 선택을 하길 바랄 뿐이
야."

도은이 재하에게 힘을 싣듯 그의 손을 꼭 잡았다. 전해지는 온
기에 재하는 설 이사가 두고 간 클리어 파일을 응시하며 말했다.

"……솔직한 마음으론 다시 돌아가고 싶어. 이렇게 나를 기다려 주는 사람들이 있다는 걸 나는 몰랐거든. 그리고 나는 아직도 연기를 많이 좋아하니까. 그런데…… 조금 겁이 나."

설 이사의 말대로 이렇게 자신이 돌아오길 바라고 응원하는 사람이 많다고 해도 분명 비난의 소리도 상당 부분 뒤따를 것이다. 그건 당연히 스스로가 감당해야 할 부분이지만 그렇다고 부정적인 시선을 견딘다는 것은 말처럼 쉬운 일은 아니었다.

재하는 그 무게를 이미 알고 있었다. 돌아가기 위해서는 확실한 각오가 필요했다.

"내가 할 수 있을까?"

"겁이 나서 주저하는 거라면 분명 괜찮을 거야."

도은이 재하를 따뜻한 눈빛으로 바라보았다.

"나를 포함해서 너를 좋아하고 응원하는 사람들이 이렇게 많이 있잖아."

도은은 팬들의 성명문이 담긴 파일을 들어 재하의 손에 쥐여 주었다.

"무섭겠지만 막상 용기를 내서 뛰어들면 오히려 예상치 못한 행복이 기다리고 있을지도 몰라. 어제 내가 여기로 널 찾아온 것처럼 말야."

도은이 재하를 보며 엷게 웃었다. 그 말에 잠시 눈을 깜빡이던 재하가 도은의 손을 꽉 마주 잡으며 함께 웃었다.

"고마워. 네가 있어서 정말 다행이야."

"나도야."

서로를 따뜻한 눈빛으로 바라보다가 도은이 잠시 자리에서 일어섰다.

"나 잠깐 설 이사님이랑 얘기하고 올게. 꼭 물어보고 싶은 게 있거든."

아. 재하가 그게 뭔지 짐작한 듯 곧바로 고개를 끄덕였다. 도은이 서둘러 설 이사가 간 곳을 향해 걸었다. 이곳에 주차를 할 공간이라곤 딱 하나뿐이었다.

아직 출발하지 않으셨겠지? 도은의 걸음이 점점 빨라지다가 이내 주차장을 향해 달렸다.

설 이사님을 만나면 꼭 물어볼 것이 있었다. 그가 간직했던 비밀을. 재하가 기자 회견에 올라가기 직전에서야 드러냈던 그의 진짜 본심을.

그와 도은의 언니에 대한 과거에 대해서.

"……설 이사님!"

도은이 이제 막 액셀을 밟으려고 하는 설 이사의 차를 발견하고 다급히 창문을 두드렸다.

"도은 씨?"

도은을 발견한 설 이사가 놀란 듯 창문을 내렸다.

"잠시 얘기 좀 할 수 있을까요?"

도은의 물음에 설 이사가 차 문을 열었다. 조수석에 탄 도은이 뛰어오느라 가쁜 숨을 골랐다. 물어보고 싶은 것은 산더미인데 무슨 말을 어떻게 꺼내야 할지 복잡했다. 도은은 고민했고 설 이사는 그런 도은을 기다렸다.

"저……. 재하에게 들었어요. 그때 기자 회견 들어가기 전에 하신 말."

"특별한 일은 아니에요. 대학 시절 첫사랑이죠."

처음부터 도은이 무엇을 물어볼지 알고 있었다는 듯 설 이사가

423

곧바로 대답했다.

"첫사랑이요?"

처음 듣는 얘기였다. 언니와 설 이사가 서로 아는 사이라는 건 재하에게 언질을 받고 짐작했었지만…….

도은이 놀란 표정을 짓자 설 이사가 미소 띤 얼굴로 말을 이었다.

"서로가 싫어져서 헤어진 건 아니었어요. 유미는 어릴 때부터 가족을 원했고 일찍 결혼하고 싶어 했죠. 저는 유미를 사랑했지만 결혼을 원하지는 않았어요. 저에게는 야망이 있었고 이뤄야 할 것들이 산더미처럼 많았거든요. 유미는 미국에 남았고 저는 한국으로 돌아왔죠. 그래서 유미 일을 듣고……."

그의 얼굴에 처음으로 미소가 사라졌다. 그가 짧게 숨을 들이켰다.

"그때 처음으로 조금 후회가 되더군요. 그녀가 주민우를 따라 한국으로 간 건, 그를 진심으로 사랑한 것도 있겠지만 아마도 지난번의 연애와 다른 결말을 내고 싶어서가 아닐까. 그런 생각이 들어서요."

설 이사는 그 부분에서 책임을 느껴 온 것 같았다.

"유미는 동생을 찾고 싶어 했죠. 동생을 굉장히 그리워하고 좋아했어요. 그래서 장례식장에서 본 도은 씨가 걱정이 됐어요."

"저를 그날 보셨어요?"

"네. 유미가 동생을 찾았다는 것도 그때 알게 됐죠. 한눈에 알아봤어요. 두 사람은 굉장히 많이 닮았으니까."

"그럼 처음에 저를 찾아오셨던 것도……."

도은은 언니 장례식 이후 자신의 책을 드라마화하고 싶다며 찾아왔던 설 이사를 떠올렸다. 그가 고개를 저었다.

"복수 같은 걸 유도한 건 아니었어요. 그저 도은 씨에게 도움을 주고 옆에서 지켜보고 싶었어요. 보호자처럼요. 까딱했다간 도은 씨까지 망가져 버릴까 봐 조금 걱정이 됐거든요. 그 후에 도은 씨가 재하 씨를 데리고 절 찾아왔을 때 굉장히 놀랐죠."

설 이사가 그때의 일을 회상하듯 허공을 바라보았다. 그러고는 도은을 향해 불쑥 물었다.

"도은 씨. 행복해요?"

"네."

단호하고 간결한 대답이었다. 설 이사가 빙긋이 웃어 보였다.

"망설임이 없는 대답이라 안심이 되네요. 다행이에요."

"설 이사님. 고맙습니다. 저를 계속 지켜보고 도와주셔서요. 그리고……."

이 말을 하는 게 맞을까 잠시 머뭇거리던 도은이 이내 단호하게 설 이사를 보며 말했다.

"그 일은 설 이사님 탓이 아니에요. 언니도 분명 그렇게 생각할 거예요."

진심이었다. 도은은 더 이상 설 이사가 언니의 일에 책임을 느끼지 않길 바랐다. 언니가 그런 선택을 하게 된 데에는 오로지 주민우 그 때문이었지 설 이사와는 전혀 무관했다.

"그렇게 말해 줘서 고마워요."

"그런데 언니랑 제가 그렇게 닮았나요?"

도은의 충동적인 실문에 설 이사가 나직하게 내답했나.

"네. 곧고 상냥한 점까지 모두요."

설 이사가 도은을 바라보며 웃었다. 여태까지 도은이 본 설 이사의 모습 중 가장 밝고 환한 미소였다.

　1년 후.

　어느덧 한 해가 지나고 눈발이 흩날리는 겨울이 왔다. 도은은 카페에 앉아 누군가를 기다리고 있었다. 카페 한편에 설치된 TV를 향해 시선을 돌린 도은은 화면 속 익숙한 얼굴을 보고 미소를 지었다.

　― 미니시리즈 남자 최우수 연기상. 수상자는 '달밤'의 인재하!

　― 감사합니다. 저를 믿고 용기를 주신 감독님과 설이연 이사님 그리고 저를 응원하고 지지해 주신 많은 팬 여러분들…….

　수상 소감을 말하는 재하는 굉장히 벅차고 기쁜 표정이었다. 몸에 딱 핏 되는 블랙 슈트를 입고 수많은 카메라 플래시를 향해 반짝거리는 눈으로 자신의 소감을 전하는 재하는 누가 봐도 굉장히 멋졌다.

　그리고 재하가 정면을 응시했다. 화면 속 재하와 도은의 눈이 마주 닿았다.

　― 그리고 항상 옆에서 저를 믿고 도와주는 저의 매니저님. 고맙습니다.

　다시 봐도 마음이 뭉클해졌다. 도은이 TV 속 재하를 넋 놓고 보고 있는 그 순간 누군가 도은의 앞에 탁 앉았다.

　"자, 부탁한 거 가지고 왔어. 며칠 전에 한 시상식인데 또 틀어 주네. 완전 슈퍼스타야."

　까랑까랑한 높은 목소리에 도은이 웃으며 눈앞에 있는 지수를 바라보았다. 모자를 눌러쓰고 박시한 화이트 패딩을 입은 지수는 오늘도 굉장히 화려했다.

"갑자기 불러서 죄송해요."

"됐어. 어차피 집 앞이고. 근데 무슨 일이기에 김 매니저가 원 피스를 다 찾아? 평소에는 맨날 정장이나 블라우스에 슬랙스만 입 더니……."

지수가 원피스를 담은 백을 도은에게 주며 의아한 듯한 표정을 지었다. 원피스를 빌려 달라는 도은의 부탁에 도은에게 어울릴 만 한 코트와 원피스 하나를 골라 오긴 했지만 원체 도은이 부탁을 하는 것이 처음일뿐더러 평소에 원피스 입은 것을 한 번도 보지 못했기 때문이다.

"중요한 날이구나?"

"하하. 아, 지수 씨. 원피스 너무 예뻐요."

말없이 웃던 도은이 원피스를 꺼내 보고 깜짝 놀란 듯 감탄했 다. 심플하면서도 상단 부분에 시스루 라인이 들어간 블랙 원피스 였다.

"근데 너무 타이트한데……. 저한테 맞을까요?"

슬림한 원피스 폭과 잘록하게 들어간 허리 라인을 보며 도은이 걱정 어린 표정을 지었다. 그 말에 지수가 씨익 웃어 보였다.

"김 매니저 고생 좀 해야 할걸?"

❋　❋　❋　❋

지수의 말대로 도은은 이 원피스를 입기 위해 이틀은 굶어야 했 나. 하시만 고생한 만큼 원피스는 도은의 몸에 에쁘게 딱 맞았다. 도은은 그 위에 코트를 입고 약속 장소로 향했다.

"도은아. 여기."

미리 영화관 안에 도착해 있던 재하가 도은을 보고 반갑게 손을 흔들었다. 잠시 영화관을 대여한 덕에 상영관 안에는 재하 말고 아무도 없었다.

자리에 앉기 전 도은이 코트를 벗었다. 가녀린 몸매에 딱 달라붙는 블랙 시스루 원피스를 입은 도은은 굉장히 아름다웠다. 드레스를 입은 도은의 자태가 드러나자 재하는 일순간 숨이 멎은 듯 한참을 바라보다가 얼굴을 발갛게 붉혔다.

"도은아. 너 오늘 뭔가 평소랑 다른…… 아니, 평소도 예쁜데…… 아무튼 엄청 되게 예쁘다."

재하가 횡설수설하더니 한참 동안이나 도은에게서 눈을 떼지 못했다. 그 모습에 도은이 작게 웃고는 재하의 옆에 앉았다.

도은과 눈이 마주칠 때마다 소년처럼 뺨이 발그레해지는 재하를 보니 굶기를 잘한 것 같아 보람을 느꼈다.

광고가 끝나고 비상시 안내와 함께 영화가 시작하며 불이 탁 꺼졌다. 그 순간 눈앞이 핑 도는 어지러움에 도은은 이마를 짚었다.

"왜 그래?"

"아니야."

도은이 괜찮다는 손짓을 했다. 하지만 영화가 진행될수록 울렁거림과 어지러움은 심해졌다.

"……아."

도은의 상체가 힘을 잃고 푹 앞쪽으로 무너졌다.

"도은아. 왜 그래. 도은아!"

도은의 몸을 받친 재하가 놀란 표정으로 소리쳤다. 하지만 머리가 너무 어지럽고 속이 울렁거려서 말이 잘 나오지 않았다. 도은의 이마에 식은땀이 가득했다.

심상치 않다는 것을 느낀 재하가 코트를 입힌 후 도은을 그대로 등에 업고 밖으로 뛰쳐나갔다.

"혹시 여기 근처에 병원 있어요?!"

상영관을 나가자마자 재하가 서 있던 직원에게 물었다. 직원이 손가락으로 밖을 가리켰다.

"바로 건너편에 조금만 가면 있어요. 구급차보다 직접 가는 게 빠를 거예요."

그 말에 재하가 다급한 얼굴로 도은을 업은 채 빠른 걸음으로 영화관을 나갔다. 시간을 확인한 재하가 다급히 뛰기 시작했다.

"재하야······."

도은이 가느다란 목소리로 힘겹게 재하를 불렀다.

"도은아, 많이 아파?"

고개를 돌리며 묻는 재하의 얼굴에는 걱정이 가득했다.

"······좀 멈춰 봐."

"뭐? 잘 안 들려. 거의 다 왔어. 조금만 기다려."

"······나 안 아파."

도은의 말에 재하가 잔뜩 성을 냈다.

"무슨 소리야, 지금 거의 기절 직전인데! 너 예전에 자상 수술한 거 후유증 생겼는지 확인해 봐야 해!"

재하가 굉장히 심각한 표정으로 다급하게 외쳤다. 아무래도 뭔가 단단히 착각을 한 것 같았다.

머리는 어지럽고 속은 메스꺼운 와중에도 이 겨울에 땀을 뻘뻘 흘리며 도은을 업고 숙어라 뛰는 재하를 보니 도은은 왠지 찡하기도 하지만 웃음이 났다.

"그게 아니라······."

하지만 재하에겐 도은의 목소리가 잘 들리지 않는 듯했다. 재하의 옷깃을 잡아당긴 도은이 이내 온 힘을 쥐어짜 재하의 귀에 들리도록 크게 소리쳤다.

"굶어서 그래!"

"뭐?"

재하의 걸음이 뚝 멈췄다. 자신을 황당하게 바라보는 재하의 모습에 도은은 창피했지만 솔직하게 말했다.

"이틀 동안 계속 굶었거든. 그러니까 병원 말고 저기 좀 가자."

도은이 앞에 있는 옷가게를 가리켰다.

＊ ＊ ＊ ＊

"아, 이제 좀 살겠다."

박시한 후드티를 사서 옷을 갈아입은 도은이 근처 공원 벤치에 앉아 크게 숨을 내쉬었다. 온몸을 조이던 타이트한 원피스를 벗어 던지니 한결 편안해졌다.

"이제 맛있는 거 먹으러 가자. 나 너무 배고파."

도은이 재하를 바라보며 웃어 보였다.

"진짜 괜찮아?"

"응. 진짜야."

"대체 왜 그런 거야! 원피스 입으려고 이틀을 굶다니……. 그런 바보가 어디 있어."

도은을 혼내던 재하가 이내 안도하는 표정으로 그녀를 꽉 끌어안았다.

"걱정했잖아. 그때 수술한 거 문제 생긴 줄 알고."

재하가 깊이 숨을 토해 냈다. 그날의 사고를 재하가 얼마나 후회했는지 안다. 미안함에 도은이 재하의 머리를 쓰다듬었다.

"미안해. 오늘은 특별한 날이니까 예뻐 보이고 싶었어."

"응?"

무슨 특별한 날? 재하가 아리송한 표정을 지었다. 기념일과 생일은 전부 기억하고 있었지만 오늘은 아무것도 해당되지 않는 그저 평범한 날이었기 때문이다.

"이렇게 길거리에서 줄 생각은 아니었는데⋯⋯."

도은이 가방에서 무언가 작은 상자를 꺼내 열었다. 상자 안에는 똑같은 백금 반지 두 개가 나란히 놓여 있었다. 그 의미를 눈치챈 재하의 눈이 커다랗게 떠졌다.

"결혼하자."

입술 사이로 흘러나온 그녀의 목소리가 떨렸다.

"나랑 결혼하자. 인재하."

도은은 재하의 눈을 마주 보며 다시 한 번 또렷하게 자신의 마음을 전했다. 그리고 작은 네잎클로버 장식이 붙어 있는 반지를 꺼내 재하의 손가락에 끼워 주었다. 멍하니 자신을 바라보는 재하의 눈을 보며 도은이 예쁘게 웃었다.

"그때 네가 나한테 주려던 네잎클로버 목걸이는 받지 못했지만 우리에겐 이제 이게 있으니까. 이제 우리한테는 분명히 좋은 일만 가득할 거야. 행운의 상징이니까."

도은을 멍하니 바라보던 재하가 손으로 눈가를 덮었다. 그가 고개를 떨궜다.

"울어?"

"갑자기 네가 훅 들어오니까 너무 감동받아서 그렇잖아."

재하가 눈물로 촉촉해진 눈가를 훔치며 훌쩍였다. 눈물 때문에 재하의 눈동자가 반짝거리는 별처럼 보였다. 도은이 재하의 눈을 가까이 마주 보며 웃음 섞인 얼굴로 물었다.

"인재하는 평생 김도은을 사랑할 것을 맹세합니까?"

그 질문에 재하가 눈부시게 웃었다. 그리고 망설임 없이 도은의 뺨을 감싼 후 입을 맞췄다.

"네, 맹세합니다."

두 사람은 손을 마주 잡았다.

영원의 맹세를 나눈 그들을 축복하듯이 반지의 네잎클로버가 달빛을 받아 반짝 빛났다.

그렇게 그들은 함께 꿈꿀 것이다.

하루하루가 특별하고, 행운이 가득한 미래를.

— fin